異世界では幸せな家を
上

Waremono

われもの。

Contents

登場人物紹介
蓮見大河
ヤンキー気質の異世界転生者。何故か魔物特有の【闇属性】を持つことでトラブルに巻き込まれる。
シェイド・クロフォード
宰相を父親に持つ名門貴族。桁外れの魔力を持つ王直属の最強の騎士。超絶美男子。人に興味がない。

世良 繭
大河と一緒に異世界転生した女子高生。勇者候補。イケメン好きなミーハー。
剣崎陽斗
大河と一緒に異世界転生した男子高生。勇者候補。イケメン。王女に片思い。
ウィルバー・ガルブレイス
元騎士団長のギルドマスター。面倒見の良い兄貴肌。大河を気に入り、剣と魔法の指南をしてくれる。
ルーファス
第一王子。正妃の息子。アーリア王女と次期王位を争う。転生者に好意的。
アリーャ王女
第三王女。正妃の娘。次期王位を狙う野心的な王女。シェイドにベタ惚れ。
マイリー
シェイド付きの使用人。スイーツ好き。
セスト
シェイド付きの執事。シェイドの唯一の味方。

異世界では幸せな家を　上

プロローグ

光が点滅するように目の前がチカチカとした。

蓮見大河は日々喧嘩に巻き込まれるような生活をしているが、その大半を無傷で乗り切っていた。

殴られる痛みを感じるのは久々の事だ。数人相手でも負けない自負があるが、今回は物陰に潜んだ男に気付くのが遅れてしまった。

硬いもので殴られた衝撃と目の前で光がちらつく一瞬が過ぎた後、片足を踏ん張り背後の男に回し蹴りを喰らわせる。男が倒れると同時に高い金属音が路地裏に響いた。

頭から血が出たのか、生温かいものが額を伝う。

脈打つように痛む頭の事は考えないように振り返り、残った二人をギロリと睨むと、血濡れの表情が余程恐ろしかったのか「ひっ」と引き攣った声を上げて走り去っていった。

睨んだくらいで逃げるなら最初から襲ってくるなと、苛立ちのまま目元まで垂れた血を乱暴に拭う。

大河にとって喧嘩は日常茶飯事だ。

自分から売る事は無いが、売られた喧嘩を余さず買っていたらいつの間にかそうなっていた。負けた相手は数を増やして襲ってくるようになるのが常で、この馬鹿げた行為には終わりが見えない。

この場に留まると厄介な事になるのは経験上分かっている。大河は殴られた傷もそのままに大通りの方へと歩き出した。バイトの時間も心配だ。

次のバイトに遅れそうだからと、近道に路地裏なんか通るんじゃなかった。そう思うが今更そんな事を悔やんでも仕方がない。

路地裏から大通りに出ると、すれ違った女性が小さく悲鳴をあげて口を押さえた。

後頭部が痛む。

自分の住むアパートは大通りの交差点を過ぎたら

五分もしないうちに着く事が出来る。

帰ったら手当してすぐに家を出ないと、次のバイトに遅れてしまう。

日が落ちてきているのを視界に捉（とら）えて気持ちだけ急（せ）くが、鉛のように重い体が走る事を拒絶していた。

引き摺（ず）るようにして辿（たど）り着（つ）いた交差点で信号を待っていると、指先が妙に寒く感じた。そろそろ秋も中盤に差し掛かるというのに半袖（はんそで）のTシャツで出てきたのは間違いだった気がする。

寒さを感じる手を擦（こす）り合わせようとして、大河は自分が手に何も持っていない事に気付いた。さっきまで働いていたコンビニの制服を洗うために、適当な袋に入れて持って帰った筈（はず）だ。

喧嘩をふっかけられた場所に落としたのだろうと振り返り、自分が歩いてきた道に赤く点々と多量の血が落ちているのに気付いた。

ぐらり、と視界が傾く。

視界がスローモーションでゆっくりと空に変わっていく。目に染みるような赤は、夕日なのか自分の血なのかも判然としない。

そうして、倒れた衝撃も無いまま視界が暗転した。

――死ぬのか、こんな事で。

本当に、くだらねぇ人生だった。


いい思い出ひとつ無いのに、勝手に流れる走馬灯をぼんやりと見ている。

それは逆再生のように短い人生を遡（さかのぼ）っていた。

大河は高校へ行っていない。

正確には経済的に行けなかった。無理をすれば行けただろうかと、中学を卒業してから何度か思ったが考えても仕方がない。

中学を卒業してからはバイトと喧嘩しかしておらず、無為な日々を送っていたように思う。

中学の頃（ころ）には、親戚（しんせき）の家を追い出されるようにして一人暮らしをしていた。

親戚が管理している両親の遺産から家賃と中学の学費だけ出してもらい、新聞配達をして生活費を稼いだ。

それでも、一人の方がマシだった。

親のいない大河は虐める相手には最適だったのだろう、学校は学校で最悪だった。陰湿なうちはまだ良かったが、度を越すと暴力に変わった。

それに反撃したのが喧嘩の始まりだ。

ロクでもない奴らの繋がりは厄介で、それ以来町を歩けば喧嘩を売られるようになった。

小学生の間は親戚の家に厄介になっていた。文字通り厄介者だったのだろう。物置のような一室を与えられたが、許可なく部屋から出るなと言われていた。

基本的にいないものとして扱われていて、この時が一番飢えていた。よく食事を忘れられたからだ。

学校の帰りに人気のない神社の裏手で父親に教わった「特訓」をするのが唯一心の支えだった。体を動かすと余計に飢えたが、それでもやめられなかった。

大河の両親が事故でこの世から去ったのは、十歳の時だ。

両親は、大河が学校に行っている間に事故にあった。寝坊した父を母が会社まで車で送っていく途中だったらしい。

父はスポーツ用品を扱う会社の営業マンだった。格闘技マニアで、大河が物心ついた頃からＫ１やプロレスの試合を一緒に見ていたのを覚えている。父との遊びは専ら格闘技や武道で、「特訓」と言いながら様々な技を教えてくれた。そのお陰か喧嘩だけは異常に強くなったのだが。

強くてかっこいい父が大河の自慢だった。

母は料理が趣味の専業主婦だった。母の作る料理は、どれも美味しくて幸せな気分になれる。

父と同じく凝り性で色んなものを手作りしていたのを、小さい頃の大河はよく台所で椅子に乗って見ていた。だが一人暮らしになってから何度料理をしても母と同じ味にはならなかった。

どうでもいい事をよく覚えているものだ、と走馬灯を眺めつつ思う。

両親が死んで、住んでいた家から出る際、学校と生活に必要なもの以外の荷物は許されず、形見は自分の記憶に残るものだけだ。

それなのにここ数年は、思い出す事も無かった。大河にとって、両親のいた過去は幸せな夢と同じようなもので、現実と比べるほどに辛くなる。無意識に忘れようとしていたのだろう。


気付くと、大河は見覚えのある玄関前に立っていた。自分の視線が低く、戸に伸ばす手が小さい。

ガラッという引き戸独特の音がして、玄関に足を踏み入れると懐かしい匂いがした。

うちの匂いだ。

玄関の床はグレーのタイル張りで、段差を上がった床はワックス掛けされたフローリング。少しくすんだ白い壁。横を見ると古臭い木製の靴箱の上に趣味の悪い置物が並べられている。父親が出張の度に買ってくるお土産だ。

期待感で逸る気持ちを抑え、運動靴を脱いで靴を揃えもせずに玄関を駆け上がった。

右側が階段で、真っ直ぐ廊下を進むと奥に台所がある。

廊下を走る軽い足音が響く。

「おかえり。遅かったじゃない。ランドセル持ったまま遊んできたんでしょ」

母親が夕飯の支度の手を止めて振り返った。揶揄うような声、少し高くて優しい母の声だ。

優しい目に見つめられ、声が届いた耳の辺りから冷え切った体が温かくなっていくような気がした。

泣きたいほどの懐かしさに、息すらも忘れてしまう。

「大河？　学校で何かあったの？」

母親を見つめたまま動かない大河に、心配になったのか火を止めて近くまで来てくれた。

しゃがんで目を合わせ優しく問いかける母に、大河の視界が滲む。

「どうしたの!?　どこか痛い？」

母が慌てている。大河は滲んで見えない目をこすりながら、首を横に振った。困らせたい訳じゃないのに、どうしても止まらない。

母は泣き止まない大河を抱きしめて、背中を撫でてくれた。体に触れる体温が温かくて余計に涙が出る。

「ただいまー」

母に抱きしめられていると、低い声が玄関から響いた。のしのしと廊下を進む重い足音。

「お？　なにしてんだ？」

呑気な声が頭の上から聞こえた。低く太いが明るさを含んだ声は父親のものだ。

「うーん、どうしたんだろう？」

母が答えながら首を傾げたのか、頬に髪が触れた。

少しの間があった後、唐突に大河の脇の下から大きな手が生えたかと思うと、ぐわっと勢いよく抱き上げられる。

いきなりの事に涙が引っ込んだ。

濡れた目をパチパチと瞬きながら大河を抱き上げた父の顔を見ると、悪戯が成功したような無邪気な笑顔を向けていた。

「腹減ってるんだろ。飯食おう！」

抱き上げたまま額をくっつけてグリグリされ、思わず笑ってしまう。

そうだ。父はこういう人だった。

呑気で明るくて、子供みたいな人だ。

「そうね、すぐご飯用意するわね」

母は、優しくておっとりしていて、たまに叱る時以外はいつも笑ってた。

微かな声が聞こえたあと、完全に意識が無くなった。

すっかり両親の顔が見えなくなって真っ暗な世界の中、
それでも、手を包み込む優しい温かさがある。
頭を撫でる大きな手の温かさも。

『どうか、次こそは幸せに――』

忘れていた。
両親の声も、家の匂いも、
こんなにも幸せな時間があった事も。
こんなにも幸せな気持ちで逝けるなら、走馬灯も悪くない。
俺の人生も悪い事ばかりではなかった。
徐々に遠くなる意識と共に、大河はそんな事を思う。

一

突然開けた視界の中、明るさに慣れない目を幾度か瞬かせる。

視線を上げると豪奢な衣装を纏った大人達がこちらを見下ろしていた。

急な覚醒に脳がついて行かず、現状が把握出来ない。

大河は座り込んだまま視線だけを動かして周りのものを確認していった。天井が高く、それを支える太い柱と大きな窓が見える。壁も床も白いこの場所は部屋というには広く、雰囲気から神殿と言った方が似合いそうだ。

大理石のような床には複雑な模様が円状に描かれていて、その中に自分を含む男女三人が座り込んでいる。

その模様の周りを十数人ほどの大人達が囲んでいた。彫りの深い日本人離れした容姿で、明るい髪色をした者が多い。引き摺りそうに長い裾の者もいれば、鎧をつけた者もいて衣装は様々だ。

「な、なん、ですか、これ……」

隣で座り込んでいた女子が怯えたように言った。その声をきっかけに視線が彼女に集中する。

雰囲気から高校生だろうか、制服を着ている。紺色の縁取りがされたベージュのブレザーに、チェックのスカート。斜め前にいるので、大河に顔はよく見えない。

「君らはこの国の力となってもらう為、勇者候補として召喚された」

大人達の中で最も着飾った老年の男性が仰々しく言い放った。

白髪で鎖骨くらいまで髭を伸ばしていて、太っているという程では無いが少しお腹が出ていた。

白地に金の刺繍で縁取りした服を着て、ファーの付いた赤いマントを左肩に引っ掛けて太い金の紐で留めている。

　こめかみの上から頭をぐるりと半周するような金の髪飾りもつけていて、目が痛くなりそうなほど煌びやかな衣装だ。

「うわ……テンプレかよ」

　同じように座り込んでいたもう一人の男子が小さく呟いた。女子と似た雰囲気の制服を着ているから同じ学校なのかもしれない。横にいるので顔が見えたが、耳にかかるほどの茶髪の毛先を遊ばせた、モテそうな男子だ。

　ギリギリ届いた言葉に、テンプレって何だ？　と思ったが声には出さなかった。この訳の分からない状況で警戒を解くほど、大河は平和ボケしていない。

　漫画を読む事もあまり無く、ゲームに至ってはした事がない大河は、現状がそういったものによくある展開だと全く思い至っていなかった。

「勇者、って意味が分からない、です。あ、あの、家に帰れます……よね？」

　再び女子がおどおどとしながら声に出す。怯えているように見えるが、考えをそのまま口に出すタイプなのだろうか。その言葉に金色で着飾った男が不愉快そうに片眉をあげる。

「帰る事は出来ません」

　不機嫌を露わにした男の代わりに、左後ろに控えていた男がきっぱりとした口調で返事をした。淡い茶色の髪をした裾の長い白い服を着ている男は、無表情なせいか冷たい印象に見える。

「かっ、帰れないって何だよ！　こういうのって世界を救ったら帰れるとかじゃないのか？」

　多少余裕そうに見えた制服の男子が、急に慌て出した。立ち上がって大きな手振りまでつけて反論しているが、相手の表情は変わらない。

「貴方がたはあちらの世界で亡くなられた為こちらに呼び出す事が出来ました。魂だけを呼び、こちらの世界で神により新しい体を作られたのです」

淡々とした説明の途中で、制服の男子は呆然と座り込んだ。

大河は最後の記憶で自分が死んだ事を覚えているが、二人はそうじゃないのだろうか。

「王よ、これらは呼ばれた直後で現状が理解出来んのでしょう。一先ず休ませてやっては」

先程淡々と話をしていた白い服の男とは逆側に控えていた、同じような、だが飾りを増やしたような白い服の男が一歩前に出た。見た感じ五十代くらいで髪が無く随分と肥えている。

内容だけ聞くと気遣っているようだが、見下すような言い方が大河には不快に感じられた。

「ふむ、そうだな」

着飾った真ん中の男は王だったらしい。

その王が片手を上げると、鎧を着た男達がザッと大河達を取り囲み立ち上がらせようとした。

大河以外の二人は素直に腕を引き上げられ立ち上がったが、大河は掴もうとした兵士の手を払い落とした。

「……触んじゃねぇよ」

ここで気がついてから何もかもが不快だ。

丁寧な言葉に包んだ横暴な振る舞いに見下した態度。王と呼ばれた男もでっぷり肥えた男も大河には腹に黒いものを抱えた狸じじいにしか見えない。

「ここは神殿である。暴力は許されない」

男が肉でたるんだ顔を顰めた。大河は無理矢理掴もうとした手を払っただけだ、暴力だとは思わない。

「うるせぇよ。さっきからテメェら何様のつもりだ」

大河自身、意識したより低く唸るような声が出た。

何様といえば王様なのだが、当然つっこむ者はいない。王の眉が引き攣り、横の肥えた男があからさまな怒りの表情に変わった。

「勇者候補といえど、目に余る。ここはお前のいた国ではない、立場を弁えよ！」

男が歯をむき出して怒鳴るが、その姿は滑稽に見えるだけで恐ろしくはない。

「関係ねぇ。いきなり連れて来られて好き勝手される筋合いねぇんだよ」

「王への不敬は死罪に値するぞ！」

世の中は理不尽だらけだ。現代日本でもそうだった。こちらの世界はよりそれが多いのだろう事は彼等の態度だけで分かるが、それと従うかどうかは別の話だ。

己の言う言葉が絶対で反論を許さないという態度が気に入らない。こいつらは今のように不敬罪というもので本当に人を殺すのだろう。

勇者だかなんだか知らないが、そんな奴らに力を貸す義理は無い。

そう思い、大河は拳を握りしめた。

「どうせ死んだ身だ。やってみろ。反撃はするけど、な！」

言うと同時に近くにいた兵士の死角に入り、鎧に包まれていない手首を曲がらない方向に捻ると逆の手で剣を奪った。そのまま間合いを取ると、剣を構える。剣道の経験が少しあるのみで両刃の剣の扱いは分からないが、出来る限りの事をするしかない。

王は溜息を吐いたあと、面倒そうな表情で手を振り下ろした。

「お待ちください！　陛下、大司教。勇者候補を殺すなどあってはならぬ事です」

おそらく王の仕草は殺れという意味だったのだろう。先程まで冷静だった太っていない方の男が慌てた様子で止めに入った。

「お怒りとは思いますが、どうか罰はお考え直しください。この者達は神の子に等しいのです」

その言葉に、王と大司教と呼ばれた二人が男を睨みつけて黙り込む。大司教の方は歯を食いしばり過ぎたせいか顔が赤黒くなっていた。

「ならば、勇者候補としての権利を剥奪し放逐する」

王の言葉で簡単に大河の処遇は決まった。

こんな奴らから離れられるなら、放逐だろうが万々歳だ。

興味を失った王と大司教がさっさとその場を後にするのを冷めた目で見送る。他の勇者候補を連れた兵士も神殿を出て行った。同じように異世界に連れて来られた二人は大河の行動が理解出来ないのか、異様な物でも見るような目を向けていた。

大河が出て行く人間を見ていると、兵士のうちの一人と目が合った。

他とは明らかに質の違う白銀の鎧を身につけていたから、兵士の中でも相当身分が高そうだ。鎧よりは濃いが明るい銀色の長い髪に、驚くほど整った容姿をしている。

その男は一瞬だけこちらを見たが無感情に視線を逸(そ)らすと神殿を出て行った。

そして最後に白い服の男だけが残った。

「全く、肝が冷えた」

男は溜息と一緒に言葉を吐き出すと、先程より少しだけ柔らかい表情で向き直った。改めて見ると、白銀の兵士ほどじゃないがこの男も整った顔立ちをしていた。頰にかかるほどの淡い茶色の髪を片側だけ耳にかけた優男だ。

「勇者候補という身分はこれで剥奪されました。こちらでは生きにくいかもしれませんが、良かったんでしょうか」

どうも心配してくれているらしい。甘みのある容姿に表情が乗ると、最初の印象とは随分と異なる。

「あんな狸じじい共に良いようにされるよりずっと良い」

大河が笑ってそう言うと、もう一度、今度は盛大に溜息を吐かれた。

白い服の男が大河を神殿の外まで案内すると言うので、歩きながら少し話をした。

男は、ゼン・フォーサイスと名乗った。司祭だという。司祭ってなんだ、と思ったが理解出来るかも分からなかったので聞かなかった。

大河の方も名前を伝えると、不思議な語感ですねとゼンが呑気な口調で言っていた。

神殿を出ると外は明るかった。花や噴水のある庭園だろうか、整えられた緑の間に敷かれた石畳の上を歩く。暫くすると門が見えた。傍に兵士が立っている。

門まであと少し、という所でゼンが足を止める。

「放逐、と言われましたので生活の面倒を見る事は出来ません……。些少ですがこれを」

そう言ってゼンから布袋に入ったものを渡される。重みのある袋は受け取るとジャラリと音がした。

「銀貨です。暫く食べていけるくらいはありますが、困ったら冒険者ギルドのウィルバーを頼ってみてください。ギルドで私の名を出せば会えると思います」

神殿内で冷たい人間だと思った事を謝りたいくらい、いい奴だ。

王に対する大河の態度を見ても助けようとする人間は、そういないだろう。狸じじい共の下では生きにくいだろうな、と今は関係ない事まで考えてしまった。

「あ……りがとな。迷惑をかけて悪ィが助かる」

素直に礼を言うのに慣れない大河は、少し照れて誤魔化すように頭を掻く。

その様子にゼンは軽く笑って門の方向を指差した。

「この神殿は丘の上にあり、石畳を真っ直ぐに下れば街があります。曲がらずに進めば広場に行けます。そこまで行けば食事処や宿屋も見つかると思います」

街の情報をもらった後、礼を言って別れた。

この男には、また会えたら良いと思う。自分で金を稼げるようになったら、預かった金は必ず返しに来ようと心に決めた。

門を出ると、そこには異世界が広がっていた。

丘上から見える景色（けしき）は石造りの家々が並ぶ街と、その奥に大きな城。城の後ろから神殿の後ろまで街をぐるりと囲む高い城壁。大きな城壁都市だ。城壁の向こうには山脈が見え、ヨーロッパを連想させるような風景が広がっている。元いた世界との明らかな違いは、城の背後辺りにビルほどの大きな氷柱が立っている事だ。

　寒くもないのに氷が溶けていないのも不思議だ。鳴き声が聞こえて空を見上げると、神殿の背後から山脈に向かって、尾が二つの白い鳥がいく羽も飛んで行った。風景などにとりわけ興味のない大河でさえ感動するほどの景色だ。

　快適な気候も手伝って、神殿内での嫌な事が吹き飛んだ。今後に不安だってある筈なのに迫（せ）り上がる期待感に似た感情が抑えられない。

　不可抗力とはいえ違う世界で生まれ変わったのだ。新しく生き直す事の出来るチャンスなどそう巡ってくるものではない。先程の出来事は仕方がないとして、出来れば喧嘩（けんか）したりせず平和に生きたい。

　そして両親と過ごしたような温かい家を作りたい。

　そこまで考えて、それはとてもいい目標な気がした。

　門の兵士が見ているのも気に留めず大きく深呼吸すると、大河は足取りも軽く丘を駆け下りた。

　神殿はなだらかな丘の上にあり周辺に建物はないが、街の中は圧迫感を覚えるほど建物がひしめき合っていた。

　木製の窓や扉のついた石造りの建物が並んでいて、建物に挟まれた三メートルほどの道幅に疎らに人が行き交っている。道も石畳で出来ていた。

　すれ違う人達に奇異の目で見られている気がするが、大河は気にしないよう足を進める。街の人々の服は神殿で見た奴らより随分と質素で男性は茶や濃いめのベージュ、紺や黒の無地の服が多いが、女性はそれなりに色のある服を着ているらしかった。

建物や人など周りを見ながら歩いて行くと、ゼンが言っていた広場だろう開けた場所に出た。横に百メートルほどありそうな四角い広場を囲むようにお店らしい建物が建っている。広場には屋台が並んでいて、この街の中心であろう事が窺えるほどに賑わっていた。

出ていた屋台を覗きながら歩くと、雑貨の類もあるが、多くは果物や野菜、パンのようなものや、肉の串焼きなど食品を売っている店のようだ。

「おっちゃん、それ一本いくら？」

「小銅貨二枚だが、払えんのか？」

串焼きの屋台の男に声を掛けてみると、大河の姿を見た男が怪訝そうな顔つきをする。先程からすれ違っている街の人達からも似たような表情で見られていた。

「これならあるんだけど」

「ならいい、ほらよ」

銀貨一枚を渡してみると串焼きと釣りをくれた。釣りの渡し方は一枚ずつ手にのせていくやり方だ。釣りの誤魔化しを防ぐ為のここの風習だろうか。釣りは大きい銅貨が九枚と、小さい銅貨八枚。先程のやり取りで小さい方を小銅貨と呼ぶ事が分かった。

「うん、美味い」

串焼きは塩のみの味付けだし、肉は硬めだが結構いける。好き嫌いは無いが、とりあえず一安心だ。海外へ行って一番困るのは食だとバイト先の店長がよく言っていた。奥さんが海外旅行好きらしく年に数回行っていたが、食が合わない事が多いと愚痴っていたのだ。

「だろ！　俺の店の肉が一番美味ぇからな！」

つぶやきが聞こえたらしい男は急に上機嫌になった。無意識に出た言葉だったが料理が褒められた事が嬉しかったようだ。

「おっちゃん、串焼きあと二本くれ」

串焼きをもらうと大きい方の銅貨を一枚渡す。

「さっき釣り渡したろ」と片眉をあげる男に、釣りはいいから情報が欲しいと伝えた。

「この辺で安くて良い宿と、働き口を探してる」

男は串焼きをひっくり返す手を止めないまま、うーんと唸る。

「宿ならあっちの通りを入って二軒目の『グリフィンの羽』って店が良いって聞くぜ。だが働き口はそう簡単に見つからねぇぞ」

串焼きをもぐもぐ噛みながら宿屋の名前を覚えていると、多少でも情報料をもらったからか、男は見つからないと言いながらも働き口を考えてくれているらしかった。

「今は街の人口が増えてるからな、働き手は余ってんだ。雇われるのは難しいだろうな。あとは俺みたいに店を出すって手もあるが元手が結構かかるぜ。あともう一個稼ぐ方法があるにはあるが……」

男は一度言葉を切ったあと、

「お前弱そうだしなぁ」

大河を見てそう宣った。

「弱くねぇよ！」

男は「そんな細腕でか！」と笑っている。どうもバカにされてるようだ。

俺は絶対細くねぇ。確かに街を見てるとこっちの男はガチムチした奴らが多いが、俺だって日本じゃ筋肉はある方だ。ムキムキマッチョと比べられても困る。

心の中で悪態をついていると、買い物に来たらしい女性が横でクスクスと笑いだした。大河と店主のやり取りを見ていたらしい。母親くらいの年齢だろうか、落ち着いた雰囲気のある人だ。

「それよりあなた、その服装じゃ不審がって雇ってもらえないと思うわよ」

「あぁ、確かにな。どこの国から来たんだ？」

女性に言われて自分の着ているものを見下ろす。

大河の服装はシンプルに白のTシャツにデニムパン

ツ、白いスニーカーだ。最後の記憶と同じ格好だから血みどろになった筈なのだが、服に血は付いていない。
　改めて街の人達の服装を見れば、男性は麻のような素材で尻が隠れるくらいの丈の服。その腰辺りをベルトで留めていて、下は濃い色のズボンを革のブーツに入れている人が多い。少し高価そうな服の場合、上着が増えたり刺繍が多かったりするようだが、皆裾が長く、濃い色の服を着ている。

　それ以外の人は、鎧を身につけていた。すれ違った人達に奇妙なものを見る表情をされたのは服のせいだったらしい。神殿にはもっと変わった格好の人間もいたし、それに比べれば大きく違うように思えないが、この世界の人達から見るとおかしい部分があるのだろうかと大河は首を捻った。

「日本って国だが分かるか？」

「ニホン？　そんな国あったか？」

　聞いた事ないわねぇ、と女性が店主と顔を見合わせて首を傾げているが、分からないのは想定済みだ。

「すげぇ遠いからな、知らなくて当然だ。それよりさっき言ってた最後の稼ぐ方法教えてく……」

　情報を聞きたかったのだが、言い終わる前に横の女性が後ろから来た男にぶつかられた。広場は混み合っているが、歩くのが困難なほどではないし、ぶつからずに歩く事も出来る。

　全く人を避けなければ別だが。

「通り道の邪魔してんじゃねえよ！」

「すっ、すみません」

　ぶつかってきた男が苛々と怒鳴りつけると、女性は小さくなって屋台の方に身を寄せた。

　男は革と鉄で出来たような鎧を着て腰に剣を佩いた、なんとなく傭兵のような格好のでかい男だ。

「今、お前からぶつかってきたんじゃねぇのか」

「おっ、おい、やめろっ」

　屋台の男が慌てたように大河を止めるが、売られた喧嘩は買うタチだ。

売られたのは横の女性だけど。

「なんだお前！　やろうってのか!!」

傭兵風の男がいきり立って剣を抜いた。そういえばここは異世界、殴り合いじゃなく殺し合いなんだなと今更ながらに思う。それでも、バカだと思うが大河には引くという選択肢がない。

あれば前の世界でもきっと死んでいなかっただろう。

一触即発の雰囲気に、蜘蛛の子を散らすように二人の周りから街の人が距離を取った。空間が出来て周りに危害が出ないのを確認してから、大河は戦う構えをとる。

その様子が挑発に見えたのか、怒った男が力任せに剣を振り下ろしてきた。大河は上体を横にして避けると、剣を持った腕を掴む。そして振り下ろす事で前に向かって勢いのついていた体を、そのまま投げ倒した。

ドッと男が倒れる鈍い音がする。

大河の父親は格闘技だけでなく武道なども好きで、小さい頃に色んな技を教え込まれた。今のは無刀取りと言われる技らしい。角材や鉄パイプで襲ってくる奴ら相手に時々使っていたが、本物の剣でもなんとかなったようだ。

一瞬でひっくり返った男は状況を把握出来ずに呆然としている。

これくらいで気絶する事はないと分かっていたから、再び襲ってくる前に剣を奪って男の首の上に刃を添わせた。これ以上やるなら切ると伝えるように、見下ろす体勢で睨みつける。流石に切るつもりは無いが。

そこまでやってから、後悔が襲ってきた。神殿を出た時に喧嘩をしないで平和に生きると決意したのを思い出したからだ。慣れ親しんだ習性はおいそれと消えてはくれないらしい。

「おー、やるなあ！」

シン、と静まり返る周囲の中から、能天気なほど明るい声が響いた。振り返ると声と同じで能天気な笑みを浮かべた男が歩いてきた。赤味の強い茶色の髪に精悍な顔立ち、上背のある見るからに逞しい男だ。鎧は身につけておらず街の人達と同じような黒っぽい上下の服を着ていたが、腰に剣を佩いている。

「いやー、そこで喧嘩してるって呼ばれてな。止めに来たんだが必要なかったな！」

「こいつの知り合いか？」

気勢をそがれ傭兵風の男の首から剣を離すと、倒れていた男はバツが悪そうな顔でのそりと起き上がった。

加勢しにきた訳でもなさそうだし、知り合いなら引き取って欲しい。

「知り合いってほどじゃないが、そいつは冒険者だからな。……冒険者が街の人間に喧嘩を売るなんざ許してないがな」

語尾の辺りで、赤髪の男の声と眼に剣呑さが乗る。傭兵風の男がギクリとした様子で身を震わせた。

傭兵じゃなく冒険者というものだったらしい。赤髪の男にギルドカードを出せと言われて素直にカードらしいものを渡している。もう襲ってくる事は無さそうだが、念の為に剣は赤髪の男に渡した。

「なんか知らねぇが後は任せる。こいつは好きにしてくれ」

そう伝えると踵を返して屋台に戻ろうとしたが、ガシリと肩に腕を回された。横を見ると頬が触れるほど近くにある顔がニヤニヤとしている。

「お前、うちに来い！　悪いようにはしねえ、稼がせてやるよ！」

「は!?」

返事も待たずに赤髪の男が片腕で大河を引き摺っていく。慌てて腕を外そうとしたが、筋肉のみっしり付いた太い腕はピクリとも動かなかった。

「おいっフッざけんな!!　放せ！」

大河が暴れているにも拘わらず、赤髪の男は人一人引き摺っていると思えない速さで歩いていく。

遠ざかっていく景色の中に先程の女性がぺこりと頭を下げている姿と、屋台の男が苦笑しながら手を振っているのが見えた。

解放されるのを途中から諦め、引き摺られるままにしていると、石造りの街並みの中で一際大きな建物に連れて来られた。

赤髪の男が木製の割に重そうな扉を開けると、薄暗い中で騒がしくしていた男達が数人、こちらに顔を向ける。皆一様に大きな体躯に鎧をつけていてガラが悪い。

石造りの建物の中は奥にカウンターがあり、手前にはいくつもの木のテーブルと椅子。横の壁には張り紙のようなものが沢山貼られている。木の蓋のついた窓はあるが少なく、明かり取りの役目を果たしていないため建物の中は外と違って薄暗かった。

テーブルの上に食べ物や飲み物が置かれているところを見ると、食事処だろうか。騒がしく豪快に男達が飲み食いしていた。だが奥のカウンターには椅子が無く、飲み食いしている者もいない。

女性も数人交じっているが、カウンター内にいる女性以外は大河に負けないほど体格が良く鎧姿に剣を佩いていた。

「ウィルバーさん、人さらいっすか！」

「女じゃなく男を連れてるなんて珍しいですね」

手前のテーブルにいた二人組が赤髪の男に声を掛けた。気安く話しかけるところを見ると、仲が良さそうだ。一人は金色の短髪で軽そうな笑顔の男、もう一人は黒髪の短髪で無骨そうな印象の男だ。

「新入りを連れて来た！　面白そうな奴でな」

ウィルバーと呼ばれた赤髪の男は仲間らしき男達へ自慢でもするように大河を見せた。その腕を押し退けて漸く解放された大河はうんざりとした目を向けたが、赤髪の男は意に介していない。

「新入りって何だよ、勝手な事言ってんじゃねぇ」

「おー、悪い悪い。説明してなかったな。ここは冒険者ギルドだ。お前冒険者にならねぇか？」

低い声で凄んだ大河に、赤髪の男は明るい調子で返した。強引に連れて来た割に、一応伺いを立ててくれるらしい。

それにしても冒険者とは一体何をさせられるんだろうか。「冒険」でどう金を稼ぐのか、日本では選択肢に無い職業なため大河には上手く想像が出来ない。小さい頃に見た鞭を持った男が冒険する映画では、確か財宝を求めて旅をしていた気がするが、よく覚えていなかった。

「冒険者って……何をするんだ？」

聞かずに決める訳にもいかず大河が躊躇いつつ聞くと、三人は虚をつかれたような顔をした。

「子供でも知ってる事だと思うんだがな。そういやお前珍しい格好してるな、どこの出身だ？」

質問が意外だったせいか、質問で返された。

屋台の時も思ったが、異世界からというのは隠した方がいいのだろうか。隠し事をするのは面倒だし嫌いなんだが、そう考えて大河はありのまま伝える事にした。

「日本だ」

「ニホン？　聞いた事ないな。遠い地の小国か？」

一瞬考えるような間があったが、それ以上追及される事はなかった。

「まあいいや。さっきの質問だが、冒険者ってのは護衛や採取、魔物討伐で金を稼ぐ職業だ。戦闘が必要な雑用ってとこか」

「……もうちょっと言い方無いんすか」

赤髪の男の言いように、近くで酒を飲んでいた金髪の男がタレ目を半眼にしてつっこんだ。黒髪の男は苦笑している。

すぐにでも職を決めたいが、戦闘が必要という言葉に迷ってしまう。多少腕に覚えがあるがこちらで通用するかは分からない。それに護衛や討伐となると喧嘩(けんか)とは違うが平和な生活とは遠そうだ。隣の男は迷っている大河に腕を回して力強く肩を叩(たた)いた。

「俺が引っ張ってきたからな、一人で依頼をこなせるようになるまで面倒見てやるよ」

　これから右も左も分からない場所で生活していく大河にとっては破格の条件だ。この赤髪の男に何の得があるのかと思うが、色々と考え過ぎても仕方ない気がする。

「よろしく頼む」

　最後には考える事を放棄した大河の返事に、赤髪の男は「任せろ」と快活に笑った。


「まずは奥のカウンターで登録してこい。俺はここで酒を飲んでる」

　赤髪の男は空いた席にどかっと座ると、早速職員らしき女性に酒を注文している。女性はそれに対して、仕事してくださいよ、と苦笑していた。

　奥のカウンターは壁沿いに長く設置されていて、数人の女性が受付を担当しているらしい。何故(なぜ)か美女揃(ぞろ)いだ。むさ苦しい室内なのにカウンター辺りだけ空気が違う。

「登録したいんだけど」

　そこそこ混んでいたので、大河は迷う事なく空いている場所で声を掛ける。ウェーブのついた淡いベージュの髪を腰辺りまで伸ばした女性が笑顔で用紙を差し出した。

「では、こちらの登録用紙に記入をお願いします」

　薄茶色っぽいざらついた紙の他に、瓶に入ったインクと鳥の羽のようなペンも大河に渡す。

　カウンターでは文字の読み書きをする為(ため)か、卓上にライトがあった。カテドラル水晶のような透明な石がゆるく光っているが電気コードらしいものは付いていない。

　さっさと記入して終わらせよう、と羽根ペンを持った手がそのまま静止した。

字が読めない。

全く違和感なく会話が出来ていたから、その可能性に思い至らなかった。会話は出来るが読み書きは出来ないのか。

どういう原理なんだ？　と首を傾げていて、目の前の女性からの視線に気付いた。

「あー……と、悪い。読めないいんだけど何て書いてあるんだ？」

気まずげに大河が伝えると、ああ、と言ってから代筆を申し出てくれた。その流れに全く淀みが無かったから、読み書きが出来ない事は珍しくないのかもしれない。

「では、お名前を」

「蓮見大河」

「……ハスミタイガーさんですね」

「いや、ハスミ、タイガ。ハスミが家の名前で、タイガが俺の名前」

「……」

言ってからこの世界の名前って苗字の概念はあるのか？　と思ったがもう遅い。

受付の女性は少しの間止まって大河の顔を見ていたが、特に何を言うでもなく紙に記入した。

「では、年齢、出身地、使用武器、得意魔法を」

「年齢は十七歳、出身は日本、武器……は使わないから素手かな。魔法って何だ？」

返答を聞きながら記入していた女性の手が出身辺りから遅くなって、「素手」と言った時点で手を止めて顔を上げ、魔法のところで半眼になった。美人が台無しだ。

「ハスミタイガ様、これでは登録は出来ませんよ」

「なんでだ？」

「何故、と言われましても」

何かまずい事を言ったのだろうか、この世界の常識がさっぱり分からない。

腕を組んで頭をひねっても解決しそうにないので、

とりあえず「分かった」と言い残して、同席の者達と賑やかに酒を呷っている赤髪の男の所に戻った。

「おー、登録終わったか！　お前も飲め！」

酒が入っているからか、それが常なのかもしれないが、赤髪の男が楽しげに席を勧める。

「いや、登録出来ないと言われた」

「はぁ？」

追加の注文をしようと片手を挙げたまま、赤髪の男が眉を寄せる。

そして受付でのやり取りを最初から説明すると、女性と同じく半眼になった。一緒に飲んでいた奴らも不思議そうな顔をしている。

「お前、本当にどこから来たんだ？」

「さっき答えただろ」

大河がそう答えると、赤い髪をわしゃわしゃ掻きながら困った顔になる。

「お前……えっと何て名前だ？　魔法知らないとか嘘だろ？」

赤髪の男の向かいで酒を飲んでいた金髪の男が身を乗り出した。そこで漸く、誰も名乗っていなかった事に気付く。赤髪の男も今気付いた、というような顔をしている。

「そういや名を聞いてなかったな」

「名前も知らないのに引き摺ってきたんすか……」

呆れた声を意に介さず、赤髪の男は自分の名前をウィルバー・ガルブレイスだと名乗った。男の名前に聞き覚えがあるような気がする。

「蓮見大河。ハスミが家の名前で、タイガが俺の名前」

大河が受付の時と同じように答えると、やはりこちらでも皆が一瞬止まった。

「名前の順序逆だし、初めて聞くような名前だな！　どこの国の貴族だ？　あ、俺の名前はテオな」

身を乗り出したまま金髪の男が自分を指差して笑顔を向けると、横に座っていた黒髪の男がペシッとその後頭部を叩いた。テオと名乗った男が頭を押さえながら何すんだと騒ぎ出す。

「俺はエドリクだ。こいつの失礼な態度を許してやって欲しい」

「いや、俺は貴族じゃないから気にする事ねぇよ」

「貴族じゃないのに家名があるのか？　魔法を知らないってのもおかしいだろ」

先程皆の動きが止まった理由は、大河の事を貴族だと思ったかららしい。こちらの世界では苗字があるのは貴族だけなのだと理解した。

それにしてもテオがグイグイくる、と大河は引き気味に思う。ガタイはいいが少し間が抜けた感じの雰囲気のあるテオは、あまり考えずに言葉にするタイプらしい。嫌いではないが、質問で詰め寄られると性格上面倒に感じてしまう。

「ちょっと別の場所で話すか」

先程から黙っていたウィルバーが、ぐいっと一気に酒を飲みきった後、吐き出す息と一緒にそう言って立ち上がった。

自分の異質さを理解していない大河は、聞かれたらダメな事でもあるのだろうかと、呑気（のんき）に考えながらその後を追いかける事にした。

「勝手に入っていいのか？」

ウィルバーはカウンター内に入り勝手に奥のドアを通る。後ろをついて行く大河を職員の女性達が訝（いぶか）しげに見ていた。

「これでも一応ギルドマスターだからな」

「ギルドマスター？」

「ここの責任者だ」

振り返らずに言った内容に大河は少なからず驚いた。

この男と出会って数時間しか経（た）っていないが、名前も知らない人間を引き摺って来るような男に長（おさ）を任せて問題ないのだろうか。

階段を上がって二階の奥にある部屋に入ると、とりあえず椅子に座れと促される。先程までいた場所より、幾分小綺麗な部屋で、ソファと言うには硬そうだが革張りの長椅子まで置いていた。

「さて、ここには俺以外いないからな。本当の事を聞かせてくれるか」

今までの明るい雰囲気と違う、真剣な表情に有無を言わせない口調。ローテーブルを挟んで向かい側の椅子に座ったウィルバーは、前屈みで膝の上に腕を置いて手を組んでいる。

命令されると拒否反応が出てしまう大河自身の性質を悟られたのか、それともウィルバー自身の性格なのか、口調はともかくその言葉は問いかけだった。

「あんた、神殿のゼン……なんとかって男知ってるか？」

ウィルバーという名前を聞いてから何かが引っかかっていたのだが、部屋を移動する間考えてその原因が神殿でのやり取りだった事に気付いた。

「あ？　あぁ、ゼン・フォーサイスか、あいつはあっち側だがいい奴でな。多少付き合いがある」

大河の言葉に拍子抜けしたのか、真剣な表情を作っていた眉が少し上がる。

「その男に困ったらウィルバーという男を頼れと言われてたのを、さっき思い出した」

「俺を？」

「あぁ。……俺は異世界からこの国に召喚されたらしいんだが、国王と太った偉そうな奴に無礼な態度を取って放り出されたんだ」

頼れと言われた人物になら隠す必要も無いかと、大河は今の自分の状況を一息に言い切った。

ウィルバーはパチパチと大きく瞬きをして、

「ぶはっ！」

盛大に吹き出した。

前のめりの体勢だったのが背もたれに凭れ掛かり、片手で目を覆って大笑いしている。

「なんで笑うんだよ……」

「やっぱりお前面白いな！　そうか王と大司教に喧嘩売ったのか！」

ウィルバーは愉快そうだが、大河にとっては心外だ。

「言う事を聞かなかっただけで、喧嘩を売った訳じゃねぇ」

「あいつらにとっちゃ同じ事だ。……なるほど、訳は分かった」

一通り笑って落ち着いたのか、肘掛で頬杖をついてニヤリと笑った。

イケメンはいちいち仕草が様になって腹が立つ。

ウィルバーの大仰な仕草に大河が関係ない事を考えていると、そんな事は知らないウィルバーは、嘘は言ってなかったんだな、と少し嬉しそうにしていた。

「この世界じゃ魔法は生活と切っても切り離せないほどのものでな。生活魔法は街の子供も常日頃から使ってる。能力の差はあるが全ての人間が魔法を使える。そして冒険者は攻撃魔法が必須だ」

大河の状況に納得したのか、ウィルバーは大河が受付の時から疑問に感じていた事を丁寧に説明してくれた。

なるほど、だから登録出来ないと言われたのか。

説明のお陰でそう思い至り、そのままを伝えるとウィルバーが苦笑した。

「冒険者に必要なものは戦闘能力だ。最低限でも戦える者しかギルドに登録は出来ねえ。武器と戦闘魔法が使えないものは戦えないと判断されるんだ」

その言葉にウィルバーが、戦う雑用だと言っていた事を思い出した。攻撃魔法どころか、子供でも使えるという生活魔法すら知らない自分には冒険者は無理そうだ。

「悪かったな。広場での動きを見て勝手に戦えると判断しちまった」

悪かった、と言いながらウィルバーは全く悪いと思ってなさそうな顔をしている。大河からすれば別に謝ってもらう必要は無いから良いのだが。

「心配すんな。俺が剣と魔法を使えるようにしてやるよ」

　頼もしさを見せるウィルバーに、大河は首を横に振った。ある程度戦える者を指南するのと、子供より分かっていない者に一から教えるのとでは訳が違う。

「あんたにそこまでしてもらっても、俺は何も返せねぇよ」

「面白そうってだけで何か返してもらおうなんざ考えてないんだが……」

　片眉を上げて口に指をあて、考えるような仕草をした後に、ウィルバーは悪戯(いたずら)を思いついた子供のような顔をした。

「じゃあ、俺の事は師匠って呼べ！」

　ドン！　と後ろに効果音が付きそうな言い方でそんな事を宣う。

　師匠。

　ウィルバーは見た感じ大河より結構年上だと思うが、随分子供っぽい性格だ。若干そう呼ぶ事に抵抗がある。

　あるが……、

「……師匠」

　大河がたっぷり一分は黙り込んでからそう呼ぶと、

「悪くねぇ」

　ウィルバーは満足そうに笑った。


　結局その日に登録は出来ず、大河はそのまま宿を探しに出ようとしたが、弟子に飯くらい食わせてやるとギルドの一階でウィルバーに夕食を奢(おご)られた。

　その時にギルドにいたメンバーに、弟子にしたと紹介され、大河は何故か周りから哀れむような目を向けられた。

「頑張れよ」

ずっと酒を飲んでいたらしいテオとエドリクに肩を叩かれ酒を渡される。未成年なんだけどな、と思ったがこちらの法律を知らない。

それを聞いたテオにまた質問責めにされるのも嫌なので、そのまま口をつけた。

初めて飲む酒は、あんまり美味くなかった。

大河は酒もタバコも経験がない。わざわざ法に反する事をしたいと思った事も無く、現実問題そんな金があるなら食費にすると考えていた。たとえ法律で許された年齢でも嗜まなかったかもしれない、それだけ大河にとって嗜好品は高過ぎた。

美味くはないが周りが水のように飲んでいるので、大河も仕方なしに飲み進める。

「ほら、これも食え！　お前はもうちょっと太って体作れ」

ウィルバーが肉料理ばかり大量に並べて大河にも食べさせようとする。この世界の人間は確かにやたらとガタイが良い、なんというかデカくて分厚い。

だが大河とて痩せてる訳じゃない。バイトの無い空いた時間はずっと鍛えていたし、筋肉だってそれなりに付いている。それでもこっちの男性と並ぶと細く見えた。悔しいが、冒険者の女性の方が大河の体格に近い。

この肉を食ってたら胸も腕もそんな肉厚になるのか、と目の前の骨つき肉にかぶり付いた。噛み付いた所から肉汁が垂れる。塩だけの味付けは濃いめで、牛肉みたいな旨味があり屋台で食べた串焼きに似ている。塩気を流そうと酒を飲んで、塩気の強いものと酒が合う事を知った。少し大人になった気分だ。

肉が塩辛くて酒が進んでしまう。

「そういや近くで魔獣が大量発生したらしいっすね」

「ロングホーンて弱いけど数が多いと厄介なんですよね」

テオとエドリクがウィルバーと話すのを聞きながら肉と酒を口に運ぶ。ロングホーンという魔獣がいるらしい。元いた世界にはそんな牛がいたが、どんな魔獣なんだろうか。

「どうも今日は異常の報告が多くてな、明日には討伐隊を編成するつもりだ」

「ロングホーンなら余裕なんで俺も志願します！　ウィルバーさんも行くんすか？」

「ウィルバーさん行くなら俺らいらないだろ」

　なんかだんだん皆の声が遠くなる気がするな、と思いつつも大河は木で出来たジョッキの中身を空にしていた。

　大河は知らなかったが、こちらの酒は果実からワインのような製法で作られており、飲みやすさの割にアルコール度数はそれなりに高かった。

「そうだな、今回は俺がいなくても問題ねえだろ。他は報告を聞いてからだが、俺はこいつの訓練を……て、おいどうした!?」

　会話の途中で大河を見たウィルバーが慌て出す。大河はふわふわした頭でウィルバーを見たが、どうも焦点が合いにくい。

「おいおい、そんな酒に弱いならなんで飲んだんだ」

「うわー、真っ赤っすね」

　呆れ声のウィルバーが背中を支えて、フラフラと倒れそうに揺れる頭を自分の胸の辺りに置く。

　大河の記憶はその辺りで途切れてしまった。


　目がさめると、視界に覚えのない天井が広がった。一瞬のうちに頭が覚醒して飛び起きる。長い事新聞配達をしていたので大河の寝起きは良い方だ。

　部屋を見渡すと石造りの部屋の大きめのベッドで、何故かウィルバーと一緒に寝ていたらしい。最後の記憶が酒を飲んだところだから、酔った大河をここまで運んでくれたのだろう。その事を思い申し訳ない気持ちが湧く。

　だが大河は意識を失う前と同じ服を着たままなのに対して、ウィルバーは何故か体に掛けている布から出てる部分が裸だ。

どういう事なんだとげんなりした。お酒自体初めてで二日酔いは経験した事が無いが、別の意味で頭が痛い。

「……んあ？　起きたか」

大河が起きた事に気がついたらしいウィルバーが欠伸を噛み殺しながらのそり起き上がる。

「いやいや、なんで下まで裸なんだよ!!」

「あぁ？　あー俺寝るとき服着てるの嫌なんだよ」

ウィルバーが立ち上がると掛かっていた布がパサリと落ちて、全身が露わになった。怖いくらい筋肉質なのは羨ましいが、見たくはない光景だ。

「裸の男と寝かされてたって俺の気持ちも考えてくれ……」

大河がウンザリした感情を隠さないままそう伝えると、ウィルバーは裸のまま腕組みをして片眉を上げる。

いいから服着ろ。

「酔い潰れたお前を運んでやった俺に対して随分だな」

「う……それは、悪かった」

それを言われてしまうと立場的に弱い。

確かに酒を飲んだ後の記憶が無いのだから、迷惑をかけてしまったに違いないのだ。バツが悪くなったのと、裸を見るのが嫌で大河は下を向いた。

「別に怒ってねえよ。面白かったしな」

「俺、何かしたのか？」

大河の耳に笑いを含んだ声が届いて、不安が襲う。記憶のない間何かしたんだろうか。

「いや？」

恐る恐る視線を上げると、ズボンの紐を結んでいたウィルバーが口の端を上げてニヤッと笑った。

問いただす訳にもいかずぐっと声を詰まらせていると、ウィルバーはさっさと残りの服を身につけていた。

「それよか飯だ。行くぞ」

ウィルバーは部屋を出て行く。スニーカーだけは脱がされていたから、慌てて靴を履いて後を追いかけた。

階段を降りると見た事のない場所だった。昨日いたギルドとは違うらしい。一階は食堂のようだが、ギルドとは違い奥にカウンターは無い。どれも似た石造りの壁に木の床、木の扉の建物で、部屋の見た目だけでは場所が判別しづらい。

「ここはグリフィンの羽って宿屋だ」

席についても大河がキョロキョロと周りを見回しているのに気付き、ウィルバーが教えてくれる。昨日屋台で教えてもらった、おススメの宿屋にそれと知らず泊まっていたらしい。

寝ていた部屋は家具は少なかったが、ベッドも床も清潔そうだった。先程注文を取りに来た大河より少し年齢が下だろう女の子は、笑顔で接客している。おススメされたのも納得がいく。

それにしても、職場があるのだからウィルバーはこの街の住人の筈だ。

「宿屋に泊まってるのか？」

「あぁ。飯を作るのも洗濯も掃除も苦手でな。ここなら金はかかるが全部やってくれる」

なんとも彼らしい理由だと思った。どう見ても家事が得意なようには見えない。

「ウィルバーさん、家事を全部やってくれるって美人な女性が言い寄っても結婚する気はないんですよね」

丁度料理を運んできた女の子が、少しだけ会話に交じる。ウィルバーはこの宿で生活しているらしいから従業員と顔見知りなのは当然だろう。

「一人に縛られるのは嫌なんだよ」

然も当然といった様子で言うウィルバーから女癖の悪さが見えて、思わず呆れた表情になる。従業員の女の子も苦笑しているが、ウィルバーを見つめる様子に好意が窺えた。

逞しい均整の取れた体躯に男らしい整った顔、更にギルドマスターが高給取りなのかは知らないが組織のトップとなればさぞモテるのだろう、と大河は目の前の男を見て思う。

「刺されねぇように気をつけろよ」

　この件はこれ以上関わりたくないと思いそれだけ伝えると、

「この俺が後れを取る訳ねえだろ」

　見当違いの返事が返ってきた。

　俺の師匠は女性関係に要注意だなと大河は頭の隅にメモをしておいた。

　朝食は硬いパンのようなものと、肉と野菜を焼いたものと野菜のスープだった。

　やっぱり塩味だったので、もしかするとそれ以外の味付けが無いのかもしれないが、塩加減が丁度良くて美味(うま)かった。この世界に連れて来られてまだ戸惑いの方が強いが、食べるものに困らないのは幸いだ。

　食事代と宿代を預かった銀貨から支払おうとしたが、ウィルバーに無理をするなと窘(たしな)められた。

　面倒見の良いウィルバーには当然の行動だったが、人に頼る事に慣れていない大河は、早急に稼げるようにならなくてはと気持ちを新たにしていた。

「俺はこれからギルドに顔を出すが、お前はどうする？　状況によっては俺も討伐に出るが、そうじゃなきゃ訓練してやるぞ」

　宿を出ながらそう聞かれた大河は、ウィルバーと共にギルドに行く事にした。


　ギルドに着くと、その辺で待ってろと言われ、大河は空いてるテーブルについて飲み物を注文した。酒じゃない飲み物が無いか聞いてみたら、果実水があると言うのでそれを頼む。小銅貨一枚だった。

　果実水は水と柑橘(かんきつ)系の果物を合わせたような味で、甘みは殆(ほとん)ど無かったが冷えていて美味かった。昨日の酒も冷えていたが、冷蔵庫のようなものがあるのだろうか。

「ロングホーン討伐志願者は、一刻後南門前に集合！」

「レッドベア討伐は西門に一刻後だ、遅れるなよ！」

　ギルド内が騒がしくなってきたと思うと、厳つい男達が建物の隅にまで聞こえるような低い大声で連絡を伝えている。それぞれの討伐隊リーダーだろうか。ガシャガシャと鎧と剣の鞘がぶつかる音を立てながら、それを聞いた男達がギルドの外に出て行った。その中にテオとエドリクがいたが、邪魔にならないよう声は掛けなかった。

「じゃあ、行くか！」

　後ろから声を掛けられ振り返ると、黒い鎧に身を包んだウィルバーがいた。別れるまで黒のシャツに濃い茶色のズボンという街の人と変わらない格好をしていたので、ギルドで身につけたのだろう。

　赤で縁取った黒い鎧の背中に担いだ大剣は、大河の胸辺りまでありそうな大きさだ。赤味の強い髪と剛健な雰囲気によく似合っているが、弱い者が対峙したなら見ただけで逃げ出しそうだ。

「討伐に行くんじゃないのか？」

「今報告のある魔獣ならあいつらだけで問題ない。力量に合わせて任せるのも俺の仕事だ」

　鎧を纏っていたから討伐に行くと思ったが、そうではなかったらしい。

　この世界には魔物という生き物がいてそれらが人を襲う、という話は冒険者という職業について詳しく聞いた際に教えてもらった。しかし冒険者でなくても、城壁の外では魔物に遭遇する危険があるため、街から出る際には武装するのが基本だそうだ。これでも中装備だと言われて驚く。移動が多い場合には軽装備や中装備、大掛かりな戦闘が予想される時には重装備するのだそうだ。

「近いうちタイガの装備も揃えねえとな。まあ、今日のところは俺が守ってやるから心配すんな」

「……悪い。装備買う金って、どれくらいかかるんだ？」

守ってやるなんて言葉は普段なら屈辱しか感じないが、今の状況では仕方がない。複雑な感情を呑(の)み込んで礼とも言えないような返事をした。

装備を買わないといけないのは予想していたが、今持っているのは神殿で預かった銀貨が二十枚程度。貨幣の価値は飲食物でしか知らないから装備が買えるか大河は心配だった。

「最初の装備なら銀貨五枚程で揃うぞ。依頼こなして金貯(た)めて、同時に鍛えて身の丈に合った装備に変えていくのが順当だな」

それならなんとかなりそうだと安心する。ウィルバーの装備が立派過ぎて少し焦ってしまった。どう考えてもこれほどの装備、大河には買えそうにない。

そんな会話の後、ギルドの食堂でパンもどきと干し肉を包んでもらい、革で出来てるらしい水筒と一緒に持って外に出かけた。


ウィルバーに連れられ南の門まで行くと、遠くから見るより城壁は高く感じた。十メートルはあるだろうか。街の建物よりも高い石の壁はなかなかに圧巻だ。

「ウィルバーさんも討伐ですか？」

「いや、訓練すんのにちょっと出てくる。討伐隊は出発したのか？」

城壁を見上げながら歩いていると、門番をしていた兵士が気安い感じで声を掛けてきた。ウィルバーとは顔なじみのようだ。

門兵曰(いわ)く討伐隊は少し前に出発したらしい。兵士が着ている鎧は冒険者のそれと違い、神殿で大河の腕を掴(つか)もうとした兵士達のものに似ている。ウィルバーを含めギルドで見た冒険者は自分の好みで選んでいるのか個性的な装備も多かったが、国からの支給だろう門兵の鎧は鉄で出来ているようで華美な装飾はない。

「今日はツレがいるんだが、今身分証が無くてな。俺が保証人になるから外出印出してやってくれ」

「そうですか、分かりました」

門兵が腰に下げていた革のポーチから十センチ角くらいの紙を出すと、大河に向かってそれを差し出す。受け取ろうと紙に触れると、無地だった紙に光の模様が浮かび上がって定着した。

おお、魔法っぽい。

こちらで初めて見る不思議な現象に感動して受け取った紙をひっくり返したり、上に向けて光を透かしてみたりしてしまった。

「無くさないようにしろよ」

笑いを堪えたような声でウィルバーに言われて大河は、はっと我に返る。見れば門番も手を口に当てているが、口の端が上がっていた。

「無くさねぇよ」

急に恥ずかしくなって、大河はぶっきら棒に答えてしまった。

無知なせいか時折子供扱いされているように感じる。渡された紙は無くさないよう、折りたたんでデニムのポケットに入れた。


門番に送り出されて外に出ると、広大な風景が広がっていた。

手前の土地は多少荒れているが、遠くに見える森に向かって地面が草原に変わっていく。遠くまで続く道は先が見えない。昔テレビで見た、外国を車で走る旅番組で近い景色があったようにも思うが、日本では見ない景色だろう。距離感を失いそうなほど全てが遠く、雄大だ。討伐隊が出かけた大森林は見えている森とは違うらしく、日が暮れるまで歩くという。

ウィルバーは少し歩くぞと言い道に沿って進んでいく。歩きながら、さっきの外出印は外に出た人間が戻る際に必要なもので、持たずに門を潜ると結界に弾かれるという話を大河にしてくれた。

街の人間が魔物に怯えずに暮らせるのは、結界があるからなのだそうだ。

気になったので農作物はどうしているのか聞くと、東門の方に農地が広がっているらしい。そこには、城壁よりは低いが農地を囲む塀があり、比較的魔物の出没頻度が低いそうだ。

南門の方は道の先に大森林が広がっており、魔物の住処になっているため出没頻度が高いらしい。冒険者が討伐や狩りを行うのは主に南門から大森林にかけてが多いという。

そして西門は山が近く魔物も出やすいが交易に使われる為、国の保有する兵が街道を警備していて比較的安全だそうだ。

最後、北門は山脈側で王城の背後にあり、王家に関わる人間以外は通る事が出来ないそうだ。王家保有の宝物庫があるのではと言われているらしい。神殿から見えた氷柱もその辺りだった。

色々と興味深い話を聞いていたから良かったが、ウィルバーの少し歩くぞ、の少しは体感で一時間くらいあった。その途中数匹の魔獣と出会ったが、ウィルバーが事もなげに倒していた。

それほど大きくない湖が見えた所で、この辺にするかとウィルバーが腰を下ろして持ってきた水を飲む。

「ここまで街から離れないとダメだったのか？」

「魔法は下手すりゃ数キロ飛んだり周りを破壊したりする事があるからな、てのは建前で、異世界から来た人間の魔力ってのが未知数だからな。出来る限り人目につかない方が良いだろ」

口元をぐいっと拭って、手振りで大河にも座るように促す。大河は胡座をかいたウィルバーの前に正座で座った。周りからはヤンキー呼ばわりされていた大河だが、父親から教わる者の心得を叩き込まれている。

「早速だが、魔法を使えるようにする。まあ簡単だ、使える者が体に魔力を流し込んで発露を促してやればいい」

　大河が座ると同時に魔法についての説明が始まった。

　生活魔法は子供でも使っていると聞いていたから、難しい事ではないと想像していたが、思った以上に楽そうだ。

「魔力の入った箱の蓋を本人以外が開けてやるようなイメージだな。やってみるが、いいか？」

　問われるままに頷くと両手を握られる。本当に簡単な事なのだろう、それは合図もなく始まった。

　次第にジワジワと手が熱くなって体に何かが入ってくるのが分かる。

「蓋さえ開けてやれば体内に魔力は満ちる。後は使う時に体の外に出して形を作ってやるためのイメージを固めるだけで良い。生活魔法を子供に教える場合は火を見せたり水を触らせたりするが、お前にそれは必要ないだろ」

　魔力について教えながら、ウィルバーは手から大河に魔力を送っていく。

　体の中で徐々に存在感を増していくソレに、大河はだんだんと辛くなってきた。知らず全身に力が入り、ぎゅっと手を握りしめてしまう。魔力の発露を促すというのは、こういうものなのだろうか。違和感が強くて熱い。

「なんかザワザワする、無理矢理入ってくる感じが嫌だ……」

「おかしいな、そんな事にはならない筈だが」

　ウィルバーは訝しげな表情をして、やめるか？　と聞いたが、大河は横に首を振った。

「魔法、使えるようにならねぇと……」

「なら続けるが、無理なら言え」

　異世界の人間だからか？　だが勇者は魔法が使え

ると聞いた事があるが、と首を傾(かし)げながらもウィルバーは魔力を送る。

　大河の中でぐっと無理矢理押し入るような感覚のあと、蓋が開くと言うより、弾け飛ぶような感覚がした。同時にブワリと何かが全身に広がるのを感じて大河は身震いする。

「あっ……!?」

　駆け巡るそれは、体中を暴れているようで耐えられないほどに熱い。暴れまわるそれを外に出したくて無意識に仰け反(のぞ)り、目と口が大きく開く。

「はっ、……ァ!!」

　痛い訳じゃないが体中が燃えるように熱くて震える。上手(うま)く息が出来ない。

「!!　タイガ!」

　弾け飛ぶような感覚と同時に振り払ってしまったウィルバーの手が、再度しっかりと大河の腕を掴んだ。

「俺の方を見ろ、意識を飛ばすな!」

　ぐっと腕を引かれて、上向きに傾いていた体がウィルバーの方を向く。大河は懸命に声を出そうとしたが、荒い息の中ハクハクと口が動くだけだった。

　ウィルバーに掴まれている腕は血管のような形で赤く光る線が無数に浮き出ている。

「タイガ、どういう状態だ、熱いのか?　ちゃんと息をしろ」

　ウィルバーの問いかけに答える事も頷く事も出来ない。

「熱いなら魔力が暴走してる可能性がある。体の中を魔力が巡るイメージをしろ。大丈夫だから、意識を手放すなよ」

　熱さに支配される意識の中、ウィルバーの言葉通りにイメージしていく。血のように体を巡るイメージ。頭から胴体、手、足、そしてまた戻ってくるように。

どれくらい時間が経っただろうか。荒い息が落ち着いた頃には熱が収まっていた。

「落ち着いたか？」

力を抜いて息を吐くと、ウィルバーが様子を窺うように俯いた顔を覗き込んだ。

「あぁ。もう平気だ」

大河の言葉に安心したらしい、ウィルバーも息を吐くと、大きな手で頭をくしゃっと撫でた。その行動になんとなく父親を思い出してしまう。

「魔力を発露させる時にこんな状態になったなんて話聞いた事ねえが……」

ウィルバーの思案するような声が聞こえる。

顔を上げると、怪訝そうな表情のウィルバーは大河の腕をじっと見ていた。さっきまで気持ち悪いほど光る赤い線が浮いていたが、いつの間にか消えている。

「子供が魔力を発露したばかりの時に、魔力が上手く巡らず熱を出す事は偶にある。それにしちゃ酷い症状だったが……、魔力が巡って収まったなら暴走してたんだろう」

大河にも分かるように、口に出しながら考えているらしい。

「タイガ、体に巡ってる魔力を感じるか？」

「多分……」

数分ほど考えていたウィルバーが考える体勢のまま大河に聞いた。

魔法がある状態というのが分からないが、血液とは違い自分の意思で動かす事の出来る何かが体を巡っているのは分かる。

「魔力があるならステータスが見れるようになった筈だ。自分に関する情報が頭に浮かべられるか試してみろ」

言われるまま、「自分の情報」「ステータス」と考えてみる。すると、目の前に光る半透明の板のような物が現れた。

「おい、頭ん中で表示出来ないのか？　これは他人に見せるようなもんじゃねえぞ」

　ウィルバーに言われるが、頭の中で表示とかよく分からない。一度消して再度試してみたが出来なかった。

「いいよ、別にあんたなら見られても」

　出会って間もないが、大河はウィルバーを信用出来る人間だと判断している。

　ウィルバーは一瞬目を見開いてから、破顔した。この人のこうやって顔全部で笑う所、好ましいなと思う。

「嬉しい事言うじゃねえか。つーか、あんたじゃなくて師匠って呼べ」

「……師匠、ってほどまだ教わってねぇけど」

　照れ隠しで軽口をたたく大河に、ウィルバーはこれから嫌ってほど教えてやるから心配すんなと、逃げたくなるような事を言った。


「これに俺の事が書いてあるのか？」

　脱線した意識を光るパネルに戻すと、Ａ４サイズくらいの半透明のそれには横書きで文字が書かれていた。

「読めねえな」

　ウィルバーが大河の横に移動してパネルを見てからそう呟いた。日本語で書かれているので、こちらの人間には読めないらしい。「さっきの俺の感動はなんだったんだよ」と隣でぼやいているが放っておく。

　ステータスと呼ばれるパネルには、名前や年齢などの自分の情報が載っていた。

名前：蓮見　大河
　　　ハスミタイガ
年齢：17歳

性別：男性
種族：人族
属性：闇(やみ)属性
魔法：
スキル：物理攻撃、料理、配達、清掃、飢餓軽減、
　　物理ダメージ軽減
特殊スキル：アイテムボックス
ギフト：🔒（ロック解除には条件あり）

気になるところがいくつかあるが、スキルはバイト経験が生かされている気がする。物理攻撃というのは喧嘩(けんか)でついたスキルなのだろうかと文字を追いながら考える。

「魔法のとこは空欄だ。スキルってやっぱ過去の経験が生かされるのか？」

「魔法はまだ覚えてないから当然だ。スキル付いてんのか、そりゃラッキーだな。スキルを持ってりゃ有利な方に補正がかかる」

もしかして、広場で剣を持った相手を引き倒せたのはこの補正のお陰かもしれないな、と今更ながらに思う。

「物理攻撃、料理、配達、清掃、飢餓軽減、物理ダメージ軽減ってのが付いてる」

「最初から持っているにしてはえらく多いな」

ウィルバーが少し驚いたような表情をした。

「あっちでのバイト……、働いてた経験がスキルになってるみたいだ」

向こうでは、新聞配達に居酒屋、コンビニで主に働いていて、時々日雇いで土木建設に行っていた。配達は言わずもがな、居酒屋では主に料理を教わって作っていたし、コンビニでは目つきが怖いからと清掃や補充にまわる事が多かった。流石に補充ってスキルは存在しないのだろうと思う。

「飢餓軽減ってのは……、あー、いや、いい」

ウィルバーが言いかけてやめた。大河も飢餓軽減は少し引っかかったが、そのスキルが付いた理由は

思い当たる。

話したって構わないが楽しい思い出話でもないから、いいと言うなら話す必要も無いだろう。多少でも飢餓状態が軽減されるなら今後役に立つ事もあるかもしれない。

「あとは、特殊スキルにアイテムボックス、ギフト？　てのはロックが掛かってる」

「アイテムボックスは重装備持っての移動とか、狩った魔獣を運ぶ時にも便利だぞ。ギフトってのは聞いた事がないな……この鍵マークのとこか」

光るパネルを覗いてウィルバーが指をさした。文字は読めなくても、マークだったので分かったらしい。

「あぁ。その鍵マークの横にロック解除には条件ありって書いてる」

「異世界の人間にしかついてないものなのかもしれねえな。俺じゃ分からねえ」

色々考えてみたが、ロックが掛かってるんだし答えが分かる訳じゃない。

「だいたい分かったし、もうステータス閉じていいか？」

「あぁ、……結局、異変の原因はギフトってのにあるのか？」

魔力発露の際の異変の原因を調べる為に、大河にステータスを開かせたらしい。ウィルバーは納得のいかないような顔で考えている。

「あ、この闇属性っていうのは人間ごとに種類があるのか？」

「……は？」

ステータスパネルを閉じる瞬間視界に入った属性に関して大河が軽い気持ちで聞くと、ウィルバーは理解出来ないという顔をした。また何か変な事を聞いたのだろうか。昨日から何人ものそんな顔を見てきたので多少慣れたが、今回のウィルバーはひどく深刻そうな顔で固まっている。

「属性って書いてるし、他にもあんのかって思っただけなんだけど」

時間が止まったように何も言わないウィルバーに、気まずくなった大河は言い訳みたいに言葉を続ける。闇というと良いイメージは無いが、火属性とか水属性とかそういった感じのひとつなのかと軽く考えて読み流していた。

「闇属性……て間違いねえのか」

もう一度ステータスを確認するが、間違いなく書いてある。ウィルバーの様子に若干引き気味で頷いた。

「人間は全て光属性だ。それ以外の属性の人間が存在するなんて聞いた事がねえ」

深刻な表情で言われても、実際そう書いてあるのだから仕方がない。反応に困った大河は口を噤んだ。

「闇属性は魔物にしか存在しないというのがこの世界の常識だ」

ウィルバーが言葉を選ぶようにゆっくりと言う。

魔物……俺は人間じゃなくてモンスターって事なのだろうか。死んでこちらで体を作られたと言っていたが、そのまま同じとは言っていなかったな。

そこまで考えて、大河は自分のステータスに人だと書いてある事に気付いた。

「いや、でもステータスの種族のところに人族って書いてんだけど」

「ちょっと待て、流石に俺も混乱する。人族で闇属性？」

片手で頭をわしわしと掻きながらウィルバーが困った顔をしている。

魔物と判断されたら討伐隊に退治されるんだろうか。それは流石に勘弁願いたい。あまり真剣味のない思考で、大河はそんな事を考えていた。

「俺が魔物だったら、殺すのか？」

何故か怖いという感情は湧かなくて、自分でも意外なほど淡々とした声だった。ただ、そうなったら悲しいと思う。

大河自身は気付いていないが、不幸や辛い事が当たり前になっていたせいで、そういった自分の力ではどうにもならない事柄を諾々と受け入れる事に違和感すら感じなくなっていた。

　大河が真っ直ぐに目を見つめると、ウィルバーは一瞬目を瞠ってから説明し難い複雑な表情をした。

「……いや、悪い。驚いただけだ。守るって約束したろ」

　大きな手がくしゃり、と大河の髪を混ぜる。守るとかいう口約束は今回外に出てる間だけだったと思うが、それが安心させる為に選んだ言葉だと大河にも分かった。

「たぶん、異変が起こった原因はそれだろうな。俺の魔力に反発したのか、闇属性特有の症状なのかは分からねえが」

　ウィルバーの声は先程より幾分柔らかくなっていた。

　闇属性については俺の方で調べておくとウィルバーが言い、その事についての話は終わった。


　そうして目的に戻り、生活魔法を使ってみる事になった。

　生活魔法というのは、一般的には「光らせる」「火を出す」「冷却する」の三つらしい。

　上位の生活魔法としては、「水を出す」「凍らせる」「軽傷程度の回復」がある。この辺りまでが、特殊な訓練を受けなくても出来る一般的な生活魔法だそうだ。殆どの人間が最初の三つが使える程度なので、上位が使えるだけで職場で優遇されるらしい。

　それ以上の攻撃魔法クラスになると、血反吐を吐くような訓練が必要らしく、兵士や冒険者志望でもなければ習得しようとしないのだという。

　その説明に、俺にも血反吐を吐かせる気なのか、と大河は思ったが口にしなかった。昨日哀れむような目で見られていたのはそれでなのだろうか。

「生活魔法を使うには、魔力を流して結果のイメージをするだけで良い。例えば、この石に魔力を流して光らせるイメージをすると」

ウィルバーが持った手のひらサイズの石が光り出して、電球みたいな明るさになった。

早速足元にあった石を拾って試してみるが、全く光らない。魔力が流れ出す感覚があるから間違っていないと思うのだが。

「魔力が流れてねえのか？　ちょっとこの葉っぱで火がつくか試してみろ」

二枚拾ったうち片方の葉っぱを手渡される。ウィルバーが持った方はブワッと火がついて塵になった。

先程と同じように魔力を流してみて、その後火がつくイメージをすると、イメージ通りブワッと燃えた。

「！　出来た！」

嬉しくなって大河は笑顔でウィルバーを見上げる。ウィルバーは口の端を上げ、よかったなと言うが、その様子が子供扱いされているようだったので、気持ちを落ち着けた。

「次はこれを冷却してみろ」

腰に下げた革の水筒を指差したので、大河は自分のデニムのベルトループに括り付けていた水筒を外す。

同じ要領で魔力を使ってみると、問題なく出来た。

コツを掴んだのかと思い、もう一度石を光らせようとしたが光らせる事は出来なかった。

「光魔法だけが無理なのだとしたら、闇属性の性質なのかもな。上位も出来るか試してみるか」

上位は「水を出す」「凍らせる」「軽傷程度の回復」だ。

同じ要領でやってみると、「水を出す」「凍らせる」は出来た。受け皿のようにくっつけた両の手のひらから水が溢れたし、それを凍らす事も出来た。ウィルバーが凍りかけの水から手を離してくれなかったら手まで凍らせるところだった。自分の魔法で傷つく事は無いらしいが、氷で覆われたら溶かすのが面倒そうだ。

回復魔法の為にウィルバーが自分の手の甲を傷つけて差し出してくれたが、回復魔法は出来なかった。無駄に傷を作らせた事を申し訳なく思ったが、ウィルバーは自分で回復出来るから問題ないと一瞬で傷を治していた。

検証の結果、大河には光魔法と回復魔法が出来ない事が分かった。


「あとは攻撃魔法だが、今日このまま訓練するか?」

属性とか気になんならやめとくが、そう言いながらウィルバーが干し肉を齧(かじ)った。

生活魔法を終えた所でそこそこ日が高くなっていたので、包んでもらったパンもどきと干し肉を食べている。手に持った覚えが無かったから忘れてきたのかと思っていたが、ウィルバーがアイテムボックスに入れてくれていたらしい。どっちも硬くて顎(あご)が鍛えられそうだ。

冷却を覚えたので水は冷たくて美味(うま)かった。

「……頼む」

説明の時に血反吐を吐くと言われたのもあって一瞬返事に詰まったが、答えは最初から決まっている。何をするにしてもまずは生活のために金を稼がなければ。

「じゃあ、やるか」

水を飲んで一息ついたウィルバーがニヤリとするのに嫌な予感がするが。自分で決めた事だと大河は腹に力を入れて頷(うなず)いた。

そうして始まった訓練という名の拷問は、本当に血反吐を吐くようなものだった。

訓練という言葉から一般的に想像する内容は、例えば体を鍛える事であったり武術を教わる事であったり、または模擬戦であったりではないだろうか。

攻撃魔法の訓練は魔法攻撃を体で受けるという、軽い気持ちで習得する者がいない事が納得の内容だった。魔法攻撃で瀕死になる、という事が重要らしい。体が生命活動を維持する為に魔力を増やし、能力を開花させるのだそうだ。実際訓練で命を落とす者がいるというのだから恐ろしい。

受けた攻撃魔法を覚えるという訳ではなく、潜在的に持っている能力を攻撃魔法で叩き起こすという感覚らしい。壊れた電化製品を殴って接触をよくするようなやり方に、他に方法が無いのかと思ってしまう。

ウィルバーの攻撃は容赦が無いが、ギリギリ死なないラインを良く分かっているのか、瀕死になった後回復魔法を施され、また攻撃を受けるの繰り返し。更に徐々に強まる魔法耐性に合わせて攻撃の威力を上げられるというスパルタぶりだった。

そうして一日目、大河が気を失った事で訓練は終了した。


二日目。

大河が気がつくと目の前には天井ではなく布が見えた。木の棒を二本立てて、その上に布を被せたような簡易のテントに寝かされていたらしい。地面には毛皮が敷かれてある。

外に出ると昨日と同じ場所だった。そう大きくはない湖があり、湖の周りには岩が転がっていて林というほどでもないがまばらに木が生えている。湖に入っていたらしいウィルバーが大きな水音を立てて上がってきた。

「気がついたか！　なら飯にしようぜ」

手に持っているのは鮎くらいの大きさの魚だ。裸で魚を持っている姿に野生児かよ、と心の中で大河はつっこんだ。

　料理は出来ないから作ってくれと数匹の魚を手渡されて思わず受け取る。魚の見た目は鮎っぽいが、色が鮮やかな水色のグラデーションだ。

「作んのはいいけど、何の道具もなきゃ無理だ」

　食べて大丈夫か？　とまじまじ魚を見ながら言うと、道具ならあるぞとアイテムボックスから色々出してきた。多少の違いはあるが、こちらにもフライパンや鍋があるらしい。包丁代わりのナイフもあった。

　ウィルバー自身は料理をしないが、野営の際仲間に作ってもらう為にアイテムボックスに常時入れているのだそうだ。他にも麦の粉と干し肉と少しの油があったが、調味料はやっぱり塩だけだった。

　油が少ないが唐揚げが食べてぇな。

　そう思った大河は大きめの平たい石を水で洗ってまな板代わりにすると、手早く魚の鱗を取り、ナイフで背開きにして内臓を取っていく。水魔法で綺麗な水が常に手に入るのが非常に助かる。

　母に教わった事と、居酒屋のバイト経験と一人暮らしだった事もあり大河は料理が得意だ。

「何作ってんだ？」

　料理をしている間に服を着たらしいウィルバーがしゃがんで手元を覗き込んだ。唐揚げなら姿揚げでもいいが、油が少ないのでアジフライのような形にして揚げ焼きにした。着火だけ魔法だったが火は普通に焚き火なので火加減が難しい。

「……魚の唐揚げ……？　フライもどき？」

「フライモドキ……何か知らねえが美味そうな匂いだな」

　串焼き用だろうか、木の串が多めにあったのでそれを菜箸のようにして揚がったばかりの魚フライを木皿に置いて渡す。ウィルバーは箸を見て器用な事すんなあと感心しながら受け取った。

「ん、おお、美味えな!!」

「口に合ったなら、よかった」

「すげえ合う！　塩加減がいい、酒が欲しくなるな！」

褒められ慣れない大河がしどろもどろに返すが、そうと気付かずウィルバーは褒め倒す。

そうして、揚がった魚を一人で食べ尽くしてしまったウィルバーは、大河の分を獲りにもう一度湖に潜った。


その後は一日目と同じく魔法の訓練だった。とにかくボロボロにされて日が暮れる頃に気絶して終了しただけなので、説明は端折っておく。

三日目も同じように起きて、今度はどこからかウィルバーが狩ってきた角の生えたウサギとネズミの間みたいな見た目の魔獣の肉を食べた。捌き方が分からず大河が躊躇っていると、ウィルバーが慣れた手つきでやってくれた。肉を塩もみして少し馴染ませてから焼いただけだがウィルバーは喜んで食べていた。材料は塩と小麦粉と少量の油だけで時間もかけられないので出来る料理は少ないが、贅沢は言えない。

食事の後は昨日と同じように魔法の訓練だ。その日も気絶するまでやるんだろうなと思っていたが、日が傾いてきた頃にウィルバーが遠くを見て何かに気付いたような顔をした。

「おっ、帰ってきたか」

満身創痍で膝をついていた大河がウィルバーが見ている方向に視線を向けると、数十メートル先に何人もの人影が見えた。大河がフラフラと立ち上がろうとすると、疲れたなら座ってろと言いウィルバーがいつものように回復魔法をかけてくれる。

「ウィルバーさーん！」

人影の方も気付いたらしく聞き覚えのある声と共に隊列の中から二人、手を振って駆け寄ってきた。

「おー。テオ、エドリク、討伐お疲れさん」

「無事終わりました……よ」

「うわー……」

　近づきながら明るい調子でこちらに向かって話していたテオとエドリクだったが、近くに到着した頃にはドン引きという顔になっていた。

「ウィルバーさん、流石にやり過ぎじゃないっすか？」

「タイガ、生きてるか？」

　二人はボロボロ状態の大河を見て引いていたらしい。エドリクがしゃがんで大河の顔を覗き込む。回復魔法で怪我は治っているが体力は回復しないので、大河は頷くくらいしか出来なかった。ウィルバーが得意らしい火炎魔法で服は焼け焦げているし、泥だらけで血も付いているしで見た目は酷い状態だ。

「いやー、こいつ全然弱音吐かねえから加減が分からなくてよ……」

「……」

「……」

　表情だけでなく体ごとウィルバーから距離を取った二人が、非難の目を向ける。

「俺は、平気だ」

　回復魔法をかけてもらっているからもう痛みも無いし、単純に体力が残ってなくてフラフラするだけだ。それなのに自分の為に骨を折ってくれているウィルバーが非難されるのは居た堪れなくて、テオとエドリクにそう訴える。

　言われたテオは両手で顔を覆って溜息を吐き、エドリクは大河を見ると眉を下げて頭を掻いた。

「いや、俺が悪かった。タイガの魔力防御の上達が早くて調子に乗った」

「え、うわ、何？」

　言うと同時に、ウィルバーは大河を抱え上げた。

「今日はもう帰るぞ。討伐隊の報告も聞かねえとだしな」

「いや、今日は意識あるし、歩ける」

テオとエドリクにテントの片付けを頼むと、ウィルバーは大河を片手で抱き上げたまま歩き出した。意識のある状態で運ばれるとか勘弁して欲しいと大河は思うが、体力が限界を超えているため無理矢理降りる事も出来ない。

　片付けといっても布を外すくらいなので、テオとエドリクはすぐにウィルバーに追いついた。

「大人しく寝てろって。ウィルバーさんにとっちゃタイガ運ぶくらいフワムー運ぶようなもんだと思うぜ」

「そうじゃねぇっ、降りたいんだよ」

　遠慮とかでなく恥ずかしいから嫌なんだと大河は訴えているつもりだが、うまく伝わらない。大人が子供によくやる、腕に座らせる抱き方なので後ろから付いてくるテオ達の顔はよく見えた。

「ウィルバーさんがボロボロにしたんだし、甘えておけば？」

「……ちがうっ、そうじゃなくて」

つーか、フワムーって何だ!?

大河の抵抗も虚しく街までどころか宿屋まで運ばれてしまった。顔を伏せていたので分からないが、誰にも見られていないと信じたい。

　フワフワとした黒い毛にまん丸の体、ふさふさの尻尾に短い手足。垂れた耳は犬っぽいだろうか。でもクリッとしているが吊り上がった目は猫っぽいような。

　大河は目の前のフワフワした生き物を真剣に見つめていた。店主との会話で分かったが、これがフワムーという生き物らしい。無害なのでこちらの世界ではペットとしてよく飼われているそうだ。店の入り口横の棚の上にいるので大河と丁度目線が合う。

「こちらなんかおすすめですよ」

「悪くないけど、タイガには大きくないか？」

この生き物の事を教えてくれた店主は今テオと話している。

今日は大河の装備を買いに、ウィルバー御用達の店に来ていた。ウィルバー曰くこの国で一番腕が良いという。

そのウィルバーは今日は討伐の後処理で忙しいらしく、暇だったテオが大河を店まで案内してくれた。買うのは大河の装備なのだが、注文の際に大河がどうすれば良いかよく分からず「着れたらなんでも良い」と言ってしまった為テオが代わりに注文している。どのみち銀貨五枚が上限で大したものは買えないが任せる事にした。

店は他と同じく石造りだが、広い店内に所狭しと武器や防具が並んでいる。武器は剣や槍などで、弓などの飛び道具は見当たらない。防具は入り口側から革、鉄、と奥に行くほどランクの高いものが置いてあるらしい。

一番奥の物でもウィルバーが着ていた装備の方が上質に思えるから、これ以上はオーダーなのかなと考えて、そういえばあの神殿の兵士にもえらく上質そうな鎧を着ていたのがいたな、と思い出した。

あんなものを買おうと思ったら一体いくらかかるのか……つい貧乏性な大河はそんな事を考えてしまう。

待っているのが暇で目の前の犬猫もどきを触ろうと手を出すと、フワフワの毛が指に触れる寸前で生き物がふと扉の方を向いた。

どうも外がざわざわと騒がしく、女性の弾んだような声まで聞こえる。

騒がしかった外が静まるのと同時に店の扉が開くと、開いた扉から見覚えがある銀髪の男が入ってきた。

誰だっただろう、と大河はじっと男の顔を見つめてしまう。男の方も大河の顔を見ていた。

「まだ生きていたのか」

「あぁ？」

銀髪の男の嘲ったような声に、大河はつい反射的に凄む。男はすぐに興味を失ったのか、視線を逸らして店のカウンターに向かった。

「よ、ようこそお越しくださいました」

「頼んだものは出来ているか」

「はい、少しお待ちを」

銀髪の男は偉そうに店主に声を掛けると、カウンターに凭れ掛かり腕を組んでいる。

長い銀髪を後ろで束ねていて、白い上質そうな丈の長い上着に白いズボン、膝下くらいまであるブーツを履いていた。白い軍服というのがしっくりくるかもしれない。

「あ！　お前、あの時の兵士だろ」

男の態度にイライラしていた大河だが、軍服のイメージからさっき思い出していた白銀の鎧の男だと気付いて声を上げた。そのまま近づくと、銀髪の男はつまらなそうに伏せていた目を大河に向ける。長めの前髪のせいで見えにくいが目の色はブルーグレーで、綺麗な色なのに冷たく鋭利な印象だ。

「タイガ！　ちょ、まずいって!!」

カウンター近くにいたテオが、慌てて大河の肩を掴んだ。相当慌てているのか顔が青ざめている。

「貴様に、お前呼ばわりされる謂れはない」

「テメェも、貴様とか言ってんだろ！」

ムカつく言い回しに反応したせいで、訳の分からない言い合いになった。銀髪の男はそれでもやはり無表情で興味が無さそうだから喧嘩とは言えないかもしれないが。

何故か無性にイラついて睨みつけていると、慌てたように店主が店の奥から駆け寄ってきた。

「ク、クロフォード様！　お待たせいたしました！」

店主に渡された剣を銀髪の男は縦横に持って検分すると、まあ悪くないと言って料金なのか布の袋をカウンターに出現させた。カウンターに袋がのるジャラリという音の後、剣を鞘に納めて踵を返すと、銀髪の男は大河に視線を向けた。

「精々、野垂れ死なないよう気をつけるのだな」

氷のように凍てついた表情でそれだけ言って、店を出て行く。

「……はぁ!!?　てっめフザっけんな！　おいテオ！　放せって！」

「バカ！　お前やめろってマジで！」

頭に血が上ったまま追いかけようとしたが、テオに羽交い締めにされた。そのあと上った血が収まるまで少しのあいだ大河とテオは追いかける止めるの攻防をする事になった。


「あの方に喧嘩を売るなんて、勘弁してくださいよ……」

「このバカ！　お前何考えてんだよ！」

落ち着いたら店主とテオの両方に責められた。四十代くらいに見えた店主がいつの間にか老け込んでいる。理不尽に思えて大河が仏頂面をしていると、店の外から店主の奥さんらしき人が入ってきた。

「ちょっとあなた！　今のクロフォード様じゃなかった!?」

興奮冷めやらぬといった雰囲気の奥さんだったが、そのクロフォード様が店の注文を取りに来たと知ると、なんで教えてくれなかったのと店主に怒り出した。店主が悪い悪いと頭を下げている。奥さんは買い物帰りに遠目に見えて慌てて帰ってきたそうだ。

「なぁ、そのクロフォード様ってさっきの銀髪の男か？　何者なんだ？」

どうにも話に付いていけなくてテオに聞いてみると、思い切り溜息を吐かれた。

「え……、あのお方を知らないなんて、どこの国の人なの？」

信じられない、といった様子で奥さんが大河に問いかける。ちなみに着ていた服は襤褸布になってしまい、サイズが大きいがウィルバーのを借りている。

見た目は街の人間と比べても違和感がない筈だ。

「この国には来たばかりなんだ」

何度も説明するのが面倒だったので、次聞かれたらこう答えようと決めていた。奥さんはなるほどねぇと言って納得している。

「クロフォード様はね、この国どころかこの世界で最強と言われている人なの。剣技も魔法も飛び抜けて強くて、その上あの壮絶に美しいお姿でしょう！近くで見たら気絶しちゃうんじゃないかしら！」

「……あの方は騎士様ですよ。王直属で騎士団には属していないとか。街の人間じゃ戦っているお姿を拝見出来ないので実際見た訳ではありませんが、他の兵士の方から闘神のようにお強いと聞いていますよ」

途中からテンションが上がり過ぎたのか奥さんの声は段々と大きくなって、最後は頬に手を当ててうっとりと明後日の方を見ている。奥さんの言葉を店主が呆れ顔で補足した。

近くで見ても気絶はしなかったけど、と大河は心の中で思う。確かに凄い美形だとは思うが、あんな性格で女性達はいいのかと疑問に思ってしまう。あれなら女癖は悪いがウィルバーの方がいい男じゃないだろうか。

「その上、父親は公爵で国の宰相だ。楯突いていい事ないからな」

テオに諭すように言われたが、大河はどうにも納得出来なかった。ムッツリと口をつぐんでフイッと横を向くと、テオが頼むよーと情けない声を上げる。無理に楯突く気も関わる気も無いが、謙る気も無い。

この一件で、神殿で見た白銀の鎧の男は大河の中で偉そうなムカつく銀髪野郎に格下げとなった。

遠くの空に小型飛行機ほど大きな鳥が飛んでいる。現実逃避するように遠くを見た大河は、改めて異世界にいるのだなと思った。

テオとエドリクに非難されて以降、ウィルバーは大河が気絶する前に訓練を終えるようになったので最初よりマシではあるが、訓練の日々は続いていた。

一応はギルドマスターだが事務的作業は副ギルドマスターに任せきりのウィルバーは、三日に一度ギルドに戻る以外野営をして大河をしごいている。大河も訓練の休みの日は街に戻って野営時の食材の買い出しなどをしているが、それ以外は街にいても筋トレをするなど訓練漬けの日々を送っていた。

そして三日に一度が十回を数える頃には大河は攻撃魔法が使えるようになっていた。


今日も魔法の訓練のため、最初に魔法を教わった場所にいる。

「うんー……」

湖の横にあった大きい岩が吹き飛んだ跡を見てウィルバーが低い声で唸った。大河の使える攻撃魔法は火と雷だ。今は火で出来た球体を岩に向けて撃った後だった。

「タイガ、お前オンとオフしかねえのな」

そんなんじゃ戦闘が終わる前に魔力不足でぶっ倒れるぞ、と呆れたように言われるが、大河も何故そうなるのかよく分からない。ウィルバーに半分ほどの力で撃てと言われて放った火の球体は、何故か今の大河にとっての１００％の威力で岩を吹き飛ばした。

「ぐ……だって調整の仕方教えてくれねぇだろ」

「だから言ってんだろ、ギュッとしてからバッと出すんだよ」

「わっかんねぇよ！」

師匠が悪い気もするが、大河の攻撃魔法は行き詰まっていた。

ウィルバーは大河が初めての弟子な上、自分が教えられなくても出来たので微調整の教え方などをよく分かっていない。

「闇属性の魔力ってのが扱いづらいのかもな、一回ステータス確認してみろ」

「あぁ、なるほど」

その上大雑把なウィルバーと無頓着な大河は問題解決には適さなかった。段々とこの師匠にしてこの弟子ありという感が出てきているが、残念ながらそれを指摘する者はここにいない。

名前：蓮見　大河
　ハスミタイガ
年齢：17歳
性別：男性
種族：人族
属性：闇属性
魔法：火魔法、雷魔法、氷魔法、闇魔法、付与魔法
スキル：物理攻撃、料理、配達、清掃、飢餓軽減、物理ダメージ軽減、魔法ダメージ軽減、
　闇魔法無効
特殊スキル：アイテムボックス
ギフト：🔒（ロック解除には条件あり）

魔法というのは人によって得手不得手があり、得意なものは使うほど威力が早く上がっていく。ウィルバーが得意な火魔法を主に教え込まれたため火魔法の威力も強いが、最初から威力が強い雷魔法がおそらく大河の得意魔法だ。氷魔法は生活魔法のレベルしか使えない。

ちなみに攻撃魔法の訓練と言われてはいるが、攻撃出来るほどの魔法を身につけるという意味なので発露するのは攻撃魔法だけではない。そして訓練に応じて使える魔法や攻撃の威力が増えていく。努力の結果が目に見える世界だ。

それを証明するように、ウィルバーは闇以外の全ての属性で攻撃魔法を見せてくれた。

「闇魔法ってのと、付与魔法ってのが増えてる」

「闇魔法は闇属性の魔法だな」

ウィルバーは大河が闇属性と分かってから調べてくれていたらしい。闇属性の魔法には、毒、吸収、影、即死、などがあるという事を大河に教えてくれた。魔獣を含めた魔物が使う事から知られているだけなので正確な事は分からないそうだ。

「闇魔法は使うな。タイガの属性が知られたら厄介だ」

大河は素直に頷いた。最初のウィルバーの反応を見れば知られない方が良いだろう事はおのずと分かる。

「付与魔法ってのも闇属性の魔法なのか？」

「いや、付与魔法は過去に使える者が存在した。この国じゃ有名な話だ」

この世界では魔法陣が使われる事が多い。魔法陣があれば誰でも魔法を使えるからだ。だが、独力で使う魔法と違い魔法陣はその威力が決まっている。


例えば一メートルの結界の魔法陣は誰が使用しても一メートル以上にも以下にもならないし、魔力が足りなければ発動しない。

逆に魔法を付与された物は魔力の大きさに関わらず発動し、自分の魔力に威力がプラスアルファされる。過去に召喚された者によって魔法を付与された武器がこの世界に二つだけ存在するが、それは国王が勇者の称号と共に転生者へ与える事になっている。

勇者が魔法武器を作り、魔物を倒した話はこの国では物語にされるほど有名だとウィルバーは語った。

平たく言えば、魔法は人の努力や資質に依存し、魔法陣は機械のように用途が決まっている。

そして付与魔法は転生者限定の増幅装置といったところだろうか。

「付与魔法も無闇に使わない方がいい。魔法武器が増えればあの王様がまた武器を使える人間を召喚しようとするからな」

「……なら、他の人間が使えなきゃいいか？」

「いいんじゃねえか？　つーかそんな事出来んのか？」

「分かんねぇけど」

　大河は話を聞きながら、ある事を思いついていた。一度も使った事のない魔法だが、思いつきを試してみようという気になっている。

　その日は結局大河の魔力調整は解決しなかった。

　いつも通り夕食を作って簡易テントで休む。今日はウィルバーが鳥型の魔獣を狩ってきたので、鳥もどきの唐揚げにした。ウィルバーは最初に食べてから揚げ物にハマったらしく、油をたっぷりアイテムボックスに常備するようになったので、ちゃんとした唐揚げだ。街で食材を買い足しているので付け合わせに刻んだ野菜とパンもどきもある。

　唐揚げを食べながら、米が食いたいなと異世界に来て初めて日本が恋しくなった。日本食が恋しくなっただけかもしれないが。


　次の日大河は、ウィルバーが起きるより大分早く起きた。

　昨日の思いつきを試してみたかったからだ。とはいえ、ウィルバーは朝が遅いからいつも大河の方が早起きなのだが。

　簡易のテントを出ると音を立てずに少し離れ、気合いを入れる為に冷たい水を飲んで顔を洗った。

　流石にぶっつけ本番という訳にはいかないので、まずは枝や石など後で壊せるものに付与魔法を使ってみる。

　石に水魔法を付与すると学校で習った程度の水に関する知識が無意識に浮かんだ。ある程度明確に物質をイメージする必要性があるらしいと、大河はない頭で考える。

　高校に行っていなかった大河だが、小中学校は真面目に通っていたので火、水、雷が生じるのに必要な条件くらいは答えられる。残りの転生者の方が上手くやるだろうから、魔法道具を増やさないようにというウィルバーの気遣いは意味をなさないかもしれない。

魔法付与された石は一見して分かりづらいが魔力を流すと模様が浮かび上がり、同時に石から水が湧き出した。

いくつも試す事で、大河が使える魔法（火魔法、雷魔法、氷魔法）は付与出来るが、それ以外は付与出来ない事が分かった。付与された物は基本的に増幅装置のような役割とは聞いていたが、水を出す魔法を付与した石から水を出すのは普段使うよりずっと少ない魔力で出来る。魔力をたくさん流せば水の量が増えるので、苦手な魔力調節がしやすい。大河にとっては思わぬ収穫だ。

ならば本番と、深呼吸で気合を入れ直し自分の右腕を見つめた。

まずは炎。火が燃える様子が脳裏に浮かび、その炎を腕に纏うイメージをする。上手くいけば今度は雷。同じように雷を纏うようイメージをした。

ふっと息を吐いて、改めて右腕を見る。

見た目に何も変わっていない右腕に、炎を意識して魔力を通すと赤い模様が刺青のように浮き上がった。その後に手から前腕部の真ん中辺りまで炎に包まれる。自分の魔法で自身を傷つけられないのは生活魔法を教わった際にウィルバーに聞いて知っている。

一度炎を消して、今度は雷を纏わせてみた。パリパリという音と共に腕が雷光に包まれた。

「っし！」

ひらいた手を握りしめて成功を喜ぶと、そのまま左腕や両脚にも同じように付与魔法を施した。

昨日ウィルバーの話を聞いている途中に思いついたのはこの事だ。元々、扱い慣れていない剣を使うより喧嘩の要領で戦えないかと考えていたからでもあった。

威力を試す為に大中小の岩を壊してみたが、魔力の調整も問題なかった。ただ炎と雷の両方を同時に使うのは上手くいかないようだ。

「……何やってんだ」

呆れたような声に振り返ると、起きぬけらしいウィルバーが傾げた首の辺りを掻きながら大河を見ていた。岩を壊す騒音で目が覚めたらしい。

「これなら俺しか使えねえだろ？」

炎を纏った拳を目線まで上げて得意げに言った大河に、ウィルバーは目を丸くしてからとんでもねえなと言って爆笑した。

「大森林で異変が起こっているらしい」

漸くといったところだが、大河のギルド登録を済ませた師弟は一階で向かい合って昼食をとっていた。

そこに副ギルドマスターがいつも以上に怖い顔でやってきて、静かな声で先程の事をウィルバーに伝えた。

この副ギルドマスターはフロイドといい、強面で黒に近い茶色の髪を後ろに撫で付けた、ウィルバーと同年代の男性だ。少し神経質そうな印象だが、一見すると紋紋を背負った筋者に見える。

そんな見た目はともかく、数度しか会った事は無い大河の印象ですら、彼はウィルバーに仕事を押し付けられている可哀想な人という位置付けだ。

フロイドはテーブルにつくと、話を続けた。

「最近怪我人の報告が増えていてな、聞けば大森林の中程で大物が多数出没しているようだ」

「少し前にも森の近くで大発生が起こったし、妙な事が続くな」

「ドラゴンを見たという情報もあってな。その情報が本当なら今編成しているAやBランクだけでは手に負えない。そいつらを率いてもらえないか？」

国の南にある大森林は奥に行くほど強い魔物が出

るため、ランクが高い者しか奥へは入らない。

　基本的に依頼にランク指定は無いが、食用になるような魔獣は大森林の外にも多く、低ランクの者達は主にそちらへ狩りに向かう。

　大森林の中程から奥にいる上位の魔物は武器や防具の素材としての需要で狩りの依頼も多い。しかし低ランクに手に負える魔物ではなく、そのため高ランクが向かうといった暗黙の了解がある。自分の力に合わせて依頼を選ぶ事も必要だが、無茶をしそうな冒険者にはギルドから注意が入るので今まで被害は少なかった。

　冒険者のランクは最下位のGから順にAまで上がっていき、Aの上にSランクが存在する。ちなみにテオやエドリクはBランク、フロイドがAランク、ウィルバーはギルド唯一のSランクだ。成り立ての大河は当然Gランクである。

「かまわねえよ。なら、タイガも連れて行くか」

「今言った事を聞いてなかったのか？　今日登録したばかりのタイガはまだGランクだ、危険だろう」

「俺が直々に鍛えてんだ。実力的にはBランクの奴らと比べても遜色(そんしょく)ねえよ」

　攻撃魔法を覚え模擬戦を行うようになってから、大河は真綿が水を吸うように飛躍的に実力をつけていった。鍛えるのが楽しくなったウィルバーのお陰で登録は遅くなったが、大河は既に問題なく戦えるレベルになっている。

　二人の話を硬いパンもどきを噛(か)みながら聞いていた大河だったが、急に自分に向いた話題にグッと喉(のど)を詰まらせた。

「タイガはどうしたい？」

「ぐっ、ケホッ、い、行きたい！」

「うし、決まりだな」

　咳(せ)き込む大河に水を飲ませながら、ウィルバーがニカリと笑う。彼が経験不足と言って差し支えない大河を危険な討伐に誘うのは、自らの実力に絶対的な自信があるからだ。そしてその自信は妄想ではなく事実に基づいている。

大河の中にあるのは早く依頼をこなして生活していけるだけのお金を稼ぎたいという一心だけだった。

ほぼ野宿で食料は狩りで手に入り、それ以外の食材はウィルバーが用意してくれる為生活出来ていたのは幸いだったが、自分で生活費を賄えない現状は大河にとって非常に居心地の悪いものだった。

フロイドはそんな二人の様子を物言いたげに見ていたが、考えあぐねた結果言葉にするのを諦めた。


今回の臨時パーティにはウィルバー、大河の他にテオとエドリクも参加する。

あとのメンバーは大河の知らない者達だったのでそれぞれと挨拶を交わした。Aランクが二人、アランとブレイデン、そしてBランクで唯一の女性ケイラだ。

彼等は大河がGランクだと知ると怪訝な表情をしたが、ウィルバーの手前何か言う事はなかった。テオとエドリクは危険じゃないのかと大河の心配をしていたが、他の三人は足手纏いにならないかという不安を抱いている。互いの間に若干の距離を感じながら一行は出発する事となった。

以前に大河が見た討伐隊と違い、今回は少人数なので馬車ならぬ獣車での移動だ。馬のような、だが一見して違うと分かる厳つい見た目の魔獣が、木の車体で布の屋根の車を引いている。獣車を使えば大森林まで半日ほどで着くらしい。森に入らないとはいえ魔物に遭遇する可能性はあるので、御者は討伐に参加しないCランクの冒険者が担当する。

遠くなる城壁を大河は獣車の後ろから眺めていた。魔獣が引く獣車は面白いほどの速度で走る。城門が開いて誰か出たようだったが、既に遠くなった景色に溶けてよく見えなかった。

夜明けと共に出発した一行は陽が真上に昇った辺

りで大森林の前まで到着した。大森林は大河が想像していたよりも壮大で、奥がどこまで続いているのか想像もつかないほどだ。山脈まで一部が森に呑み込まれている。魔物の巣窟と呼ばれるだけあって、どことなく物恐ろしい雰囲気だ。討伐に来た冒険者が通る所や騎士が実戦演習で出入りする箇所に切り開かれた道はあるが、背の高い木々に囲まれたそれは奥まで見通せない。

森に入る前に昼食を済ませる事になったので、今は各々が森の手前のひらけた場所で岩や地面に座り込み持参した昼食をとっている。

「この硬い肉なんとかならないかなぁ」

「夜は狩った肉を料理してもらうから、今は我慢しとけ」

「だってドラゴンが出たら最後の食事になるかもじゃないっすか！」

「縁起の悪い事言うなよテオ」

干し肉とパンもどきというものの携帯食に齧り付きながらテオが文句を言って、ウィルバーやエドリクがそれに返事をしている。

大河は会話を聞きながら、そういえば副ギルドマスターもドラゴンの事を言っていたなと思い出していた。ドラゴンと聞いて大河が思い出すのは、昔見たバトルアニメで玉を集めると願いを叶えてくれる緑のドラゴンだ。あれと戦うとしたらやはり弱点は頭だろうか、背中から駆け上がって角を持って眉間に踵落としがいいだろうかと想像している間に食事の時間が終了した。

「重装に変える奴は早急にな。すぐ出発するぞ」

「ちょい待ってウィルバーさん！　俺重装つける！」

「獣車なんだから着て来ればよかっただろ」

「だって重いしアチぃじゃん！」

テオが慌てた様子で重装を身につけると同じように、アランとブレイデンも手足の装備を追加していた。横着なウィルバーと真面目なエドリクは最初から重装で来ていたらしい。ケイラも、呆れたように慌てる三人を見ている様子から真面目な部類なのかもしれない。

「タイガは、まさかその装備で行くのか？」

「ん？　ああ、そうだけど」

　エドリクがそんな訳ないよなといった口調で大河に問いかけた。

　大河の装備は戦闘方法が決まった時点で買い直している。戦い方が特殊な為、既成の装備では合わずオーダーになってしまうという事から諦めようとしていたが、ウィルバーが装備の代金を貸してくれた。買ってやると言ってきかなかったウィルバーと、買ってもらう訳にいかないと言う大河で一悶着あったのだが、最終的に借りるという事に落ち着いたのだ。と言うよりは大河の頑固さにウィルバーが根負けした。

　大河は剣や遠距離魔法ではなく、近距離で体術を使う。重装では重くて立ち回れない為、出来るだけ軽くしてある上に腕は鉄製のグローブ以外殆ど露出したような状態だ。ウィルバーが選んだ魔物素材を使用しているので重装レベルとまではいかなくても防御力はそれなりに高いが、一見軽装かと思うほど心許なく見える。

「あなた、見学のつもりで来ているなら帰ってちょうだい」

「おい、ケイラ」

「軽い気持ちで来られては足手纏いになるわ」

　エドリクとの会話が聞こえたらしいケイラが大河に苦言を呈する。アランが止めるようにケイラを呼んだが、ケイラの鋭い視線が大河から外れる事はなかった。

　言われた大河はどうしたものかと言葉に詰まる。見学のつもりも軽い気持ちでも無いが、自分の経験が浅い事は自覚しているので反論が難しい。

「ケイラ、タイガについては俺が一切の責任を負う。まあ心配すんな」

「ウィルバーさん、っ、……分かりました」

「じゃー行くぞー」

ウィルバーの軽い口調とは反対にケイラは苦々しい表情で下を向いた。

ピリピリとした空気が漂ったまま一行は森に入っていく。


鬱蒼とした森は深く、木々が日の光を遮っていた。

それでも入ってみればちらちらと木漏れ日が見え、外から見るほどの恐ろしい雰囲気はない。獣道にしては広い道を少し進むと早速イノシシのような魔獣に遭遇したが、小物であったため先導していた二人が難なく切り伏せていた。

次に大河を挟むようにテオとエドリク、先頭にアランとケイラ、後ろにはウィルバーとブレイデンという順で道を進んでいる。

テオとエドリクは必要以上に大河を心配しているらしく、どうもウィルバーはその様子を面白がっているようだった。

アランとケイラは流石に高ランクなだけあって強い。森の外よりも多い魔獣の出現にも拘わらず、殆ど歩みを止める事なく進んでいく。

「！　止まって」

「魔物の気配が多数近づいています」

森に入って体感で数時間経った頃、先導していたケイラが片手を上げて列を止めた。アランが前を見据えながら補足する。神経を尖らせている様子を見るに、今まで遭遇した魔獣とは違うのだろうか。大河も気を引き締めた。

「ロックウルフだな。タイガ、一人で行け」

「おう、わかった」

広範囲を見通す魔法を持っているウィルバーが軽い調子で指示を伝える。それに対して当然のように大河が了承の返事をした。慌てたのは他のメンバーだ。

「はぁ!?　何考えてんですか！　無理に決まってる

でしょ」

「ロックウルフなんてBランクでも苦戦する事があるのよ！　キツイ事言ったけど無茶しろなんて言ってないわ！」

「でもタイガが小物倒したところで納得しねえだろ？」

特に森に入る前に苦言を呈したケイラは焦る。彼女の目には自分の言葉のせいで新人が無茶をさせられているように映ったからだ。周りの慌てようとは裏腹にウィルバーは「まあ見てろって」と鷹揚に笑っている。

大河は既に仲間の言葉は耳に入っておらず、昂る気持ちを抑えられないような表情で数メートル前へ出た。

「っし！」

鉄のグローブをつけた両の拳を、胸の前で大きく音が鳴るほど強く突き合わせ大河は気合を入れた。打ちあわすと同時に魔力を通した腕がぶわりと炎を纏う。

木々で姿は見えないが、右ななめ前方から大きな音を立てて走り来る魔獣は、その音ですぐ近くまで迫っているのが分かる。

大河は姿勢を屈めて足裏に魔力を通すよう意識すると、吹き出す炎の力を借りて大きく跳躍した。それと同時に大河がいた場所に、木々の間から飛び出てきた数頭の魔獣が突進する。

ロックウルフは大河が想像していた狼よりも大きく、一頭が大型バイクくらいあった。

高い跳躍で前方に宙返りして一頭目を飛び越えた大河は、空中で体勢を変えて二頭目のロックウルフのこめかみに蹴りを入れた。魔法で炎と勢いを付けた蹴りは凄まじく、軽々と巨体を飛ばす。

地面に片足を着けた瞬間に襲いくるもう一頭のロックウルフを最小限の動きで避けると、流れるように打撃を打ち込み、最後にバク宙の要領で顎を蹴り上げる。

大河の着地と同時に大きく口を開けて噛み付いてきたロックウルフには、炎を纏ったままの手で上顎を掴み、閉じる前に跳躍し首ごと後ろに捻った。

最後に残ったロックウルフが少し離れた場所で大河を睨みつけるように構えると、大河の足元から勢いよく尖った岩が突き出す。

鋭く尖った岩が大河を追いかけるように突き出すのを、駆けて避けながら速度を上げてロックウルフに近づくと、体の下に滑り込んで今度は電気を纏わせた腕で顎の下から突き上げるように掌底を打ち込んだ。

バリバリッと顎から頭に突き抜けるように雷光が走ったあと、数秒経ってから大きな音と砂埃を立てて巨体が倒れた。

一瞬の間シンと辺りが静まり返る。

「なかなか見ごたえあったぞ。俺が思ってたより強くなってんじゃねえか?」

息をつく間もない戦闘を見て驚きに声を上げる事すら出来ない一同を横目に、ウィルバーは楽しげにタイガに近づいて頭をクシャクシャと撫でる。

大河は照れ臭そうに「うるせぇよ」とその手を払った。


「タイガの身体能力どうなってんだよ……」

「あんな闘い方見た事ない」

ブツブツ言っているのと、遠い目をしているのはテオとエドリクだ。守ってやらなくてはと思っていた大河が自分達の想像より遥かに強く、下手をしたら自分より強いかもしれない事実を、心が受け入れ拒否している。

それとは逆にアランとブレイデンはすっかり受け入れている様子だ。

「ロックウルフを瞬殺とはな」

「凄かったな！　あんな戦闘スタイル初めて見たぜ。

手足の魔法ってどうやってんだ？」

「それは……なんか色々やってたら出来たっつーか」

「なんだそりゃ」

笑うアランに大河は頭を掻いた。付与魔法の事についてはは知られないようにウィルバーに言われているが、大河には上手く誤魔化せない。

ケイラは輪に入らず不機嫌そうにしている。大河が様子を窺うようにそちらを見たら、ブレイデンが気にするなと小さい声で言った。


戦闘が終わった後更に森の奥に進んだ一行は、開けた場所を見つけて野営の準備を始めていた。

エドリクとブレイデンはアイテムボックスから出したテントの組み立て。テオは焚き火の準備をしていて、ケイラとウィルバーは魔物よけの魔法陣で結界を張る作業中だ。

大河とアランは食事の準備担当だ。アランは道中に倒したイノシシみたいな魔物を捌いている。野営の時には料理担当を請け負っているらしく手際がいい。

大河もこの世界に来て毎日のようにウィルバーの食事を作り、その間に我儘になっていくウィルバーのリクエストに合わせて色々と工夫を重ねていったお陰で、こちらの世界の食材にも慣れてきていた。

調味料は相変わらず塩のみだが、香草や薬味、野菜などは日本にあったのと同じようなものもあり、少しずつだがレパートリーも増えつつある。

先程ウィルバーが揚げ物を食べたいと言い残していったので、大河はイノシシのような魔獣の肉を見つつ、アイテムボックスから食材や調理道具を取り出していた。

ウィルバーから渡された油や調理具は常にアイテムボックスにストックされている。日本にいた頃は揚げ物は油の後処理が面倒だったのだが、アイテムボックスに入れた物は時間の経過が非常に遅いらしく処理を気にする必要が減ったのは嬉しい。

「で、アゲモノって何だ？　タイガの故郷の料理か？」

「たっぷりの油で火を通すだけだから、故郷の料理って訳じゃねぇんだけど」

「たっぷりの油かぁ、贅沢だな」

捌いた肉を木皿に盛ってきたアランが大河の傍に置く。食用に出来る油は結構な高級品だが、揚げ物にハマったウィルバーは毎回大量に購入している。

話しながら大河がパンもどきを細かく刻んで木皿に入れているのを、アランと焚き火の準備をしていたテオが不思議そうな表情で見ていた。豚肉みたいだなと思った瞬間にトンカツが頭に浮かんだ大河はパン粉代わりにするつもりだ。

鳥みたいな魔獣の卵も少量だがストックがあるから衣に使える。こちらでは牛や鶏のように一部の弱い魔獣が家畜として飼われているらしく、卵やミルクは普通に手に入った。隷属の魔法陣というものを使って、魔獣が人を襲わないようにしているのだぞうだ。

ここまでくるとソースも欲しいが、ソースをかける文化自体がこの国には無いのかもしれない。そのままでも食べられるように下味を濃いめにつけた。

キャベツのような葉物野菜を、そんなに細かく刻むのか？　と驚かれつつアランに千切りにしてもらう。その上にきつね色に揚がったトンカツ――正確にはトンではないがそう呼ぶ事にする――を食べやすいサイズに切ってのせる。甘酸っぱいトマトのような野菜も切って一緒にのせ、最後にパンもどきを置いてワンプレートにした。

「盛り付けまできちんとして、店みたいだなぁ」

「バイト……、飯屋で働いてた事あるから」

「すげえいい匂いする！　食っていいか!?」

「ちょっと待てテオ、他の皆呼んで来い」

受け取った木皿を見て感心していたアランが今に

も食いつきそうなテオを制して仲間を呼びに行かせた。

　大急ぎで呼びに行ったテオのお陰で料理が冷める前に皆が集まり、焚き火を囲んで各々が丸太の上や岩や地面に座り和やかに食事を始める。

「うっっめえ、なんだこれ！　なんで今まで作らなかったんだタイガ！」

「耳元で怒鳴んな、卵がなかったからだよ」

「そんなもんいくらでも買ってやる。次から三日に一回はコレな」

　それは俺が飽きる、とうんざりした顔で拒否する大河に対してウィルバーは、なら唐揚げとコレのローテーションだ、とより無茶な要求をしている。揚げ物ばっかだと太るぞと大河が脅しても全く気にしていない様子だ。

「ザクザクした食感も美味（うま）いな。詳しい調理法教えてくれない？」

「おう。字が書けないから口頭でもいいか？」

　アランは料理担当らしい反応をしていて、テオとエドリクとブレイデンは最初の一口で目を見開いてから凄まじい勢いでガツガツと食べていた。ケイラも不機嫌そうな表情は変わらないが食べるスピードは他と変わらないので気に入ってはいるようだ。

　大河はいつものように硬いパンもどきと格闘しながら、米か、又は柔らかいパンは作れないものかと考えていた。こちらで食べられているパンのような主食はフランスパンよりずっと硬くパサパサしている。これではせっかくのメインが台無しだ。

「タイガ……」

「ん？」

　気付くと既に皿を空にしたらしいテオが真剣な表情で大河の横にいた。テオは座った大河の目線に合うように膝（ひざ）をついている。お代わりか？　と大皿に盛ってアイテムボックスに入れていたトンカツを出そうとすると、テオが大河の両肩をガッと掴んだ。

「結婚してくれ!!」

「！　っ、ゲホッ、あぁ!?」

予想外の発言に驚いて思わず凄むと、テオの後ろで食事をとっていたアランが何言ってんだバカとテオの頭を叩いた。エドリクはまた悪い癖が出たと呟きつつ笑っている。

「こんな美味いもの食ったら嫁に欲しいって思うだろ!?」

テオは頭を押さえながらアランに反論していた。

そこでテオの冗談だと判断した大河は「俺男だから無理」と呆れた表情を返すが、言われたテオが何故か急激に青ざめる。男以外の何に見えたんだと言おうとした大河だが、テオの視線が自分の後ろに向いている事に気付いた。背後からゾクリとするほどの重い空気を感じる。

「誰が……、誰の嫁だって？」

地を這うような低い声に大河が背後を振り返ると、口元だけ笑った、目が完全に笑っていないウィルバーが鋭くテオを見据えていた。

「ヒッ、お、お義父さん……！」

「テオの冗談ですから！」

テオをよく知るエドリクがフォローをしつつ、此の期に及んで失言を重ねるテオの口をアランが押さえて後ろに引き摺っていく。何がどうなっているのか分からず大河はパチパチと瞬きを繰り返した。

意味が分からなかったが、その後落ち込んだ様子で項垂れるテオが可哀想に見えたので大河は多めにお代わりを盛ってあげた。


野営の周りを囲む結界は街の物ほど強固ではなく、夜は見張りが必要だ。夜が深くなるほど魔物の動きが活発になるため、二人から三人で見張り、交代で睡眠を取る。高ランクを三組に振り分けたので、大河とアランとケイラ、ウィルバーとエドリク、テオとブレイデンという組み合わせだ。

大河とアラン、ケイラは焚き火の前の丸太や地面に座っていた。周囲への警戒を怠らないよう、武器を傍に置いているが見張りといっても基本的にやる事は無い。

「タイガってウィルバーさんの弟子なんだよな」

「ああ。攻撃魔法を教わってる」

「だからあんなに強いのか。ウィルバーさんの訓練、凄そうだよなぁ」

見張り以外のメンバーは、ウィルバーと大河二人だけの時とは違いしっかりした作りのテントで既に休んでいる。大河とアランは焚き火の前で自然と他愛のない話をしていた。ケイラは聞いているのか分からない表情で焚き火を見ている。

人間しか使えない光魔法はこういった場合、原則使わない。野営で光魔法を使う事は獲物がいると魔物に教えるようなものだ。

「あの攻撃魔法の取得方法、元から危な過ぎなんだよな。あれをウィルバーさんの魔法の威力でやられるとか想像だけで逃げたくなるぜ」

「そういや、ギルドで弟子になったって言った時そんな反応だったたな」

「俺もあの時いたぜ。正直タイガが生きてるとは思わなかった」

笑いながら冗談を言うアランに大河は苦笑を返す。遠い昔のようにも感じるが、まだ前の世界での数え方で言えば二ヶ月も経っていない。

「ウィルバーさんが弟子を取るなんて想像もしなかったけど、まあ大事にされてるみたいで良かったじゃないか」

食事の際の一悶着を思い出したアランが、寝ている者達を気遣ったのか口を押さえ肩を揺らした。

「あいつに遊ばれてるだけな感じするけど……でも、」

「ウィルバーさんの事、あいつなんて呼ばないでちょうだい」

でも感謝はしてる、と続けようとした大河の言葉は、ケイラの鋭い口調に遮られた。

大河とアランが視線を向けると、苛立ちに顔を顰めたケイラと目が合う。最初はランクが低いから嫌がられているのだと思っていたが、魔獣を倒した後も変わらず距離を取られていた。何故ここまで嫌われているのか大河には分からず、対応を考えあぐねている。

「……悪い」

照れ隠しとは言え、ギルドのトップをあいつ呼ばわりしたのが良くなかったのだと考え謝るが、ケイラの勢いは止まらない。

「あなたのような人が弟子だなんて、あなたにそんな価値があるの!? ウィルバーさんの時間を奪うだけじゃない!」

「おい、ケイラやめろ」

「あなたなんか、ギルドに必要ない……!」

大声ではなかったが、叫ぶような声に大河はケイラを見つめた。拒絶に慣れている大河は言われた事よりも彼女が少し泣きそうな表情をしている事の方が気になった。

その時、バサリという大きな羽音と共に焚き火の火が消えた。

全員が周囲への警戒を怠っていたため、魔物の接近に反応が遅れてしまったらしい。立ち上がり、闇に染まった周囲を見渡すが、急に灯りを奪われたせいで何も見えない。だが肌を刺すような殺気と威圧感で目の前に大型の魔物がいる事が認識出来る。結界が破られた事から相当に強いと判断出来た。

「キャアアッ!」

息を殺した一瞬の間、魔物が動く気配と共にケイラの悲鳴が上がった。闇に慣れない目では戦う事も助ける事も出来ない。大河は腕に炎を纏った。炎の灯りで見えたケイラは腹部から足にかけて裂かれ血に濡れて倒れていた。まだ意識があるのか逃げようと後ずさるケイラを庇うように前に出る。

「タイガ炎を消せ！ 狙われるぞ！」

アランの声が耳に入らない。炎で少し明るくなった視界には、見上げるほど大きなドラゴンがいた。想像していたドラゴンの形と違う、なんて思う暇もなく鋭い鉤爪が大河に襲いかかる。そのあまりの速さに避けられないと死を覚悟した瞬間、ドン！　とアランが攻撃魔法を撃った音が響いた。若干逸れた鉤爪に身を割かれる事は免れたが、アランの魔法にはドラゴンを撃退するほどの威力は無い。

ドラゴンは鬱陶しげにアランの方に視線を送った後、鉤爪で大河を掴んで飛び立った。

「タイガ!!」

自分の体を掴む爪を外そうと大河は踠くがびくともしない。それどころか爪が食い込み大河の体を傷つける。

そのままドラゴンは夜の空に悠然と飛び去っていった。

悲鳴に気付いたウィルバー達が装備を手にテントから出た頃には全てが終わっていた。焚き火が消えてから、飛び去るまであまりに一瞬の出来事だった。

暗闇を物ともせず空を泳ぐように飛んでいたドラゴンは、徐々に高度を下げると小高い岩山の頂上に降り立った。

着地を前に大河を地面に放り出す。受け身を取る事も出来ず体を打ち付けたが、すぐさま痛みに耐えて立ち上がろうとした。逃げなければ喰い殺される。

魔獣を含め魔物は、殆どが人を喰う生き物だ。魔物同士でも喰い合うが、人を好物とする魔物は多い。異世界に来てそれほど多い時を過ごしていない大河でさえ身にしみて知っている。

だが立ち上がる瞬間、無情にも大河は地面に押さえつけられた。

「かはっ……！」

肺どころか体中が圧迫されて、息が出来ない。重く押さえつけられ退かす事も出来ず、唯一動かせる視線を上げると獰猛な捕食者と目が合った。死んでたまるかと、渾身の魔力を腕に通して電気を走らせる。雷光が体を包み、ドラゴンは嫌がるように頭を振りつつ後ずさりした。

空いた爪の隙間から抜け出した瞬間、足に力が入らずガクリと膝をついた。先ほど押さえつけられた際に足を骨折したらしい。

片足でどうにか逃げようと岩場の端まで行くが、引き摺った足で逃げられる相手ではない。

後ろを見れば、ドラゴンが一度だけ大きく頭を振って電撃を払い、大河を見据えた。

――逃げられない。

電光が消えた暗闇の中で、そう悟った。勝機はなくても戦うしか道はないと腕に炎を纏わせる。

炎の灯りの中でドラゴンを見据え、踏ん張りの利かない足で構えた。

その瞬間、

パキパキパキ、と高く鋭い音を立ててドラゴンの足に氷が纏わり付いた。

徐々に勢いを増して体を這い上がる氷霜に、ドラゴンが逃れようと踠いたが氷には罅すら入らない。断末魔のようにドラゴンが咆哮を上げ、その体勢のまま全身が凍結した。

氷に包まれ氷像のようになったドラゴンを、大河は呆然と見上げた。すっかりと足の力が抜け、その場に座り込む。

「こんな所で何をしている」

どこから飛び降りたのか、ドラゴンの前に男が軽い音を立てて着地した。静まり返った場所にカシャンと鎧同士があたる音がする。その白銀の鎧は大河が纏った炎の灯りの反射だけで、それ自体が光っているようにも見えた。降り立った事で揺れる長い銀髪には見覚えがある。

神殿と、防具を買った店で会った偉そうな男だ。

「は……、お、まえ、あん時の」

詰めていた息を吐き出し、漸く音となった声は上手（うま）く言葉に出来なかった。息を吐いた瞬間ドッと疲労と痛みが押し寄せて肩で息をする。爪で抉（えぐ）られた肉や折れた足の痛みで体中が悲鳴を上げていた。

「その魔法は何だ」

こちらは死にそうな状態だというのに、男はさして気にした様子もなく自分の疑問を投げかけた。この状態で男が一番気になるのは大河が腕に纏っている火魔法のようだった。ふざけんな、と突っかかりたい思いもあるが、助けられた状況と苦痛のせいで言葉が出てこない。

「魔法陣か？　いや違うな」

男は大河に近づき、勝手に解析している。刺青（いれずみ）のように浮き上がった腕の模様に気付いた男が、付与魔法か、と冷淡な事に変わりは無いが少しだけ感情が乗ったような声を出した。

その声に嫌な予感がして、痛む体を引き摺って後ずさる。男は大河の動きに目を眇（すが）めると、片手を上げて大河の顔に向けた。

男の手が目の前で開かれると大河は意識を奪われ昏倒（こんとう）した。

二

「目を覚まされましたか」

気付くと、目の前に見知らぬ老人がいた。

白っぽい髪に髭で身綺麗な男は、目を覚ました大河に気付くと水差しを持ってきて大河の口に含ませようとした。顔を逸らしてそれを拒絶する。起き上がろうとしたが、体が全く動かない。

部屋の中を見渡すと、そこは見覚えのない部屋だった。石造りでない壁は真っ白で、床は大理石のようだ。部屋には装飾の施された机や椅子が並んでいて、大河の寝かされているベッドは天蓋まで付いている。一見するとお城の一室といった印象だ。だが重厚な本棚から溢れている本が、壁沿いの机はおろか床にまで置かれている。その上何に使うのか分からない道具類や紙の束も机の上に所狭しと積まれているせいか、豪華な部屋というよりも研究室といった方が似合いそうだ。

最後の記憶を思い出せば、自分のこの状況はあの銀髪の男が関わっているのだろうと予測出来る。早くウィルバー達の元へ戻らなければと思うが、痛みは無いのにやはり体は動かなかった。

「無理はなさいませんよう。必要なものがございましたらお持ちいたします」

貼り付けたような笑顔のまま老人が申し出るが、大河は警戒心を露わにしたまま口を開かなかった。

老人が思案するように大河を見つめていると、唐突に扉が開く。

「お帰りなさいませ、シェイド様」

流れるような所作で礼をとると、老人は部屋の外に控えておりますと言い残して部屋を出て行った。

大河はシェイドと呼ばれた銀髪の男を見た。その姿は最後に見た鎧でも、防具屋で見た軍服のような服でもない。腿辺りまである丈の長い白い服を、金の装飾をされたブルーの腰紐で結び、少しゆったりした白いズボンを穿いている。今まで見た中では簡素な服装だ。

　男は何も言う事なく大河に近づくとベッドの端に腰掛けた。そして大河の右腕を持ち上げて隈なく観察し始める。

「……あんた、なんで俺をこんなとこに連れて来たんだ？　怪我を治すためとかじゃ絶対ねぇだろ」

「魔力紋は消えたか、もう一度腕の魔法を発動させろ」

　全く会話にならない。というよりも男が大河の言葉を聞く気がない。

「っざけんな、誰が言う通りにするか」

「そうか」

　大河の威嚇にも無関心な男は、それでも大河の腕を持ったままだ。少ししてから、大河は先に経験した事のあるザワザワと肌が粟立つ感覚で、男が自分の腕に魔力を流している事に気付いた。

「やめろっ……！」

　魔力が暴走した経験を思い出し、大河は唯一動く首を振って逃げを打とうとする。流れる魔力が急激に体を熱くしていく。ウィルバーの時とは比べられないほど早く、体中の魔力が暴れ出していた。這い上がる不快感と熱さで脳が焼き切れそうだ。

「やはり、召喚された者でなければ無理か」

　魔法の発動しない腕を見た男は、当然か、と冷めた様子で大河の腕を放した。大河はその事にも気付かないほど熱に冒されている。

「は……、ア……アァ……ッ!!」

　その声で漸く異変に気付いた男が大河を見て片眉を上げた。大河はどうにか以前の経験を思い出して魔力の流れを作ろうとするが、何故か上手くいかない。あまりの苦痛に生理的な涙が滲んだ。

「魔力の暴走か。そのままだと死ぬぞ」

　まるで面白いものを見たような口調に、大河は気力を振り絞り苦痛に耐えながら男を睨む。

「テ、メェ……の、せ、だろ、クソ……ヤ、ロウ!!……ァ!」

涙を滲ませながらも鋭く睨みつける大河に、冷徹な眼はそのままに男は薄く口角を上げた。ス、と片手を移動させた男が、呻く大河の心臓の辺りに手を置く。すると何故か暴走していた魔力が少しずつ制御出来るようになった。

「はっ、は、何……」

「俺の魔力を戻しただけだ」

大河は息を切らせながら、そんな事が出来るなら最初からやれと心の中で悪態を吐く。男は大河の胸の上に手を置いたまま、大河の目を見つめている。

「魔物というのは、光属性の魔力を好む。だから人を襲い喰うのだが、それは幻覚や快楽を齎す毒草を求めるようなものに近い。喰えば魔力と腹が満ちるのだからそれだけとは言えないが、どちらにせよ喰う場合、言わば体内での吸収に限った事だ」

突然饒舌になった男の話が見えなくて大河は黙って聞いた。

「光属性の魔力を注がれ暴走するなど、魔物にしか起こり得ない」

薄く目を細めた男が最後に付け加えた言葉に、大河は目を見開いて狼狽する。

「貴様、魔物だったか」

ゾクリとするほど冷たく光る灰青の眼を、大河は逸らす事すら出来ずに見つめた。

部屋に静けさが落ちる。

男の発した言葉を肯定する事も否定する事も出来ず、大河は押し黙っていた。

魔物は討伐される。この国の常識だ。家畜やペットとして飼われる事もあるが、生まれてからずっと人間の手で育てられ隷属の魔法で縛られたものだけで、それらに自由は無い。自然とは食うか食われるかだと思っている大河はそれを哀れんだりはしないが、自分がその立場になる可能性があるのかと静かに考える。

「……俺は、人だ」

「証拠を見せられるか？」

「ステータスに、人族と記されてる」

「見せろ」

否を言わせない口調で男が命令する。拒絶の代わりに、異世界の言葉で書かれているから見せても読めないと伝えたが、男は納得しなかった。

男が大河の首元をトンと指先で叩くと、パリンと弾ける音と共に手足の周りで光る何かが散り、体が自由になる。動かない体は怪我のせいではなく、何かの魔法で拘束されていたらしい。大河は自由になった体で起き上がり手首を摩った。

言いなりになるつもりの無い大河は、手足が問題なく動くのを確認しながら逃げる方法を考える。ベッドの右側には扉があるが、男と部屋の外にいる者を倒さなくてはならない。そして左にはこの世界で初めて見るガラスの窓がある。この部屋が何階かも分からない状態で飛び降りるのは得策ではないが、手足の付与魔法を使えば着地に多少衝撃があっても死ぬ事は無いだろう。

「ここからは逃げられない。無駄な事は考えずステータスを見せろ」

「っ、んな事分かんねぇだろ」

扉と窓に一瞬向けた大河の視線で思考を見抜いた男は、馬鹿にした様子で吐き捨てた。その言葉に血が上った大河はそれが肯定になるとも気付かず噛み付いてしまう。

大河を急かす事を諦めたらしい男は腕を組み、ふ、と呆れた様子で息を漏らした。

「ならばやってみるといい。俺はここから動かずに見ていてやろう」

簡単に挑発に乗った大河は、窓を壊そうとベッドから飛び降りた。だが炎を纏った手で殴りつけようとしたにも拘わらず、窓に拳が到達する前に何かに跳ね返され体が後ろに倒れた。状況が分からずもう一度試して、部屋に結界が張られている事に気付く。

「バカにしやがって……！」

激昂し正気を失った大河は、窓を諦めて男に攻撃目標を変更した。何故かこの男を見ると腹の底が焼けるような感覚がして、冷静な判断が出来ない。

ベッドの端に腕を組んで悠然と座っていた男は、大河が攻撃を仕掛けようとしているにも拘わらず動じた様子もない。

自分を甘く見ている相手に勝機を確信した大河だったが、その拳が相手に届く前に気付けばベッドに転がされていた。男の動きが全く見えなかったために、大河は何故自分が見下ろされているのか理解出来ていない。

男は大河をベッドに押し倒し、首に手を掛けている。

「部屋が燃えると使用人の仕事が増えるだろう」

見れば大河の両腕は氷漬けになっていて炎が消えていた。圧倒的な実力差に、脱出の可能性を打ち砕かれる。大河は男の冷淡な目を見つめて、ドラゴンに襲われた時の事を思い出していた。あの時のドラゴン以上に絶対的な捕食者の威圧感をこの男から感じる。

大河は血が滲むような悔しさを奥歯で噛み締めた。

「人族で闇属性とはな」

惨敗を喫した大河は、素直にとはいかないがステータスを見せた。読めないと思った文字を何故か男は普通に読んでいる。なんで読めるんだよ、と苛立ちと共に吐き出すと、過去の転生者が残した文献で覚えたと事も無げに言っていた。

「付与魔法は予想通りか。このギフトというのは何だ」

「知らねぇ」

「条件とは？」

「さぁな」

協力的でない大河の態度すら男は気にした様子がない。一通りステータスを見た事で満足したのか、大河にステータスを仕舞わせた。その後ナイフで髪を一房切り取られ、水晶のような石に魔力を流すよう言われた。そのあとは男は机に向かって解析のような事を始めたので大河は放置された。

完全に実験動物扱いだ。

大河はバフッとベットに寝転がって不貞腐れる。ふざけやがって、と頭で何度も繰り返すが負けてしまった自分が一番情けない。

その後、夜まで机に向かったままの男に放置され、大河は何も出来ない現状にふて寝を決め込んだ。


大河が目を覚ました頃には窓の外は暗くなっており、銀髪の男は部屋にいなかった。どうにか結界を壊せないかと部屋を見て回っていると、ノックと共に老人が部屋に入ってくる。

夕食を持ってきてくれたようだ。彼はセストと名乗り、執事なのだと言った。白に近い灰色の髪に皺の寄った肌で老人と思っていたが、綺麗に伸びた背筋と体格を見ればそう判断するのは躊躇われる。柔和だが凛々しい顔つきをした男性だ。大河も聞かれて渋々名を名乗った。

執事が持ってきてくれた食事は、この世界で見た中で一番豪華だった。焼いた肉と野菜が綺麗な皿に盛られていて、トマトっぽいスープには魚介らしき物まで入っている。いつもの硬いパンもどきは、噛み切れないほどの硬さではなく、バターがたっぷり使われているような味がした。大河は飲まなかったが、飲み物には澄んだ色の果実酒まであった。

「拾ってきた生き物に大層だな」

「タイガ様の体調管理を任されておりますので」

皮肉を言う大河に、執事は優しい笑みを返す。柔らかい口調だが、否定しない所がやはりあの男の執事なのだ。

お食事が終わったら湯浴（ゆあ）みをいたしましょう、と言われて連れて行かれた浴室は先程までいた部屋よりも大きかった。部屋の結界を出る際、首に魔法陣の描かれた拘束具を付けられた為（ため）、執事から一定以上の距離を取る事が出来ない。大河は犬のように散歩させられている気分で浴室まで歩いた。

湯浴みでは、嫌がったにも拘わらず防具を脱がされ使用人と言われる人達に水魔法まで使って隅々まで体を洗われた。使用人の中に女性もいたのだから信じられない。

羞恥心（しゅうちしん）で憤死しそうな湯浴みの後、腰紐だけ灰色のゆったりとした黒い上下の服を着せられると大河は元いた部屋に戻された。

用意された飲み物は一口飲んで酒だと気付いたが、立て続けに起こる理解しがたい状況のせいで限界を超えていた大河はやけ酒とばかりに杯を呷（あお）る。

「シェイド様の手を煩わせる訳にまいりませんので、こちらはご自分で」

執事に手渡された瓶を、何か分からず若干フラつく頭で繁々（しげしげ）と見つめる。栄養ドリンクほどのサイズの綺麗な透明の瓶には赤味がかった透明の液体が入っていた。

「お手伝いが必要でしたら、長（た）けた者を用意しますので仰（おつしや）ってください」

執事の言っている意味が分からず首を傾（かし）げていたが、理解出来ていない大河を残したまま執事は部屋を出て行ってしまった。

暫（しばら）くして部屋に戻ってきた銀髪の男は大河に一瞥（いちべつ）も寄越（よこ）さず、部屋を横切ると机に向かい持ってきたらしい本を置いて読み始めた。大河は少しの間男の背中を見ていたが、そのうち飽きてベッドに寝転んだ。

目を閉じて、ウィルバーやテオ達はどうしているだろうと考える。自分がいなくなって心配しているだろうかと思考が及んでそんな筈が無いと打ち消した。自分などまだ出会って二ヶ月も経っていないような人間だ。それにドラゴンに攫われて生きているとは思われていないだろう。あの時大怪我をしたケイラは大丈夫だっただろうか……、そう考えているうちに意識が眠りに溶け始めた。

酒も手伝ってウトウトとし始めた頃、ベッドがギシリと沈む音が聞こえて振り返る。何故か男が大河のいるベッドで寝ようとしていた。

「……なんでここで寝んだよ」

「俺のベッドで寝て何が悪い」

「はぁ？　じゃあなんで俺をここに寝かせたんだよ」

「その方が効率的なだけだ」

一向に噛み合わない会話に、大河はうんざりと半眼を男に向けた。豪奢なベッド自体は大きくて二人だろうが問題ない。だがそれと気持ちの問題は別だ。

大河は男と一緒に寝る趣味はねぇ、とベッドを降りようとしたが、床に足がつく寸前で何故か引き戻され体重をかけられる。

見下ろされる体勢に苛立った大河が睨み付けていると、男は先程執事に渡された瓶を眼前に向け、緩く瓶を振った。いつの間にかベッドに瓶を落としていたらしい。

「こんなものを用意しておいて、よく言ったものだ」

用意したも何も渡されただけだ。大河は意味が分からず、それ何なんだと口にする。大河の反応に男は片眉を上げて目を眇め、そして大河の腹の上に瓶を持っていない方の手を置いた。

「これは、男を受け入れるために使用する」

見下ろす男の顔を見て、現実のものじゃないみてぇな綺麗な顔してるな、と思考が逸れていた大河は、言葉の意味を理解するのに数秒かかった。

「……は、……はぁ!?」

理解の速度と共にじわじわと頬に熱が上り、最後に破裂したように声が出た。あまりにも予想外だった言葉に驚きを通り越して頭が真っ白になる。知識の乏しい大河は正確な使い方を理解してはいないが、その言葉と仕草に性的な事というくらいは察せられた。

そんな大河の様子を余す事なく見ていた男は、面白そうに目を細める。

「魔物にとって光の魔力は格別に美味(うま)いものらしい」

貴様にとってもそうなのか試してみるか？　とまるで研究者が実験を提案するように平坦(へいたん)な声で言う。

「魔力とは血肉や髪、人を形成する全(すべ)てに宿る。特に血や髪は含む魔力が多い」

そう言いながら上体を屈めた男の唇に、大河は口を塞(ふさ)がれた。唐突に起こった事態に、拒絶も忘れて硬直する。

その間にも無遠慮に入れられた舌は大河のそれを搦(から)め捕っていた。腔内(こうない)を舌で弄(いじ)られる初めての感覚と息苦しさに我に返った大河は、男の胸の辺りを押し返すように掴(つか)むが、困惑のせいか力が入らない。

混じり合った唾液(だえき)が喉(のど)の奥に押し込まれ思わず飲み込んでしまうと、途端にゾクゾクとした感覚が腹の奥から這(は)い上がり肌が粟立った。

「そして体液も血と変わらない魔力を含んでいる」

男は唇が触れ合うほどの距離で低く囁(ささや)くように言うと、続きとばかりにもう一度大河の唇を塞いだ。

放心状態だった大河は男の言葉に正気を取り戻すと、掴んでいた手に力を込めて押し返そうとした。だが細身にも見える男の体のどこにそんな力があるのか、全く微動だにしない。

「っ、」

男が突然大河から身を離した。これ以上させるかと大河が唇に噛み付いたからだ。男は口の端に滲んだ血を親指で拭(ぬぐ)いながら、睨みつける大河を見て薄く口角を上げた。

大河は息を切らせながら、体の熱が収まるよう気持ちを落ち着ける。直接外から流された時とは違い口から摂取した魔力で暴走はしなかったが、ゾクゾクとした感覚はまだ体を這い回っていて、気を抜けば身をよじってしまいそうだ。

女性経験の無い自分にとってこれが初めてのキスだと気付いて、大河は少し泣きたくなった。

「それは失礼をいたしました」

次の日、朝食を持って現れた執事を大河は苦情で迎えた。

昨日大河に妙なものを渡した件だ。執事は特に悪びれていない様子で大河に謝罪した。

「シェイド様が自室に他人を入れるなど今までになかったものですから、そのような意図があるのかと」

聞けば執事のセストは大河の体調管理を任されているにも拘わらず、大河について何も聞かされていなかったらしい。ただ一言、コレを死なないように管理しろと言われただけだそうだ。勘弁してくれ、と大河は頭を抱える。

少し話してセストはあの男より話が分かりそうだと思った大河は、ここから出たいと頼んだがそれについては即却下された。シェイド様の命令に背く事など出来ません、ときっぱりと言い切る言葉が、交渉の余地もない様子だったので大河は一旦諦める。

希望的観測だが、興味を失えば解放される可能性もある。だとするなら協力して、研究だか実験だかを終わらせるのが得策なのかもしれない。

それでも昨日のような事はごめんだと、大河は思い出しながら唇を乱暴に擦った。

あの後、大河はトイレに籠る羽目になったのだから。

「それで、あいつはどこ行ったんだ?」

「あいつではなくシェイド様とお呼びください」

「悪ぃけど、人を監禁するようなやつに様付けする趣味はねぇよ」

セストは心底主人を敬っているのか、大河の言葉に眉を顰める。大河はセストの表情を鼻先で笑うと朝食に手を付けた。朝食も随分豪勢だ。それでもギルドの食堂や野営で皆で食べた食事の方がずっと美味く感じる。

「シェイド様はお忙しい方ですので、数日は帰られないと聞いています」

「確か、騎士だっけ。クロ、なんとか様で闘神みてぇに強いとか防具屋のおっちゃんが言ってたな」

「シェイド・クロフォード様です。この国であの方以上にお強い方はおりませんよ」

大河を監禁している男の事を話題にセストと会話を続ける。大河には情報を聞き出すなど打算を含めて会話をするような頭は無いので、単なる暇潰しである。

惨敗した大河が苦虫を噛み潰した顔で言った強いという言葉に、セストは大げさな表現を返した。

ご主人様が大好き過ぎだろと胡乱な目でセストを見たが、大河の目に映ったのは何故か悲しげな表情だった。一瞬だったその表情はすぐに無表情に変わったので、気のせいだったのかと大河は食事に意識を戻した。

「無駄話が過ぎました。部屋の外に使用人が控えておりますので入り用の際は部屋からお声がけくだされば参ります」

言い残し部屋から出て行こうとするセストの背を見ていて、ふと大河は城門の結界を思い出す。

確か魔法陣の描かれた紙を渡され、それで結界内への出入りが出来たのだ。閃いた大河は、セストが扉に手をかける前に右腕を後ろに捻り扉に押さえつけた。

「……っ」

「悪い、でもあんたなら結界を出る為の紙持ってるだろ。頼む、渡してくれ」

右腕を極めているので痛むだろう、仕事でやってるだけの人間に申し訳ない気持ちはあるが、このまま大人しく閉じ込められている訳にもいかない。

だが、完全に腕が極まっていて抵抗のしようがないと考えていた大河は、突然の突風に後ろへ飛ばされた。体ひとつ分ほど飛ばされて床に腰を打ち付ける。

「いって……！」

「申し訳ありません、ですが紙というものは存在しないのです」

捻られた方の手をプラプラと振りながら、セストは無表情に告げる。どうやら風魔法で飛ばされたようだ。こっちの世界の喧嘩は勝手が違うと、大河は改めて思う。

「結界を通る為の魔法陣の事を仰っているようですが、あれは紙とは限りません。私共使用人は、肌に魔法陣を刻んでおります」

その可能性を全く考えていなかった大河は、それじゃ奪えねぇじゃねえか、と悔しさに歯を食いしばる。

「この魔法陣を持つ一人にしか効果が無いので、先ほどの一瞬で私を殺し皮を剥げば可能でしたね」

ゾッとするような事を言うセストに、大河は目を見開いた。それと同時に、そうするくらいなら出られない方がマシだと思ってしまう。その時点で大河の負けだった。

「あなたは、甘いお方ですね」

嘲りとも感嘆とも取れるような声でセストはそう呟くと、それでは失礼します、と改めて挨拶をして今度こそ出て行った。

大河はただ呆然とセストを見送った。

殺すために襲ってくる魔物は殺せる。同じように襲ってくる人間も殺せるかもしれない。けど、自分に刃を向けていない人間を殺す事など出来ない。甘いと言われてもそれは変えようがない。大河にとってそれは道理であり、曲げられない矜持でもあった。

大河は一人残された部屋で、只管にトレーニングをしていた。

部屋を壊さないよう魔法ではなく、筋トレや格闘技の技などを繰り返している。

銀髪の男シェイドにも執事のセストにも負けた事で、大河は無意識に現状を変えられない現実として受け入れつつあった。大河は苦境に身を置かれると、何事も無かったように生活するような習性がある。身と心を守る為に無意識にしている事なので自覚はない。

昼食からずっと掃除の時も同じ事を繰り返し、夕食を持ってきた時まで続けていた大河にセストは呆れた表情を隠さなかった。

「シェイド様のいらっしゃる時と、昼食から夕食までの間以外は禁止です」

汗だくだった大河を強制的に湯浴みさせ、最終的に規則まで作られた。それに対して暇なんだよ！と大河は怒りをぶちまける。

ならば、と翌日セストは大河に話し相手を用意した。

「よろしくお願いいたします、タイガ様」

満面の笑みで挨拶する使用人は、肩くらいの金髪に茶色の目でそばかすの、少女だった。

いやいやいやなんで女だよ!?　と内心で困惑する大河を余所に、大河と変わらない年頃の少女はマイリーと名乗った。

「……よろしく」

基本的に女性に耐性のない大河は、どう接していいか分からずそれだけしか言えなかった。マイリーと二人になると始終無言でより苦痛な時間になるのではないかと思われたが、マイリーはとにかくお喋りな女の子だった。

「私、シェイド様のお相手の侍女にって言われてきたんですけど、男の方だったなんてビックリ」

「……まずお相手じゃねぇ。つか男の侍女とか嫌だろ、断ったらどうなんだ？」

「タイガ様が私を手籠めにしようとしてるって事ですか？」

「っ！　……し、ねぇよ!!」

真っ赤になって否定するタイガに、ならいいじゃないですか、とマイリーは屈託なく笑う。どうにも拍子抜けして大河は構えているのが馬鹿らしくなった。

「それにタイガ様がシェイド様の側室か愛人にでもなられたら、私大出世ですよ！」

「男だぞ、ならねぇよ！　自分で狙えよそんなもん」

「無理言わないでくださいタイガ様、シェイド様が他人に興味を持たれた事なんて一度だって無いんですから」

「俺は実験動物くらいにしか思われてねぇよ」

それは残念です、と言いながらマイリーは不思議な香りのお茶を入れる。貴族の間で飲まれているものだと説明されたそれは、甘い匂いだが焙じ茶に近い味がした。

「実験に飽きたら俺はお役御免だ。そん時殺されなきゃ外に出れるな」

「シェイド様はそんな事なさいませんよ！」

「どうだかな」

どうにもセストやマイリーの思う主人像とあの男の印象に差異があるが、使用人にとっては良い主人なのだろうか。

大河は今までの事を思い出して眉間に皺を寄せると、まろやかな苦味のあるお茶を飲み込んだ。


数日間、部屋の主であるシェイドは帰ってこなかった。

周り、特にマイリーがシェイド様シェイド様と煩いので、覚える気もなかった男の名前もすっかり覚えてしまっている。

　大河がシェイドに対して持っている感情は、嫌悪感と苛立ちが殆どではあるが、相手の意図は別としてドラゴンから助けられたという事実が心中を複雑にさせていた。

　それでも戻ってこない方が良いという気持ちに変わりはないが。

　暇を訴えた大河に話相手としてセストがマイリーを寄越したが、特に話好きでない大河は長く話すのは得意ではない。そのうちに再びトレーニングに勤しもうとした大河に、マイリーは慌てて他にやりたい事を聞いてきた。

　それに対して腕を組んで考えた大河は、料理かなと思いついた事を口にする。日本にいた頃から、好きでやっていたのはトレーニングと料理だけだ。

「湯浴みの時と同じ魔法具を付けて、私と共に行くのであれば調理場への出入りを許可しましょう」

　大河の要望をマイリーから聞いたセストがそんな提案をする。あの犬の散歩みたいなやつかとウンザリする気持ちはあったが、それよりも料理が出来る事が嬉しくて二つ返事で了承した。

　調理場は思った以上に広く、充実していた。

　今まで調理といえば野営での焚き火か石で作った簡易竈だったので、こちらの世界の調理場自体初めて見る。シンクらしい場所には蛇口は無いが排水溝のようなものがあり、コンロには魔法陣らしきものが描かれた石板が嵌められている。石板によって火力が違うため、手前が弱火で奥が強火だと説明された。同じような石板を使った石窯まであって、魔法って便利だな、と大河は感心し通しだ。

　その調理場を料理人が使わない昼過ぎから少しの間だけ自由にして良いと許可された。

「何か食べてぇもんある？」

　気分転換に料理がしたいと言ったが、特に食べたいものがあった訳ではない。大河がセストとマイリーに要望を聞くと、食べたいものですか？　と困った顔をするセストとは対照的に、マイリーは甘いものが食べたいです！　と力強く返事した。

甘いものか、と大河は首を捻る。昨今の居酒屋は女性客目的でデザートを充実させる事も多く、大河が働いていた個人経営の居酒屋でもそういったメニューは出していた。大河も多くはないがある程度作れるものはある。だが材料があるだろうか、と大河は今まで見たこちらの食材を思い返す。

「セスト、さん、砂糖ってあんの？」

「敬称はいりません。砂糖ならございますよ。他国からの輸入ですので街にはあまり出回りませんが」

そう言ってセストが出したのは、茶色がかった砂糖だった。自由に使っていいというので遠慮なく利用させてもらう。

他の材料も確認して、まずはプリンを作ってみる事にした。居酒屋メニューでもアイスの次くらいにポピュラーなプリンは非常に簡単に作れる。異世界の道具なので若干の面倒はあるが、たいした時間もかからない。

鶏に比べると大きい卵を割り、材料を手早く混ぜて、カラメルも作る。大河はトロトロしたプリンよりしっかりめが好きなので、ミルクと砂糖は入れ過ぎないようにする。

「そのような調理法をどちらで……？」

こちらでは主流らしい取っ手のない鍋(なべ)を蒸し器代わりに液体の入った器を並べる大河を、セストは不思議そうに見ている。

「俺のいた世界……、異世界では普通の菓子なんだけど、こっちには無いのか？」

召喚の場にいたシェイドの使用人なのだから当然知っていると考えていたが、大河の言葉に二人は目に見えて硬直した。

その様子に大河は片眉をあげる。

「い、異世界……？」

「……まさか、勇者様、という事でしょうか」

「いや、召喚されたと同時に王様に楯突いて放り出されたから、勇者とかいうのではねぇな」

　そう否定すると、今度は複雑怪奇な顔をされた。諸々知らなかったのか、と思うと同時にシェイドという男は絶対的に言葉が足りないのだろうなと理解した。そういえば自分の事も管理しろとしか聞いていないとセストが言っていた事を思い出す。

　あの男に対しての若干の苛つきと共に、苦労してるんだろうなと大河は目の前の二人に哀れみの視線を向けた。

「勇者召喚が成功した事は耳にしております。候補はお二人で王宮にいるとか」

「そういや、俺以外に男と女一人ずついたな」

　自分の事に手一杯で思い出す事もなかった召喚時の事を、大河は記憶から引っ張り出している。思い出しながら言う大河の、興味のなさそうな様子にセストは驚いた表情をした。

「後悔はないのですか？」

「は？　なんで？」

「勇者ともなれば何不自由ない生活が約束されるでしょうから」

「……あの偉そうな王様とかハゲたおっさんが気に入らねぇ」

　あいつらの命令聞くくらいなら不自由ない生活なんかいらねぇよ、と吐き捨てるように言った大河に、マイリーはそんな事を口にしてはダメですよ！　と慌てている。セストは何故か黙って大河の目を見つめていた。

　あの時の行動に関して大河には一切後悔がない。自分に楯突く人間は即座に殺そうとする人間の為になんて、何一つ行動したくないからだ。

　二度と会いたくねぇな、と眉根を寄せながら大河はプリンを蒸している鍋を見つめた。

「すごくおいしいですタイガ様！　こんなに柔らかいお菓子なんて初めて食べました！」

「これは、なかなかどうして」

　慣れない食感ではと心配したが、出来たてのプリンは二人の口に合ったらしく好評だった。

　こちらにはどんなお菓子があるのか聞いてみると、果物を使った焼き菓子やドライフルーツが貴族の間で食べられているらしい。

　なるほどな、と聞きながら、作ったプリンを口に入れる。久しぶりに食べた甘味は格別に美味かった。戻ったらウィルバー達にも食べさせてやりたいなと思ってしまい、それ以上余計な事を考えないよう目の前の食べ物に集中した。


　静まり返った深夜。

　扉の閉まる音、大理石と金属がぶつかる固い足音、そしてガタッと椅子に座るような音が部屋に響いた。

　部屋の主が漸く帰ってきたのかと、ベッドに寝転んでいた大河が顔を上げた。眠い目を瞬かせ、月明かりだけの薄暗い部屋の中、彼の定位置に視線を向ける。

　だが、シェイドの姿を認識したその瞬間、大河は言葉を失い硬直してしまった。

　乱暴に引いたのか机の前にある椅子はベッドの方を向いている。机に片肘をついてその椅子に座る姿は今までの印象よりも男臭いが、それよりも全身が血濡れている事に驚愕した。鎧からポタポタと血が滴っている。

「……怪我してんの？」

　大河の声に俯き加減だったシェイドが視線だけを上げた。下から掬い上げるような視線にはいつも以上に冷酷な光が宿っている。

「俺の血ではない」

　平坦な声で吐かれた言葉にゾクリとした。自分でないというなら何の。魔物か、人間の、と上手く回らない頭で考える。

「人の血なのか……？」

「……だとしたら？」

大河が思わず零した言葉に、シェイドの眼の冷酷さが増した気がした。だがその眼は一瞬で、すぐに顔を逸らしたシェイドは肘をついている手で目元を覆った。その様子に酷い疲れが見て取れる。

「責めるなら好きにしろ」

投げやりに言われた言葉に、非難するつもりのなかった大河は呆気にとられる。

「状況も分からねえのに責めるほど馬鹿じゃねぇよ」

血濡れの状態に驚愕はしたが、それだけだ。大河は自分が軟禁されている事も忘れて反論する。シェイドは顔を上げる事のないまま、そうかと一言だけ呟いた。

「シェイド様、湯浴みの用意が出来ました」

大河が何事か言おうと口を開いた時、ノックの音が響いて扉の外から声が掛かる。何か声を掛けなければと思っていた大河だが、何を言おうとしたのか自分でも分からなかった。


湯浴みから戻ってきたシェイドは先程の雰囲気は霧散していて、いつもの調子に戻っていた。

無表情で冷淡な声は変わらないが、先程の触れれば切れるような鋭利な空気は消えている。自分の横に平然と寝るシェイドを避ける為に、大河はベッドの端ギリギリに移動して背を向けて布に包まった。

「明日からは実験に時間が取れる」

「……全然嬉しくねぇよ」

「闇魔法を使ってみせろ」

「っ、誰がいう事聞くか！」

大河が振り返って反論しようが全く意に介さないシェイドは、部屋では狭いなと独り言のように続けている。苛々としながら大河は再びシェイドに背を向けて無視を決め込んだ。

先程のシェイドの様子が気にならない訳ではないが、掘り起こす気にはならない。それよりも自分を軟禁しているムカつく男が元の調子に戻った事に何故か若干、ほんの少しだが安堵した自分が信じられない。

忘れよう、そう決めた大河は眠気に身を任せた。

「こいつ、何⁉」

翌日、庭先に連れて行かれた大河は、興奮のせいで自分でも驚くほど大きな声が出た。

目の前には二メートルは優にある大きな魔獣がいる。白いライオンみたいな見た目だが、背中に鳥のような羽が生えている。魔獣は見た目に反して大人しく、広い庭にゆったりと寝そべっていた。

「俺が隷属させている魔獣だ」

「っん、そっか。あんた以外が近づいても平気なのかよ」

いつも通りの冷淡な声に、大河は一瞬で我に返った。

ライオンに羽が生えている事に何故かドラゴンよりもファンタジーを感じてしまった大河だが、興奮してしまった事が恥ずかしくなって今更だが平静を装う。

「魔物を隷属させるには成長前でなければ魔法陣を刻めない」

「……隷属契約する主は一人ですが、魔法陣に人を襲わないよう刻まれていますし、人の手で育てられて慣れておりますから問題ありません」

大河の質問の返事というには足りない答えに、セストが丁寧に補足した。

隷属させられた馬のような魔獣しか知らなかった大河は、説明になるほどと納得する。意に反した事ですら命令出来るのは契約した者だけだが、人を襲わないなどの行動の制約を魔法陣に含ませているらしい。

　そして隷属の魔法陣を刻めるのは、体内の魔力が安定する前の子供だけだそうだ。

「では、行ってらっしゃいませ」

　身を引いて頭を下げるセストの言葉に、大河は庭で実験するんじゃないのかと首を傾げた。そんな大河をシェイドは軽々と持ち上げ、魔獣の背に乗せる。

「え!?　乗れんの!?」

　驚いた声を気にするでもなく、シェイドは大河を抱えるように魔獣に座ると獅子の背を撫でるように軽く叩いた。魔獣はゆっくりと立ち上がりバサバサと数度羽ばたくと悠然と飛び上がる。結界があるからか高度はそれほど無いが、一瞬で街が一望出来るほどの高さまで上がった。

「はっ……すっげぇ！　飛んでる！」

　飛び上がる際に詰めていた息を吐き出し、思わず振り返って後ろにいる男に笑顔を向ける。身長差があるので少し見上げる形になった。

　シェイドは少しだけ目を瞠り、すぐに無表情に戻って当然だろうと嘲るように返した。その反応にいつもであればムッとする大河だが、今は気持ちが高ぶっていて全く気にならない。

　少しでも景色を堪能したくて身を乗り出す大河を、シェイドは呆れた様子で落ちないよう支えていた。

　街全体をドーム状に覆っている結界内を飛んでいた魔獣が、高度を下げて着地すると同時に門は開いた。

　門の傍らに面識のある兵士を見つけて、魔獣から飛び降りようとした大河だが、腰を掴まれていて動けなかった。

　兵士はこちらに近付く事なく、軍人としての礼をとっている。

「魔法陣もらわなきゃ出れないだろ！」

「必要ない」

魔法陣が描かれたギルドカードを持っていれば必要無いが、ギルドカードは死んだ場合に個人の判別用となるのでアイテムボックスに入れたりは出来ない。今は鎧と共に湯浴みの時に外されてどこにあるかも分からなかった。

　大河の訴えにシェイドは大河の着ている服の袖（そで）を指差す。大河が着ている服はいつものゆったりとしたものと違い華美ではないが上等な服だ。着替える際に貴族の服には様々な魔法陣が織り込まれているとセストが言っていたが、門の通行用魔法陣もあったらしい。

　魔法陣をもらう際に、兵士に言伝（ことづ）てられないかと思っていた大河の計画は崩れてしまうが、諦（あきら）める事無く声を張った。

「兵士さん、頼む！　ウィルバーに必ず戻るって伝えてくれ……！」

　言葉の途中で魔獣が門を潜り飛び上がったため声が届いたかは分からないが、大河が生きていた事くらいは伝わるだろう。門の方を見ようと後ろ向きに身を乗り出していた大河を、落ちてもしらんぞ、という言葉でシェイドが引き戻す。

　よく考えればこの男は軟禁しているくせに、何故（なぜ）大河の声を抑えなかったのか不思議に思った。

「俺が兵士に助けを求めてたらどうすんだ？」

「兵がこの俺より貴様の求めに応じると思うのか」

　大河の疑問にシェイドは鼻で笑う。

　こめかみを引（ひ）き攣（つ）らせた大河だったが、街中よりも遠くなった地上の景色が視界に入り、再び苛立ちが吹き飛んだ。

　一瞬の間に高度を上げた魔獣からの景色は、燦々（さんさん）と降る日の光と澄んだ空気で、遠くにある雪をまとった山脈までも見通せる。白い鳥のような魔獣が真横の高さを並び飛んでいる。ひやりとした清涼な風を感じながら空を飛ぶ感覚と、自然の持つ壮大な美しさに、おのずと大河の心が震えた。

「……ありがとな」

「気でも狂ったか」

「本当に嫌な奴だな。テメェの事最悪のクソ野郎だと思ってっけど。ドラゴンから命助けられたのは事実だし、こんな凄ぇ景色見れたからな。一回くらい礼言っておかねぇと気持ち悪ぃ」

大河は照れではなく、思わず吐いてしまった自分の言葉に動揺して捲し立てるように言葉を連ねる。

「……変わった人間だ」

大河の後ろにいるシェイドの顔は見えない。大河は無性に頭を掻き毟りたい衝動に駆られて、心を落ち着かせるように獅子の背中を撫でた。艶々とした毛並みは見た目のままにとても手触りが良い。

「これ、隷属の魔法陣だよな」

自分の座っている場所の少し前の背を撫でていた大河は、そこにある模様を見て言った。

「そうだ」

「こんな風に魔法陣を刻まれるんだな」

「可哀想、とでも言うつもりか？」

「そんなん、こいつに聞いてみねぇと分からねぇだろ」

のんびりと答える大河の後ろから、魔獣が話せる訳がないだろうと呆れ声がする。

「だって、あんた魔力使ってなかったじゃねぇか」

「……」

魔法陣を刻み一度魔法を発動させたあとは離れていても自由に命令出来ると聞いた。ただしどんな魔法であれ、魔法の効果が出る時に魔法陣は必ず光るものだ。この世界に来てひと月以上も経てば、それくらいは知っている。

飛び上がる際に背を撫でているのは見たが、魔法陣が光るところは見ていない。大河はその時不思議に思ったから覚えていた。

「だったら、こいつはあんたの事気に入ってんのかもしれねぇだろ」

俺と違ってな、と揶揄いを含んだ声で大河は続ける。

大河の腰を掴んでいたシェイドの手に強く力が入ったが、なんだよ、と不機嫌に振り返った大河に落ちそうだったからだとシェイドは無表情に答えた。

山に囲まれた草原に降り立ち、大河は固くなった体をぐっと伸ばす。

外に出る際は魔法陣の刻まれた魔法具を付けられていた大河だが、今は何も付けられていない。逃げるかもしれねぇぜ、と挑発した大河に、俺がいてその可能性があると思うのかとシェイドが嘲って、部屋を出る前に一悶着あった。油断した瞬間逃げてやるから覚えてろよ、と考えているが今のところシェイドに隙はない。

「あんた、闇魔法使って欲しいんだろ？」

大河が振り返って言うと、シェイドはアイテムボックスから水桶と肉の塊を魔獣の前に出してやっていた。それが自分を実験動物扱いしている男のイメージとそぐわなくて大河は片眉をあげる。

「それがどうした」

「俺が負けたら言う事聞いてやるから、模擬戦やろうぜ」

気を取り直して言った大河に、今度はシェイドが目を眇めた。

「死にたいのか？」

「あんたの魔法が強ぇのは分かった。だから魔法なし体力勝負の模擬戦だ」

手のひらを殴るようにパシリと胸の前で合わせ、口の端をあげて睨むように見据えた大河に、シェイドはいいだろうと鷹揚に返事をする。

「今だけではなく、これからはいつでも掛かってくるがいい。部屋で寝ている隙を衝いても構わない、もし俺を倒せたら解放してやろう。その代わり負ける度にひとつ俺の言う事を聞け」

「いいぜ」

以前部屋で転がされた事があるが、大河は魔法を使われたせいだと思っている。格闘のみであれば勝てる見込みはあると確信していた。

喧嘩は大河の十八番だ。

「その約束、絶対に後悔させてやる！」

叫ぶと同時に前傾で走りシェイドに向かった大河は、眼前で横に逸れて視界から外れると後ろから蹴り上げた。だが、当たる直前に片手で足を掴まれ止められる。掴まれた足を軸足にして体を捻りもう片方で顔面に向けて蹴りを入れたが、シェイドは掴んでいた足を放して後ろに避けた。

手をついて着地した大河はめげずに再び向かっていく。だが連続して打ち込んだ打撃を悉く躱され、右ストレートを繰り出した手を掴まれた上に放させようと出した左まで掴まれた。その状態で足を払われ膝をつかされる。

「貴様の負けだ」

「っ！」

膝をついた大河に、シェイドが屈んで鼻先が触れるほどの近さで敗北を告げる。奥歯を噛み締めた大河は諦める事なく目の前の顔に頭突きを食らわせた。

流石に近過ぎて避けられなかったのか攻撃はシェイドの額にヒットしたが、近過ぎて威力はあまりなかった。

シェイドは顔を離して少し見開いた目で大河を見ている。

「頭突きなど初めて食らった」

「よかったな。くそっ」

軽い頭突きくらいで腕は解放されなかったので、大河の負けは確定だ。俺の負けだから放せ！　と言う大河の手をシェイドは素直に放した。

負けた事よりも何よりも相手が本気でなかった事が悔しくて大河は歯を食いしばる。だが負けた苛立ちを相手にぶつけるのはプライドが許さない。大河は大きめに息を吐いて気持ちを落ち着けた。

「約束だからな、ひとつ言う事聞いてやるよ」

「……」

「聞いてんのかよ？」

「……ああ、そうだな」

何かを考えるように大河を見たまま反応が無かったシェイドを、大河は首を傾げて見上げる。シェイドは今気付いたかのように返事をした。

「闇魔法だっけ？　一度も使った事ねぇから何が使えるのかも分かんねぇぜ」

「構わない、試してみろ」

言われるまま炎魔法を出す要領で手のひらを前に向けてみたが、何も出ない。

「闇魔法って、どうやりゃ出んだよ」

「魔物だけが使う魔法は、毒、吸収、即死、影、幻惑、あとは闇に形を与える魔法などがあったか」

「形を与えるって？」

「炎で球体を作るようなものだ」

そう言って、シェイドは手のひらに光の球体を作り出す。丸い光は今度は小さいが獅子の魔獣と同じ形になって手のひらを走り回ると、最後は鳥になって自分達の周りを飛んでから大河の肩にとまった。

「光魔法でこんな事出来んのか」

器用な事をすると大河は素直に感心した。ウィルバーから雑に攻撃魔法を教わった大河にそういった器用な事は出来そうにない。試しにやってみたが、そもそも何も出ない。

「魔法というのは自分の中にある魔力にどう形を与えるかだ。貴様が闇を知っていれば使える可能性はある」

「闇……」

そう言われて浮かんだのは、小学生の頃の自分の部屋だ。両親が死んだあと過ごした親戚の家の一室。蛍光灯が切れてから、日が暮れた後はいつも暗闇だった。

思い出すままに手のひらに魔力を込めていると、手に渦を巻いたような黒い球体が現れる。引き摺られるように気持ちまで黒いもので覆われる気がした。

「使えるようだな、……どうした」

　止める間もなく大きく膨らんでいく手のひらの球体を見て、シェイドが大河に声を掛ける。その声に大河は暗い目をシェイドに向けた。

　シェイドは暴発しそうに膨らんだ黒い球体を、光魔法でくるりと包むと霧散させる。呆気なく散る黒い塊を見ていた大河は我に返ってシェイドを見た。

「へ？　あ、悪ぃ」

「問題ない」

「魔力調整苦手なんだよ、オンとオフしかねぇって言われてたの忘れてた」

「調整の問題か？　闇に呑み込まれたような目をしていたぞ」

　シェイドの言葉に大河は先程の自分を思い出してバリバリと頭を掻く。

「……ちょっとガキの頃思い出してただけだ。大した事じゃねぇ」

「話せ」

「は？　やだよ。あんた闇属性以外俺に興味ねぇのに何言ってんだ」

　何故か過去の話を促そうとしたシェイドに、面倒くさいのを隠さず大河が答える。即座に断った大河を気にも止めず、シェイドは考えるように少し黙った。

「……貴様に、少し興味が湧いた」

　何かを読み取ろうとするような真っ直ぐな目を向けるシェイドにそんな事を言われ、大河は驚きに目を見開く。

「迷惑だからやめろ」

　シェイドを見たままげんなりと顔を顰めた大河は、にべもなく返した。

「なんで魔法の研究してるんだ？」

　今まで聞く機会がなかっただけで、大河にとって当然の疑問として常に有った事を口にした。

　草原での闇魔法は結局黒い玉しか出せなかった為、改めて闇魔法を使ってみる事になったが、次の日もその次の日も雨だった。日がな一日机に向かうシェイドに付き合わされ、魔法陣を発動させてみたり、魔法陣を描かされてみたり、なんの目的か分からない作業をさせられている。

　魔法陣にかかった魔力を吸収出来るか、とか無茶振りもされた。勿論出来なかったが。


「貴様に何か関係があるのか?」

「いや、大アリだろ!　この状況考えろよ」

「実験体が内容を知ってどうするという意味だ」

　どのみち理解出来ない、と言うシェイドは取りつく島もない。苛立ち紛れにそーかよ、と投げ遣りな台詞を返して大河は席を立った。昨日、朝起き抜けに勝負を挑んで負けてから一日中研究に付き合って、起きてからも引き続き研究で大河はもう限界だ。

「どこへ行く気だ」

「散々協力したしもういいだろ。気分転換に調理場連れてってもらう」

「まあいい、自由時間にしてやろう」

「昨日一日中付き合ったんだから、勝負の負け分は払ってるだろ」

　偉そうなシェイドに文句を垂れながら、大河は部屋の前にいる人にセストを呼んで欲しいと声を掛けた。


　シェイドから許可を取ったと言うと、セストはすぐに大河を調理場へ連れて行ってくれた。ちなみにマイリーはシェイドがいない時に暇潰しの相手として部屋に来ているためか、昨日今日は邸の仕事をしているらしい。

「シェイド様が魔法を研究される理由、ですか」

気分転換をしたいというのは本当だが、さっきの話をセストに聞いてみたかったというのが本音だ。

「どうしてそれをお聞きになりたいのですか？」

「どうしてって、今まで気になってたけど聞きそびれてたっつーか」

首を傾げて思い出しながら話す大河を、セストは真剣に見つめる。逸らす事のない目は、大河の考えを探っているように見えた。居心地が悪くなって、聞いちゃいけなかったか、と言いながらきまずい気持ちで視線を逸らす。

「いえ、……タイガ様は、この国が戦争をしている事をご存知ですか？」

「……え？　平和そうに見えるけど」

「そうです、この国の中は。国王の命で他国に侵攻している為、戦地にならずむしろ一部は豊かにすらなっています」

唐突に告げられた予想していなかった言葉に、大河は愕然とセストを見る。街は平和にしか見えなかった、そんな事が起こっているとは俄かに信じられない。

「……市場で、街に人が増えてるって聞いた」

「戦場や植民地から逃れて来た者達でしょう。高い市民権を買えば壁の中に入る事は出来ますから」

この国の国民に戦争をしている自覚はあまりありません、と静かに言うセストからなんの感情も読み取れず、何故大河に聞かせたのか意図が分からない。聞かされたからと言って、大河に出来る事は何もない。

「……シェイド様は、魔法陣の発動を解く為の研究をなさっているのだと思います」

「魔法陣？」

今日、そんな事を大河に試させて失敗していた事を思い出す。言葉の意味が分からず首を傾げるが、セストの言葉は続かなかった。

「それ以上は、ご自分でお考えください。出過ぎた事を申し上げました」

忘れてくださっても構いませんよ、とセストが付け加えるが、大河はショックを受けていてそれどころじゃなかった。戦争で自分の住んでいる場所が蹂躙されるなんて、考えただけでも心が壊れそうだ。

「さて、今日は何をお作りになるのですか？」

「あ？　あぁ……」

急にいつも通りに戻ったセストが笑顔で大河を促す。大河はしばらく呆然としていたが、何も考えたくなくなって手を動かす事にした。

調理場に来た当初は凝ったものでも作って長居しようと考えていたが、そんな気も失せて甘くないパンケーキのサンドイッチを作った。こちらのパンは硬いので何かで代用出来ないか考えていた。ベーキングパウダーは無いからメレンゲで膨らませる。卵と油、レモンみたいに酸っぱい果物の汁で作ったマヨネーズを使ったタマゴサンドと、もうひとつは鶏肉みたいな淡白な肉で作ったサンドイッチだ。

セストは絶賛してくれたが、大河は気持ちの問題かあまり味を感じなかった。

「それは何だ？」

もやもやとした気持ちを抱えたまま部屋に戻り、シェイドにもサンドイッチののった皿を渡す。

「食わねぇなら、俺が食う」

食べたばかりだが、育ち盛りの大河は食べようと思えば入る。そう思って伝えると、予想に反してシェイドからナイフとフォークは？　と食べる気のある返事が返ってきた。手掴みで食うもんなんだよ、と大河はぶっきらぼうに言う。正直に言えば八つ当たりだ。

シェイドは片眉を上げて息を吐くと、言われた通り手掴みで齧り付いた。あんまり素直で大河は拍子抜けしてしまう。

「何か聞いたか」

「えっ」

「気にする事など、何ひとつない。貴様は元々この世界の人間ではないのだから」

まるでさっきの会話を聞いていたみたいだなと、目を瞬いた。そんなに表情に出ていただろうかと次に頬を触る。そして出て行く前の会話とセストの行動と大河の表情から読んだのだろうと思い至り、驚きを越して呆れた。

それでも、さっきの言葉は自分を気遣ったのだろうかと考えれば反応に迷う。

「美味いな」

そう言ったシェイドの素直な感想があまりに予想外で、大河は思わずキョトンとしてから吹き出してしまった。

「そらよかった」

あれだけ悪感情しか無かったと言うのに、嫌悪感が徐々に溶かされている気がする。そう感じながらも、いや待て軟禁してる事実は変わらねぇから、と反論する自分自身とで今度は別の意味でもやもやする事になった。


「……シェイド・クロフォード」

数メートル離れた場所から放たれた低く唸るような声は、大きくないのに腹の底に響くようにこちらに届いた。

剣呑さを目に乗せた表情は、見た事もないほどの憤怒が滲んでいる。

数日後、雨が止んで同じように草原に出かける事になった。前回と同じように魔獣に乗り城門を通ると、門前に数人の人影が見えた。

馴染みのある姿に大河は思わず目を見開いて身を乗り出すが、腰を掴まれてそれ以上は動けない。

「師匠！」

「俺の弟子を返してもらおうか」

そこにはウィルバーとテオ、エドリク、アラン、ブレイデン、ケイラまでが城門を塞ぐように立っていた。全員が重装備で一触即発の空気を発している。

「死にかけていたのを森で拾った。これは今、俺の実験体だが？」

「てめえ……！」

シェイドの言葉に頭に血が上ったウィルバーが大剣に手をかけ、それに倣い周りも武器を構えた。怒りに燃えるウィルバーはいつもの冷静さを欠いているように見え、隠しようのない殺気が漏れていた。

「っ、」

大河はウィルバー達に意識が向いているシェイドの手に軽い電流を流すと、緩んだ隙にその腕を外させ魔獣から飛び降りた。

「来い！　タイガ!!」

走り寄る大河に声を掛け、ウィルバーはシェイドに向かっていく。それほど距離が無いため、すぐに到達出来ると考えていたが、途中で大河だけでなく全員の動きがピタリと止まった。

一瞬の間に皆の足が凍りつき地面から離れない。

「っ！　くそ」

「こんな魔法ありかよ……！」

脚の鎧に纏わりつき炎を使っても溶かせない氷にウィルバーすら苦戦している。ドラゴンが凍らされた時も思ったが、瞬時に凍らせる魔法の速さと範囲が人間の域を超えている。

シェイドはゆっくりと魔獣から降り、ウィルバー達に近付いた。

「俺を攻撃する意味が分からないようだな」

シェイドの眼は瞳孔が開き切って冷酷さを増している。いつだって冷淡な男だと認識しているが、こんな状態は初めて見る。少しだけあの血濡れだった夜を思い出したが、その時もこんな身の毛がよだつような感覚は無かった。ヒリヒリと肌を焼くような殺気に大河は尋常でない危機感を覚えた。

だが、足元は氷がガッチリと固定していて動けない。

「やめろ！」

ゆったりと歩いて大河の横を通り過ぎたシェイドが右手を前に出すと、ウィルバー達の頭上に無数の氷の刃が出現した。大剣で脚の鎧を壊していたウィルバーが全員の頭上に炎で防御壁を作る。

大河は氷で肌が傷つくのも無視して無理矢理ブーツから足を引き抜いた。そしてシェイドの前に回って胸ぐらを掴み、勢いのまま思い切り頭突きをくらわせた。

ガツッという鈍い音が響いた後、シェイドが俯いて額に手を当てる。

「くっ、貴様またしても……」

「やめろっつってんだろ、このバカ‼」

大河が怒鳴りつけると、シェイドは我に返ったような顔をした。開いていた瞳孔が元に戻ると同時に、空中に浮いていた氷の刃が砕ける。

大河の一連の行動に、ウィルバー達もポカンと気の抜けた顔をしていた。

「俺がお前のとこにいればいいんだろ。あいつらは解放してやってくれ」

「……」

大河の言葉にシェイドは呆気にとられたような表情を元に戻すと、皆の脚を拘束していた氷魔法を解く。バランスを崩したテオが尻餅をつき、他の面々は一触即発の空気が霧散した事に安堵しているようだった。

ウィルバーだけは苦々しい表情で炎の防御壁を消している。

「俺はお前に命を助けられた。だから実験だか研究だかに協力するのは構わねぇ。テメェを倒して解放させるって約束したのに、逃げようとして悪かったよ」

この状態で律儀に謝る大河にシェイドは完全に毒気を抜かれた様子で、眉間を押さえると好きにしろと言って魔獣のいる場所に戻った。

「タイガ、お前はそうやって、また……！」

「師匠、ごめん。俺、ちゃんと自力で帰るから。……来てくれて、その、ありがと、な」

「当たり前だろうが！　どんだけ探したと……どんだけ心配したと思ってんだ!!」

　その言葉で、大河は彼等がずっと探してくれていた事を知り、思いも寄らなかった事に驚きを隠せない。

「や、でも、俺なんか会ったばっかの他人だし、迷惑かけてばっかだし……」

　ウィルバーは視線を逸らして吃る大河の両頬を、ぐにっとつまんで顔を上げさせる。大河は思わず、いひぇえと文句を言った。

「俺はお前の師匠だろうが。同じ飯食って、一緒に寝て、戦って、笑って、もう他人じゃねえだろ」

　しっかりと大河の目を見据えて言うウィルバーの力強い言葉に、大河はくしゃりと顔を歪めて唇を噛んだ。

「俺らだって、もうダチだろ？」

「だな。ウィルバーさんなんかずっと碌に寝てないぜ」

「うるっせえ。余計な事言うな」

　体の奥がポカポカとして、大河の頬や目元に自然と熱が上る。

「ん……ごめ、ん」

「……生きててよかった」

　片手で引き寄せられ、強がりも照れもどこかに吹き飛んで、大河は鎧でゴツゴツしているウィルバーの胸にぎゅっとしがみついた。クシャクシャと頭を撫でる手が無性に嬉しい。

　そんな大河にケイラが近づいてきたので、いい加減恥ずかしくなった大河は慌てて離れる。

「……ごめんなさい、あの時、私のせいで。私、嫉妬してしまって、本当に」

「ケイラ！　無事で良かった。傷、大丈夫なのか？」

　ケイラの言葉を全く気にしていなかった大河は、

何故謝られるのか疑問に思いながら無事だった事を喜んだ。ボロボロと泣き出すケイラに大河が焦り、ブレイデンが苦笑しながら慰めていた。

「タイガ、本当にあの人の所にいるつもりなのか？」

エドリクが後ろを見ながら声を潜めて大河に問いかける。視線の先には腕を組んで魔獣に凭れ掛かっているシェイドが不機嫌そうに眼を閉じていた。

「まぁ、助けられたのは事実だしな」

「実験体とか言ってたぞ。殺されたらどうすんだよ」

「……なんか、それは無い気がしてきたから。確信はねぇけど」

「大丈夫なのかよ……すげー心配だわ」

テオとアランが口々に心配だと零す。

幾許かの時を過ごしただけで相手の事が分かる訳も無いが、実験体と言う割に体を傷つける事もないシェイドに大河は少し違和感を覚え始めていた。敢えて言うなら髪を少し切られたくらいで、血肉に魔力が宿ると言った割にそれを奪おうともしない。

「タイガが決めたなら、俺が口出す事じゃねぇ。ねえが、お前のその自分を疎かにするやり方に納得した訳じゃねぇからな」

そう言ってウィルバーが大河の手首に何かを着けた。よく見れば内側に魔法陣の描かれた腕輪だ。首を傾げてウィルバーを見ると、まあ着けとけとだけ言われる。

これ以上シェイドを待たせて怒りに触れても面倒だなと考え、じゃあまたなと軽い挨拶を伝えて別れた。軽いなーとテオが言い、ウィルバーは呆れた顔で大河を見送った。

大河が軽快に魔獣の背に飛び乗ると、不機嫌な表情のままシェイドが後ろに乗る。

「待たせて悪かったよ」

「今生の別れくらいさせてやる」

「縁起でもねぇ事言うな」

ドスッと後ろ頭でシェイドの胸を攻撃すると、貴様は本当に頭グセが悪い、と呆れた声が後ろから聞こえた。その声は平坦だが、怖さは微塵もない。

　テオ達に言った言葉に偽りはないが、この男が自分を殺さないという確信もない。先程の戦闘時を思い起こすと、簡単に人を殺す事の出来る男なのだと思ってしまう。だが、あの時の瞳孔が開き切った目が気になった。

　大河が止めた時の、我に返ったような表情にも。

「あのまま逃げる事も出来たのではないか？」

「……約束だからな」

　今はただ、約束を守るだけだ。


「ウィルバー・ガルブレイスか」

「師匠の事知ってんのか？」

「元騎士団長だ」

　前回と同じ草原に着き、同じく模擬戦を終えた後、何かを思い出すようにシェイドがウィルバーの名前を出した。ギルドマスターともなると有名なのかと思っていたが、予想もしなかった答えが返ってくる。

「は!?」

　勝負に負けて草原に寝転がっていた大河は驚きに身を起こし、似合わねぇと思わず本音を漏らした。そんな大河の横にシェイドは片膝を立てて座る。

「十年以上前の話だ。一度戦場で会った事がある」

「戦場……」

　ウィルバーは確か以前三十七歳だと言っていたから、二十代の時に騎士団長か、優秀だったんだなと考えていたが、そこでふと疑問が出てきた。シェイドの年齢だ。

「あんたって……」

「ひとつ、言う事を聞くのだったな」

　大河は先程の勝負に負けたのでいつも通り言う事を聞かなくてはいけない。思い出したように告げたシェイドに、急に言葉を遮られた事も忘れて大河は嫌そうに顔を歪めた。

「闇魔法使うんだろ」

「それもいいが、貴様も研究ばかりで疲れただろう。今日は趣向を変えてみるか」

「い、いらねぇ」

不穏な言葉と考える仕草をするシェイドに、何させる気だと大河は戦々恐々とする。胡座をかいた足首を掴んだ手に思わず力が入った。

「そうだな。俺から、魔力を奪ってみろ」

暫く考えてから出したシェイドの言葉に、ドラゴンを倒して来いみたいな無茶な事を想像した大河は案外普通だったな、と力を抜く。

抜いてから、魔力を奪うってどうするんだ？　と首を捻った。魔力を吸収する魔法なんて持っていない。もちろん触れるだけでは魔力を送る事は出来ても相手の魔力を吸収する事は出来ない。

「……!!」

唯一、シェイドの魔力を吸収した経験を思い出したと同時に大河は顔を真っ赤に染め上げた。

「理解の遅い事だな」

シェイドの揶揄うような口調にさえ反論する余裕もなく大河は固まる。唯一魔力を吸収したのはシェイドに捕まってすぐの頃、キスをされた時のみだ。血肉と同じように体液にも魔力があるとか言いながらされた記憶が蘇って大河は戦慄した。

完全に嫌がらせだ。大河を使って門でのやり取りの憂さ晴らしでもする気なのだろう。

「で、出来る訳ねぇだろ……!!」

思わず叫んだ大河に、シェイドは目を眇める。

「約束を違えると言うのなら好きにするといい。貴様には果たせない約束だったというだけだ」

あからさまな挑発と分かりつつも、大河は拳を握りしめて低く唸った。約束を違えるのは大河にとって矜持に関わる事だ。

「くそ！　男に二言はねぇ!!」

顔を真っ赤にしたまま宣言する大河をシェイドは面白そうに見ている。立てた膝に肘を乗せて、いつでもどうぞと言わんばかりに悠然と構えた。

大河は真っ赤な顔で限界まで眉を顰めたまま、シェイドににじり寄った。

「……よく考えたら、血でもいいんじゃねぇのか」

「構わんが、俺から血が奪えるとでも？」

はっ、と気付いたように声を上げた大河の言葉をシェイドは一蹴する。連戦連敗の大河に奪える可能性は皆無だ。それに血を飲むのも勘弁願いたい。

大河は気合を入れるとぐっと唇を噛んで、シェイドの唇に触れた。

「それでは魔力が奪えないが？」

すぐに離された唇に、シェイドは揶揄いを含んだ声で大河を追い詰める。大河は意を決して再度口を塞ぐと、今度は恐る恐る唇の隙間から舌を差し入れた。だが、拙い行為は唇を舐める程度で上手くいかない。

いい加減焦れたのか、シェイドは一度大河を離すと腰を引き寄せ、深く口を塞ぐ。

「！　……んっ、んん――っ！」

驚きに目を見開いた大河は、純粋な苦しさから息を漏らした。

抵抗するようにシェイドの腕を掴むが何の効果もない。口内を好き勝手に荒らされる感覚に翻弄され、自分達から発せられる水音が耳に響いて大河は羞恥に強く目を瞑る。

それでも矜持からか拙いながらも舌を絡めようとする大河にシェイドは目を細めてそれに応えた。

執拗に上顎を擦られ舌を舐め上げられて、喉の奥で魔力を吸収する頃には大河は酩酊状態のようになっていた。

コクリと音を鳴らして嚥下した大河を解放すると、大河は息を切らし口端から唾液を垂らしたまま呆然とシェイドを見つめた。

それを見たシェイドは大河の口端を舐めとり、啄ばむように短くキスを落とすと、再び深く口を塞ぐ。

「……ふ、……んっ」

魔力の吸収も相俟って大河はぞくぞくと身を震わせる。

だが、腰紐を寛げられ大河の上着の裾から手が入って、それが胸に届いた瞬間ビクリと体が跳ねて我に返った。

「んっ、な、何!?」

驚きに目を見開いてシェイドを押し返す。吸収した魔力のせいか力が入らないが、シェイドは素直に解放した。大河は真っ赤に染まった顔で驚きに目を瞬いている。

「そんな状態では可哀想かと思ったのでな」

シェイドの視線の先が自分の下腹部だと気付いて大河は思わずそこを押さえた。

「こっ、これは、生理現象ってか……む、胸関係ないだろ！　しかも外！　昼！」

「……どこまで無垢なのか、少し呆れるな」

言いながら耳元を擽るシェイドの指に、ゾクゾクと身悶えそうになる。

大河は血が滲みそうなほど唇を食いしばって、ズリズリとシェイドから離れた。深呼吸して気持ちを落ち着けようとするがなかなか上手くいかない。先程の事を思い出すと羞恥に爆発しそうだと大河は頭を振った。

「くそ！　ちょっと、走ってきていいか!?」

「……意味が分からん。何のためだ」

「っ、落ち着くためだよ……！」

そう勝手に言い残すと大河は意味もなく草原を走り出す。シェイドはゴロリと横になって大河の奇行を眺めていた。

山の方に向かって数キロは走っただろう大河は帰ってきたと同時にシェイドの前でガクリと膝をつくと、蹲って荒い息を整える。

「落ち着いたか？」

「おち、つかねえよ……!!」

大河は地面に手をついて俯いたまま、悔しげな声を吐き出した。

「……く、ふっ、ははは っ」

突然、堪えきれないような息の後、笑い声が響いた。

思わず大河が顔を上げると、起き上がったシェイドが声を上げて笑っていた。あまりの事に大河は驚愕に目を見開く。

笑うの？　笑えんの？　という疑問符が大河の頭を飛び交ったまま、シェイドを呆然と眺める。

「ふっ、本当に、貴様は予想外の事ばかりしてくれる」

笑いがおさまらないまま言ったからか、シェイドの表情は柔らかかった。

初めて見るその表情が壮絶に綺麗で、直視した大河は息をするのも忘れてシェイドを見つめた。

大河の動揺が尾を引いて魔法実験どころではなかったので、その日は早めに邸に帰る事になった。

外出から戻った後は再び研究に協力させられると踏んでいたが、予想に反してシェイドはセストに手伝われ出かける準備を始めた。ベッドで胡坐をかいて、どっか行くのか？　と軽い調子で聞く大河に、シェイドは着替えながら視線を向ける。

着替えくらい向こうむいてすりゃいいのに、と大河は胡乱な目でシェイドの引き締まった腹筋を見た。それを見れば着痩せするタイプなのが分かる。自分の筋肉と比べ、大河は悔しさを噛み締め筋トレを増やそうと心に決めた。

「王女から晩餐に呼ばれた」

面倒そうな表情を隠そうともせず言うシェイドに、王女が嫌いなのかなと大河は推察する。

「勇者候補達もいるそうだ。貴様も行くか？」

「嫌に決まってんだろ」

「冗談だ。面倒な事にならないよう、王侯貴族にも、勇者候補にも会わない方がいい」

「？　会おうと思って会えるもんでもないだろ」

訝しげな大河の言葉に、まあそうだな、と曖昧な返事を返すとシェイドは軍服っぽい服の襟を整えた。

　騎士の正装かなと大河はぼんやり思いながら、「いってらっしゃい」と口にする。この生活に馴染んでしまったせいか、シェイドに対しての嫌悪感が薄れたせいか、うっかり出てしまった言葉に大河自身驚いて口を押さえる。

　相手も驚いたようで、シェイドもセストも目を少し見開いていた。

「……ああ、行ってくる」

　そう言って出て行ったシェイドを見送ったあと、大河は口を押さえたままパタリとベッドに倒れた。

三

学校帰りに友達とショッピングモールへ行った後、スマホで母からの早く帰ってきなさいというメッセージを確認してから一人帰り道を歩いていた。

　ショッピングモールに新しく出来たお店のスイーツが学校で話題になっていて、テスト前だが友達と帰りに寄り道したのだ。一度出かけてしまえば、スイーツだけに留まらずアパレルショップなどにも足を運んでしまうのは女の子なら当然だ。

　友達に付き合ってそういったお店にも行くが、繭は高校生らしい価格帯のお店ではあまり買い物をしない。古美術商を営んでいる両親は彼女に良いものを持たせようとするし、彼女自身目が肥えてしまっているからだ。

　ちょっとした罪悪感も手伝って楽しい時間を過ご

せたが、母への言い訳はどうしようと考えながら帰る足は重かった。

　彼女の名前は、世良（せら）　繭という。

　ストレートの髪を鎖骨くらいまで伸ばしていて、友達と比べて少しぽっちゃり気味なのを気にしているが一般的に見れば細身のスタイルだ。多少のコンプレックスはあっても、おっとりした雰囲気の可愛（かわい）い女の子、というのが声には出さない自己評価だった。

　他からの評価も大凡（おおよそ）違いはないが、惚（ほ）れやすく友情を蔑ろ（ないがし）にしがちな性格で疎んでいる友達も少なくない。

　繭が歩道を歩いていると前から男の子が歩いてきた。

　同じ制服だなと顔を見ると、学年がひとつ上の先輩だった。サッカー部に入っている剣崎（けんざき）先輩はカッコイイと評判で、すれ違った時には友達とはしゃいでいた。

　偶然会った事に訳もなく気分が盛り上がる。じっと見つめていると相手もこちらを見たので、これはもう声を掛けるしかないという事で繭の思考はいっぱいになった。

　雰囲気だけで大人（おとな）しいと思われがちの繭は、その実とても積極的だ。

「あ、あのっ」

　剣崎先輩、と掛けようとした声は出る事がなかった。

　二人と、他数人がいる歩道に暴走車が突っ込んだからだった。

　気がつくと繭は見た事もない場所で見た事もない人達に囲まれていた。その様子はファンタジーという言葉がしっくりとくる。

　コスプレ、テーマパーク、ドッキリ、と現状に納得する為の言葉を並べるが、当てはまりそうなものが無い。

「な、なん、ですか、これ……」

　パニックを起こした繭が声を出すと、周りの人間の視線が集まった。その事にどきりとして身が竦む。目の前にいる髭を蓄えたいかにも王様といった風体のおじさんが、威厳のある声で自分達の事を勇者候補だと言う。

　後ろから聞こえたテンプレかよ、という言葉に繭が振り向くと、自分の斜め後ろに二人の男の子がいた。声の主は剣崎だと分かったが、もう一人は見覚えの無い男の子だ。黒髪で、大人達を睨みつけている目付きが鋭く、ヤンキーという言葉が繭の思考を掠めた。

「勇者、って意味が分からない、です。あ、あの、家に帰れます……よね？」

　誰も何も言わないので、繭は再び前を向き王様らしき人に問いかける。

　それに対して王様は答えず、王様の後ろにいた白い格好の綺麗な顔の男の人が、帰れないときっぱり言い切った。その言葉にパニックを起こしたらしい剣崎の声が耳に届くが、それすら意識出来ないほど繭も混乱していた。そして続けて言われた自分が死んだという事実に虚脱状態になった。

　死んだ？　自分が？　こんなにはっきりと記憶も意識もあるのに。信じられない、と繭が考えているうちに、目の前の大人達は勝手に話を進めていく。休ませてやってはという言葉だけは聞こえて、心底休みたいと繭は俯いた。

　横で控えていた兵士らしき鎧の人達が繭の腕を引いたので、抵抗する事なく立ち上がる。

「……触んじゃねぇよ」

　突然鋭い声が後ろから聞こえて、振り返るともう一人の男の子が兵士の手を払って自力で立ち上がった所だった。周囲が俄かにざわめき立つ。王様とスキンヘッドのおじさんは明らかに怒っている様子だ。

こんな状況で反抗するなんて信じられない、と繭は挑発的な態度をとっている不良っぽい男の子を見つめる。私達にまで影響があったらどうする気なの、と繭は彼に苛立ちすら感じていた。

男の子は大人達の怒りに触れて殺されそうになっていると言うのに、相手に鋭い視線を向け口の端をあげて奪った剣を構えている。

だが、一触即発の状況は、白い服の綺麗な男の人が間に止めに入った事で落ち着いた。

苛立った大人達が簡単に男の子を殺そうとしたのを見て、逆らわない方が良いと繭は判断する。そのまま兵士に促されて剣崎と一緒に繭も神殿を後にした。


連れて行かれたお城では、お姫様のような豪奢な一室を与えられ、煌びやかなドレスに豪勢な食事と何の不自由も無い生活が用意されていた。

自分が死んだという事実を簡単に受け入れられた訳ではないが、悲観していても仕方がない。衣食住が十二分に揃っている状況がせめてもの慰めだ、と繭は自分に与えられたものを当然のように受け入れた。

生活魔法というのがこちらの世界にはあって、光や水には困らないし、魔法陣が日本での電化製品のような役割も果たしているらしい。空調も魔法陣、お風呂も魔法陣で沸かすらしく、更にトイレは転移魔法陣で処理場に送られると言うのだから凄い。そう繭が感心していたら王宮だからですよと侍女として付けられたパメラという女の子が教えてくれた。

「王宮以外だとこんなに便利じゃないって事？」

「当然です。転移魔法陣の価値なんて、人を運べないサイズでも庶民の家が建ちますから」

「そうなんだー」

繭が着る洋服を準備しつつ答えるパメラを見なが

ら、王様に逆らわなくてよかったと心底思う。元々逆らう気なんてなかったが、数日前の神殿でのあの男の子を思い出してつくづくそう思った。反抗なんてしたせいで彼はきっと苦労しているに違いない。

「魔法の訓練って、大変？」

「生活魔法でしたら、それほどは」

用意してくれた服はいつものドレスではなく、動きやすいパンツ姿だ。赤を基調にした女騎士といった装いに、コスプレっぽいなと思いながらも少し気分が上がる。

今日は魔法の習得をすると言われていた。

「繭ちゃん似合ってるね」

「陽斗(はると)先輩も」

訓練場に行くために部屋を出て、広い廊下で陽斗と合流する。彼の名前は、剣崎　陽斗。こちらに来てから陽斗と呼んでいいと言われたので陽斗先輩と繭は呼んでいる。

陽斗は繭の着ているものの青バージョンといった衣装に身を包んでいて、とても似合っていた。アイドルにいそうな姿の陽斗に開口一番に褒められて繭の気持ちは浮き立ったが、今は以前ほど彼に惹(ひ)かれていない。

「誰が魔法を教えてくれるんですかね？」

「騎士の誰かって言ってたと思うけど」

「シェイド様だったら良いなぁ」

うっとりと思い出しながら呟(つぶや)く繭を見れば、陽斗への気持ちが既に別の人へと移ってしまっているのが分かる。

こちらの世界に来た当日は部屋で休ませてもらい、次の日に王宮で国の重鎮達を紹介された。王様と大司教は神殿の会話で知ったが、王妃、王子、王女は姿を見るのも初めてだ。宰相と騎士は神殿にもいたが、紹介された事で名と役職を知れた。

銀髪の騎士、シェイド様。

王女も王妃も美しく、金髪の王子も格好良かったが、騎士と名乗ったシェイドは繭から見ると次元が違った。実は神殿から気になっていた繭は、名前を知って思わずシェイド様と小さく呟いたほどだ。完全に一目惚れだった。

　呟いた繭を見て王女が少し反応していたから、王女もシェイドが好きなのだろうなと繭は女の勘を働かせる。

　それ以来どこかで接触出来ないかと狙っているのだが、今の所繭にそのチャンスは訪れていない。


「俺が勇者の教育係に任命された、ギルバート・オルドリッジ。騎士団長だ。ギルって呼んでくれて良いぜ」

　期待して行った訓練場にはシェイドの姿は無く、代わりに緩くウェーブのかかったオリーブ色の髪の眠そうな目をした男がいた。鎧ではなく騎士の制服らしい服装に身を包んだ男性は繭の父親より少し若いくらいの年齢だと思うが、眠そうな目に似合わずがっしりしていて雄々しい。

「ギル、さん……」

「騎士団長、ってシェイド様じゃないんですか？」

　繭の素直な問いに、ギルは、あー、と唸りながら首の後ろを摩った。

「まぁ、俺は名ばかりの騎士団長だからな。お互い気楽にやろうぜ」

　ギルの言葉に二人は拍子抜けする。

　仮にも召喚され、勇者候補と煽てられ、王宮まで連れて来られたのだ。受けるかどうかは別としても壮大な任務でもあるのだろうと心構えていた。

「その、勇者って魔王を倒すとか、俺達の世界の物語じゃそういうのがテンプレだったんすけど」

「魔王？　なんだそりゃ。大層な役目とか別にないぜ」

「えっ、じゃあ私達なんで喚ばれたんですか？」

「とりあえずあんたらがやる事は、過去の勇者が残した武器を使えるようになる事くらいだな」

二人の、はあ、と気の抜けた返事に、ギルは戦争に駆り出されるって可能性も無い訳じゃないと脅しで締めた。その言葉に身が竦む二人を気にも留めず、ギルは魔力を発露させる為の説明に入る。

釈然としない気持ちを抱えたまま、手を握られて魔力を流される。握られた手を見ながら、シェイド様が良かったのに、と繭は心の中で拗ねていた。

名前：剣崎　陽斗
　ケンザキハルト
年齢：17歳
性別：男性
種族：人族
属性：光属性
魔法：
スキル：狙撃、俊足
特殊スキル：アイテムボックス

名前：世良　繭
　セラマユ
年齢：16歳
性別：女性
種族：人族
属性：光属性
魔法：
スキル：鑑定、演奏
特殊スキル：アイテムボックス

ステータスが開けるようになった二人は有無を言わさぬ口調で開示するよう迫られ、ギルにステータスを見せた。向こうの世界の文字が読めないらしいので、素直にひとつずつ答えていく。

「狙撃って、不穏な言葉ですね」

「俊足っていうのもあるし、サッカー部でフォワードだったからかな。狙って撃つって意味じゃないか？」

「じゃあ、私の鑑定は家が古美術商やってるからかも。小さい頃から親に目利きを教わってたし」

「鑑定は珍しいスキルだな。基本的にスキルは有利に補正が働くくらいのものだが……」

珍しいという言葉に心が沸き立った繭は、後で部屋の宝石やドレスを鑑定してみようと考える。日本にあるような娯楽のない世界ではこういったファンタジー要素を楽しむ以外やる事がない。演奏は恐らく習っていたピアノだと思うが、こちらの世界ではまだ一度も楽器を見た事がなかった。

他にもアイテムボックスというものがあって、ファンタジーっぽい！　と二人で盛り上がる。ギルはそんな二人を止める事もなく、やる気のなさそうな表情で見ていた。

「魔法は何も書いてないんですけど、俺ら使えないんですか？」

「これから教えてやるよ」

ギルは覇気のない声でそう言うと、生活魔法を教え始める。誰でも使えるという生活魔法は、教えられただけで簡単に使えるようになった。

繭は「光らせる」「火を出す」「冷却する」「水を出す」「軽傷程度の回復」が使え、陽斗は「光らせる」「火を出す」「水を出す」「凍らせる」が使えた。

「水を出す」「凍らせる」「軽傷程度の回復」は上位の生活魔法なので優秀だと、あまり気持ちの籠もっていない声だが褒められた。

「攻撃魔法を覚えるには、血反吐吐くような訓練が必要だが、どうする？」

「えっ、どうするって俺らに拒否権あるんですか？」

光魔法や水魔法を試して、光る水晶や手から溢れる水に感動していた陽斗と繭は血反吐という不穏な言葉に慄く。

「過去の勇者が残した武器が使えれば、攻撃については問題ないだろうからな」

「血反吐って具体的にどうするんですか？」

「まあ、まんま血を吐いたり、怪我したりは普通だな。んで、たまに死ぬ」

「……」

「あ、じゃあ、私は攻撃魔法いらないです！」

　恐る恐る聞いた陽斗へ返された言葉に、横で聞いていた繭は即答する。そんな危ない橋を渡ってまで攻撃魔法が欲しいとは思わない。

　攻撃魔法という言葉に多少魅力を感じているらしい陽斗は難しい顔で、考えさせてくださいと言っていた。

四

　血反吐を吐く、という言葉に隣で聞いていた繭は即刻訓練を辞退した。

　攻撃については武器が使えたら解決するみたいだし、それもアリかと陽斗も思うが、引っかかる事があった。攻撃魔法も使えない男に王女は惹かれるのだろうか、というその一点だ。

　こちらの世界に来てすぐ紹介された王女は、とにかく可愛かった。ゆるいウェーブの金髪に金色がかった茶色の目。どこかあどけなさの残った顔立ちも含めて、これ以上ないくらい陽斗の好きなタイプだった。

　それに異世界なんてファンタジーを体験しているのだから、攻撃魔法を使ってみたいと考えるのは男なら普通だと陽斗は思う。

「王女に好かれるには、攻撃魔法を覚えた方がいいか……だぁ？」

藺が先に帰った後、考えていた事をそのままギルに相談すると、眠そうな目を更に細めもう閉じてるんじゃないかという状態でギルは面倒くさそうな表情を作った。

「王女はやめておく事を勧める。無駄だからな」

陽斗の相談に、ギルは深く溜息を吐く。

「だって、勇者といえば王女様と結婚、とかあるでしょ」

「どこにあんのか知らんが、ここにはないな。第一あの王女様はシェイド様にベタ惚れだ」

ええー、と肩を落とす陽斗を見たせいか、ギルは、まあ攻撃魔法が使えた方がモテるのは確実だけどな、と言葉を足した。

「あ、じゃあやります！」

それを聞いた陽斗は秒で返事をする。モテたい盛りの男にそう聞いて迷う要素は無い。

即答した陽斗に、ギルはしまったという表情をした。面倒だからか、どうも教えたくなかったらしい。それでも、まあ身を守る術は必要か、と諦めたように首を掻いていた。

「ところで、そのシェイド様ってどんな人ですか？」

陽斗は面倒そうな表情を浮かべたままのギルに、気になった事を聞いてみる。好きな女性の惚れてる男なのだからやはり気になってしまう。

「あー、目指そうっていうならやめとけ。……あれは、言うなれば神か化け物だ」

思いも寄らない言葉に、陽斗は眉根を寄せた。強さを表しているにしても幾ら何でも大げさだろうと思ったが、珍しく眠そうじゃない目をして言ったギルに反論の言葉を失った。

それ以来、こちらの常識や魔法などについて勉強をさせられるのと同時進行で、陽斗は攻撃魔法の訓練を受けている。

確かに魔法攻撃を受けて死にそうに痛いし辛いけ

ど、ギルが大分加減してくれているのかなんとか耐えられている。だが加減されている分習得には時間がかかりそうだ。もちろん訓練は毎日ではない為、遅ければ一年、早くても三十日はかかると教えられて、陽斗は考えるだけでうんざりした。

過去の勇者が残した武器、というのを与えられるのは陽斗が攻撃魔法を習得してからになったらしい。随分と気長に構えている事に、陽斗はどうにも違和感を拭えない。

繭は陽斗の気も知らず、最近は使用人達とシェイドの追っかけのような事をしているらしかった。

「あ、王子様」

訓練場から部屋への帰り道、近道だから通り抜けようとした中庭で、金髪の男を見かけた。整えられた庭の、何故か椅子のある場所ではなく木陰の目に付きにくい場所で本を読んでいるらしかった。

それが最初に紹介された王子だと気付くのに数秒かかって、思い出した瞬間思わず声を出してしまう。

「ああ、勇者候補の、確かケンサキ……？」

「剣崎陽斗、です。えっと、名前は陽斗の方で」

「では、ハルトと呼んでいいだろうか」

あ、はいと返事をして、不味かったか？　と自問する。王子様相手の話し方なんて見当もつかない陽斗は、どうにも言葉遣いが不自然になってしまう。

王子はニコリと笑うと、なら私は王子でなくルーファスと呼んでくれ、と爽やかに言った。

王女がタイプ過ぎて紹介された時に殆ど目に入っていなかったが、ルーファスも美形だなと今更ながら思う。金髪に金色がかった目の色は王女と同じらしい。繭が夢中になってるシェイド様ほど壮絶な美形ではないが、ルーファスは人好きする甘めの顔立ちだ。

考えながらだったせいで、無意識にじっと見つめていた陽斗に、どうかした？　と首を傾げてルーファスが聞いた。

「あ、すみません。王女様に似てるなーって」

言ってから、王女様の方が妹なんだから逆だろ！　と陽斗は自分に突っ込んだ。もう一度すみません、と重ねる。ルーファスは怒る事なく、兄妹だからねと笑っていた。

「私と君の歳はあまり変わらないだろう、そう畏まらないでくれないか」

「や、そう言われても……、不敬罪とかで殺されたりしない、ですか？」

神殿でもう一人の転生者が殺されそうになった時の事を覚えている陽斗は、そう気楽に接する事は出来ない。

「大丈夫だよ。父の前では気をつけた方が良いが、今は私しかいない」

「……そういう事なら」

本当に大丈夫か？　という気持ちはあるが、あまり王子を拒絶すれば、それはそれで不敬じゃないかと無理矢理納得する。聞けばルーファスは陽斗の二歳上で十九歳だと言う。

異世界の話を聞いてみたいと言う王子に、同世代の友人との接触に飢えていた陽斗はルーファスとの会話を楽しんだ。陽斗が日本の話をして、ルーファスがこっちの世界の事を教えてくれる。

新鮮な驚きに満ちた会話は、お互い思った以上に楽しく、次の約束までしてしまった。

「俺の世界で勇者って言うと、魔王を倒したり、国を救ったり、正義の味方！　って感じなんだ」

「人を苦しめる者を断罪するという意味かな」

「あ、うん。そんな感じ……？」

「なら驚いただろうね。こちらに来て」

「驚いたって言うか、こんなんで良いのか？　みたいな」

数度目になるルーファスとの約束の場所は中庭でなく庭園の中の東屋だった。花に囲まれた東屋に王子と一緒なんて女子が好きそうな状況だなと思いながら、陽斗は気になっていた勇者候補について聞いていた。

「勇者ってなんか憧れだしさ、どうせなら力になりたいなって思うんだよ」

「……そうか」

勇者が魔王を倒すゲームや、ヒーローもの然り、陽斗は正義が悪を倒す物語が昔から好きだ。若さ特有の正義感というものも、少なからず持っていた。

「でも急がなくて良いんじゃないかな」

「なんで？」

「……力をつけるには相応の時間が必要だと思うから」

「んー、まあ確かにそっか」

ルーファスの言葉で心のつかえが取れた陽斗は、悶々と燻っていた思いを手放した。


勉強や訓練で忙しく過ごしているとあっという間に時間が過ぎていく。訓練を始めてから日本の数え方で言えば優に一ヶ月は経った頃、王女から晩餐のお誘いがあった。

自分の頑張りを見てくれているのでは、とその誘いに浮き立つ。

王や王妃までいたら緊張で食事どころじゃないと藺と二人構えていたが心配には及ばず、案内された王宮の豪奢な広間にいたのは最初に紹介された正妃の娘である第三王女のアリーヤ、そして側室の娘である第二王女クロエと第六王女コーデリアだけだった。陽斗は彼女達だけでも十二分に緊張してしまう。

この国では生まれた順に第一王子、第二王女と数えるが、正妃の子にしか王位継承権は無いとルーファスから聞いている。ちなみにルーファスは第一王子だ。ここにいてくれたら幾分緊張もマシだったのに、といない彼に心の中で呼びかけた。

「よくいらしてくださいました、勇者候補様方」

「お、お招きにあずかり、光栄です」

「父や母がいては肩の力が抜けないと思いましたので、わたくし達だけですの。あともう一人お呼びしているのですけど」

「お気遣いありがとうございます」

「ぜひ異界のお話をお聞かせ願いたいですわ」

煌びやかな雰囲気とお姫様達に、一般庶民の陽斗は圧倒されてしまう。おどおどと話す陽斗とは違い藺は何故か気丈に振る舞っている。

それにしてもアリーヤ王女可愛いなと魅入っていた陽斗の後ろで、シェイド様がいらっしゃいましたと使用人が扉を開いて新たな客を招き入れる。

女子達が急に色めき立つのを見て、陽斗は少しだが頭が冷えた。

「シェイド様！　使いの者から外出されていると聞いて、来ていただけないかと思っておりましたわ」

「王女殿下の命ですので」

「命だなんて、冷たい事を仰らないでくださいませ」

丁寧だが冷ややかなシェイドの言葉にさして気にした様子もなく、アリーヤは甘えた声を出す。陽斗の頭に王女はシェイド様にベタ惚れというギルの言葉が響いて一気に気分が落ち込んだ。

席についてからも、隣に座ったシェイドに向かうハートの籠もった視線や言葉を、只管眺めながらの食事だ。

陽斗は何故自分がシェイドの隣なのか疑問だったが、陽斗に席替えを頼んだ藺をアリーヤが無作法だと窘めた事で、単純に自分以外の女の子が横に座るのを避けた配置なのだろうと分かってしまう。

溜息を吐きつつ食事をしていると、ふと、横から視線を感じた。

「……えっと、何か？」

「いや、魔法訓練を受けていると聞いたが、何か使えるようになったか」

「ギル、えっと、騎士団長さんに教えてもらってます。まだ生活魔法以外は使えないんですけど」

「そうか」

返事をしたのにじっと見つめられて、相手が男なのに思わずドキドキしてしまう。美形怖いと陽斗は無駄に怯えた。

一通り観察したのか、シェイドはふいと視線を逸らす。

その時に、転生者だから気になる訳でもないのか、と何か考えている様子で小さく呟いていた。その言葉は自分にしか届かなかったようで、訳が分からない陽斗は頭の周りに疑問符を飛ばしながらシェイドを見つめてしまう。

「シェイド様は魔法の第一人者ですから、気にされているのですわ」

アリーヤは自分は分かっているとばかりにシェイドの言葉の説明をする。

「第一人者、ですか」

「ええ、シェイド様以上の魔法の使い手など、この世界におりませんもの」

自慢げに話すアリーヤの言葉に、欲目が入ってるんじゃないかと陽斗は胡乱な目をした。横で聞いていた繭はキラキラと目を輝かせて、すごい！　と跳ねた声を上げている。

「魔獣に乗って戦地に赴くお姿は本当に凛々しくて……」

「あの魔獣に乗せていただくのが、女性達の憧れですわ……」

「シェイド様の前ではしたなくてよ、クロエ、コーデリア」

思わずといった感じで妄想に耽り出したクロエとコーデリアをアリーヤが窘める。話題にされている筈のシェイドは眉すら動かさない無表情で酒の入ったグラスを手に取っていた。

うっとり見つめる女の子達がかけらも視界に入っていない様子に、逆にすげーなと陽斗は苛立ちを通り越して感心してしまった。

「勇者候補のお二人にも期待しておりますわ」

ニッコリと笑うアリーヤがやはり陽斗の好みどストライクで、蕩けた顔で、思わず任せてくださいと言ってしまう。

とりあえず、シェイドの方は王女に気がないようなので、陽斗は自分にもチャンスがありそうだと安堵した。

五

王女の晩餐から帰ってきたシェイドは大河を見て、戻ったぞ、と言った。

それが出かける際に大河が言った事への揶揄いを含んでいるのは分かって、そういう時はただいまって言うんだよっ、と不機嫌に言いながらも、おかえりと大河は律儀に返した。

実験体と言ってた筈なのに家族みたいな事してるなと思うが、大河自身何故か嫌な気がしなかった。

シェイドは机の灯りだけを点け、いつものように何かを始める。

また研究で夜更かしするのかと呆れた視線をシェイドの背に向けると、大河は薄暗い部屋のベッドに横になった。いつも大河が先に寝て、大河が起きた時にはシェイドは起きているので、横になっているのはともかく寝ているところを見た事がない。

夜中に目が覚めるといつも机の辺りだけ灯りが点いているので、本当に寝ているのかすら怪しい。

まあ、自分が口出す事でもないか、と大河はそのまま眠りについた。


「冷たい！　甘い～っ！」

次の日もシェイドは朝からいなかったので、大河はいつものようにセストとマイリーと共に調理場に来ていた。大河の作ったおやつを食べて、マイリーは頰を押さえてジタバタしている。

今回アイスを作ってみた大河は、魔法の利便性に気付き興奮した。アイスは材料を混ぜ合わせた後、空気を含ませながら凍らせる事で出来るのだが、セストの風魔法で撹拌して大河が凍らせると驚くほど簡単に出来る。

「暑い時に良い食べ物ですね」

「そういや最近ちょっと暑い気がするな」

「火の季節が近いですから」

この世界でも季節があって、春がこちらでは花の季節、夏が火の季節、秋は風の季節、冬は氷の季節といってそれぞれ三月ある。数え方は花の一月、二月、火の一月と数えていくらしい。ここで生活するようになってから、そういった事をセストやマイリーが教えてくれている。

「冷やしておけば帰ってこられた時にシェイド様にもお出し出来ますね」

「風呂上がりならアイスもいいけど、また遅いんだったらホットミルクとかの方がいいんじゃねぇ？」

「ホットミルク、ですか？」

大河の突然の提案にセストもマイリーも首を傾げた。それを見て温めたミルクだと大河は説明する。

確か人によっては蜂蜜やお酒を入れたりもすると聞いた事がある。

「あいつ、夜もずっと机に向かっててあんま寝てねぇ感じすんだよ」

「……ミルクで眠れるのですか？」

「前いた世界じゃそう言われてたけど」

小さい頃は、寝付けない夜に母親が作ってくれていた。

大河は昨日の夜を思い出し、ふと言葉にしただけだったが、セストは思ったより深刻な表情をしていた。

「タイガ様、シェイド様のお体が心配なんですね！」

「は？　なんで……え？　そうなのか？」

「ご自分の事なのに、なんで聞くんですか」

そんな訳ないだろ、と反射的に反論しようとした大河だったが、自分の言動がそう言っているようにも思えて一瞬戸惑う。

「いや、……寝てるとこ見た事ねぇなって昨日思って、つい出たっていうか」

マイリーが横でニヤニヤしながら見てくるのを感じて、大河は言い訳のように言葉を連ねて顔を顰めた。

「あまり眠れていないだろう事は存じ上げています。それで解決すれば良いのですが」

その言葉には無理だろうという諦めのような気配が滲んでいる。

セストの心配そうな表情を見て、ちょっとくらい協力してやるかというおせっかいな気持ちが湧いた。


遅い時間に帰ってきたシェイドがいつものように机に向かっていると、セストは大河の言っていた通りホットミルクを出した。温めたミルクに花の蜜と少量の果実酒が入っていていい香りがする。

「これは？」

「タイガ様にお聞きして……、違うものが宜しければ持ってまいります」

拒否するかなと思って見ていた大河は、特に何も言わず口にするシェイドに驚きつつもなんとなく安堵した。

「あれは何だ？」

セストが退室し、ホットミルクを飲み終わったシェイドは大河のいるベッドに腰掛けて真意を尋ねた。

「あれ飲むとよく寝れるって、作ってもらった事あんだよ。ガキの頃だから酒は入ってなかったけど」

「……俺を寝かせようとしたという事か？」

「だってあんた、全然寝てねぇだろ」

大河の言葉にシェイドは何事か考えるように少し止まる。

「それが、貴様に関係があるのか？」

考えてから大河に向けられた言葉は、言葉通り取れば突き放したような感じだが、どちらかと言えば純粋な疑問といった声色だった。

確かに余計なお節介をしている自覚のあった大河は、返答に困ってしまう。

「いや、まあ別に関係ねぇんだけど、セストさん心配してるみたいだったし」

最初の頃、全く人の話を聞いていなかった、聞く気が無かったシェイドが、大河に視線を合わせて言葉を待っている。そういえば、最近は普通に会話が出来ていたなと、今になって大河は気付いた。

「困ってるなら、自分が出来る事してやりたいって思うのは普通じゃねぇの？」

「……普通なのか」

人語が通じない獣と意思の疎通が取れるようになった、そんな感覚が急に湧き立ち、思わず大河の心は温かくなる。

「セストさんだってあんたの為(ため)に色々やってくれるだろ？」

「セストは使用人だ。俺の立場に対して仕事をしているだけだ」

こちらの世界の貴族の感覚なのだろうか、大河にはあまり理解出来ない。それにセストは使用人だからではなく、シェイドに心を尽くしているように見える。

　セストが心配しているのは真実だと思うが、それは今、大河が言ったところで意味がないだろう。

「困ってるならってのは、俺がそう思うってだけだ。迷惑なら悪かったよ」

　元々無理強いをするつもりの無かった大河はあっけらかんと言って、ふわふわとやって来た眠気に欠伸をした。

「いや……、迷惑ではない」

　シェイドはそう言ってベッドに上がると、枕元に胡座をかいていた大河の横にごろりと寝転び、部屋の灯りを落とす。

「寝んの？」

「寝られるかは分からないがな」

　月明かりだけになった部屋で仰向けで寝そべるシェイドを見ていた大河は、その目元に手のひらを当てた。

「目を温めるのも効果があった筈だぜ。俺体温高ぇから、寝るまであっためてやるよ」

「確かに、貴様は子供のような体温だな」

「うるせぇよ。擽ってぇから瞬きすんな」

「無理を言う」

　笑いを含んだような声が小さく響いたあと、無音になった。大河はズリズリと横になり、肘を立てて寝転がったまま空いた手を再びシェイドの目に当てる。手のひらに長い睫毛が当たって少し擽ったい。

　睫毛が時折動くから寝ていないのだろう事は分かったが、その前に自分に眠気が襲って来た。新聞配達で鍛えられた大河は基本早寝早起きなのだ。

　暫くの間眠気に耐えていると、そのうち手に当たる睫毛が動かなくなる。やっと寝たのかと手を外すと、シェイドは月明かりでも分かるくらい眉を寄せて苦しそうな表情をしていた。

　あまりにも辛そうな表情に、どんな悪い夢を見ているのか少し心配になった。大河が人差し指で優しく眉間を解すと、苦しそうだった表情が和らぎ、規則的な寝息が聞こえる。

何故か無性に安堵して、大河は自分も眠りについた。


早朝、セストは一応起こす役目として部屋に来ているため、ノックはしても返事は待たずにシェイドの自室に入る。

普段であれば、この時点でシェイドは机に向かっている事が多い。

机にいない事で眠っていると気付き、シェイドのみ起こそうとベッドに近づいたが、辿り着く前に足を止めた。ベッドでは何故か大河を抱き込むようにしてシェイドが眠っている。

今まで見る事の無かった穏やかな寝顔に起こすのを躊躇い、頭の中で今日の予定を確認してから叱責覚悟で起こすのを止めた。

起きた時にシェイドは怒るだろう。それでもセストは現状の変化が嬉しく、表情が緩むのを抑えられなかった。


どういう状況なんだ、これは。

目を覚ますと、大河は何故かシェイドに抱き込まれて寝ていた。

間近にある顔に眠気が吹き飛び、頭の中がパニック状態になる。

昨夜、眠れないというシェイドに協力したのは覚えているが、いつの間にこんな状態になったのか大河には皆目見当がつかない。混乱しながらゆるく抱えられた腕の中から抜け出すと、横に座って溜息を吐いた。

眠っているシェイドはいつもの怜悧な雰囲気が削

ぎ落とされて、作り物のような秀麗さだった。

人形みてぇだな。

繁々と顔を覗き込んでいた大河は、この唇が自分に触れた事を唐突に思い出し、羞恥に頬を染める。

恥ずかしさに煽られるように、顔が見えないようシェイドの体を自分と反対の向きにころりと転がした。

日の昇り具合からそろそろ起きてもいいだろうと思ってした事だったが、余程寝不足だったのかシェイドは起きる気配がなく、サラサラとした銀の髪が肩から滑ってシーツに落ちる。

大河に若干の罪悪感が生まれ、仰向けに寝かせてやろうとシェイドの肩に手を掛けた。

その瞬間、何かを視界の端に捉えて大河の動きが静止する。

いつもは長い髪で見えないシェイドの首筋が露わになっていて、襟元から模様のようなものが少しだけ見えていた。

「タトゥーか？」

襟元を少し引いて覗くとそれは隆椎から背中の方まで続いているらしかった。見てはいけないものを見てしまったような焦りを感じる。

だがそれよりも、妙な胸騒ぎがして背中が見えるよう服を捲りあげた。

「魔法陣……」

シェイドの背には魔法陣が描かれていた。

大河には魔法陣を見てもそれが何の魔法効果があるものか判断出来ない。出来ないが、それは魔獣の背に描かれていたものと似ている気がしてならない。

ざわざわと蠢くような訳の分からない不安感に大河はコクリと喉を鳴らした。

もしその予想が間違っていなければ、これは隷属の魔法陣という事になる。

唐突に齎された情報に、大河は頭の中で何かが大きく揺らぐような感覚がした。

「……っ」

息を詰めるような音が耳に届き、大河は我に返る。

慌ててシェイドの服を戻し体を仰向けに寝かせると、シェイドは昨夜と同じように苦しげに眉を寄せていた。

考えが纏まらない大河は呆然としたまま、昨夜したようにシェイドの眉間を指で解すように触れる。暫くそうしているとシェイドが薄く目を開け、眠気に溶けた目で大河の腕を引いた。その力はそれほど強くなかったが、大河は素直に腕に抱き込まれるのを許した。

手や頬に触れる服の生地は一瞬ひんやりと感じるが、じわじわと体温で温かくなる。この男も体温があるんだな、と当然の事を考えながら、大河は抱き込まれて窮屈に挟まれていた腕をシェイドの背中にまわした。

『シェイド様は、魔法陣の発動を解く為の研究をなさっているのだと思います』

いつか聞いたセストの言葉が脳裏で蘇る。

触れただけで模様が分かる訳でも無いのに、大河は後ろにまわした手でシェイドの背中をそっと撫でた。何故こんなものがという疑問と同時に、これがシェイドの解きたい魔法陣なのだと、大河の頭でも推察出来る。

だが、それを知ったところで、大河にしてやれる事は何も無い。

大河が何度も背を撫でているうちに、シェイドは再び穏やかに寝息を立て始めた。


「何故起こさなかった」

少し苛立ちを含んだ声で責めるシェイドの言葉を、セストはいつもと同じ柔和な表情で受け入れている。

昼過ぎに目を覚ましたシェイドは自分の腕の中を見て、大河と同じく現状が理解出来なかったのか、一度怪訝な表情をした。

そして大河が目を覚ました事に気付くと、その表情を確認するように目にかかる髪を指で払いのけた。

　しっかりと二度寝していた大河は、微睡の中でシェイドの指の擽ったさに綻ぶような笑みを零す。

　瞬間、何故かシェイドは目を見開き自分の心臓辺りの服をゆるく掴んで固まった。

　数秒、もしかすると数分は静止していたシェイドだったが、再び不可解な面持ちになり何か理解し難いものを見るように大河を見つめる。

　そんなシェイドの常に無い様子を目にして、完全に眠気から覚醒した大河は首を傾げた。

　その後、シェイドは何かを振り切るように起き上がり、セストを呼ぶと冒頭の言葉を言ったのだった。

「予定を違えてしまったようで、申し訳ございませんでした」

「予定を変更しておいて、何が違えてだ」

「そうでございましたか？」

　飄々と嘯くセストに、シェイドは溜息を吐いた。

「……まあいい。よく眠れたせいか頭がスッキリしている」

「それはようございました」

　大河はそんな二人を横目にベッドから起き上がり、ストレッチをした。体の筋を伸ばしながら、シェイドの背中を見る。

　そして、日課のようになっている戦いを挑んだ。

　あの魔法陣が何なのか、問いただしたい気持ちを体を動かす事で誤魔化したのだ。

「毎度負けるというのに、よくやる」

「っせぇな。閉じ込められているせいで運動不足なんだよ」

　これもまた日課のように負けた大河がベッドの端に座って悔しさを噛み殺している。横を向き仏頂面をしていた大河だったが、あっ、と声を出すと突然目を輝かせてシェイドに視線を合わせた。

「あんた、騎士なら魔物討伐の仕事とかあるよな！」

「……確かにあるが」

「そこに連れて行くのが、今回の負けた命令ってのはどうだ？」

それならシェイドもきっと助かるし、大河は体を動かせて一石二鳥だ。名案を思いついたような大河の楽しげな声に、シェイドは胡乱な目を向ける。

「それはもはや、貴様のお願いではないか？」

「う……」

「それについては考えておいてやろう。だが今回負けた件とは別だ」

口の端を上げるシェイドに、それでも考えてくれるのかと嬉しくなった大河は、分かったと笑顔を向けた。その反応に拍子抜けしたのかシェイドが手で顔を覆い溜息を吐いて椅子に座る。

ベッド横のテーブルセットにはセストが遅い昼食を用意してくれている途中だ。邸には別に食堂があるらしく、以前は大河一人で食事をとっていたが、最近は時間が合えばシェイドも部屋で一緒に食事をしている。

「貴様、日ごとに実験体としての自覚を失っているようだな」

「実験には協力するから、かてぇ事言うな」

大河はあっけらかんと歯を見せて笑う。シェイドはそれを見つめ、再び不可解な表情をしていた。

端的に言えば、大河はウィルバー達との再会で吹っ切れたのだ。それまでの、ウィルバー達に迷惑をかけたかもしれないという懸念や、無理矢理に拉致されたという憤りがすっかり消えている。

今、大河の中にあるのは約束の為に自ら選んだという事実のみだ。自分で決めたのだから、何をされようと自己責任だと大河は考え、それによって肩の力が抜けたのだろう。

そして毎日何かしらの発見があり、その度にシェイドの本質が見え隠れする。

シェイドにとって大河が実験体としての価値しか無い人間だと分かっていても、大河はその本質に触れてみたいと思うようになっている。

それは短い時間の中で、大河の心にも変化を齎らしつつあった。


大河の身長は最後に測った時で１７２センチくらいだった。

それが中学の時なので多分もう少し伸びているし、成人男性と比べても低い方ではない。それでもシェイドの身長は大河よりも10センチは高く、見上げなければ視線が合わない。ウィルバーやテオも高かったので、こちらの世界の平均身長が高いような気もする。

だからだろうか、抱え込まれるとすっぽり収まるようになり、その度に大河は男として若干の屈辱感を覚えていた。

ここ最近、毎朝目を覚ますと大河は必ずシェイドに抱き込まれている。

あの朝まで起きた時には既にいないか机に向かっていたのに、今では目覚めると必ずシェイドの寝顔が眼前にあった。

「なんか、慣れたな」

大河は伸ばした手で上の戸棚をパタリと閉めながら呟く。調理場の主が閉め忘れていたようだ。

最初のうちは動揺して腕から抜け出す事に必死になったり、シェイドに直接やめてくれと言った事もある。だがそんな大河に対し、シェイドはよく眠れるのだから仕方ないと堂々と開き直った。

そんな日々が続くと自然と慣れるものらしい。

「何が慣れたんですか？」

「あ？　いや」

マイリーにキョトンとした顔で聞かれて、大河は自分が声を出してしまっていた事に気付く。戸棚を閉めるために背伸びをした事で余計な事まで思い出してしまった。

横で何故か微笑ましげな表情をしてるセストにはともかく、毎朝シェイドに抱きしめられている事に慣れたとは目の前の少女には言いたくない。思わず大河の目が泳いだ。

「それより、今日は何食いたい？」

「タイガ様の作る甘いものならなんでも！」

「了解」

　あからさまに話を逸らそうとする大河に、甘いものに目がないマイリーは易々と乗ってくれる。

　マイリーがいる時は必ず甘いものをリクエストされるので、最近は作っていないレシピの残りも少なくなってきた。元々お菓子作りなんてバイト先くらいでしか覚えてない。

　期待感いっぱいのマイリーを前にして、前の世界で作った事のあるもの、レシピだけは知っているものを頭の中で並べていく。母に教わったおはぎが浮かんだが、小豆がないので却下だ。こちらの世界では小豆も大豆も見かけていない。

　小豆があれば、どら焼きもぜんざいも出来るな。大豆があれば豆腐とか、醤油に味噌……は麹菌がいるんだっけ、と大河は想像を膨らませていく。醤油に味噌は喉から手が出るほど欲しい。

「そういえば最近、お邸にいる時のシェイド様の雰囲気が以前より柔らかいって使用人達の間で噂になってるんですよ」

「ふうん？」

　あと米だ、こちらに来てから米も見ていない。日本食が食べてぇなと大河は腕を組んでしみじみ思う。

　大河が母に教わった料理は基本的に和食だ。こちらに来てからは材料が無く、居酒屋で学んだ料理ばかり作っている。ウィルバーが揚げ物を気に入ったせいでもあるが。

　考え事をしている大河が気の無い返事をするのも気付かず、マイリーは話を続けている。

「無表情っていうのは変わらないんですけど、なんというか。ね、セストさん！」

「確かに、以前より険の取れた表情をなさるようになりましたね」

肉じゃが、サバの味噌煮、生姜焼き、味噌汁……、和食じゃないけどカレーライスにラーメンも、と食べたいものを頭に並べていく。料理好きの母に育てられたからか、大河は作るのも好きだが食べるのも勿論好きだ。食べるのが好きでなければ料理に興味を持つ事もなかったかもしれない。

両親が亡くなってからあまり食べられなかった期間も大河のそれに拍車をかけたのだろう。

「タイガ様がいらっしゃるからじゃないかって！」

マイリーが興奮気味に出した大きな声で、全然聞いていなかった大河は、え？　と食べ物トリップしていた頭を現実に戻す。その瞬間に、ぐうぅとお腹がなった。

「……すごく良い話をしていたと思うんですけど」

「先程お昼を食べたばかりですのに」

二人から半ば閉じた目でじっとり見られて、流石の大河も少しだけ申し訳なくなる。

「悪ぃ、何て？」

「だから、シェイド様が、タイガ様のお陰で最近雰囲気が柔らかくなったって、言ったんです！」

「あ？　んな訳ねぇだろ。すっげぇ無表情だぜ」

「いや、そうなんですけど！　こう、ちょっと今までと違うっていうか」

無表情で淡々と話すシェイドを思い出しながら返事をする大河は否定的だ。

だが、過去を振り返っていて、ひとつ思い出した事を口にした。

「そういや、前に魔獣に乗って草原行った時、すげぇ笑ってたな」

「……え？」

「……」

そんな事もあったな、と軽い口調で大河が言った途端、目の前の二人が目を見開いて動かなくなった。

首を傾げて二人を見ていた大河だったが、あんまり動かないので、大河は勝手に料理を始める事にした。色々考えたが、今日はクレープだ。

「……シェイド様、笑ってらしたんですか？」

マイリーがパチパチと瞬きをし、驚きの表情のまま声を出した。あいつだって一応人間なのだから笑う事くらいあるだろうと、大河は二人の反応が大袈裟に感じられてならない。

「あれは、ぜってぇ、俺を馬鹿にした笑いだったけどな！」

よくよく思い出せば、あの時は大河を揶揄ってバカにした末だったので、憤慨するように言う。卵を持つ手に力が入って思わず握りつぶしてしまうところだった。

「笑ってらしたんですか……」

セストが呆然としたまま小さく呟いた。

「セストさん？」

それが嬉しいのか悲しいのかも分からないような声で、怪訝に思った大河はセストに声を掛ける。大河の声に我に返ったセストは、申し訳ありませんと言いながら、何故か目尻の皺を深めて嬉しそうに微笑んだ。

「今日は何をお作りになられるのでしょう」

「えっ、ああ、クレープっていう薄いお菓子作ろうかと思って。生クリームってこっちに無いよな？」

「ナマクリームとは……」

「ミルクの濃いやつっていうか、脂肪分が濃いやつ？」

「ミルクに違いがあるとは聞いた事がありませんが」

セストの情報で生クリームは難しそうだと諦める。代わりに果物を使ってジャムを追加する事にした。甘味の薄いリンゴみたいな果物を切って、砂糖とレモンもどきと一緒に鍋に入れておく。

再開した作業をセストとマイリーは興味深そうに見ている。

「甘いもの自体すごく高級品なのに、私最近舌が肥えてしまってタイガ様のお菓子じゃないと美味しく感じないんですよ」

「ははっ、最高の褒め言葉だな」

作り手冥利に尽きる言葉に、大河から自然と笑い声が漏れた。

「シェイド様も気に入っておられるご様子です」

「そうなのか？」

「以前は甘いものなど召し上らなかったのですが、タイガ様の作られたものはお出しすると残さず召し上られますよ」

「……そっか」

大河が作ったものはいつもセストが取り置いて、シェイドが帰ってきた時に出しているのは知っていた。だが、大河はシェイドが帰った時点で寝てしまっている事も多く、反応も、実際に食べているのかも知らなかった。

何故かマイリーに褒められた時よりもふわふわと込み上げる嬉しさに、大河の頬が熱くなる。

「タイガ様……」

頬を赤くして生地をかき混ぜる大河に、マイリーが突然神妙な表情で呼びかけた。

「恋ですか」

「恋ですねぇ」

神妙な表情から突然にまりと笑ったマイリーが、とんでもない事を言い放つ。それに乗っかるようにセストまでしみじみとした口調で追い打ちをかけた。

「……っん、な訳ねぇだろ！　このバカマイリー‼」

「ひ、ひどい……！」

そうわざとらしく怯えるマイリーは完全に面白がっている。だが、お菓子食わせねぇぞ、と真っ赤な顔で大河が切り札を使うと、彼女は慌てて平謝りした。

マイリーを黙らせた事で落ち着いた大河は、生地を焼く前にジャムを作ろうと、鍋に入れておいた事で水分が出てきている果物を火にかける。

「……そうやって揶揄うけど、あいつって男が好きなのか？」

「さあ？」

「そのような事は存じ上げませんが」

不確かな事を言う二人に、大河がジト目を向けると、揃って困った顔をした。勝手にシェイドを男好き扱いしている事にならないか、と大河は若干哀れに思う。

「今まで付き合ってた女の人とか、……って、こっちは関係深める前に即結婚なんだっけ？」

　あのシェイドが愛を囁いているところなんて想像出来ないが、念のための可能性を確認するように聞くと、セストは真面目な表情で大河を見据えた。

「タイガ様……。心配には及びません、閨事、夜の営みについては貴族の嗜みとして教育を受けますので、タイガ様がお怪我をされるような事は……」

「っ、そんな心配、誰もしてねぇ！」

　セストは大河の言葉を経験が無い事への不安から出たものと受け取ったらしい。

　明後日の方向で勝手に不安を和らげようとするセストに、大河は首筋まで赤く染めてブチ切れた。マイリーも流石に顔が赤い。

　二人に振り回されて、いい加減大河はぐったりしてきている。

「まあ、それはともかく、シェイド様は女性どころか、魔法以外に興味持たれた事が無いように思いますよ」

「タイガ様は唯一、シェイド様が興味を持たれた生き物ですので」

　早々に復活したマイリーが話の続きを始めると、セストがそれに付け足した。

　生き物。

　大河は素直に喜んでいいのか分からず、くつくつと煮詰まってきたジャムを混ぜる。実験体として興味を持たれて喜ぶ人間がいたら教えて欲しい。

　なら、実験体じゃなく興味を持たれたら自分は嬉しいのだろうか、という事に思考が及んで大河の手が止まった。

　嬉しい、のかもしれない。

　マイリーが言うような恋だとかでは決してない、

と思うが。あの難解な性格の男が、自分だけに心を許してくれたらと想像すると、大河は何かが満たされるような気持ちになる。

心ここに在らずな状態で大河が考えていると、セストに手元を覗き込まれた。

「タイガ様、焦げませんか？」

「あっ、やべ」

少し煮詰め過ぎたジャムを火からおろして、冷ましておく。そして弱火の魔法陣で熱した鉄板に生地をひいた。薄く伸ばすのには、専用のものは勿論ないので木で出来たヘラを使う。

生地を焼き終わると、フライパンに砂糖、バターの順に入れて果実酒とジャムも入れる。そこに畳んだ生地を切って入れて、染み込むまで煮たら皿に盛ってジャムをのせて完成だ。

果実とバターの合わさった甘い香りが鼻腔を擽る。

このお菓子は店長が新しいメニューを模索していた時に、言われるまま一度作ったが、手間がかかり過ぎだと却下になったものだ。

「とても良い香りがしますね」

「私、お茶入れてきます！」

パタパタと足音を立てて遠ざかるマイリーを見送る。調理場の横に茶葉と茶器を揃えた、お茶を用意する為の専用の部屋があるらしい。

「もし、シェイド様をお嫌いでないなら……」

「え？」

「いえ……、タイガ様は、ただ、お心のままにシェイド様に接していただければ」

言葉を選ぶようにゆっくり話すセストの声はとても静かだ。

シェイドの背の魔法陣が脳裏に過って、セストに問いただしたい衝動にかられたが、どうにか思い止まった。

正直に言って、そこに踏み込む資格が自分にあるとは思えない。

大河が返事を探しているうちにマイリーが戻り、

セストも元の様子に戻る。

　二人が自分の作ったものを美味しそうに食べてくれるのを見ながら、あいつも残さず食べてくれるだろうか、と今はいない人物の事を思った。


　暫(しばら)くは何事もなく平穏な日が続いた。

　相変わらず忙しそうにしているシェイドは、その日のうちに帰ってくる事もあれば、数日帰ってこない事もある。部屋で机に向かっている時間はそう多くない。王や王女に呼び出されたという事は時折話すが、それ以外の外出理由を大河に話す事は無かった。魔獣討伐への同行はまだ実現していない。

　大河は、朝にシェイドがいる日は勝負を挑んで、その後研究の手伝い、それ以外はトレーニングか料理をしている。実験体生活は大河が当初思ったよりも随分と穏やかだ。

　今回の外出は長くて、シェイドは既に数日帰ってきていない。

　出かける直前に勝負して負けたから、帰ってきたらまた研究の手伝いをさせられる。そう思うのに、何故か最初の頃(ころ)のような帰ってきて欲しくないという感情が湧(わ)かなかった。


　湯浴(ゆあ)みを終えて、今日も帰ってこないのかと扉を見てから大河はベッドに寝そべる。

　そろそろ睡魔が襲ってきたというところで、扉が開く音がした。帰ってきただろうシェイドに挨拶(あいさつ)くらいしてやるかと大河はのそりと起き上がる。

　今日は月が薄く雲に隠れていて、暗い部屋はシルエットしか見えない。

「おかえり」

「……寝ていろ」

光魔法を使えばいいのにと思いながら大河が声を掛けたが、最近では当然のようになっていた挨拶は返ってこなかった。

いつもとは違う様子に、大河はベッドから降りてペタペタと裸足の音をさせて影に近づく。シェイドはいつも研究で使ってる机の椅子に座っているらしかった。

「どうしたんだよ」

顔が判別出来るくらいは近付いて、机に肘をついて俯くシェイドに声を掛ける。シェイドは湯浴みを終えたのか部屋での緩い服だったが、何故か血の匂いがした。

「……俺に構うな」

最近は聞いていなかった酷く冷ややかな声に、大河は眉を寄せる。ひりつくような空気と共に、シェイドからどこか余裕の無さと疲れを感じる。

構うなと言われてそうかと放置する事も出来ず、シェイドの肩に触れた。

「疲れてんなら、ベッドで寝ろよ」

「いい。研究を進める」

そう言ってシェイドが光魔法を使い、机の上の水晶に明かりを灯した。淡い光が辺りを照らす。

最近は大河と共に睡眠を取っていたのに、突然どうしたんだと思うが、それと同時に以前見た背中の魔法陣が頭を掠めた。

踏み込んでいいのかという躊躇いが大河の中に生まれるが、常にない様子を放っておけるほど、シェイドは大河にとってどうでもいい存在ではなくなってきている。

「いや、寝ろって。根詰めたって良い事ないだろ」

灯りに照らされたシェイドの疲れを滲ませた顔色があまりにも悪く見えて、つい余計なお世話と思うような言葉を放ってしまった。

「俺に構うなと言った筈だ」

「んな顔色してて、強がってんなよ」

多分に苛立ちを含んだ声に、大河はつい言い返してしまう。大河の喧嘩っ早さや物怖じしない性格が、悪い方に出た。

「貴様には関係ない」

俯けていた顔を上げたシェイドは、苛立ちのままに大河を鋭く見据え拒絶の言葉を吐いた。

少し前にも同じような事を言われた事がある。あの時は、確かに関係ないよなと容易に答えられたのに、今はシェイドの明確な拒絶が、大河には無性に悔しい。それがどこから来る感情なのか定かではなかったが、心臓を握られるような苦しさが大河を襲う。

「俺の師匠が言ってた。一緒に飯食って、寝て、笑って、だからもう他人じゃねぇって……」

自分の中にある感情を上手く言葉に出来ず、大河はウィルバーの言葉を引用する。自分はその言葉をもらって嬉しかったし、今の自分の感情に一番近いと単純にそう思ったからだった。

だが、何故かその言葉を聞いたシェイドの眼に剣呑さが乗った。

「余程、その男に懐いているようだな」

「こっちの世界に来てからずっと世話になってたんだ、当然だろ……？」

不穏な空気に呑まれながらも、大河にとって至極当然の事なのでその言葉に躊躇いはない。向けられる視線の鋭さが増したが、大河にはその理由が全く分からなかった。

シェイドは突然立ち上がり、強い力で大河の腕を掴む。そしてベッドまで引いていくと、投げるような乱暴な仕草で大河をベッドの上に転がした。

「っ！　何すんだよ！」

ばふっとベッドに埋もれた瞬間に閉じた目を、顔を上げると同時に開いて抗議の声を上げる。そしてゆっくりとベッドに乗り上げ、大河の上に覆い被さろうとしているシェイドを鋭く睨みつけた。

上から見下ろすシェイドの冷淡な眼は、気が弱い人間が見たなら悲鳴をあげて逃げている。

「ひとつ、言う事を聞くのだったな」

酷薄な笑みがシェイドの口の端を上げる。

以前の揶揄い混じりの様子とは違う、その獰猛さを含んだ声に、大河は驚きに目を見開いて無意識に身を硬くした。

「なら、俺の好きにさせろ」

腹の奥底に響かせるような低音で命令すると、シェイドは身を屈めて噛み付くように深く口を塞いだ。歯が当たる事さえ構わないような乱暴なキスに大河は息を乱される。

「む、っ、……！　んうっ……！」

荒々しい動きで上顎をなぞり根元から舌を搦め捕られ、息苦しさに声が漏れた。喉の奥に唾液を送られて、ゾワゾワと這い上がるような覚えのある感覚に性急に体が熱くなる。

シェイドが何故急にこんな事を始めたのか、大河には理解が追いつかない。とにかくやめさせようと必死に踠いたが徒労に終わる。

「はっ、……なんっ、だよ……！」

唇を解放された事で大河は息を切らせながら抗議した。だがそれも虚しく、シェイドを押し返していた大河の両手が頭上で纏め上げられる。魔法で拘束されたのか、腕はピクリとも動かなくなった。

「放せ！　くそっ！」

抵抗を諦めない大河が拘束されていない脚で蹴りあげようとしたが、簡単に押さえ込まれた。片足は腿を掴まれ、もう片方は膝を使って押さえつけられる。淡々とした動作のシェイドは大河が暴れている事すら意に介した様子が無い。

「確か、回復魔法は使えなかったな」

「へ？　使えねぇ……つか放せよ！」

急に問いかけられて思わず素直に答えてしまい、大河は苦虫を噛み潰したような表情で喚く。

「魔物の回復方法といえば、魔力吸収だ。……確かめてみるか？」

一瞬静止した大河だったが、シェイドのその言葉の意図を察して背筋に怖気が走った。確かめる為に傷をつけるかと言っているのだ。

大河は最近この男に人間味を感じていた。嫌悪感が薄れ、良好な関係すら築けていると錯覚していた。それが唐突に、最初の頃に時を戻されたような感覚になる。

あの時と違うのはシェイドの視線に籠る熱だけだ。

「ふざけんな！　マッドサイエンティストが……！」

「相手に意味が伝わらなければ罵言は成立しない。だが挑発と受け取ってやろう」

シェイドはそう言うと、身を屈めて大河の首筋に噛み付いた。傷が出来るほど噛まれたらしく首筋に鋭い痛みが襲う。

「ってぇ……！　くそ！　ぜってぇぶっ殺す！」

「……ああ、それはいいな」

大河の暴言にどこか嬉しそうに聞こえる声でシェイドはそう呟くと、顔を上げて視線を合わせた。

「どんな方法でも良いが、殺気は出すな」

何故か言い聞かせるようにそう言うと、シェイドは大河の腰紐をするりと解いた。

再び首筋に顔を埋め傷のついた場所を舐め上げると、大河の服を捲り腹から胸までを辿るように右手を滑り込ませる。痛みで敏感になった場所を熱い舌で舐められ、肌を指で辿られて大河は身を竦ませた。

そのうち大河の体のラインを確かめるように触れていた手が、胸の一点で止まる。

「な……っ、そんなとこ触んな！」

男の自分には意味がないと思う場所を擽るように触られて、大河は羞恥に悲愴な声を出してしまう。擽ったさしか感じないそこを執拗に弄られ泣きたくなった。

その間にも首筋から耳、と唇を滑らせていたシェイドは時折肌をキツく吸い上げて跡をつけている。

暫く指で遊んでから、シャツを首元まで捲り上げると今度は胸に唇を寄せた。

普段なら気にしない露出に焦燥感を感じて咄嗟に

隠そうとするが、腕が拘束されていてそれもかなわない。

「あっ、お、おかしいだろ！　そういう事、は女の人にやれよ！」

焦った声を出す大河を面白がるように、シェイドは見せつけるように舌を這わせる。

指と違う濡れたもので先を擦られ、徐々にむずむずとする感覚が生まれて、大河の声が不自然に途切れた。

時折ひくりと震える大河の反応をシェイドは見上げるように見つつ、突起を甘く噛み、吸い付くようにして大河を弄ぶ。

そのうち甘く痺れるような感覚が走って、大河は思わず息を凝らした。

「拒否しているのは口だけだな」

魔力を喉の奥で吸収させられた体は既に熱く火照り、容易に反応してしまっている。

擡げ始めた大河のものをシェイドに布越しに撫でられ、口での拒絶が全く意味の無いもののように感じて大河は羞恥に頬を染めた。

そんな反応を余所にシェイドは大河の腰を持ち上げ、淡々と無駄のない動作で大河の穿いていたものを全て脱がしてしまう。

大河は驚愕に目が零れ落ちそうなほど見開いた。

「な、何!?　なんで……！」

唐突に露わになってしまった自分の下半身に、大河は眉を不安げに寄せる。羞恥に耐えきれず脚を閉じようとするが、シェイドに抱え上げられあられもなく開かれてしまった。

真っ赤になって抵抗しようとする大河を気にした様子もなく、シェイドはアイテムボックスから以前執事に渡されたのと同じ液体の入った瓶を取り出す。

シェイドは逃げを打とうとする大河の腰を片手で掴み脚を前に倒すと、大河の中心にその瓶の中身を垂らしていく。

少しとろみのある液体は大河の兆したものにとろ

りと絡まり、奥まった部分まで垂れていった。後ろまで垂れる液体が冷たくて、大河は身を震わせる。

「ふ、ざけんな！　放せ、放せって！」

大河は渾身（こんしん）の力で暴れようと足をバタつかせたが、軽々と捕まり無駄だとばかりに腿の内側に吸い跡をつけられた。

足を抱え上げたシェイドは、液体を塗りつけていた長い指をぬぷ、と大河の中に埋める。潤滑剤も手伝って指はすんなり根元まで埋まった。

あまりの事に大河は引き攣（ひつ）ったように息を吸ったまま固まった。何をされているのか理解が出来るまで数分はかかって、理解が追いつくと同時に血の気が引く。自分でさえ触れた事のない内側に他者に触れられる感覚に、違和感と困惑で声も出ない。

そんな状態の大河を横目に、シェイドは液体を塗りつけるように指で中を擦り、クチュクチュと音を立てて出し入れした。

「っ、ゆび……っ、抜け！」

どうにか意識を取り戻した大河が深く眉を寄せシェイドを睨みつけるが、大河を翻弄（ほんろう）している男は口の端を上げてぐるりと中で指を回す。

「ん……！」

突然、ビクリと大河の体が跳ねた。ある一点を掠められた瞬間、背中を震わせるほどの感覚が全身を駆け抜けたせいだ。

シェイドは大河の反応に目を細めると、同じ箇所を何度も擦る。

「ぁっ……んっ、……っ、んん!!」

油断すると出そうになる自分の声を、大河は唇を噛んで必死で抑える。

指が数本に増やされ、かき回すように中の弱い場所を擦られて大河の腰がビクビクと跳ねた。押し寄せる快感に萎（な）えかけたものが勃（た）ち上がり、先走りを垂らしている。シェイドはそれを空いた手で擦り大河を更に追い上げた。

「や、やめっ！　……っ！　ぁっ――――！」

前後同時に齎される感覚に翻弄され、覚えのある熱いものが這い上がる。痺れるような何かが走り抜け、大河は追い上げられるままその熱をシェイドの手に弾けさせた。

息を切らせつつも、脱力感にぐったりとベッドに沈み込んで呆然とする。

大河の中から全ての指が一気に抜かれ、無くなった違和感にやっと終わったのか、と大河は荒い息を吐きながら虚ろな目でシェイドを見上げた。

「お、お前、何やって……」

自分の視界に映るものが信じられず、大河は引き攣ったような声を出した。

大河の体の横に手をついた状態で覆い被さり、掬い上げるように見るシェイドの眼には明らかな欲望が滲んでいる。

「ここでも魔力は吸収出来るだろう」

シェイドはその場所に自分のものを挿れるのだと言わんばかりに、熱く猛ったものを布越しに大河に押しあてていた。

ここで初めて大河はシェイドがしようとしている事を明確に理解して、同時に言いようもない感情に襲われた。体を痛めつけられる事なら慣れているが、こんな類の恐れは経験した事がない。

大河の鋭い目が溢れんばかりに見開かれ、生まれて初めて感じる類の恐怖に瞳が震える。

その様子を余す所無く見ていたシェイドは、数秒の間息を詰め、そして深く深く溜息を吐いて、大河の首元に顔を埋めた。

暫く、お互い身動ぎもしない時間が過ぎていく。

「……どうかしていた。すまない」

低く掠れた声で謝罪するシェイドに対して、大河は何よりも謝罪された事自体に驚いてしまう。

驚きに数度瞬きをして、自分の目が少し潤んでいた事に気付いた。同時にシェイドがそれ以上する気がないと理解して、大河は体の力を抜く。

手の拘束はいつの間にか解かれていた。

シェイドは身を起こすと、人一人分くらいの距離を取って座り込み、片手で顔を覆った。

気持ちというか、そういうのを鎮めているのだと察して、大河は視線を逸らしながら捲り上がった上着を下ろして自分もゆるく胡座をかいて座る。

暫く様子を窺うように黙っていた大河だったが、そのうちに堪りかねたように身動ぎした。

「……なんで、こんな事したんだよ」

相手の心情を読み取る、などという芸当が出来ない大河はそのままの疑問を相手にぶつける。

大河には何故シェイドが事に及んだのか理解出来ず、それ以上に自分が欲望の対象にされた事が信じられなかった。これまで受けたキスだとかの嫌がらせの域を超えている。

「……分からん」

「あぁ!?」

難しい表情のまま顔を上げたシェイドの言い放った言葉に、大河は怒りを露わに眉を跳ね上げる。

シェイドは手元にあった大河の服を投げて寄越した。

バサッと顔に掛かった服を掴んだ大河は、文句のひとつでも言ってやろうとそれを引き下ろす。

「……抑えきれない衝動に駆られた。こんな事は、初めてだ」

だが、困惑した様子のシェイドに気勢がそがれて、瞬く間に怒りが萎んでしまった。大河は、受け取った服を持ったままシェイドの様子を窺うように見つめる。

冷淡で傲慢な印象の男が今はどこか心許ないような雰囲気を出していて、どうにも調子を乱される。

「いいから穿け。収まらんだろうが」

「っ!」

シェイドに促されて慌ててズボンを穿く。だが、シェイドの言った、抑えられない衝動、から思い至った事に腰紐を結んでいた手を止めた。

「あぁ、溜まってたからこんな事したのか」

「……」

得心がいった様子の大河に、シェイドの表情が心外だと言わんばかりに不快に歪められる。

大河は溜まれば誰もいない隙にトイレなどで解消も出来るが、考えてみれば四六時中自分がいるのだからシェイドは落ち着いて出来なかったんだな、とシェイドの表情に気付かず大河は勝手に納得した。

「ごめんな？」

ムラムラしていたところに大河が絡んだせいでこんな事になった、と些細な矛盾には気付かず勝手に理解した気になっている大河は、自分がされた事すら頭から飛んで気付かなかった事を謝った。

シェイドは虚をつかれたように、一瞬止まって、再び手で顔を覆うと笑い声を漏らした。

「ふっ、くく、そうだな。……貴様はそういう人間だった」

「なんだよ」

突然笑われた大河は、訳も分からず不貞腐れる。

「俺も常識には疎いが、普通であれば俺を嫌悪するものではないか？」

「……別に、嫌じゃなかったし」

思わず、といった感じで口から出た言葉に、大河自身も驚く。シェイドも目を見開いて、そうなのか？　と驚きを露わにしていた。

得体の知れない恐怖はあったが、嫌悪感は無かった。それは確かだが、言うつもりの無かった事をペロッと白状してしまい、大河は真っ赤になって慌てる。

「あ！　違っ！」

「なら、触っても構わないか？」

「今のなし！　……て、え？」

慌てて否定していた所を遮られ、大河は戸惑って硬直した。わざわざ伺いを立てるシェイドは非常に珍しい。

　高圧的にこられると簡単に拒絶出来る大河だが、実は下手に出られる事に殊の外弱い。

「な、なんで？」

「触りたいからだ」

「っ、あんたなら、女の人が喜んで触らせてくれんだろ!?」

　純粋な疑問を口にする大河をシェイドは真っ直ぐに見つめ、そうだな、と言ったきり考えるように黙り込んだ。

　じっと見つめられる事に大河は居心地の悪さを感じるが、視線を逸らす事が出来ない。

「ああ、……そうか」

　暫くの時間考えていたシェイドが、漸く腑に落ちた、という表情で息を吐くように言葉を漏らした。

「何？」

「いや、随分と間抜けだと思ってな」

「はあ!?」

「怒るな。お前の事ではない」

　どこか嬉しそうに言うシェイドに首を傾げていると、シェイドはゆったりとした動作で大河との距離を詰める。

「それで、触っていいのか？」

「だから、女の人のが良いだろって……」

「お前がいい」

「っ！」

　手の届く距離になってから再度問いかけるシェイドの熱の籠った視線に、大河の背筋がゾクリと震えた。

「触れたいだけだ。嫌がる事はしない」

「わ、かったから。それやめろ」

　間近で懇願するように見つめられて、大河は観念してしまう。

　シェイドは大河の返事に目を細めて、指先を頬に触れさせる。ゆっくりと触れる面積が大きくなって、シェイドの両手が大河の頬を包み込んだ。思わず目を閉じた大河の耳の後ろに手のひらを滑らせ少し引き寄せると、大河の瞼に唇で軽く触れる。

「触るだけって言っただろ？」

「触れているだけだ。嫌なのか？」

「……嫌、じゃねぇけど」

嫌なのかと問うシェイドの目が悲しげに見えて、錯覚だと思うのに拒否出来ない。

瞼、おでこ、こめかみ、鼻先と触れられて唇に降りてきた頃には、大河は、まあいいかという感覚になってしまっていた。

触れられる事に嫌悪感は無く、何度も経験したせいか不覚にもそれが気持ちの良い事だと知ってしまっている。

それに、恥ずかしさだけはどうしようもないが、大河はシェイドとのキスが嫌いじゃない。

何度も口を塞がれ、息苦しくなった大河の唇に隙間が出来ると、途端に深く口付けられた。

「ふ、……んっ、……ん」

荒々しかった先刻の行為とは違いゆっくりと念入りに舌で腔内に触れられ、徐々により深くなる口付けに大河は堪らずシェイドの服を掴む。

大河が服を掴んだ事で、一度唇を離したシェイドが大河と視線を合わせた。既に体が熱く火照っている大河はとろりと溶けた目でシェイドを見る。それに目を細めたシェイドは再び軽く唇に触れると、結んだばかりの腰紐を解いた。

「は、……やんないって言った」

「ああ、楽にしてやるだけだ。後ろを触るのは嫌なのだろう、分かっている」

どちらにしたって触れられるのも見られるのも恥ずかしいと大河は思うのだが、一度あれほどあられもない姿を見せていると考えると今更な気がしてきた。代わりに、自分ばかりしてもらっている事に若干の申し訳なさが湧いてくる。

大河が視線を下げると、先程から我慢させているシェイドも苦しそうだ。

「じゃあ、いっしょ、にしようぜ」

　その方が自分だけより恥ずかしくないのではないかと大河は提案したが、それを言うのは思った以上に恥ずかしかった。

　下を向きながらしどろもどろに大河が言うと、シェイドは額にキスを落としながら、そうだなと蕩けるような声で答えた。そして自分の腰紐も解いて、窮屈にしていたものを取り出す。

「こ、こんなん、入れようとしてたのかよ……？　ぜってぇ無理だろ……んっ」

　シェイドがズボンから出したものに、思わず溶けていた大河の脳が正気に戻りそうになる。それを阻止すべくシェイドは顔を上げさせ再び大河の口を塞いだ。

　大河の腰を引き寄せ、胡坐をかいた上に座らせると、シェイドは大河の口を塞いだまま二人のものを合わせて手淫する。熱いもの同士が擦れ合う感覚に自分達のしている事を自覚して、大河の脳が羞恥に染まった。だが、先程の行為で敏感になっていたせいか大河は簡単に追い詰められてしまう。

「んっ……、ふっ……んん！」

　シェイドが達するまでに二度も吐精させられて、大河はまたしても男として屈辱を味わう事になった。


　騎士の魔物討伐というのは冒険者のそれとは異なる。

　冒険者が素材目当ての依頼を受けるのがメインだとすれば、騎士、兵士は国を脅かす魔物を討伐するのが主な仕事だ。

　魔物は基本的に自然に現れるが、争いで血が流れると、徐々にその場所に魔力だまりのようなものが出来、強い魔物が集まってくるようになる。そのままにすると周辺の街道や街が襲われるため、国が兵を送り討伐している。

そして騎士団や兵の手に負えない場合など、シェイドに魔物討伐の命が下るらしい。

　騎士団とは貴族からなる兵の集まりで、それぞれ民兵の指揮を執る。民兵は国が民衆を雇って成り立っている。

　そのような事を聞きながら、大河は大空を魔獣に乗って飛んでいた。

　シェイドは大河の後ろで腰を抱え込みながら大河の質問に律儀に答えている。以前魔獣で飛んだ時よりもシェイドとの距離が近い気がしているが、今日は二人とも防具を身につけているため鎧に阻まれてそれほど密着感は出ていない。

　今日はシェイドが魔物討伐に同行させてくれるというので、大河は久しぶりに自分の装備に腕を通した。

　あまりに楽しみで昨日は何度もシェイドに勝負を挑んでしまい、負けのペナルティが加算されてしまっている。

「なぁ、あれ！　あれなんだ!?」

「あまり興奮するな、落ちるぞ。あれは以前国境に建っていたものだ」

　街道にある小さな建物は魔獣の飛ぶ速さでは瞬く間に通り過ぎた。山間を過ぎると開けた土地に出る。先には見た事の無い街が見えて大河の気分が高揚した。

「今は違うのか？」

「あちらの国は既にエスカーナの属国だ」

　魔獣は街の方向へは行かず、左手に針路を変えて草原の上を飛んでいく。気持ちのいい風が大河の頬を撫でた。もう夏、火の季節に差し掛かっているというのにあまり暑さを感じない。

「エスカーナって？」

「……俺達の住む国の名だ」

　溜息混じりの呆れた声に、そういや国の名前なんか気にした事も無かったなと大河は少し反省した。これから死ぬまでこの世界にいるのだから、常識不足を補っていかなくてはいけない。

「帰ったら、セストさんに勉強教えてもらえないか頼んでみるかな」

「俺が教えてやってもいいが」

「いいって、忙しいんだから無理すんな」

シェイドは大河の髪に鼻先を埋めて、無理などしていないと不貞腐れたように呟いたが、大河には届かなかった。

頭で喋んな痒くなんだろ、と大河はシェイドの顔を押しのけている。

「わっ！　バカ！」

押しのけようとする大河が気に入らなかったのか、シェイドは髪に埋めていた鼻先を下ろしていくと、耳の後ろにキスをしてから、耳を甘噛みする。大河は慌てて前のめりに体を倒して耳を押さえた。

大河が頬を赤くしてジト目を向けたが、シェイドは悪びれもせずに口の端をあげている。

「落ちても知らんぞ」

「テメェが変な事すっからだろ！」

「触れるだけならいいと言っていただろう」

あれ以来、シェイドは事あるごとにこの言葉を使って大河に触れてくる。

朝、目を覚ますと抱き込まれていたのが、今では夜のうちから抱き込まれキスをされていつの間にか擦り合っている、という事がシェイドが部屋にいる日は当然のように行われていた。

抱き込まれるだけだった時とは違い、これは流石の大河も慣れない。

毎回頭が爆発しそうなほどの羞恥心に襲われるのだが、キスをされてしまうと体が熱くなって抵抗出来なくなってしまう。淡白な方だと思っていた大河は、自分がこれほど快感に弱いと、生まれて初めて知ったのだった。

大河が前のめりに魔獣に掴まっていると、景色は森を過ぎ山脈の麓へと差し掛かった。先程の山間の街道よりはずっと広い道が続き、また国境と思われる建物を過ぎる。

暫く行くと、魔獣が低空飛行になり目的地が近い事が分かった。地上を見れば既に真下にも多くの魔物がいる。

「あれ、なんだ!?」

「……待て」

少し離れた場所に人影が見えて大河が声を上げた。

更に近くなったそれが魔物に襲われている人だと気付いた大河は、シェイドの制止も聞かずに魔獣から飛び降りる。

低空とはいえ、数メートルあった高さから飛び降りた大河は、空中で脚に炎を纏わせ一番近くにいた魔獣にかかと落としをくらわせた。落下の速度も含めた威力は凄まじく、牛に似た大型の魔物は白目をむいてドオンと倒れる。

蛇のような見た目のものと、二足歩行の牛といった見た目の魔物は、どちらも三、四メートルくらいの大きさがある。他にもそれらよりは小さいが耳の長い緑の魔物や熊に似た魔獣などもいた。

すぐに体勢を立て直し、小型の魔物は電撃を走らせて一気に片付けると、人影に向かって駆け抜ける。

魔物に囲まれた数十人の人間に近づくと、それを襲おうとしている牛型の魔物が見えた。

大河は手前にいた魔獣を踏み台にして飛び上がり、牛型の魔物の後頭部に回し蹴りを入れる。そしてぐらりと傾く魔物の肩に乗り、今度は電撃を纏った拳でこめかみを両手で叩き合わせるように攻撃した。バリバリッという音と共に魔物は前方に向かって倒れていく。

倒れる寸前に飛び降りた大河は、一度地面に足をつけて息を吐いた。

「あ、あなたっ、あの時の」

「もう一人の転生者……!?」

「お前ら……」

人影が見覚えのある顔だったため驚きに目を見開いていると、突然横から衝撃が襲って大河は吹き飛ばされた。

「っ……！」

数回転したところで手をついて踏み止まり、低姿勢のまま振り返ると蛇型の魔物がいた。その動きから尻尾に攻撃されたらしい事が分かる。

考える間も無く地面を蹴ると、魔物に向かって駆けていく。噛み付こうと歯を剥き出して口を開け襲ってくる魔物をギリギリのところで避けると、その首に掴まって跨ぐように乗り上げた。

牛の魔物と同じように電撃でこめかみを攻撃したが、全く攻撃が効かなかった。雷に強い魔物か、と炎に切り替えている間に魔物が大きく頭を動かして大河を振り落とす。

もう一度、と着地した瞬間に体勢を整えたが、一瞬早く魔物が大河をその長い胴体で締め上げた。

「ぐっ……ぁ！」

ギリギリと腕ごと体を圧迫され、攻撃もままならない。腕に纏っただけの炎では魔物の表皮を焼くだけだ。

内臓出る！　と声にならない悲鳴を上げた瞬間、ドン、と衝撃音がしたと思うと締め付けが緩み、大きい音を立てて蛇型の魔物が倒れた。蛇の魔物は首の辺りを氷の刃で串刺しにされている。

「あっぶねぇ……」

「待てと言った筈だ。馬鹿者」

苛立ちを含んだ声に振り返ると、明らかに憤慨した様子のシェイドが立っていた。気付けば、周りは其処彼処に氷の柱が立っていて、あれほどいたのに動いている魔物は一匹もいない。

「あーわり……」

「シェイド様！」

礼を言おうとした大河の言葉は高い声に遮られる。声の方向を見れば、先程見た女子が駆け寄ってきていた。後ろから他の人間もゾロゾロとこちらに向かって歩いてくる。

「助けてくださってありがとうございます！　こん

な所で会えるなんて！」

跳ねるような声の主は、確か大河と一緒に召喚された人間だ。氷が乱立する周りをキョロキョロと見て、すげーと声を上げている男子も同じだった筈、と大河は自分の記憶を思い起こす。二人は揃って防具に身を包み、腰に剣を佩いている。

「シェイド様、来ていただけて助かりましたよ」

「王の命だ、俺の意思ではない。貴様らがいるとは知らなかった」

後からやってきた眠そうな目の男が、前のめりな女子を制して少し後ろに下がらせた。話を遮られ片手で横に除けられた彼女は不貞腐れた顔をしている。

「それは存じていますが、もう少し遅ければ大変な事になる所でしたよ」

シェイドに声を掛けた男が、言葉の最後で後ろを振り返る。視線の先には兵士に囲まれた獣車があった。

男は他の兵士より上質そうな鎧を身につけているが、兵士にしてはどうにも気怠げな雰囲気を纏っている。

「何故王女がここにいる」

「元々は勇者だけの筈だったんですがね。貴方の勇姿を見たいとかで、困ったもんです」

首の後ろを掻きながら怠そうに言う男は、ふとシェイドの横にいる大河に視線を寄越した。

「誰か分からないがさっきは助かった。面白い攻撃魔法を使うな」

「あ、いや……」

突然の謝辞に戸惑って、どう答えていいか分からず大河は口籠った。結局やられちまったし、と後で付け足すように言うと、男は眠そうな目を少し緩めた。

「シェイド様のお知り合いですか？」

「ああ、……だが、他言は無用だ」

「俺ぁ構いませんが、」

男はそこで言葉を切り、視線を自分の背後に向けて言外に匂わす。少し離れた場所では、使用人らしき人間の手で獣車の扉が開かれている所だった。

シェイドは眉を寄せると、大河の腕を掴み踵を返す。

「用は済んだ。魔物の片付けは頼むぞ」

「えっ、ああ、はい」

言われた男が、驚いたような表情をしてから大河を見る。大河は状況が分からず引き摺られるまま数歩歩いた。

「挨拶もなくどちらに行かれるのですか、シェイド様」

鈴を転がすような声に振り返ると、長い金髪の美少女がいた。獣車から降りてきたらしい彼女は、其処彼処に魔物が倒れている状況に全く似つかわしくない。

豪奢なドレスに身を包みニッコリと微笑んでシェイドを見ている。

「王女たるものが、このような場所に来るべきではありません」

「有能な騎士達や、シェイド様が守ってくださるでしょう？」

感情の籠らない冷たい声ではあったが、珍しいシェイドの敬語に驚いて、大河はその表情を繁々と見てしまう。普段の不遜な態度を思い出して、敬語使えたんだな、と思うと内心で笑いが込み上げた。

大河が面白がっている様子を察したのか、シェイドは大河を横目で睨む。

「その方は？」

シェイドの視線に目敏く気付いた王女は、その彼が腕を掴んでいる大河を見て目を眇めた。

「これは、実験体として飼っている人間です」

「……もうちょい言い方あるだろーが」

期待していなかったとはいえ、散々な言われようにせめて協力とか言えないものか、と大河は思わずつっこみを入れる。

その瞬間、電流が走ったように周りの面々が驚いた表情をした。王女は口に手を当てて眉を寄せている。

「シェイド様に、なんて口の利き方を」

そうは言われても大河はこういう時、急に丁寧な言葉遣いに切り替えられるような、機転のきく人間ではない。不味(まず)ったなと思ったが既に遅かった。

「そのような者、シェイド様のお傍(そば)に置くべきではありませんわ」

「……それは、私自ら判断します」

虫でも見るかのような王女の冷たい視線が大河に刺さる。

「あなた、私達と一緒に召喚された人ですよね？」

嫌気が差し始めた大河に、兵士の横にいた女子が明るい調子で声を掛けた。

その言葉に、横にいた兵士は眠そうな目を瞠(みは)り、王女は眉を寄せて目を細める。

「勇者候補が何故……？」

「王様に楯突(たてつ)いて追い出されたんですよ」

無邪気に説明する彼女の声で、全(すべ)ての視線が大河に集まる。

訝(いぶか)しげな視線に居心地(いごこち)の悪さを感じて、シェイドが王女や勇者候補に会わない方がいいと言った意味が分かった。

「これは今、私の管理下に置いている」

シェイドは大河の手を引き、少し前に出て大河を視線から隠すように立った。

「勇者候補というのであれば、追い出そうと王にその者の処遇を決める権利がありますわ、シェイド様」

「……」

「お父様へはわたくしが口利きをいたしますから、こちらで勇者候補として保護いたしましょう」

親切心で言っているのでない事は、目を見れば分かる。王女の目はシェイドの傍にいる人間が煩わしくてしょうがないと言っているようだった。

王女が近くにいた兵士に何事か呟くと、兵士数人が大河に向かってガシャガシャ音を立てて歩いてく

る。彼等は大河の周りを囲むと、こちらに、と一言だけ告げて大河に手を伸ばした。

「……触るな」

底冷えするような低い声が響き、大河の腕を掴もうとしていた手が静止する。

シェイドが睨みつけている為か、兵士は怯えたように後ろへ後ずさった。

「先程も言ったように、これは俺のものだ。誰であろうと触れる事は許さない」

パキパキ、と音を立てて大河とシェイドを避けるように足元から氷霜が円状に広がる。わあぁ、と声を出して近くにいた兵士達が氷から逃げた。広がっていた氷は周りの人間の足元に届く前に止まる。

「何をなさるのです！　シェイド様……！」

シェイドの反応に驚愕していた王女が、甲高く叫ぶ。そんな王女を黙殺してシェイドは大河を片手で抱え上げた。

「わっ！　なんだよ!?」

米俵のように抱え上げられて大河は驚きに声を上げる。シェイドは踵を返すと、氷を割る音をさせながら後ろに歩いて魔獣を呼んだ。シェイドの踏む場所だけ氷が割れて霧散している。

後ろ向きに抱え上げられた事で、自然と大河の視線は王女達の方に向く事になる。

王女や兵士達は驚きに目を見開いてシェイドを見ていたが、王女は徐々に怒りを含んだ表情へと変わっていった。

その中で、大河と同じく召喚された女の子が、何故か驚きと恐怖の混じったような表情をしているのが視界に入る。

皆と同じに驚いた表情ではあったが、一人だけ他とは異質に映り、大河の印象に強く残った。


雲もないような澄んだ空を魔獣は悠々と飛んでい

る。

　魔物討伐に要した時間が短かったため、帰路の途中だったが日はまだ高かった。

　からりと晴れた天気の中、風に当たるのは気持ちが良かった筈なのに、魔獣の背に乗った大河は今日あった事を考えてどうにも晴れない気分でいた。

　多分、シェイドに守られたのだと思う。それが所有物を奪われまいという理由だったとしても。

「少し、寄っていく所がある」

「どこに行くんだ？」

「こいつの、気に入っている場所だ。近くを通る時は寄ってやっている」

　魔獣の背を軽く叩いてそう言ったシェイドの声は、先程王女や兵士と対峙していた時のような冷たさが消えている。シェイドの意思が伝わって嬉しかったのか、魔獣はグルルと喉を鳴らして飛ぶ速度を上げた。

　加速した事で風が起こり、街道に獣車を走らせていた御者が驚いた顔で空を見上げた。

　魔獣は岩山の上に向かって飛行していく。それほど高くない山を越えると大きな湖を囲うように連なった山々が見えた。この辺りは山頂にあまり木が生えていないらしく、青い湖とその周りを囲む緑以外は薄いグレーと白で出来ている。

　魔獣は一際大きな山の中腹辺りまで飛ぶと、嬉しげに旋回して開けた場所に着地した。

　岩場には巨大な水溜りのようなものがある。

「泉？」

「ああ、湯が湧き出る泉だ」

「それって、まさか、温泉……!?」

　火の季節とはいえ山の上は気温が低いからかうっすら湯気が上がっている。温泉と聞いて大河の気分は高揚した。

広さは獅子の魔獣が数匹は優に入れるほどあり、早速魔獣はバシャバシャと嬉しそうに湯に入っていく。

「……何をしている」

「え、入んねぇの？」

装備を脱ぎ出した大河を、シェイドは胡乱な目で見据えた。温泉を前にして入らない選択肢があると思っていなかった大河は純粋に驚く。

「入った事は無いな」

「もったいねぇ！」

大河は手早く装備を外して、服も脱ぎ捨てる。妙な雰囲気さえ無ければ、基本的に裸になるのに抵抗は無い。手を入れて温度を確かめると丁度いい湯加減で、いても立ってもいられず温泉に飛び込んだ。

「はぁー」

大河は気持ち良さにゆっくり息を吐き、肩辺りまで浸かって岩場に凭れる。泉は手前が浅く、奥に行くと深くなっているらしい。魔獣は奥の方で顔だけを出して気持ち良さそうに目を閉じていた。

「お前という奴は……」

「あんたも入れよ。気持ちいいぜ」

岩場に凭れたまま顔を上に向けると、シェイドは呆れた顔ですぐ後ろに立っていた。お邸の浴室には風呂があり、湯に入る文化はあるのだから、単純に外で入る事に違和感があるだけだろう。

シェイドは少しの間考えていたが、入る事にしたらしく装備を外し始めた。

だが、服に手をかけた辺りで一瞬止まり、ズボンの裾を膝まで上げると岩場に座って足だけを湯に浸ける。

その動作で、シェイドは背中を見せたくないのだと気付いてしまう。

同時に自分が知っている事に罪悪感を感じ、踏み込んではダメだと思う気持ちとでぐちゃぐちゃに感情が乱れた。大河は堪らず立ち上がり、バシャバシャと泉の深いところに行く。

「おい」

訝しげに声を掛けるシェイドも無視して、勢いよく頭まで湯に潜った。

唐突な大河の行動を、シェイドは訳も分からず見ていたが、潜ったまま一向に上がってこない大河を不審に思って服のまま湯に入り追いかける。

シェイドが潜っていた大河の脇辺りを掴んで引き上げると、湯の熱さで真っ赤になった大河が、ぶはっと息を吐き出した。

「何がしたいんだ、お前は」

「これは罰っていうか、踏ん切りっていうか……」

「訳が分からん」

「俺、知ってんだ。あんたの背中にある魔法陣」

呆れた表情をしていたシェイドが、大河の言葉で凍りつく。

「寝てる時に気付いて、見ちまった。……ごめん」

大河は視線を逸らさずにシェイドに告げる。

シェイドは微動だにしないまま大河を見ていたが、暫くして少し目を伏せた。

「……これは、」

シェイドが何か言おうとしたが、続く言葉が出てこないらしい。

「お前が知る必要はない」

暫く言葉に迷っているような時間が過ぎて、シェイドは突き放すようにそう言った。

目を伏せたまま、静かに言うシェイドの声には諦めが含まれていて、胸が詰まるような感覚が大河を襲う。

「……俺だって、それ知った時は、踏み込むべきじゃねぇって思って」

湯に当たったのか感情のせいか、大河の頭は熱く滾っている。色々な感情が渦巻いて、口から溢れる言葉を抑える事が出来ない。

「けど、」

大河はシェイドの頬を両手で掴んで、無理矢理に視線を合わせた。

「踏み込みたくなっちまったんだっ、悪ぃか!!」

シェイドに向かってそう叫ぶと、綺麗な色の目が見開かれてキラキラと光を反射した。

思わずそれに見惚れた大河だったが、急に力が抜けてシェイドに向かってぐったりと倒れる。

頭まで湯に浸かったせいで逆上せたらしい。


額に当たる冷気がひんやりとして心地いい。

気付けば大河は岩場で、服を敷いた上に裸で寝かされていた。シェイドは横に座り、大河の額に手のひらを使って冷気を当ててくれている。

濡れた服を風魔法で乾かしているのか、空中をシェイドの服がくるくる舞っていた。それを戯れるように追いかける魔獣の毛も風に当たって一緒に乾かされているらしい。

「気がついたか」

「あー……。悪ぃ」

逆上せて気を失った失態を思い出して、大河は眉を寄せる。色々と熱に浮かされた勢いで言ってしまった。

本心ではあっても、言うべきだったか判断出来ず、気持ち的にはそれも含めてシェイドに謝る。

「構わん。お前の奇行にも慣れてきた」

「奇行って言うな。変人みてぇだろーが」

笑いを含んだ声がいつも通りで、大河は文句を言いながらも安堵する。

シェイドは冷気を当てていた手を額から離し、立ち上がって乾いたらしいズボンを身につけた。そして上着は着ずに大河に手渡す。見れば下に敷いていた大河の服はしっとり濡れてしまっていた。

渡された服に腕を通すとシェイドの白いシャツは大河には少し大きく、丈が膝上辺りまでくる。ムカつくな、と裾をパタパタさせていると顔を顰めたシェイドに、やめろと制された。

のしのし歩いてきた魔獣が近くで寛ぎ始めると、シェイドはその腹に凭れて座る。大河の服を乾かす間、まだここにいるらしい。

乾いたばかりのふかふかのお腹が気持ち良さそうで大河も無意識に近づいたが、到達する前にシェイドに手を引かれて膝の上に座らされた。

「なんで、ここなんだよ」

俺も魔獣に凭れたいと不満げに言う大河を無視して、シェイドは大河の肩口に顔を埋める。擽ったさに押しのけようとしたが、反対にぎゅうっと強く抱きしめられた。

「わっ、なんだよ」

「……踏み込みたい、と思うのは何故だ」

くぐもった声の指すものが逆上せて気を失う前の会話だと気付いたが、大河自身にも理由は分からない。

「何故って、それは」

「……」

「うぅーん……」

唸りながら首を捻って考える大河に、シェイドは大河の肩口に顔を埋めたまま深い溜息を吐く。

暫くそのまま動かなかったが、まあいい、と言って顔を上げた。抱きしめられたままなので顔が近い。

「背中のこれは、王に刻まれたものだ。父も関わっているが……」

前置きもなく淡々と話すシェイドの声には怒りも悲しみも何も籠っていない。

顔の近さからシェイドの腕を外させようとしていた大河だったが、そんな事は意識から飛んで驚愕に目を見開いた。王、そして父親まで関わっていた事実は大河に大きな衝撃を齎す。

「……なんで」

「簡単に言えば、俺の力が強過ぎたせいだな」

呆然としたまま大河はシェイドを見つめた。

口の端を上げて自嘲するシェイドが、自分の力に驕って言っている訳でないと大河にも分かる。

「制御出来なくなったら、困るって事か？」

「そんなところだ」

自分の命が脅かされる、と思ったのだろうか。それとも強過ぎる力を利用する為だろうか……とそこまで考えて、以前シェイドの様子がおかしかった時の事が大河の脳裏に蘇る。

「師匠と会った時、もしかして正気じゃなかったのか？」

「この魔法陣には命令を順守させる他に、自死を禁じる魔法と、自分に向けられる殺気に反応する魔法が織り込まれている」

それならばあの時の事は得心がいく。ウィルバーの殺気に反応して、そして殺気が消えた瞬間に止まっていた。

だけど自死？　自殺させない魔法って何だ、と大河は混乱する頭をどうにか整理しようとした。

「なんで、そんなもんまで……」

「俺を死なせない為だろうな」

死なせない為の魔法。

そう言葉だけ聞けば、優しささえ感じるような魔法だ。けれど、それが隷属の魔法と同時に掛けられたなら、理由は全く違ってくる。

これは全てシェイドを利用する為の魔法だ。大河はそう思い至って、奥歯を噛み締めた。

『タイガ様は、この国が戦争をしている事をご存知ですか？』

唐突に、耳に響くように過去に聞いた言葉が思い起こされる。シェイドが何故魔法の研究をしているのか大河が聞いた時に、セストが言った言葉だ。どうしてそんな話になるのか、あの時の大河は疑問に思っていた。

そして血に濡れ憔悴した姿を思い出し、点と点が繋がるような感覚がする。

「……何故そんな顔をする？」

大河の表情を見て、心底驚いた様子のシェイドが大河の顔を覗き込む。

「俺……っ、俺が」

俺が、どうするんだ。

俺に、何が出来るというのか。

大河は言葉に詰まり情けなさに頭を打ち付けたい衝動に駆られた。

むに。

唐突に両頬を摘まれて、大河は無理矢理口の端を上げられる。シェイドは大河の柔らかい頬を楽しむように、むにむにに遊んでいた。

「何すんだよ！」

頬を摘む手を強引に離させて文句を言うと、シェイドは頬から離れた手を腰にやって大河を抱える。

「お前が、何故気に病む必要がある」

「けど、俺が聞き出したのに、何も出来ねぇなんて」

「俺ですら解除出来ないのに、お前に出来る筈ないだろう。そんなものを期待して言った訳ではない」

「……だったら、なんで言ったんだよ」

仏頂面で唇を尖らせる大河に、シェイドは真っ直ぐに視線を合わせた。

「踏み込んで欲しいと、思ったからだな」

そう言うと、シェイドは目を細めて綺麗に微笑んだ。

いつもの口の端を上げるだけの笑いでも、馬鹿にしたような笑いでもない表情に、大河は目を奪われる。

そして唐突に込み上げた何かに頬を赤く染め上げ、心臓の音が自分の耳にさえ聞こえそうなほど激しく脈打った。

「あっ、……え？」

バクバクと音を立てる鼓動に戸惑って、大河はシェイドから離れようとしたが、腰を抱え込まれていて思うように動けない。

更に赤くなっていく頬を手の甲で擦るように押さえて、戸惑った目をシェイドに向けた。

「どうした？」

「わ、っかんね……なんだこれ」

シェイドは大河の様子を余すところなく見て嬉しそうに表情を緩めると、自分で考えろ、と告げて大河の腰を更に引き寄せた。

「なんか尻に当たる……！」

「これについては、お前の自業自得だ」

「なんでだよっ！」

硬いものの感触に大河は手を突っ張ったが、シェイドの腕はビクともしない。

「俺の前で、そんな格好と表情をするお前が悪い」

意地悪そうに口の端を上げてそう言うと、シェイドは抱えていた手で腰を撫で上げた。

この格好はお前がさせたんだろ!?　と声を上げようとした口を塞がれ、すっかり慣れ親しんだ唇の感触に大河は抵抗する事が出来なくなる。

後で覚えてろ、という気持ちを込めてシェイドの舌を甘噛みした大河が、それが逆効果だと気付くのは少し後の事だ。

六

セストが邸内の使用人を纏める執事の役職に就いているのは、従順さを買われた訳ではなく、使用人であるのに攻撃魔法を使える事を、邸の主人であるサイラス・クロフォード公爵に評価されたからだ。

シェイドの母ディアナは、美しいブラウンベージュの髪にブルーグレーの瞳を持った花のように端麗な容姿の令嬢で、侯爵家と家柄も申し分なかった為、この国で王の次に権力を持つ宰相のサイラス・クロフォード公爵と成婚したのは当然の事だったと言える。

貴族の女性が輿入れする際には、実家から幾人か使用人を連れて行く事がこの国でのならわしだ。

ディアナには侍女三人と男の使用人が二人つけられ、その内の一人がセストだった。

家の決めた結婚とはいえ、ディアナはサイラスに密かに想いを寄せていた。結婚当初はそれは幸せそうにしていたのだ。

しかし、両親を早くに亡くし若くして公爵となったサイラスは絶対的な利己主義者で、ディアナは妻であっても興味を引く存在ではなかったらしい。シェイドを身籠ったと分かるとまるで用は済んだとばかりに、仕事漬けの日々を送るようになる。

必要な侍従だけを連れて、王宮に設えられた執務室に籠り、邸に帰ってくる事さえないサイラスに、ディアナは純粋に嘆き悲しんだ。

元々体の強くなかった彼女は、シェイドを生むと体を壊し、病に侵されてしまう。

回復魔法というものは目に見える傷には効果が大きいが、見えない病などを治すのは難しい。

クロフォード家に男児が生まれた事でサイラスは満足したのか、ディアナを心配するどころか無用のものとして扱った。

日に日に弱るディアナに堪りかねた使用人の一人がサイラスに嘆願した結果、その者は文字通り首を切られた。

使用人は主人に手を出す事の出来ないよう魔法陣を刻まれているが、その時改めて主人は容易に使用人の首を切れるのだと思い知らされた。

自分を思っての行動で使用人が殺された事にディアナは悲しみに暮れ、最後には自分が家より連れて来た使用人達にシェイドを頼むと言い残して息を引き取った。

まだシェイドが生まれて間もない頃だった。

「父上は、またお仕事だろうか」

「そうでございます。お寂しいかと存じますが、どうかご辛抱ください」

「寂しい訳ではない」

シェイドは父親に似た銀髪に、母親から引き継いだ美しい容姿と目の色を持った、聡明な子供だった。勉強であれ剣術であれ、言われた事を不満すら言わず淡々とこなす。その行動の中には、父に褒められたいという感情が少なからずあったのではないかとセストは思っている。

シェイドの父サイラスは、子供には大凡出来ないであろう内容の課題を課し、当然出来るものだろうと報告を待つような親だった。

報告を聞くだけで、シェイドには月に一度会えば良い方だ。それで良かったのかもしれないと、セストは心中で思っていた。自分の主人ではあるが、シェイドにはサイラスのようになって欲しくなかったからだ。

成長の過程で、瞬く間にシェイドは魔法の能力を開花させる。

五歳にも満たない子供に攻撃魔法を習得させるなど聞いた事が無かったが、サイラスはそれをシェイドに課した。シェイドは泣く事もなく、諸々と訓練を受け遂には攻撃魔法を習得した。習得の為に雇われた者ですら舌を巻く早さだった。

「父上が、この魔獣を私にと」

「それはようございました」

シェイドが攻撃魔法を覚えた後、サイラスは隷属させ後は契約するだけの魔獣の子供をシェイドに与えた。あの冷血な男にも親としての自覚が芽生えたのだろうか、と使用人の全てが驚愕したものだ。

あまり感情を出さない子供だったシェイドが、契約した魔獣を撫でて嬉しそうにしている姿を使用人達は目元を緩めて見ていた。

この頃のシェイドは父親を真似て自分の事を私と言っていた。その事からもシェイドの気持ちは窺い知れる。

だがサイラスにしてみれば、それは成果を上げた事への報酬に過ぎなかったのだろう。それからも、サイラスが頻繁に邸に帰るような事はなく、以前と変わらない日々が続いた。

シェイドの年齢が六歳を過ぎたある時、サイラスは突然邸に戻りシェイドを神殿に連れて行くと言った。

勇者召喚の儀式が行われるのでそれを見せると言う。魔法に関する事を学ばせようとしていたのかもしれない。シェイドは笑顔を見せないまでも、父親を見る目は嬉しそうだった。

それから数日間、サイラスもシェイドも邸には帰らなかった。

その間に、勇者召喚に失敗し神殿が氷柱に覆われたという報せが邸にまで届く。

シェイド様は無事だろうかと、使用人達が一様に心配を口にしていた。こういった場合、使用人である自分達はただ待つ事しか出来ない。

数日経った後、無事帰ってきたシェイドはどこか呆然とした様子で。何か呑み込めないものを抱えているような、戸惑っているような、そんな感じだった。

その理由はその日のうちに分かる。

何故か着替えを嫌がり珍しく使用人達を拒絶するシェイドに、私だけなら良いかとセストが穏やかに尋ねると漸く承知してくれた。

そして畏まった服装から常用のものへ着替えるのを手伝う。

「……っ」

シェイドの背には、背中いっぱいにそれまで無かった魔法陣が描かれていた。

あまりの事に硬直しそうになった体を気取られないよう、セストは手早く服を着せ替える。シェイドは何も言わず、そして一介の使用人であるセストが口を出すべき事でもなかった。

その魔法陣が何であるのか、魔獣の世話をしている者であれば瞬時に分かる。こんな物を誰が、何の為に、暴風のように吹き荒れる感情を押し込め、セストは穏やかにシェイドに微笑む。

「お疲れでしょう。今日はもうお休みになられますか？」

「……ああ」

セストが背中の魔法陣に言及しなかった事に、シェイドは安堵したのか体の力を抜いた。

随分と疲れていたらしく、ベッドに入るとすぐに寝息を立てる。眠りについた幼い顔を見ながらセストは先程見た魔法陣の事を考えた。

あれはおそらく隷属の魔法陣で間違いない。魔獣のものと少し違いがあるようだが、大凡同じだと見れば分かる。

魔力が安定する前の幼いものにしか定着しない魔法陣で、発動して命じれば、抵抗しようともその命令を順守させる強い強制力を持つ。

セストは幼い子供に嵌められた呪いのような足枷に、沈痛な面持ちで唇を噛み締めた。

この日以降、サイラスによる教育は日毎に積層し、そうしてシェイドは何者にも到達出来ぬほどの成長をしていった。


十二歳を迎えた頃、突然シェイドに王から登城の命が下った。

その頃には、シェイドは魔法においては誰の教えも必要としなくなっていた。

少しの力でも邸を破壊するほどの攻撃魔法は庭で訓練出来なくなった為、剣術や勉強はともかく魔法だけは一人魔獣に乗ってどこかに行って鍛錬している。

登城の後、シェイドに合った装備を用意するようにとサイラスから邸に通達があった。

この頃、国の情勢は不安定で、一度負けた隣国へ出兵の準備をしていると使用人同士の情報網で伝え聞いていたが、まさか成人もしていない子供を、とセストは身震いした。

「どちらへ、向かわれるのでしょうか」

「……セスト、分をわきまえろ」

「……申し訳ありません」

白銀の鎧を着込んだシェイドは常よりも凛々しく見えるが、やはり兵士として見ればあまりにも幼い。

職務に忠実なセストは普段であれば絶対に言葉にしなかったであろう心配が、口をついて出てしまうほどだった。以前よりも表情を失ったシェイドがセストを窘め、背を向ける。

魔獣に乗る姿を見送りながら、セストはどうか無事であるようにと願う事しか出来なかった。


「シェイド様!! いかがなさったのですか！ どこか怪我を、すぐに神官を呼びますので……！」

数日が経って帰って来たシェイドは、全身が血に濡れていた。あまりにも酷い姿に邸の中が騒然とする。

「いい。怪我はしていない」

「しかしっ」

「これは俺の血じゃない。……魔獣を倒してきただけだ」

嘘だ。

瞬間的にそう思う。この数日の間に、我が国の国軍が敵国を破ったと伝え聞いていた。まだ正式に発表は無いが、先駆けて戻った伝令が、無傷の勝利だと触れ回っていたらしい。

それに、常日頃から感情を表に出さないシェイドと接していれば、言葉や目でそれが真実か否かが多少は分かる。

血を滴らせ疲れ憔悴しきった表情を見れば、望んだ戦いでなかった事も分かってしまう。

自分の意思もなく、これでは……。

「……っ、湯浴みの、準備をいたします」

それでも、シェイドが魔獣を倒してきた、とそう言うのであれば、使用人である自分達はそれを真実として受け入れなければならない。セストはぐっと奥歯を噛み締め、叫び出したい気持ちを抑えた。

それ以来、シェイドは魔法研究に没頭するようになる。

そのうち完全に心を閉ざし、日を追うごとに人としての感情すら失っているように見えた。


「あれは、ぜってぇ、俺を馬鹿にした笑いだったけどな！」

憤慨するように言った大河を、セストは呆然と見つめる。

突然シェイドが邸に連れ帰ったこの男の子は、目まぐるしいほどに感情を表に出す。怒りも、喜びも。

実験体だと言われ、軟禁された彼は最初のうちは怒りしか見せなかったが、少しずつ様々な感情を発露させていった。それが彼の本質だったのだろう。

実験体だ何だとシェイドが振り回しているように見えて、その実シェイドの方が振り回されているとセストは思っている。

彼への興味は、最近ではシェイド自身にも隠しきれないほどになっているようだ。

「笑ってらしたんですか……」

それは声に出した自覚もなかった。

自分の中に溢れる感情をどう表現して良いのかセスト自身にも分からない。

ただ、良かったと。

大河が齎す変化に、心が震える。

目の前の彼がシェイドの心を救ってくれるのではないかと、そうであって欲しいと願わずにはいられなかった。

七

「……お勉強ですか？」

「おう、頼めねぇかな」

「それは構いませんが、私に務まりますかどうか」

「こっちの世界の常識と出来れば文字と、魔法について知りたいんだ。こっちの世界の事は今までも時々教えてもらってたけど」

　大河達が寄り道を経て、お邸に戻った頃にはすっかり日が暮れていた。

　食事を済ませてから今日考えていた事をセストに頼んでみると、唐突な頼み事にも拘わらずセストは嫌な顔せず真面目に取り合ってくれた。

　セストは一通り大河の言葉を聞いてから、何故か背後にいるシェイド様に視線をやり、シェイド様に教わっては？　と苦笑した。

「忙しいからダメだろ。あ、セストさんも忙しい？」

「いえ、そういう訳ではありませんが、魔法についてはシェイド様の右に出るものはおりません。シェイド様がいらっしゃる時に、教えていただいてはいかがですか？　研究の息抜きにも良いかと思います」

　淀みなく話すセストに促されて背後を振り返ると、シェイドが仏頂面で腕と脚を組んで椅子に座っていた。

「いいのか？」

「最初からそう言っている」

「研究どうするんだ？」

「何が取っ掛かりになるか分からないからな」

　不機嫌そうなシェイドに嫌なら断ればいいのにと思うが、本人が良いと言うならと頼む事にした。

「じゃあ魔法は頼むな。……けど、常識はセストさんが教えてくれねぇ？　シェイドの常識はちょっと怪しいから」

「……おい」

「っ、はい。かしこまりました。喜んでお受けいたします」

自分でも常識に疎(うと)いと言っていたのに、大河に言われるのは心外らしい。二人のやり取りにセストは堪(たま)らず笑い出しそうになり、口を押さえて平静を装った。


部屋に差し込む太陽はギラギラとしていてとても暑そうだが、火の季節になってから魔法陣を使って空調を整えているらしく、部屋は快適な温度だ。

朝食を食べ終わった大河はセストと向かい合って、いつも食事に使っているテーブルについている。

「常識を教えるという経験がございませんが、何から教えて差し上げれば良いのでしょうか」

勉強を教えて欲しいと言った次の日から、早速セストが教えてくれる事になった。

シェイドは朝から出かけている。不穏な感じで別れた王女からの呼び出しかと思ったが、山すら飛び越えられるシェイドの魔獣であれば半日もかからない距離でも、兵が守る獣車での移動だと数日はかかるらしい。

王族は飛べる魔物を持たないのかという疑問には、空を飛ぶ魔物に乗るというのは至難の業だとセストが答えてくれた。シェイドが楽々と乗っているので、その事に思い至らなかった。

「私にも分かる事があれば、お手伝いいたしますので呼んでください」

マイリーはそう言って、入れてくれたお茶をテーブルに置くと、ベッドメイクに取り掛かっていた。

ベッドメイクくらい自分でやると何度も言っているが、仕事を奪うつもりですかと怒られ実現していない。シェイドとあれこれしてしまっているベッドを触らせるのが申し訳なく感じる大河は、せめてと思いシーツを自分で取り外して畳んで置いている。

それでもやはり居た堪れず、マイリーから視線を外してセストに向き直った。

「じゃあ、この国の事を教えてくれねぇか？　国の名前も知らなかったのを昨日呆れられたんだよ」

言葉にしてみて、改めて自分の無知さ加減に恥じ入り大河は頬を掻いた。

「分かりました。では地図をご用意いたしましょう」

そう言うと、セストは別の部屋からテーブルほどの大きさの地図を持ってきてくれた。世界地図は、地球とは随分違う形をしている。こちらがこの国エスカーナです、とセストが、半島のように大陸から大きく出っ張った部分の、線で区切られたうちのひとつを指差した。

「ちっせぇ……」

「はい、この国は元々大きい国ではありません。ただし、こちらとこちら、こちらも既にエスカーナの属国となっています」

セストはこの国の周りを囲む幾つかの国を次々と指差していく。そうなると、半島は殆どがこの国になり、残った国はひとつだけだった。

「こちらの国は、光の神の他に勇者に対する信仰も盛んなので、勇者召喚の成功と同時に降伏したそうです。現在敵対しているのは、半島ではこちらの国だけです。半島を制圧した後に王がどうするのかは私にも分かりかねます」

地図を指差していた手を戻して、王が止まるとは思えませんが、とセストが言葉を付け足した。

「エスカーナは王政で、王に絶対的な権限があり、その次がシェイド様のお父上の宰相閣下となります。王とは別の権限を持ち、王への進言を許されるのが神官の頂点である大司教です」

「父親……」

昨日のやり取りを思い出して、大河は苦虫を噛み潰したような表情になる。セストはどうかなさいましたか？　と大河の顔を覗き込んだが、大河は首を振ってから何でもないように取り繕った。

「現在、王には八人の子がいますが、正妃の子にしか王位継承権は無い為、ルーファス王子とアリーヤ王女の二人だけが王位継承資格者となっています」

「そのアリーヤ王女って、ふわふわの長い金髪で目が茶色っぽい女の子か？」

「ご存知なのですか？」

「昨日、魔物討伐で会ったんだ。シェイドが戦うとこ見にきたって言ってた」

「王女はシェイド様を結婚相手に望まれているとお聞きしています。王位継承の暁には、王からの承認も得られると……」

昨日の様子から、王女はシェイドが好きなのだろうと漠然と思っていたが、セストの言葉に何故かチクリと胸が痛んだ。大河は自分の胸を押さえて首を傾げる。

「……シェイド様は望まれていないと思います」

ベッドメイクが終わったらしいマイリーが会話に交ざった。その表情は悲しげに歪められている。

「シェイド様はそういった事を語られはしないのですが」

「そうですけど！　……王家に行って幸せになれる筈、無いです」

「マイリー」

「……すみません」

セストに窘めるように名前を呼ばれ、マイリーは俯いた。

二人は、知っているのだろうと大河は思う。シェイドの魔法陣と、その原因となった人物を。シェイドは言葉にしないから、きっと長い時間共にいる事で気付いたのだろう。

知らなければ、大河はきっとこの会話にも首を傾げるだけだったに違いない。

「王女と結婚したら、シェイドが王になるのか？」

「いえ、その場合は女王陛下の王配となり、王とは権限が全く異なります」

王になれば隷属から解放されるだろうかと思った

が、王女と結婚したからといって、解放される事は無いらしい。

だとすれば王女との結婚は、より縛られるだけではないのか、と大河は苦々しい気持ちになる。

それなら俺が、
俺が……？

「シェイド様は、タイガ様と結婚されるのが一番なのに」

「は⁉」

ぼんやりと思考を飛ばしていた大河は、マイリーの言葉に酷く動揺した。

「男同士で結婚出来る訳ねぇだろ⁉」

「……一般的ではありませんが、出来ますよ？」

「へ……？」

「男性は子を生せないので、貴族間では正妻とは認められませんが、側室であれば可能です。庶民同士の場合であれば正妻でも問題はありません」

自分の常識と乖離し過ぎているせいか、すんなりと情報が頭に入ってこない。大河は驚き過ぎてぽかんと口を開けて二人を見つめた。

「この国の法ではそうなっています。禁止している国もあると聞きますが」

セストの言葉を聞きながら、漸く頭が動き出した大河は顔を押さえて、マジかよ、と呟いた。なるほど、だからこの二人は側室だとか恋だとかの発言をしていたのか、と顔を覆ったまま溜息を吐く。冗談と思って流していたが、そうではなかったらしい。

諸々納得はいったが、だからといってシェイドが自分となんて考える訳が無いと大河は冷静に推測する。ちょっと行き過ぎた触れ合いもあるが、今まで溜まっていたシェイドの反動のせいだと大河は考えていた。

そう思考を巡らせると、スッと気持ちが落ち着く。

「まあ、俺には関係ねぇ話だな」

「……タイガ様、話聞いてました？」

マイリーは呆れた表情でそう言い、セストはその横でやれやれといった表情をしていた。

　セストは短く溜息を吐くと、続きを話していく。

　騎士団についての内容はシェイドにも聞いていたのですぐに理解出来た。その他に、この国が元々は塩や鉱石の産出で成り立っていた事や、貴族と庶民の違いについてなどを教えてもらう。白という色が王侯貴族と神官にしか身につけるのを許されない色と聞いて、最初の服装が何故(なぜ)ダメだったのか今更ながらに知った。

「この狭い国に土地を持つ貴族はそう多くありません。王宮勤めで生計を成り立たせる貴族が殆どです。国境に土地を持つのが、オルドリッジ侯爵家とガルブレイス侯爵家です。国境を守る貴族なので辺境伯と呼ばれる事もあります、遠い過去に軍事力で成り上がった方々ですよ」

「今は違うのか？」

「現在の騎士を含めた国軍はお飾りと呼ばれていますから。とはいえ、魔物討伐や暴徒の鎮圧、戦争にも駆り出されてはいるそうです」

　そっか、と言った言葉に力が無かったからか、セストは今日はこのくらいにいたしましょうと勉強の終わりを切り出した。

　大河の脳みそも、精神的にも疲れた気がしてその言葉に甘える。

　今日は調理場に行かないのですか？　と期待を込めた目を向けるマイリーに苦笑して、昼を食べたらいつものように調理場に行く事にした。


瓶に入ったインクに羽ペンの先を浸して、瓶の端で余分なインクを落とすと、紙に黒をのせていく。蚯蚓(みみず)がのたくったようなそれは、お世辞にも上手(うま)いとは言えない。

　調理場から戻り夕食を済ませた後、大河はセストに文字を教えてもらっていた。それぞれの勉強を満遍なく進めていくようだ。

　軟禁されているにも拘わらず、勉強まで教えてもらえるなんてどんな状態だとは思うが、特にセストは部屋から自由に出る事以外は、最初から出来る限り大河の意に沿うようにしてくれている。

　こちらの世界の文字は、日本語にも、英語にも全く似ていない文字と文法で、覚えるのが難しそうだ。まずは日本語でいう五十音のような文字を表にして紙に書いた後、紙に単語を書き写していく。

「それでは、タイカ、だな」

　字体を覚えきれていないまま自分の名前を下手くそな文字で書いていると、後ろから揶揄いを含んだような声が聞こえた。

　振り返るといつの間にか帰ってきたらしいシェイドが面白そうに大河の手元を覗き込んでいる。

「見んなよ。こんなんすぐ覚えてやる」

「ほう？　先は長そうに見えるが」

　揶揄われてつい負けん気が出てしまったが、確かに文字を完璧に覚えるには時間がかかりそうだ。

　セストはシェイドに気付いたと同時に席を譲り、暫しお待ちくださいと言葉を残して部屋を出て行った。セストが席を外したため、今日の勉強は終わりかな、と大河は羽のペンを机に置く。

　書いていた文字を表と見比べ、確かに「タイカ」になっていると分かって顔を顰めていると、シェイドは大河の置いたペンを手に取り、正しい文字で「ハスミ　タイガ」と横に書いた。癖のない綺麗な文字なのと、自分の名字を覚えていた事に驚き大河は、おぉ、と感嘆の声を出した。

「ステータスで一度見ただけなのに、よく覚えてたな」

「一度見たものは忘れないからな」

　どんな記憶力だよ、と呆れて笑いが出る。以前から思っていたが、シェイドは色々と規格外だ。

　そうしているうちに、セストがお茶を持って部屋に戻ってきた。お茶と一緒に今日大河が作ったお菓子もテーブルに並べられる。用意が終わったセストは、お勉強はまた別の日にと大河に伝えて部屋を後にした。

「これは、新しい焼き菓子か?」

「おう、シフォンケーキっていうやつ。すげー苦労したんだぜ?」

シフォンケーキはベーキングパウダーが無くても、メレンゲだけで膨らむのを知ってはいたが、分量が分からず何度か失敗した。もちろん無駄にする気はないので、膨らまなかった生地はアイスを作った時に刻んで果物と一緒にパフェ風に盛るか何かして消費するつもりだ。ラスクにしてもいい。

マイリーの要望に合わせているうちに無駄に女子力が上がっている事を、大河自身は気付いていない。

「……美味いな。この白いのはなんだ?」

「だろ!? この生クリーム、セストさんが商人に聞いてくれてさ! わざわざ手に入れてくれたんだよ!」

シェイドに褒められた事も相まって、大河は興奮のまま捲し立てる。常にない大河の様子にシェイドは呆気にとられたような表情をした。

「それほど、興奮する事か?」

「当たり前だろ!? だって諦めてたもんなんだぜ」

以前一度だけ大河が言った生クリームの事を覚えていたセストが、商人に聞き込みミルクを扱う業者から情報を集めてくれた。そしてバターを作る前の状態が大河の言っていたものに近いと、販売されていないそれをわざわざ取り寄せてくれたのだ。無いと思っていたものが手に入った事にも、セストが心を砕いてくれた事にも感激して、大河は嬉しくて仕方がなかった。

「そんなに嬉しいものか」

「すっげぇ嬉しい! あったって事もだけど、セストさんがわざわざ探してくれたってのも嬉しいんだ」

興奮に頬を赤くして喜ぶ大河を見ていたシェイドは、次第に複雑そうな表情に変わっていく。

「……他には無いのか」

「え？」

「他に欲しいものは無いのかと聞いている」

「あ、えと、いっぱいあるけど？」

　何故か少し不機嫌そうに問うシェイドに首を傾げつつ、今までに欲しいと思ったものを思い出す。無理だろうなと諦めていた食材や調味料は沢山ある。

「欲しいのは、醤油と味噌とお米かな、お酢もあるといいな」

「聞いた事がないな。それはどういったものだ？」

「醤油と味噌と酢は調味料で、米は食材」

　どう説明していいか悩んで、大河は捻り出すようにうーんと腕を組んで考えた。

「醤油と味噌は大豆っていう豆から出来てて、どっちも発酵させて造られるんだ。米は白い粒々の実なんだけど、俺のいた国じゃ主食だった。で、米から造られる酒を酢酸発酵したのがお酢、酸っぱいんだ」

「塩と砂糖以外の調味料か、この国には無いが、無いなら作れば良いのではないか？」

「いや無理だろ、作り方も分からねぇし、まず材料がねぇよ」

　シェイドは簡単に言うが、そんな単純なものではない。

「作り方なら今言っていたではないか」

「すげーざっくりした作り方しか知らねぇよ。母さんが料理関係はオタクかってくらい調べる人だったから、ガキの頃にどうやって出来てるとかはよく聞いてた」

　素人じゃ作るのが難しいって事は分かるけど、と言葉を足した大河に、シェイドは、なるほどと納得するように呟く。

「材料を探す必要があるが、大凡の作り方と完成形が分かるなら俺がなんとかしてやろう」

「マジで……？」

　シェイドが自信満々に宣言した。いや無理だろと心の中で即座に否定した大河だったが、シェイドなら出来るかもしれない気がするのが不思議だ。

「なんか、あんたなら出来そうだけど……、でも、いいや」

「いいのか？」

「今の研究が終わって、暇になったら考えてくれ」

確かにどれも喉から手が出るくらい欲しいものだが、今はそれ以上に優先すべき事がある。

大河が軽く口にした「研究が終わって」という言葉にシェイドは目を見開いてから、ゆるく口の端を上げて、そうだなと呟いた。

「……その時にはお前の欲しいものを全て用意してやるから、美味いものを食わせろ」

「ははっ、すげぇ自信！　いいぜ、食った事ねぇ美味いもんいっぱい作ってやるよ」

シェイドなら本当に出来そうだなと思ってしまう。

その時は母に教わった料理をたくさん食わせてやりたいなと思い、大河は屈託無く笑った。

「……それは、楽しみだ」

眩しそうに目を細めて、シェイドは大河を見つめた。

そういえば未来の話をするのは初めてだなと気付いた大河は、思わず心が躍る。今の研究が終わる、という事はシェイドが解放されるという事で。

希望と願いを多分に含めた約束だった。


シェイドが研究する理由を知ってから、大河は積極的に研究に協力している。

研究については、今までシェイドが試してきた事を闇属性の魔力で試しているらしい。現存する魔法陣の解析や、新しい魔法陣の構築も別途で研究しているようだ。

最近は解放されたいからでなく、運動不足の解消のような感覚で勝負を挑んでいる。

シェイドから解放されたいという気持ちが、日を追うごとに薄れている気がしていた。

研究に使っている机に、今は本が開かれている。本には火の絵や水の絵、魔法を使う人の絵が大きく描かれていて、文字はあまりない。

「これ……」

「はじめてのまほう、という絵本だ」

予想通りの事を言われて、大河はくしゃっと顔を顰める。子供扱いも甚だしい。

「魔法は使えるから流石に必要ねぇよ」

「文字の勉強にもいいかと思ったのだがな」

「……後で読んどく」

先日間違った文字を揶揄われた大河は、ぐっと押し黙ってから小さく呟いた。用意された絵本は後で読むとして、大河は基本的な魔法の使い方を学びたい訳ではない。魔法に関係する知識を増やしたいのだ。

「なんでこっちの世界には魔法があるんだろうな」

「……魔法は神が与えた力と言われている」

気を取り直して言った大河に、シェイドは腕を組んで考える仕草をする。大河のこの質問は予想していなかったらしい。

「いや神様がとかって、迷信だろ？」

「神託を受ける者がいるので、迷信とも言い難い」

神託がどういったものか大河には分からないが、現実主義的なシェイドが言うのだから、自分のいた世界と違ってこちらでは当然の事なのかもしれない。

「こっちの世界の神様ってどんななんだ？」

「光の神、そして闇の神だ。この世界の者は主に光の神を信仰している」

「主にって事は闇の神様を信仰してる人もいるのか？」

「闇の神を信仰する人間は、邪教の信者と言われているな」

人間が全て光属性と言っていたのを大河は思い出し、当然の事かと考える。魔物しかいない闇属性の神を信仰する方がどう考えても不自然だ。

「て事は、召喚されたあの神殿も光の神殿なのか？」

「この国が管理しているのは全て光の神の神殿だ」

話をしていて、神殿で会った男の事を思い出した。

ゼンという名前で司祭だと言っていた。

「そういや、司祭っていうのは、神殿で働いているのか？」

「司祭は神殿の責任者だな。神官は回復魔法を職務としているが、その神官を纏める為に司祭がいる……司祭がどうかしたのか？」

「ああ、こっちの世界で初めてまともに話した人間だから覚えてるんだ。いい奴だったし」

いつかちゃんと借りを返しに行かないとなと大河が考えに浸っていると、横でシェイドが、初めてかと不満気な顔をしていた。

「そういや召喚の時、あんたもいたよな」

「……あの時、俺が引き取っていれば」

「ん？」

不満気なまま呟いたシェイドの声が小さ過ぎて、大河は聞き直す為にシェイドに顔を寄せる。大河の能天気な顔が気に障ったのか、シェイドは目を細めて大河の鼻を指先で摘んだ。

「あんらよ」

「何でもない」

シェイドの突飛な行動に、司祭の事も忘れて大河はムッと睨みつけた。それで何故か機嫌を直したシェイドは指を放して話題を変えた。

「異世界には魔法が無いのだったか」

「あ？　うん、代わりに機械があった感じかな」

「機械……？」

「生活魔法の代わりも、魔法陣の代わりも機械だったな」

「過去、勇者召喚に成功したのは百五十年ほど前だからな、文献が残っていないのかもしれん」

百年以上前!?　と大河は驚いて声を上げた。だったら、情報が無かったのも頷ける。

「それなら、機械も今ほど生活に密着してなかったんじゃねぇかな」

「百数十年の間に発展したという事か」

「すっげぇ進化したぜ。こっちにある生活で使う便利な物、大概あっちの世界にも似たようなのがあったし。こっちに無いものって言ったら乗り物系かな。あと映像を映す機械とか」

「面白そうだな、詳しく話してみろ」

シェイドに促されて、自動車や飛行機などの乗り物の話や、テレビやスマホ、パソコンなど家電の話をしていく。魔法の勉強だった筈が脱線してしまったが、シェイドが珍しく興味津々なのを隠さないので、大河も話していて楽しくなってしまった。

エレベータなど建物に付属する機械の話になり、病院にある機械の話になった辺りでシェイドの表情に真剣さが増す。

こちらの世界では怪我(けが)はすぐに治るのに、病気になると助かる確率がグッと下がるらしい。薬も無いと聞いて大河は驚いた。

「えーと、薬っていうのは、体に影響のある成分が含まれたものっていうか……」

「成分か……こちらでは目的の為に魔法、もしくは魔法陣を使う。使えない魔法もあるから、試行錯誤する事もあるが、存在するものひとつひとつの成分まで考える者はいない」

「魔法はイメージなんだっけ、でも火がなんで燃えるかって考える事はイメージに繋(つな)がるんじゃないか？」

「何故(なぜ)……か」

「火が燃える為には、空気中の酸素と可燃物と着火源が必要だろ」

火をイメージすれば燃える、氷をイメージすれば凍る。そんな世界では、何故燃えるのか、何故凍るのかなんて考える必要が無いのだろう。知らなくても燃えるし凍るのだから。そう考えてみれば、知らない事にも違和感が無い。根本的に物事に対する捉(とら)え方が違うのだ。

ふむ、とシェイドは口元に手をあてて考えるような仕草をする。

「お前との勉強は、俺にとっても意義がありそうだ」

そう言うシェイドは子供が新しいおもちゃを見つけた時のように楽しそうだった。


大理石を敷き詰めたような廊下に、窓から強い日が差し込んでいる。

邸の中は冷却の魔法陣で快適な温度に保たれていて、暑いどころか殺風景な廊下のせいでひんやりとした空気すら感じるようだった。

今日もシェイドは出かけている。

魔物討伐から数日は平穏だったが、王女が国に戻った直後にシェイドは呼び出されていた。王女を宥める為にこの所王宮に行く事が多いらしい。

じっとしていても余計な事を考えてしまうので、大河はセストとマイリーと一緒にいつものように調理場に向かっていた。

うきうきと足取りの軽いマイリーを見ていれば、大河も多少楽しい気分になってくる。セストはそんなマイリーに苦笑しながら、大河と今日作る物や出かける前のシェイドの様子などについて緩やかに会話していた。


調理場へ行くためには長い廊下を歩き、両階段のある広い玄関ホールに降りる。

階段を降り玄関ホールへ足を踏み入れた瞬間、突然大きな両扉が開いてセストとマイリーが凍りつくように立ち止まった。

シェイドの住むお邸で大河の知っている場所は、シェイドの自室と、浴場、調理場、そしてそこに通じる道だけだ。混ざり気のない白い壁に、光を反射する大理石のような床。置かれた家具はどれも一級品と思われるが、華美な装飾が無く、無駄を省き必要なものしか置かない徹底ぶりは、どこか寒々しい雰囲気すら出していた。

　一切の無駄を排除したような邸なのだ。シェイドの部屋以外は。

　本や謎の道具で散らかるシェイドの部屋と比べると違和感があったが、寒々しい邸の様子もまた最初の印象には当てはまっていたし、シェイドが作った空間なのかと大河は思っていた。

　この瞬間までは。

「これは、何だ？」

　低く響く声はシェイドと同じように平坦だが、それとは異質の侮蔑を含んだような冷酷さがある。シェイドが感情を削ぎ落としたような声だとすると、こちらは相手への蔑みで作られたような声だ。

「旦那様、本日も王宮とお伺いしておりましたが」

「私が、自分の邸にいてはいかんのか」

「いえ、そのような事は。このようなお出迎えになり申し訳なく」

　旦那様と呼ばれた男は、大河達が召喚された神殿にもいたように思う。後ろに撫で付けた銀髪はシェイドと同じだが、厳しい表情をした顔はあまり似ていない。

　責められるセストが哀れで思わず声を出そうとしたが、魔法道具に阻まれてそれは敵わなかった。

　大河を拘束する魔法道具は、セストの意思で体の自由と声を奪う事が可能だ。セストは魔法道具を使って、大河に声を出すなと言っているのだ。

「私は、これは何だと聞いている」

　先程の質問に返答が無かった事への苛立ちが声に滲みでている。

「シェイド様が、実験体にと捕らえられた者でございます」

「王女から聞いた話は本当だったようだな。そんな物を、自由に歩かせるな」

「必要最低限の施しでございます。こうして拘束の魔法道具で自由を奪っております故」

セストの声には、何かひとつでも間違えば命を奪われるような恐怖が纏わり付いている。大河の横にいるマイリーは主人に会った瞬間に頭を下げて以来、一度も顔を上げる事なく、その手は微かに震えていた。

大河は、二人をここまで追い詰める目の前の男に対して、激しい怒りが込み上げる。そしてその怒りは鋭い視線となって男を刺した。

男は目を眇めてその視線を受け止めてから、斜め後ろに控えていた侍従に視線を向けた。

「不愉快だ。処分しろ」

生き物でもない、その言い方は「物」に対してのそれだった。セストとマイリーが、ざっと青ざめて一瞬で凍りつく。

男の侍従が、はっ、と短く返事をして命令を受け入れると、アイテムボックスから魔法陣の描かれた紙を出す。

「旦那様っ、これはシェイド様にお預かりした者でございます。どうか、」

「実験体など、また用意すれば良い」

「ですが……！」

「くどい」

男がセストに視線を向けて黙らせる。

侍従が魔法陣を大河に向けると、紙に描かれたそれが光り出し、同時に大河の足元に魔法陣が現れた。

その瞬間に、体中から血の気が引くような感覚が大河を襲う。

「……っ！」

「魔力を根刮ぎ奪う拷問具だ、すぐに楽にはならん。私に向けた視線を後悔してから死ぬといい」

魔法陣が発動したと同時に興味を失ったのか、酷薄に言い残すと男は大河の横を通り過ぎて行った。

体が凍りつくような感覚に大河の喉が引き攣る。主人を追うために侍従が魔法陣の発動を止めると同時に、大河は足元から崩れ落ちた。

　意識を失う前に見えたのは、大河を支える為に手を伸ばした、セストとマイリーの泣きそうに歪められた顔だった。


『お前の無茶な魔力の使い方、危なっかしくて見てられねえよ』

　常に全力で魔力を使う大河にウィルバーは顔を顰めてそう言った。

『魔力は血みたいに一気に無くなってもショックで死ぬ事はねえが、血と同じように生命維持に必要な量が無くなったら死ぬぞ』

　今まで魔力なんか持ってなかったのにおかしいだろ？　と言った大河の疑問には、動かせなかっただけで体ん中には常にあるもんだろ、と当然の事のように言われた。

『魔力が完全に底をつけばそこから回復するのはまず無理だ。普通の人間でも難しいのに、お前の場合は魔力を送れば暴走するからな。徐々に体の熱を失って死ぬ事になっちまう。分かっているとは思うが、絶対に使い過ぎるなよ』

　珍しく真剣な表情のウィルバーに念を押され、魔力を調整出来るようになるまで討伐に連れて行ってはもらえなかった。


　くちゅくちゅと耳に響く水音に、大河は薄く目を開けた。過去の夢を見ていたらしい。

「気付いたか……」

「はっ、あ……なに……」

　大河が目を開いた事で、少し顔を離したシェイドが息を吐くように言い、いいから食えと再び口を塞ぐ。

ボンヤリとした頭で気を失う前の事を思い出せば、現状が少なからず理解出来る。シェイドは大河に魔力を与えてくれているのだろう。

自分に口付けるシェイドの顔がまるで切羽詰まっているようで、俺は実験体じゃないのか、とこんな時なのに少し可笑しくなる。

そして過去に言われたウィルバーの言葉を思い出し、多分回復は難しいだろうなと他人事のように考えていた。血のように体を巡っていた魔力が殆どなくなり、指先を動かす事すら出来ない。シェイドとのキスで送られる唾液なんて微々たるものだ。そんなものでこの状態が回復するとは思えなかった。

「埒が明かん……」

シェイドは一度唇を離すと、アイテムボックスからナイフを取り出した。それだけでシェイドがしようとしている事が分かり、恐怖が湧く。

「ダメだ……」

シェイドが自分の手を切ろうとするのを、声を振り絞って止める。ぐらぐらと酔ったように視界が覚束なく、意識を失えば次に目覚める自信がない。

「ダメだ、それ、したら、ゆるさねぇ……」

「この程度で死にはしない」

シェイドはそう言うと人差し指と中指の指先を躊躇いなく切って大河に咥えさせる。口に広がる血の味に大河は眉を顰めた。鉄臭いと思っていた血の味は何故か甘く、この上なく美味かった。

まるで自分が本当に魔物になったような気がして、大河は狼狽する。

「……んっ、く」

理性がダメだと思うのに、拒絶しようにも口に溢れた血液は飲み込むより方法がなく、抵抗出来ずにコクリと飲み込む。数回飲み込んだくらいで、体に熱が戻るような感覚があった。

漸く少し動くようになった腕でシェイドの指を掴み、止血するように握ると自分の口から離す。力の入らない手で押さえただけの指からポタポタと血が落ちて、大河の口元を赤く濡らした。

「やめてくれ、頼むから」

懇願する大河に、シェイドは珍しく戸惑いの表情を見せ、そして苦しげに眉を寄せる。

「死なせはしない」

「実験体なんだろ……、気にすんなよ」

「違う！　……いや、そうだったが、だが」

違う、とシェイドは掠れた声を絞り出した。

実験体なのにと思いつつも、そんな顔をさせるくらいには親しい人間の枠に入れてくれているのだろうかと、こんな時だというのに嬉しくなる。

以前のシェイドならこんな時見放しただろうか、そう考えて、きっと見放さなかったに違いないと思い直した。緩やかに態度は軟化していったが、シェイドの本質はずっと変わっていない気がする。

態度も表情も冷たい癖に、冷酷になり切れない男なのだ。

ずっと感情を殺す事で自分を守ってきたのだろう。

その男が今は、辛そうに眉を寄せて感情を剥き出しにしている。

「死にたくない」と大河の中にそんな感情が湧いた。今まで生きてきて、初めて込み上げたものだった。

いつ死んだっていいと、ずっと諦めたように生きていたのに。

「なぁ」

大河の小さい呼びかけに、シェイドが視線を合わせる。

「その……あん時の続き、してくれねぇ、か」

するっと、そんな言葉が出たのは、シェイドが暴走した時の事を思い出したからだ。あの時、シェイドが言った言葉も覚えている。

体液から魔力を吸収出来るなら、血や唾液以外でも効果がある筈だ。

それまで知識の無かった大河だが、流石にあそこまでされれば、あの後どういう事をしようとしていたのか想像出来る。あまりに強いインパクトを残したあの行為は、忘れる事も出来なかった。

シェイドは両目を見開いて静止した。そして何故そんな事を言い出したのか理解すると、苦々しい表情になる。

「それは、嫌なのだろう。血を飲めば回避出来る」

「血は、嫌だ……」

大河は微かに首を横に振る。

血を飲むと魔物になるようで嫌だ、それに沢山の血を一気に失って、もしシェイドに何かあれば後悔してもしきれない。

滴る血を見て大河は覚悟を決めた。未だ吐き気を伴う苦しさが全身を襲っていて、これ以上の辛い事もないだろうと考える。

「……後悔しないか」

「生きて、後悔出来るなら、望むところだ」

体の辛さをおして、大河は笑った。後悔なんて生きてなきゃ出来ない事だ。シェイドが回復魔法で自分の指を止血するのを見て、大河の瞳は安堵の色を滲ませた。

そしてシェイドが身を屈めて顔を近づけるのを、大河は初めて自ら望んで受け入れた。


どちらのものとも判別出来ない熱を孕んだ息が辺りを満たしている。

大河は甘く見ていた。

もう数え切れないくらいキスをして、お互い何度も達するところを見てしまっているのだから、慣れたとは言えなくても治療行為だと思えば乗り切れると、そう思っていたのだ。時間が経っていた事で、覚えた筈の未知の恐怖や羞恥心を忘れかけていたという事もあった。

熱を取り戻しつつあるとはいえ、大河の体温は普段からいえば随分と低かった。それでも鈍くなった訳では無い体の感覚は鮮明にシェイドの触れる場所を教える。

大河は深く口付けられ喉の奥を犯されながら、下半身ではクチュクチュと音を立てて指を出し入れされていた。以前された時の記憶が脳裏に蘇って、無意識に大河の腰が震える。

あられもなく開かれた足が時折視界に入り、あまりの羞恥心に目を閉じたが、目を閉じると今度は耳が音に辱められた。

逃げ場を無くした大河の頭の中は混乱を極めている。

「……っ、んっ」

ふやけるのではないかと思うほど絶え間なく口付けられ、息すらも覚束ない。

とろみのある液体を使った事でそれほど苦もなく入れられた指は、今は数本に増やされ、大河が反応する所を執拗に攻める。その度に力の入らない腰がひくりと動いた。

「ん……ぅ……っ、ふ、っんぁ」

口の端から抑え切れず漏れていた声が、唇を離された瞬間に喘ぎとして溢れ、大河は恥ずかしさに唇をゆるく噛んだ。

魔力不足で朦朧としていなければ、シェイドを押しのけて逃げていたに違いない。大河だけが裸にされているという状況も余計に羞恥を煽った。

そんな大河の様子を見ながらシェイドは埋めていた指を抜きその手を体の横につくと、空いた手で大河の頬に触れた。

シェイドはいつもの無表情を捨てて、苦しげに眉を寄せている。

手を頬から首の後ろへと滑らせると、シェイドは体を前に倒して大河を抱きしめるようにして耳元に顔を寄せる。

「約束を破る事になったな」

シェイドの表情とその言葉に、この状況がシェイドの意に反している事が分かる。

嫌がる事はしないと言ったあの時の言葉を気にし

ているのだろう。

「……嫌じゃねぇよ。だから破ってないぜ」

むしろ、シェイドが望んでいないのに、無理矢理こんな事をさせて悪いという気持ちすらある。大河は上げるのも辛い手をシェイドの頭に持っていくと、サラサラと滑る髪を撫でた。

シェイドが耳に顔を寄せたまま熱い息を吐く。

「タイガ……」

耳元で囁かれた声があまりにも凄艶で、大河の背中に甘い痺れが走った。

「……ぁっ」

名を呼ばれたのが初めてだと気付いた瞬間に、肉体とは違う部分でゾクゾクとした感覚が起こり、思わず声が漏れる。

シェイドは身を起こして視線を合わせると、大河の脚を抱え上げた。

熱いものが触れる感触で、勃ち上がったものが大河の後ろに充てがわれているのが分かる。いつもよりも低い体温のせいか、焼けるように熱く感じた。

何度も見て大きさは知っているが、どう考えても入る気がしなくて、自然と大河の心と体が緊張に竦んでしまう。それに気付いたシェイドは気を逸らせようと再び口付けを落とした。

呆れるほど交わした口付けで、大河の弱いところを知り尽くしたシェイドは舌を絡め上顎を擽る。そして大河の力が抜けた瞬間に体重をかけた。

熱いものが大河の奥まった場所に入り込んでくる。

常よりも力の入らない体だが、それでも襲いくる引き裂かれるような痛みに、大河はシェイドから唇を離して胸を軽く仰け反らせた。

「いっ……、っぁく！」

痛みと苦しさに咄嗟に声が上がるが、反射的に歯を食いしばってそれを抑え込む。痛みに声を上げる事は大河にとって屈辱だ。

苦痛に震える大河の姿を視界に入れながらも、シェイドは大河の腰を抱えて躊躇いなく自身を奥へと進めた。

「く……、んっ……！　っ……！」

更に深まる接合に大河は食いしばった歯の隙間から呻きを漏らす。シェイドが大河の萎えてしまったものを擦り上げ気を逸らそうとしたが、熱いものに体を貫かれる初めての感覚にのまれて、上手く意識する場所を変えられない。あまり力は入らないのに、息を詰めてしまうせいか無意識に体が緊張しているらしい。

シェイドに「息を吐け」と囁かれ、大河は詰めていた息を懸命に吐き出そうとした。

「は……っ、ぁ……ん……っ」

息を吐いた瞬間に、ぐっと一番太い部分まで埋め込まれ、その衝撃に再び息を詰めてしまう。

シェイドは小さく息を吐いて大河の体の横に手をつき、熱っぽい視線を向ける。

その目に搦め捕られながら、大河は痛みにあえぐ体をベッドに沈めて、ひたむきにシェイドを受け入れようとしていた。頭も体も目の前の男で一杯になって、他の事が考えられなくなる。

その時、覆い被さっていたシェイドの髪が乱れたのか、纏めていた銀の髪がするりと落ちた。

頭が熱に浮かされた中でひんやりとした髪が大河の頬に触れ、唐突にシェイドに抱かれている今の状況を自覚してしまう。

自覚と同時に吹き荒れるような羞恥心が大河を襲い、自分の持つ男としての矜持がぐらぐらと揺れるような感覚に痛みすらも追いやられ狼狽する。大河の性に関する感覚は一般的なもので、自分が男に体を開かれるなど、シェイドに押し倒されたあの時まで想像した事すら無かったのだ。

大河が耐え切れずきつく目を瞑ると、目元だけが赤く染まった。

「これは治療だろう。余計な事は考えるな」

大河の耳を擽るようなシェイドの声は、常の冷淡さが消えて、低く掠れている。

シェイドの言葉に幾分落ち着きを取り戻した大河は、閉じていた目を薄く開けた。

「ん、……ふ」

シェイドは身を屈め大河の口を塞ぐと、馴染んできていたものを緩々と動かす。先程よりは和らいだものの、再び痛みを感じて大河は眉を寄せた。

ちゅくちゅくと音を鳴らして舌を絡められ喉の奥に熱いものが流れてくると、何度も何度も唾液を送られまた少し魔力が戻ったのか、ぞくぞくとした感覚が這い上がり、それまで感じていた痛みが和らいだ。

体に熱が戻る感覚に、大河は軽く息を吐く。

「んっ――!!」

大河の力が抜けた瞬間を狙ったように、シェイドは自身のそれを最奥まで突き入れた。

「ッア!……く、ん……っ!」

そのまま、先程までの緩々とした動きが嘘のように、何度も激しく抽送される。

指で見つけられた一点を執拗に抉られると、先程まで感じていた痛みを超える、堪えきれない快感が全身を駆け上がった。力の入らない体はシェイドに揺さぶられるまま快楽を拾い上げる。

それでも声を上げる事に抵抗のある大河は、込み上げる愉悦を只管に歯を食いしばって耐えていた。

シェイドが大河の唇を舐めて口を開かせようとしたが、大河は嫌々と首を振って拒絶する。口を開くと酷い声を出してしまいそうだったからだ。

頑なな大河にキスを諦めたシェイドは首筋に顔を埋めて、そこに跡を残していく。

時折、シェイドが熱い息を吐くのが耳元に響いて、ゾクゾクと込み上げるような感覚に、思わず中を締め付けてしまう。大河の体に埋まった性器の質量が増したような感触の後、より一層動きが激しくなった。

大河はすっかり勃ち上がったものを擦られ、前から後から送られる快感に抗する事も出来ずに翻弄されていた。

「っく……ぅ……んっ、ん……っ！　っ――!!」

性急に追い上げられ、込み上げる熱さに訳も分からないまま大河は自身の欲を弾けさせた。

それと同時に体の内側に熱いものが注がれる。シェイドが自分の中で達したのだと気付いて、内側を汚されるような感覚と酷い羞恥が大河を襲った。

「はぁ……ぁ、ちぃ……」

腹の底からジワリと熱くなっていく体に、無意識にお腹に手を当てて呟く。血よりも魔力が濃いのかと感じるほど、指先にまで熱が戻っていくのが分かる。

体に力は戻ってきたが、それでも魔力量はまだまだ足りない。

荒く熱い息を吐きながらシェイドを見れば、いつもの冷淡な表情と違い少し息を乱しているシェイドの目や表情があまりにも情欲的で、視線が合うだけで甘い痺れが腰を震わせた。

視線が合うとシェイドは目を細め、大河の目にかかった前髪を横に流して指先で頬を撫でる。その仕草があまりに優しくて、痛いほどに大河の心臓が脈打った。

ああ、好きだな。

自然とそう思って、自分自身から湧き出た言葉に大河は激しく狼狽した。

唐突に目を見開いて硬直する大河に、シェイドは不思議そうな表情をしつつも、頬を撫でる手はそのままだ。

好き……？　俺が、シェイドの事を？

……好き、なのか。何度も繰り返し自問自答した後に、ストンと収まるようにその言葉が心に嵌る。

その瞬間ぶわっと込み上げた感情に、大河の頬が赤く染まった。

魔力が戻った事で血流が良くなったせいか、顔だけじゃなく全身が赤くなっているような気さえする。

「……っ、どうかしたのか？」

思わず体に力が入り、シェイドのものが入ったままなのを感じて、更なる羞恥が大河を煽った。

突然、中を締められた事でシェイドは息を詰め、大河の様子を訝しげに見つめる。

不意に自覚した自分の気持ちに戸惑い、呆然とシェイドを見ていたのも束の間、腹の底から寒気にも似たものがゾクゾクと体を這い上がった。

「っ……んぁ……！」

覚えのある感覚は口から魔力を摂取した時のようだが、それよりもずっと激しい。腹の底から込み上げる熱で、体が急激に熱くなっていくのが分かる。

思わず漏らした声は、自分が上げたのが信じられないほどに艶がのっていた。

度重なるキスで、魔力を喰うには快感が伴うらしい事は分かっていたが、ここまでのものは感じた事がない。

「く、ん、はっ、あ……！　っ……ぁあ！」

あまりの事に先程までの思考が吹き飛び、自分の意思とは無関係に起こる体の変化に、歯を食いしばり身をよじって耐えようとした。だが、先程までは歯を食いしばれば声を抑えられていた筈なのに、全く上手くいかない。

閉じる事が叶わなくなった唇から自分のものとは思えない嬌声のような声が溢れて、訳の分からない恐怖に瞳が震える。

そんな状態だというのに、出したものを内側にこすりつけるように緩々とシェイドが抽送を再開した。

「んぁっ……なにっ、やめ……っ！　ぁっ……！」

先程とはまるで体が別物になったように、強烈な快感が背筋を駆け上がり大河の腰を戦慄かせる。

「魔力が戻ってきたようだな。だが、まだ足りないだろう」

先程果てたばかりの大河自身も再び勃ち上がりシェイドの服を汚している。

シェイドは緩く腰を動かしたままシャツを脱ぎ捨てると、緩慢な動作で再び大河に覆い被さった。シェイドの鍛えられた体が露わになり、その腕を大河が縋るように掴む。

「お前の中に魔力が満ちるまではやるぞ」

熱に浮かされた頭ではその言葉の意味にすら気付く事が出来ない。

緩々とした動きですら刺激になって溶けた頭では何も考えられず、無意識に力が入った爪がシェイドの腕に食い込んだ。

それを肯定と取ったのか、シェイドは大河の腰を掴んで思い切り打ち付けた。

「ぁア、ッ────!!」

抑える事の敵わなかった悲鳴に似た声が喉をつく。目の奥がチカチカとするような衝撃に、大河は胸を晒し弓なりに仰け反った。

こんな感覚は知らない。知りたくもないと思うのに、自分の体も意思も言う事をきいてくれない。

「っ、ぁ！　んんっ、……ゃ、あ」

過ぎた快楽に爪を立てていた手を取り上げられ、手のひらに舌を這わされたと思うと、ちゅっと音を立てて吸い付かれた。それすらも頭の奥が痺れるほどの快感に変わる。

シェイドが腰を打ち付けながら、唇や指で与える愛撫に、面白いように大河の体は反応した。柔らかく解れた肢体はどこを触られても感じてしまう。

「は、あっ、……ぁ、っあぁ……っん……ぁ！……っ！」

断続的に繰り返される抽送に押し出されるように止め処なく声が漏れ、意思とは無関係に突きつけられる快感に翻弄されて、徐々に大河の理性も羞恥心も全て溶かされていく。

シェイドが身を屈めて口付けようとした時には、大河は陶然とした表情のまま無意識に口を開いて自分から求めていた。

そして甘く熱い地獄のような時間は、大河の魔力が満ちるまで続いた。

手の甲に触れる敷布がひんやりと冷たい。

目覚めたばかりの未だに夢にいるようなふわふわとした感覚の中、大河はぼんやりと指先を見ていた。

体中の酷い疲労感で、指先ひとつさえ動かすのが億劫だ。

シェイドは部屋におらず、随分前に離れたのか寝ていた筈の場所からは熱を感じない。

どうにか瞼だけを上げた状態で暫くそうしていたが、意を決したように身を起こした。体の奥に響く鈍痛が自分の身に起こった事を再認識させ、思わず頬を赤くして手元の布をぎゅっと握りしめる。

熱に浮かされていた間に忘れていた羞恥心が、今頃になって襲ってきたらしい。意識するとシェイドが触れる感覚や自分を見つめる視線まで鮮明に思い出してしまい、自分の痴態まで思い出しそうになって大河は頭を振った。

治療という名の行為は、時間の感覚すら無くなるまで続いた。

当然途中からは食事をしたり睡眠をとったりもしたが、それ以外ずっと体を繋げていたんじゃないかと錯覚するほどだ。治療目的とはいえ、正確な日数が分からないのだから自分でも呆れ果てる。

魔力は全快したが、普段使わない筋肉を酷使したせいか起き上がると体中が軋んだ。服を着るのすら億劫で、大河はシャツだけを着た状態でぺたりとベッドに座り込む。

死なない程度の魔力回復に止まらず、まさか数日かけて限度いっぱいまで魔力を注がれるとは思っていなかった。

色んな意味で常人とはかけ離れていると大河は思うが、とはいえ、命が助かったのだからシェイドには感謝している。

　寝ぼけていた意識が徐々に覚醒してきて、大河は目元に手を当て俯いた。

　自覚した自分の気持ちを思い出したからだ。

　まさか自分に男を好きになる日が来ようとは思いもしなかったが、すんなりと心の中に収まった気持ちは、まるで以前からそこにあったような気さえする。

　幼い頃に女の子に淡く惹かれたくらいしか恋愛経験が無い大河は、特別に好きだというだけでこれは恋愛感情では無いのでは、と思わなくもない。それでもやはり、ウィルバーやテオ達に対する感情とは違う事くらいは判断出来た。

　どれだけ親しくしようとも、彼等と肌を合わせようとは思わない。そう考えれば、抱きしめられ触り合った時に嫌悪感がなかった事が既におかしかったのだと今更ながら気付いた。


　暫くすると扉が開いて湯浴みをしてきたらしいシェイドが乾ききっていない髪のまま戻ってきた。手には木のトレイにのせた食事を持っている。

　湯浴みを羨ましく思ったが、大河の体はシェイドが拭いてくれたらしく気持ち悪さは無かった。この数日間、部屋に誰も入れる訳にいかないからか、シェイドは甲斐甲斐しいほどに世話を焼いてくれていた。

「体の調子はどうだ」

「っ、も、う平気、ぽい……」

「そうか」

　シェイドを見たせいか、行為で晒した自分の痴態が脳裏に蘇り、大河は頬を赤くして思い切り吃ってしまった。声は酷使したせいで掠れている。

　反対に無表情で話しながら平然とテーブルに食事を置くシェイドは、思っていたよりもずっと普段通りで大河は拍子抜けした。

　体に残る違和感が無ければ、全てを夢だったかと疑ってしまいそうなほどだ。

「動くのは辛そうだが、魔力は戻ったようだな」

「あぁ、その、迷惑かけて悪かったな……」

　常に広げられていたせいか未だに尻に何か挟まっているような違和感と、体中の倦怠感はどうしようもないが、大河の魔力は全快だ。

　シェイドには助けられたが、抱かれた事に礼を言うのは躊躇われて謝る形になった。以前シェイドが衝動に駆られた時の経緯があるとはいえ、無理矢理させた事に対する罪悪感もあった。

「セストが随分と心配していた。後で顔を見せてやれ」

「ん。セストさんやマイリーにも悪い事したな」

　大河がそう零すと、お前に非などないだろうとシェイドは溜息を吐いた。

　テーブルにトレイを置いてからも、シェイドは座る事なく大河と距離を置いている。その事に少し違和感を覚えた。そう思うくらいには心も体も距離が縮んでいると、思っていたのかもしれない。

　そのまま目を伏せて、シェイドは視線を合わさなかった。

　二人の間に暫く沈黙が落ちる。

「……体が回復したら、お前は師匠の所へ戻れ」

　何事もないように淡々と告げられたせいで、大河は一瞬何を言われたのか分からなかった。

「え？」

「冒険者ギルドだったか、そこへ戻れと言ったんだ」

　唐突な解放宣言に、頭が追いつかない。

　ここにきて急にそんな事を言うシェイドの意図が全く分からず、大河は混乱した。

　狼狽する大河を余所にシェイドの表情は少しも変わらず、あくまでも冷ややかで突き放したような声だった。

　少し前まで熱を交わしていた人間とは別人のよう

にさえ感じてしまう。

「……なんで？」

「嬉しくないのか？　帰りたがっていただろう」

思わず出た言葉は、自分でも驚くほどに幼稚だ。自分でものを考えられない者が出すような問いだが、実際、混乱状態の大河はそれと違わなかった。

「そ、だけど……」

「……実験体としての役割は終わった。もう調べる事はない」

そんな話は初耳だ。

にべもなく言い放ったシェイドを、大河は見つめた。漸く合った目を注意深く見ても、相手の感情は全く見えない。

突き放すシェイドの言葉と態度に、もういらない、と言われているのだと自覚して体の熱が引くような感覚に陥った。

「これ以上、ここにいる必要は無い」

冷淡な声は縮まったと思った距離が錯覚に感じるほどに冷たく、出会ったの頃のシェイドに接しているようだった。

死にかけたりして迷惑をかけたからだろうかという考えなどが過ぎったが、混乱したままの大河は理由に思い至らない。

ただひとつ分かる事は、実験体だと言われてこの部屋に置かれていただけの大河には、帰れと言われて抗う術はなく、そして理由を本人に問い質すなど、そんな縋るような真似が大河には出来なかった。

「……分かった」

内心では取り乱していた筈なのに、思ったよりずっと冷静な声で答えられた。

返事を聞くと、再び視線を逸らしたシェイドは、それ以上話す事は無いとでも言うような様子で部屋を出て行く。

扉が閉まる瞬間に、大河は蹲ってシーツに顔を埋めた。

「なんなんだよ……」

色んな事が起こり過ぎて、頭も心も体さえも限界だ。考える事さえ億劫になり、大河は思考を手放す。呟いた声は薄い布が吸い込んで、どこにも届かなかった。

皺のよった温かい手が大河の両手を強く握りしめる。

身なりを整えて部屋からセスト達を呼んでもらうと、息を切らした二人が部屋に駆け込んできた。

「よう、ございました……本当に、」

「わたしっ、何も……っ、わたし……」

目を潤ませて言葉を詰まらせながら話すセストとマイリーは、大河の無事を顔をくしゃくしゃにして喜んでくれた。

当然、シェイドから命の危機を回避した時点で聞いていたそうだが、それでも顔を見る事で漸く心から安心出来たのだと嬉しそうに話す。

二人を見ていて、離れ難い思いと寂しい気持ちが胸を占めていく。

貴族区域に庶民は出入り出来ない為、ギルドに戻れば滅多な事では会えなくなる。

帰りたいという気持ちも勿論あるが、いつの間にかそれと同じくらいこの場所が好きになってしまっていた。

ここから出て行く事になったと大河が告げると、マイリーは驚いた後にそんなの嫌ですと言って取り乱したが、セストはただ目を伏せただけだった。

「セストさんが送ってくれるって。体調も回復したし、明日ギルドに帰る」

あれ以来シェイドは殆ど部屋に戻ってこなかった。

また王宮に呼び出されているのか、討伐で出かけているのか、セストに聞いても言葉を濁すだけだった。

漸く戻ってきたシェイドにそう声を掛けると、視線を合わせないまま、そうかと静かに呟いた。

つい先日、混じり合うほどに近くにいると感じられた存在が、今はどこか遠く感じる。

あれだって治療目的で、シェイドの望んだ行為でなかったのだから当然かもしれない。一線を越える前にも処理目的で触れ合ってはいたが、大河とシェイドは恋人のような関係ではなく、あくまでも研究者と実験体という関係だ。

大河自身が気持ちを自覚したとしても、それは変わらない。

「また……ここに来てもいいか……？」

望んだ行為でなかったとしても、助けようとしてくれたシェイドが自分を嫌っているとは思えなくて、せめてまた会えたらという気持ちから大河は勇気を出してみた。

大河の言葉にシェイドは顔を上げて視線を合わせる。久しぶりに合った目は相変わらず綺麗な色だが、無感情だった。

「……ここへは二度と来るな」

強い言葉で発せられた、完膚無きまでの拒絶。

無表情に言い放たれたそれに、シェイドの意図が知れるかもしれないと考えていた甘い思考も全て凍結した。

大河は自覚した感情を心の奥底に封じて厳重に鍵をかける事にした。そうしていれば、そのうち忘れられる。

王女との結婚が避けられたとしても、貴族のシェイドがそう遠くない未来、女性と結婚して子供を作る事は変えようの無い現実だ。愛人だとか、そんなものに収まりたいなんて、大河は死んでも思わない。

そう考えていた大河は自覚した瞬間、土俵に立つ前から棄権していた。

最初から言葉にするつもりの無かった感情を仕舞

い込むのは、息をするように簡単な事だった。

日の光が眩しく、じりじりと肌を焼く。

久しぶりに出た外は、火の季節という名前に負けない暑さだった。

魔獣討伐の時には感じなかった暑さが不思議でついそのままを口に出すと、隣にいたセストが、シェイド様が一緒の時は周りの気温を調節されていたのでしょうと言って苦笑した。

やはりあの男は規格外だと、大河もつられて少しだけ笑いが込み上げる。

ギルドへはセストが付き添い、獣車で送ってくれた。

「タイガ……!?」

「帰ってこれたのか！」

「おい！　誰かウィルバーさんに報告！」

扉を開けると、ギルドは大袈裟なほどに沸いた。

いつもの定位置にテオやエドリクがいて、他にも見知った顔の冒険者達やギルドの職員が驚いた顔で扉の方を見た後、笑顔で迎え入れてくれる。

「うぉおお！　タイガー!!　心配してたんだぜ！」

「わっ！　テオ苦しい！」

「おいテオ、抱き潰すなよ。帰ってこれて良かったなタイガ」

「ありがとな、エドリク」

テオに思い切り抱きしめられ、エドリクにグリグリと撫でられて、多少の面識しか無い冒険者にも、お前いないとウィルバーさんがすげー面倒くさかったんだからな、と小突かれて大河は揉みくちゃにされた。

「誰が面倒くせえんだよ」

低い聞き慣れた声のした方へ顔を向けると、ウィルバーが仏頂面で立っていた。

「う……だってウィルバーさん、酒飲んだらタイガが帰ってこねえって煩かったし」

「んな事言ってねえ」

「えー」

冒険者達と言い合うウィルバーは相変わらず子供っぽい。懐かしいような気分が込み上げて、大河は綻ぶように笑った。

「よく帰ったな」

「ん……」

照れ臭くなった大河が短く返事をすると、テオに大河を放させてウィルバーはいつもしていたように、クシャクシャと頭を撫でた。

その後は「祝いだ！　俺が奢る。ギルド中の酒を出せ!!」とウィルバーが叫ぶように言い放ち、後はお祭りのような騒ぎになった。

その様子をずっと黙って見つめていたセストは、ウィルバーを呼び止めて何事か話をした後、大河に別れの挨拶をする。

「セストさんも、一緒に飯食って……」

もう少しだけでも一緒にいられないかと食事に誘ったが、いえ、と短い言葉で断られた。

「……どうかお元気で」

それだけを残すと、セストは一礼してギルドから出て行ってしまった。

あっさりとした別れに大河は肩を落としていたが、周りが大河を輪に引っ張り込み、酒を勧めて騒ぐせいか込み上げていた寂しさが少し和らいだ。


「この依頼はどうだ？」

「それ遠過ぎねぇ？　アラバントって大陸の方だよな。そこまでの護衛て何日かかるんだ？」

「片道で二十日から三十日くらいか」

「ギルドマスターがそんなにギルド空けらんねぇだろ」

ギルドに帰った次の日から、早速大河は仕事をするためにウィルバーと並んで、壁に貼られた依頼を選んでいる。

　昨日のお祭り騒ぎで皆飲み過ぎたせいか、ギルドに冒険者の姿は少なかった。ウィルバーは相当酒に強いのか、あれだけ飲んだにも拘わらずケロリとしている。大河はと言うと酒には弱いが後に引かないタイプのようで、同じように平然と依頼書を見ていた。

「俺は行けねえな。タイガ一人でってのは流石に心配だが、テオやエドリクなんかと組めばもう俺がいなくても依頼は受けられるだろ。明日にはアラン達も帰ってくるだろうし、そっちと組んでもいい」

「……」

「他国を見るのも、経験になるぞ」

　ギルドに帰ってすぐにそんな提案をされると思っていなかった大河は、何か違和感を感じてウィルバーを見る。

「俺、ここにいない方がいいのか？」

「っ、んな事言ってねえだろ……」

　じっと目を見つめて直球の質問をする大河に、ウィルバーは吃って目を泳がせた。

　乱暴に自分の頭を掻くと、諦めたように溜息を吐いて近くにあった椅子にどかっと腰をおろした。

「はぁ。タイガ、お前こないだ死にかけただろ。王族にも目をつけられてるみてえだし、この国はお前にとって安全じゃねえ」

　膝に腕を乗せて前のめりになると、ウィルバーは真剣な表情で大河を見据える。

「なんで、知ってんだ？」

　まさか知られていると思っていなかった大河は少なからず驚愕する。パチパチと目を瞬かせる大河に、ウィルバーはバツが悪そうな顔をした。

「あー……。前に渡したろ、腕輪。お前が危なくなったら知らせがくる魔法陣が描かれてる」

「は？」

　そう言って持ち上げたウィルバーの腕には、以前シェイドと一触即発になった時に渡されたのと同じような腕輪が付けられていた。

その言葉に驚いて自分の腕に嵌(はま)っているものを繁々と見つめる。昨日セストと話していた時に死にかけた事を聞いたのかと思ったが、違ったらしい。

「つっても、対になってる腕輪が赤く光るくらいで詳しい状況も分からねえがな。こないだそれで、クロフォード家のお邸に特攻したんだよ。戦闘覚悟で行ったが、執事が状況を教えてくれてな」

「……状況って」

「あ？　なんか公爵のクソ野郎が拷問用の魔法陣使った事とか、シェイドが治療してるとかって。それ以上詳しくは教えてくれなかったな。会うのは無理だって言われて一日粘ったくらいで無事が確認出来たから退(ひ)いた」

安全な状態になったら光が消えんだよ、と自分の腕輪を指差した。

ウィルバーは忌々しげに言うが、大河はセストの対応に感謝する。あんな状態の時にウィルバーに会える筈(はず)が無い。

「でも、貴族区域なのによく入れたな」

「そらお前……家は出ちまってるが、俺も一応貴族の出だからな」

「……似合わねぇな」

「うるせえ」

ウィルバーが貴族、と似合わなさに驚愕しつつも、目の前の粗野な男に名字があった事を思い出す。貴族だとかに全く興味が無く、気にした事が無かったのもあるが、この野生的な男が貴族に見えな過ぎるのも原因だと大河は思う。裸で魚を獲る貴族が他にいるとは思えない。

先程の言葉から考えると、王女との一件も聞いたのだろう。そして公爵にされた一件とを考えて、国を出る事を遠回しに打診されたのだと理解した。

だからといって大河の性格上、じゃあ行ってくるとはならない。

「一人で逃げるみてぇのは嫌だ」

「お前なあ」

口を尖らせて言う大河に、ウィルバーは呆れた表情をする。

「退却も戦術のひとつだ。恥じ入る事はねえよ」

ウィルバーらしい言い回しの説得に、大河はぐっと唇を噛んだ。

「……離れたくねぇ」

「……」

誰と、とも、どこから、とも明言しなかったが、ウィルバーはこめかみを押さえて肺が空っぽになるのではと思うほど深く溜息を吐いた。

大河の頑固さは身をもって知っているからだ。

「……ったくお前は。なら十分に気をつけろ。依頼の時もだが、一人で行動はするなよ」

「街では別にいいだろ」

「約束出来ねえなら、ギルドマスター命令でアラバントまでの護衛依頼だ」

そこまでする必要ねぇのに、と唇を尖らせる大河に、ウィルバーは担いで連れ歩いてもいいんだぜ、と脅しをかけた。これ以上の譲歩はしないと目が語っている。

「……分かった」

以前の魔法訓練でウィルバーに担いで運ばれた恥ずかしい記憶が蘇り、大河は顔を青くしてから神妙に頷いた。


森の木々がザワザワと風に揺れて音を立てた。

植物が多いお陰か、多少なりとも標高が高い為か、暑さは幾分マシだ。

だが装備のせいで暑苦しい。隣にいる中装備のテオはすっかりバテた表情で、先程から暑い暑いと煩かった。装備に冷却の魔法を使えば和らげられるが、普通はそんな事で魔力を消費する訳にはいかない。

装備どころか周りの温度を変えていたシェイドがおかしいのだ。

「ちょっと休憩するか？　情報にあった洞窟まであとちょっとだと思うけど」

「洞窟の方が涼しそうだし、我慢するわ……」

アランが振り返って提案すると、テオは酷い顔のまま覇気の無い声を返した。

採掘場近くで頻繁に出る魔物に襲われ負傷した鉱員からの討伐依頼で、今は鉱山の奥の森に来ている。

ギルドにも指名依頼というものが存在するためエドリクやブレイデン、ケイラは別の依頼を受けていて、今回はあぶれたテオとアランが大河に付き合ってくれていた。

ウィルバーも来ようとしていたが、流石にこの程度の依頼に戦力過多だと、フロイドに捕まってギルドの仕事をさせられている。

先程から襲い来る魔物を難なく伸して、大河はといえば絶好調だ。

舞うように魔物を倒していく大河の姿を見て、テオは俺も軽装に替えたいとぶつくさ言っており、お前があの装備じゃ死ぬぞとアランに真面目に返されていた。

「あの洞窟じゃないか？」

「あ？　あれ？　なんか聞いてたのと違うような気がするけど」

魔獣を倒した事で必然的に森を掻き分けた大河が、視界に入った洞窟を指差す。アランが依頼の用紙を取り出して、こんな岩壁の隙間とは書いてないんだけどなと呟く。

「これだろ！　これだって！」

暑さに限界のテオは考える事を放棄して洞窟に足を向けた。

岩壁が割れたような隙間にある洞窟は人が二人並ぶのが精一杯の狭い入り口だった。覗き込むと中は当然真っ暗だ。テオがさっさと手元に光魔法を灯し洞窟に足を踏み入れたので続いて大河も入ると、中は結構広かった。

洞窟では魔物に襲われる危険と天秤にかけても光魔法を使うのが常識らしい。炎は洞窟探索には向かないよな、と大河は自分の腕を見た。

「何がいるか分からないんだから、ちょっとは躊躇しろよお前ら」

いい意味でも悪い意味でも物怖じしない二人を連れて、アランは少し疲れ気味だ。

「見たとこ何もいないな。奥まで行ってみるか。情報が確かなら、洞窟に巣があるんだよな」

「急に元気になりやがって」

岩で出来た洞窟内は外と違い随分と涼しく、急に元気になったテオは探索を楽しむ余裕が出てきたらしい。

光魔法が使えない大河は、テオやアランの灯す明かりを頼りに辺りを見渡してみる。入り口からは想像がつかない広い空間の先に、道があるようだった。

「タイガ、光魔法使わないのか？」

「俺、使えねぇんだけど」

「は？　なんで!?」

アランに驚かれたが答えようがなく、素直に闇属性だからと言ってしまいたくなる。

返答に困っていると、テオがアイテムボックスから小さい水晶を取り出して、光魔法を込めてから大河に渡した。

「タイガは色々と変わってるからなー。これ使え、一時間くらいは保つと思うぞ」

「ありがとな」

水晶を有り難く受け取ると、淡い光が辺りを照らしてくれる。懐中電灯のような先に伸びる光ではないが、暗闇の中で光を持ってるだけでも安心感が違った。

『……漸くか』

辺りを見渡しながら、先を進むアランとテオの後を追いかけていると、どこからか声が聞こえた。

低くも高くもないそれは誰の声とも判別出来ず、

大河は首を傾げて二人に視線を向ける。

「何か言ったか？」

「？　言ってないけど？」

少し先を歩くテオと横に並ぶアランが、大河を振り返って不思議そうな顔をした。

気のせいだったかと足を進めていると、暫くして分かれ道に差し掛かった。目印になりそうなものも何もなく、道幅も変わりないそれは判断に困る。

『右だ』

暗い中に水晶を差し出し道の先を覗き込みながらどちらに行くか迷っていると、再びどこからともなく声が聞こえた。

「右なのか？」

「何言ってんだ？　タイガ」

「いや、今誰か右って言ったよな？」

再び聞こえた声に反応して大河が思わず口にすると、一瞬の沈黙の後、アランが身震いした。

「や、やめてくれよ！　亡霊とかそういうのじゃないよな？」

「……！」

霊という言葉に大河もビクリと身を竦ませる。小さい頃に見た映画がトラウマで、大河は未だにホラーの類が苦手だ。怖いなど絶対に口にはしないが。

「ははっ、そんなのいる訳ないだろ。大河が右ってんなら右行ってみようぜ！」

二人とは対照的に、テオは平然と言ってのけると軽快な足取りで進んでいく。大河は強がり、アランは仕方なくテオの後に続いた。

右の道を進んでいくと、妙な置物の類が道の端の其処此処に置かれていた。明らかに人工物だが、魔物を象っているらしいそれは、見るからにおどろおどろしい。

「何だよあれ！　絶対ヤバイって！」

アランが取り乱し大河の背中に掴まった。プライドが邪魔しなければ、大河も前を歩くテオに掴まっていたかもしれない。

「うわ、すっげ」

驚愕に声を上げたテオの視線の先、奇妙な道の先には大きな空洞があった。

ドームのような天井の下は湖で真ん中にだけ浮島のように陸地があり、細い道で繋がっている。それまで真っ暗だったにも拘わらず、どこからか光が漏れているのか、薄暗いながらも淡く全体が光っている。水色の水面が綺麗だが、真ん中にある魔物の像があまりにも異質だ。岩を削って作られたらしいそれは、ドラゴンや蛇や獅子などが混ざり合った歪なものだった。

「これ、闇の神殿じゃないか……？」

「俺、初めて見た」

「邪教だしな、人の来ない場所にしか作らないだろ。俺も初めて見た」

二人の会話が遠くに聞こえるほど、大河は神殿らしいその場所を見つめていた。こちらの宗教に馴染みのない大河には、純粋に綺麗な場所に見える。

『……まったく、随分と待たせるものだ』

その時、低いような高いような不思議な声が頭に響くと、大河の意識はストンと落ちるように無くなった。


『漸く話せる。闇の神殿が少な過ぎるのだ』

「誰だ、あんた」

急に洞窟と違う真っ暗な場所で目が覚め、近くにいた筈のアランやテオもいない。

仲間をどこにやったという意味の威嚇を込めて、大河は暗闇の中にいる何かを睨みつけた。霊の類は苦手だが、会話出来るものは怖くない。

『この私に喧嘩を売るか。ふふ、目つきがよう似ている』

「誰だって聞いてんだよ、あいつらをどこにやった」

『そう怒るな。連れは傍におるよ。現状お前は夢を見ているようなものだ』

暗闇の中にいたものが少しずつ形を作って人のように見えてくる。明るくもないのに、見えるのが不思議だ。

『転生者だからといって、通常は神託などせんようだが、お前は少し特殊でな』

「神託？」

特殊という点には心当たりがあるので大河は驚かないが、神託という言葉には引っ掛かった。目の前の存在は神だとでもいうのだろうか。

『私がお前の体を作ったのだ、崇め奉れよ』

笑いを含んだ声はやはり低いのか高いのかも分からず、女とも男とも判別がつかない。

冗談のように信じ難い事を言う存在を、大河は胡乱な表情で見つめた。

「意味分かんねぇ」

大河の放った一言に、黒い存在は、それもそうだ少し説明してやろうと仰々しく宣った。

『説明すると長くなるのだが』

訝しげな大河を余所に、目の前のそれは話を続ける。

その話によると、光属性の人間は光の神が、そして闇属性の魔物は闇の神が司る。光の者が死ぬと、その魂は闇のものとして生まれ変わり、次はまた光へと巡っていく。だが、この十数年で光の者達が死に過ぎた。魔力もそれに伴いバランスが崩れ、闇の力が強くなり、このままでは百年以上前に勇者が倒したという凶悪な魔物以上のものが生まれそうだった、らしい。

だからこそ、光の神は召喚された者に体を作ったのだろうと、目の前の存在は言う。

『私は、余った闇の魔力で何か別の物を作れないかと、異世界の清廉な魂に体を与えたのだ。魔物でなく人を作るというのは想像以上に難儀で、随分と余分な魔力が使えて大いに助かった』

「……」

闇の神は、魔物に変わろうとする魔力を他に向ける事で世界のバランスを保とうとした、という事だ。大河は痛くなりそうな頭を働かせてなんとか理解する。

『まあ、それがお前なのだが』

「はあ!?」

『元より召喚では二人だけが呼ばれる予定だったのを、私が無理にお前も呼んだのだ』

唐突に自分に矛先が向き、他人事のようにぼんやり聞いていた頭が覚醒する。そんな廃棄物を処理するような理由で闇属性に転生させられたとは思ってもみなかった。自分が闇属性である理由に特に何の期待もしていなかったが、とんでもなく酷い種明かしだ。

とはいえ、それほど困っている訳でもなく、転生していなければ死んでいたと考えれば、呑気にもまあいいかと大河は思ってしまう。

『お前に体を与えた際に、魂に寄り添っていた両親が烈火の如く怒ってなぁ。その時、母親にお前と同じような目で睨まれたわ。闇属性は変えられないと言うと、随分と無理難題を突き付けられた』

明かされた事情を雑に呑み込んでいた大河だったが、両親という言葉に勢いよく顔を上げた。

「父さんと母さん、いるのか?」

『いや、この世界に連れて来られる魂は召喚された本人のものだけだ。両親の魂は彼方の世界におるよ』

「……」

会えると思った訳ではないが、それでも落胆してしまう。大河は肩を落として、そっか、と目を伏せた。

『だが、ギフトは両親の物だ。怒りを収めるために彼等の生前持っていたものであればひとつだけ、魔法で再現してやろうと言ったのだが』

「……条件ありって書いてて何も分からなかったけど」

『異世界のものはよく分からんのでな、再現に時間がかかりそうだったから、条件を付けさせた。だが条件を決めたのはお前の母親だよ。まあそのうち分かるだろ』

ステータスにあったギフトは両親から。嬉しさに大河の目がキラキラと輝いて、無意識に表情が緩んだ。

その事に気を良くしたのか、目の前の存在は息を漏らすように小さく笑う。

『人を作ったのは初めてだが、愛らしいものだな。ひとつ望みを言ってみるといい』

「望み……?」

『私が現世に対して出来る事は限られている。叶えてやれるかは分からんがな』

望みと言われて、大河が思い浮かんだものはただひとつだった。

「だったら、魔法陣を消す方法を教えてくれ」

『魔法陣、か。悪いがそれは無理だ。魔法陣とは私らが使う魔法とは全く性質が異なる、人の手によって作られたものだからな』

「そっか。じゃあ特に思いつかねぇし、何もいらねぇよ」

大河があっけらかんと言い放つと、黒いものは、ふむ、と声とも言えない音を出した。

『欲の無い事だな。なら少し使える魔法を増やしてやろう』

「光魔法なら欲しいけど。こっち電気無いし」

『前言撤回をさせるな。光魔法をやれる訳がなかろう』

さて、そろそろ現実に戻してやらねばな、と聞こえたと同時に目の前の暗闇が薄くなる。

『ああ、忘れるところだった』

何かを思い出したような声が、薄れる意識を追いかける。

『憎しみや闇に囚われると魔物になってしまう事も考えられるから、気をつけるのだよ』

意識が途切れる瞬間届いた言葉に、驚愕を通り越して怒りが込み上げた。

「――――今言う事かよ!!」

「うわ！　ビックリした」

「寝言か？　今の。いきなり寝たと思ったら驚かすなよ」

気付くと大河は元いた洞窟で、テオに抱きかかえられていた。

唐突に戻された意識に思考が付いて行かず、大河は目を見開いて数度瞬く。急に寝こけた大河を扱いかねて、洞窟の探索を中断して起きるのを待ってくれていたらしい。

「え……あ、悪い？」

「起きたんなら、こんな気味悪いとこ早く出ようぜ」

「多分洞窟違いだろ。こんな場所あったら情報に入れない訳ないしな」

夢でも見ていたのかと先程の事を思い返しながら、大河は二人に倣って立ち上がった。

神だと言う存在の最後の一言を考えれば、夢であって欲しい。


場所を間違えていた事が分かれば、依頼自体はそれほどかからずに達成出来た。

闇の神殿のあったような奥まった洞窟でなく、目的の場所はもう少し分かりやすい所にある大きな岩窟(がんくつ)だった。

蜘蛛(くも)の魔物がわらわらといたが、大量にいるという見た目の破壊力とは違い強い魔物ではなく、三人で楽々と片付けられた。

街に戻ると、汗だくになったテオが浴場に寄っていこうと誘うのでアランと大河はその誘いに乗る。

貴族の家でもなければ風呂(ふろ)の付いている家というのは滅多にない。大抵が水捌(みずは)けの良い小さな部屋があるだけだ。そこで水魔法や井戸で汲(く)んだ水を使って体を清めるくらいだ。

その為、街には公衆浴場が点在する。水魔法と火魔法に長けた者達が魔法陣も使って運営しているので常に温かい綺麗な湯が使えて、街では人気の施設だ。

大河は利用した事が無かったので、正直テオの誘いは嬉しかった。

料金を支払って施設に入ると、脱衣所には壁に沿わせるように設えられた細長いテーブルと、所々に乱雑に置かれた椅子があるだけだ。荷物はアイテムボックスに入れるか、スキルを持っていないものは受付で渡される袋に入れて預ける仕組みらしい。

脱衣所とはいっても、浴場との境に扉も何も無いので大きな風呂に人が入っているのが見えている。

大河が物珍しい異世界の銭湯に興味津々で辺りを見回している間にも、テオとアランはさっさと鎧を外していた。端のテーブルは装備を一旦置いておく為のものらしい。

「どうした？　浴場なんて珍しいものでもないだろ？」

「タイガは他の国から来たから珍しいんじゃないか？」

「そう、だな。俺のいた国とはちょっと違ったから」

特に隠しておきたいとも思っていないが、なんとなく機会を失ってウィルバー以外に異世界から来た事は知られていない。

大河は二人に倣って装備を外し始めた。二人ほど複雑でないので簡単に脱ぐ事が出来る。パチリパチリとグローブの鉄の留め具を外してから、上半身を覆う装備のベルトを外した。

テオは重そうな鉄の胸当てをテーブルに置いて、肩が凝ったのか腕をグルグルと回していて、アランは上半身を晒して装備の傷を確かめていたが、大河が装備を脱いだ事で二人の視線は何故か大河の体に集まった。

一瞬の間を置くと、驚愕に目を見開く。

「……!?」

「おま、それ」

　二人が驚愕の表情で自分を見た事で、不思議に思い自分の体を確認すると、肌に沢山の鬱血の跡が残っていた。数日前にシェイドにつけられたものだが、完全に失念していた。

　随分薄くはなっていたが、魔力回復で消える度に付け直されたそれは体中に残っている。

「こ、これは、虫っ、虫刺されだ！」

「……森で全裸にでもなったのかよ」

　致命的に嘘が下手な大河が顔を真っ赤に染めて誤魔化そうとしたが、アランは全く納得していない顔で冷静な指摘をした。

　そしてアランは何故か少し頬を赤くするとこめかみを押さえて溜息を吐く。

「それ、ウィルバーさんにはバレないようにしろよ」

「ウィルバー？　なんで？」

「あの人、お前の事息子か娘みたいに思ってるとこあるからなぁ。そんなん見たら相手殺しに行くんじゃないか？」

　アランの言っている意味が分からず、娘ってなんだよと大河は顔を顰める。ウィルバーがそんな風に思っている筈がない。

「つーか相手って、まさか……まさかだよな？」

「虫だって言ってるだろ!?」

「はいはい。虫ね」

　アランの呆れた視線に耐えかねて、大河は目を逸らした。自分でも誤魔化しに無理があるのが分かっているからだが、流石にこればかりは本当の事を言える訳もない。

「テオは何凝視してんだよ。……そういやお前、大河にプロポーズした事あったな……」

「いや、俺基本女の子大好きだし、あん時は半分以上冗談だったんだけどさ。タイガがどんな顔で抱かれたのか考えたら、結構クルっていうか……むぐっ」

　言い終わる前に、アランが音が鳴るほどの勢いで鷲掴むようにテオの口を押さえた。

「お前はっ、本当に考えた事そのまま口に出すよな!?」

だが、時既に遅し。しっかり聞いてしまった大河は顔どころか体を真っ赤に染め上げて、モタモタと脱いだばかりの装備を身につける。

男に抱かれるという経験をしてしまっても、大河の精神は以前と変わらない。シェイドとの行為が友人に知られたかもしれない現状に、愧死しそうなほどの混乱を極めている。

「俺、宿の浴室使うから……!」

「あーうん。その方がいいな」

テオは鼻まで押さえられて息が苦しいらしく、アランの腕をバシバシと叩いている。

「ゲホッ、ゲホッ、殺す気か……!」

解放されたテオの怒声を聞きながら、大河は公衆浴場を逃げるように後にした。

宿の一室に戻った大河は、扉を閉めた瞬間に、うおぉと唸りを上げてしゃがみ込んだ。

失念していた自分が悪いが、アランとテオに見られた事に自分を殴り殺してしまいたいくらいの羞恥と衝動に駆られる。

かなりの時間、膝に顔を埋めて唸っていたが、そのうちに落ち着いて深く長い溜息を吐いた。

本当に忘れていたのだ。

シェイドとの間に起こったあの出来事の事は。

意図的に忘れようとしていたせいでもあるが、考えても詮無い事だと理解していたからでもある。

あの時の行為は、シェイドにとっても大河にとっても医療行為と同じ意味合いでしかなく。心が近くなったような感覚は錯覚だった。

拒絶され、あの場所から解放された今はそう考えるしかない。

現状を受け入れるという行為は、大河にとっては得意な事だ。今までそうやって生きてきた。
相手に何も求めない。そうすれば傷つかなくて済む。

大河は装備を外して自分の体に残る跡を見つめた。跡に指先で触れる。そして消える頃には全て忘れられる、と目を閉じた。

消えて欲しくないと一瞬過った思考には気付かないふりをした。

「っつー訳で、ギルドから許可を出すまではベリクレス国及びその周辺の依頼を禁止する」

突然冒険者を集めて当面の禁止事項を言い渡したウィルバーを見つめながら、以前セストに教わったベリクレスという国の事を思い出す。

確か、半島で唯一エスカーナの属国ではない国だ。

此処に来てない奴にも言っとけよ、と言うウィルバーの口調は軽いが、その声色は真剣だった。

報酬の受け取りの為にアランとテオとギルドで合流していた大河は、唐突に張り詰めた空気に戸惑うと同時に嫌な予感がした。

「あっちの方、キナ臭いって話だもんな」

「まあ、王様の行動考えれば、当分行かない方が得策だよな」

テオが腕を組んで呟き、アランがそれに同意している。昨日の事は二人とも触れないでくれたため、今日は三人ともいつも通りだ。

唐突な禁止命令だが想定済みだった者が多いのか、ギルド内のあちらこちらで皆同じような話をしている。

「戦争はもう少し先だと思ったけどな。思ったより早かったな」

「そういやお前、兵上がりの冒険者だったか。戦争が嫌で抜けたのか？」

「嫌とかじゃなくてな、俺いらねえなって」

「弱いからか」

後ろで話す冒険者の言葉が大河の耳に入って、戦争という言葉に聞く気が無かったのに意識が向いてしまった。

揶揄(からか)って笑う男に、うるせえよともう一人の男が返している。

「そうじゃねえって、兵は添え物なんだよ。この国には闘神様がいるからな」

「ああ、聞いた事あるな。クロフォード公爵？　じゃなくて息子のシェイド様か」

耳に入ってきた名前に、大河は思わず振り返った。

突然の大河の行動に、話をしていた二人の男は驚いた表情をする。二人は頬に傷がある男と髭(ひげ)を蓄えた男で、どちらも厳めしい顔つきをしていた。

「お、なんだ？」

「俺にも、その話聞かせてくれ」

じっと見つめた男達は一度視線を交わすと、まあいいかと会話を続けた。

「つっても、もうそんな話す事ねえけどなあ。そのシェイド様が敵兵を殲滅(せんめつ)してくれるお陰で兵の出番は無いって話だ」

「そんなに強いのか」

「そらもう、強いって言葉では足りねえな。魔法を下級だとか上級だとか強さに応じて呼んだりするだろ？」

「ああ」

「あの人の魔法は兵の中じゃ、天災級って恐れられてたんだよ」

「天才？」

大河が呟くと、言葉の意味を悟った男が違う違うと大仰に手を振った。

「地震とか洪水とかって神の怒りが起こす災いがあるだろ。あれと同等って意味だよ」

「すげーなぁ」

「女達はあの見た目に惚(ほ)れ込んでるみたいだが、兵は恐れてる奴の方が多かったな」

呼吸も忘れて聞き入っていた大河は、唐突に肩を掴まれてビクリと体を跳ねさせた。

振り返るとウィルバーが渋い表情で立っている。

「タイガ、お前昨日一人で帰ったんだって？　あんだけ一人になるなって言っただろうが」

ウィルバーは大河を窘めたあと、お前らにも言っといただろ、と近くで雑談していたテオとアランに声を掛ける。同じ宿屋を使っているので、大河の行動はウィルバーに筒抜けだ。

大河は話を聞かせてくれた二人にお礼を言うと、ウィルバーに向き直った。

「ったく、約束守れねえなら担いで歩くって言っただろ……」

頭を掻きながらアラン達から大河に視線を戻したウィルバーが、途中で言葉を切った。

「タイガ……お前、なんて顔してんだ」

眉を顰めて指摘されたが大河には意味が分からず、自分の顔に触れてみる。

ウィルバーは暫く黙って見ていたが、諦めたような表情で一度視線を外してから、ちょっと来いと言って大河の腕を引いた。


連れて来られたのは、ギルドマスターの部屋だ。忙しいのか、以前より書類などで散らかっている。

促され応接用の椅子に座らされると、ウィルバーは向かい合って席についた。

「戻ってからお前が元気ねえのは分かってたけどな、どうした」

「何もねぇよ」

問われても、大河にはなんと答えていいのか分からない。本当に何も無いと自分では思ってる。

気持ちの整理はつけたし、シェイドに関する心配事はあるがそれは大河の力の及ぶ所では無い。

「何もねえって顔してないだろ、自分で分かってねえのか？」

「そんな事言われても、……どんな顔なんだ？」

「表情が抜け落ちたみてえな顔してるぞ」

再び頬に触れてみるが、自分で分かる訳もなかった。本当に何もないんだけど、と大河が零すとウィルバーは背もたれに体重を預けて溜息を吐いた。

「シェイド・クロフォード」

大河の身が無意識にビクリと揺れる。

「と、なんかあったか。実験体だとか吐かしてやがったからな、なにかされたのか」

「……」

なんと答えていいか分からず大河は押し黙った。されたと言うよりはしてもらったと言う方が近いが、あの治療行為についてはいくらウィルバーであっても言うつもりは無い。

言葉に迷う大河の様子にウィルバーは目を眇める。

「王に黙従する奴がお前に何しやがったんだ？」

「……っ！　違う!!」

立ち上がり感情的に否定した大河に、ウィルバーは驚いた様子で眉を上げた。

「あっ、悪い。でも違うんだ。あいつは、何も悪くない」

我に返って大声を出した事を謝ると、大河は拳を握りしめて目を伏せる。

シェイドの事情を知ってしまった大河は、心配してくれたウィルバーの言葉とはいえ黙って聞き流せなかった。

「えらく絆されたもんだな……」

溜息のような口調で吐き出すと、ウィルバーは背を預けていた状態から前のめりに体を起こした。

「試すような事言って悪かった。俺もこの間の一件であいつの認識を改めつつはある」

「この間？」

「お前が死にかけた時だよ。執事に足止め食らった後、応接室に通されてな。随分待たされたがあいつには会った」

シェイドに会ったという事実に驚いて、呆然としたまま大河は再び椅子に座る。

「お前には言わねえつもりだったがな。シェイドに国を出るように促してくれと頼まれたんだよ。王女の件もあいつから聞いた」

言い方はもっと不遜で偉そうだったけどな、とウィルバーは苦虫を噛み潰したような表情で話す。

確かにウィルバーはセストから聞いたとは一度も言っていなかった。当然そうだと思っていたが、よく考えれば口数の少ないシェイドはそういった事を理由無くセストに話したりしない。

「そんな事、あいつから聞いてねぇ……」

「お前がそう言って素直に出て行く訳ねえって知ってたんだろ。お前の事分かった風なやり方もムカつくがな」

「俺を危険から遠ざける為に、あの場所から追い出したのか？」

「さあな。はっきりとは聞いてねえ。あいつが言ったのは王女と揉めた事と、公爵に殺されかけた事、国から出るよう促せという事だけだ」

簡潔で余計な事一切話さなかったぜ、と思い出しながら顔を顰めるウィルバーは、余程シェイドの態度が気に入らなかったのだろう。

心が熱を取り戻すような感覚と共に、ウィルバーとシェイドの話す様子を想像した大河は、思わず笑みを零す。

「はあ……。あいつの何が気に入ったんだか、理解出来ねえが。友人は多い方がいいか」

どうにも納得がいかない様子で頭を掻いていたウィルバーだったが、一呼吸置くと真剣な表情で大河に向き直った。

「お前は自分が我慢する事に対しては粘り強いが、すぐに相手に求める事を諦めるだろ。もう少し我儘になったらどうだ」

我儘になれ、など今まで一度も言われた事が無かった。ウィルバーの言葉をゆっくり呑み込むように、大河はその目を真摯に見つめた。

「自己犠牲といやぁ多少聞こえはいいが、そろそろお前は人を頼るって事を覚えろ」

　そこまでを一気に話すと、ウィルバーは目を細めて口の端をあげる。

「俺にどうして欲しい？」

　大河に自己犠牲などしていたつもりは無かったが、頼る事を苦手にしていた自覚はある。頼れと言われて素直に言葉に出来ず、喉の奥が詰まる。

　人に頼らず、耐える事は、異世界に来るまでの大河の生き方そのものだった。

　この世界に来て、ウィルバーが差し伸べてくれた手を取った。初めての事に戸惑い、頼る事に居心地の悪ささえ感じていた。だから自分から何かを求めた事が無い。

　相手の迷惑になる、拒絶されるに違いない、自分の力でなんとかなる、そんな考えが常にあった。

　自分は臆病なのだと大河は今になって気付く。

「あ、あいつに会って、ちゃんと話がしたい」

　それだけの言葉を出すのに、随分と長い時間かかったが、ウィルバーは待ってくれた。そして安堵したような表情をする。

「分かった。俺がなんとかしてやる」

「お邸に行っても、会ってもらえねぇと思うけど」

「だろうな」

　考えを巡らせているのか、ウィルバーは腕を組んで目を閉じていた。

「お前に覚悟があるなら、変装して兵に紛れ込むって手もあるが」

「兵……？」

「近々、ベリクレスと開戦する。その時には必ずあいつが出てくるだろ」

　男達が言っていたので分かってはいたが、開戦というウィルバーの言葉に大河は息を呑む。

　両親が死んでから幸せではなかったとはいえ、平和な国で生まれ育った大河にはその言葉自体が受け入れ難い。

それでも、会いたいという気持ちの方が勝った。

「行く」

「……そうか、よし任せろ」

ウィルバーは強い視線で大河を見つめ、気合を入れるように両手で膝を打った。

「俺も行くが、危ない橋だって事は覚悟しておけよ」

視線を真っ向から受け止めて、大河は躊躇いなく頷いた。


賑やかな喧騒を横目に石畳を歩く。

街の中心にある広場を横切ると、以前は見なかった屋台がチラホラ目に留まった。火の季節だからか、氷魔法を使える者が氷の塊を売ったり、水魔法を使える者が冷やした綺麗な水を売ったりしているらしい。

立ち並ぶ屋台に視線を向けたが、それは一瞬で、大河は大股で歩くウィルバーの後ろを追いかける。

「魔法陣は発動した人間にしか解除出来ねえもんだろ」

「魔法陣自体を消す事は出来ねぇのか？」

「それは描いた人間が消す以外方法はねえな。描かれた紙を破ったり、石版を破壊すれば消えなくても発動はしなくなるがな」

どこへ行くとも言わず、ついて来いとだけ言ったウィルバーに連れられて、大河は街中を歩いている。

道中、歩きながら大河が投げた問いかけに、なんでそんな事を聞くんだ？　とウィルバーは訝しげにしながらも、目的地に着くまで会話に付き合ってくれるらしい。

「……魔法陣を描いた人間が死んでも消えないのか？」

「それで消えてたら、生活に使ってる魔法具は突然使えなくなっちまうだろ」

大河自身、シェイドが解決出来ないものを自分が聞き回ったくらいでなんとか出来るとは思っていない。それでも一縷の望みをかけて聞かずにはいられなかった。

「肌に描かれた魔法陣の場合はどうなるんだ？」

「どこに描かれようが条件は同じだ。描かれた人間が死んでも消えねえから、結界通過用の魔法陣なんかは見えねえ場所に描くのが常識だ」

「……っ」

大河が息を吞んだ事に先を歩くウィルバーは気付かず、十字路を右に曲がる。立ち止まりそうになった足を気合で動かして大河はウィルバーに続いた。

「じゃあ、肌に傷が付いて魔法陣が削れたり、とか」

「多少の損傷じゃ発動は止まらねえな」

そう言ってウィルバーは近くにあった屋台でリンゴに似た果物を買う。

「例えばこれに魔法陣を刻むだろ？　これの皮を剝いても魔法陣は支障なく使える。上にインク乗せてるだけとは訳が違うからな」

果物を半分に割ると、右手に持った方を大河に手渡した。

「流石にこうなれば魔法陣も欠けて効果が切れるが、」

「そんなん、人だったら死んじまうだろ……」

「場所によるがな」

どの程度の損傷から発動が止まるのかは分からねえな、と事も無げに言いながらウィルバーは果物を齧る。

渡された果物を見つめて大河は絶望感に打ち拉がれた。

呆然と果物を見る大河の様子にウィルバーは、食べないのか？　と聞いてくるが、説明のお陰で手の中の果物が食べられなくなってしまった。ウィルバーに返すと二口ほどで食べて、結構美味いなと言ってから大量に購入していた。

見覚えのある道に差し掛かると、以前装備を買った店が見えた。だが目的地はその店ではないらしく裏手の道に入ると、ウィルバーは人気が無くなった瞬間に細い路地裏に身を滑り込ませる。

大河は慌てて後を追い路地裏に入った。そのまま細い道を進んでいくと、入り口が見えてくる。他は全て壁になっていて、この細い道に扉が面しているのはその一軒のみだ。小さい庭のある石造りの家の前には、この暑いのに日向ぼっこをするように、麻で編んだ帽子を深く被った老人が椅子に座って寝ている。

「通るぞ」

ウィルバーが短く声を掛けると、寝ていると思っていた老人がギョロリと強い眼光でウィルバーと大河を見て、再び顔を伏せた。

「勝手に入っていいのか？」

「いいからついてこい」

躊躇いなく木の扉を開けて入って行くウィルバーは、どんどんと奥に進んでいく。

家の中では普通に家族が生活しているらしく、母親のような人と子供達がテーブルで食事をとっていたが、突然入ってきたウィルバーに驚くでもなく軽く挨拶を交わした。

ウィルバーは母親らしい女性からの食事の誘いを、また今度なと断ると、家族が食べきれないほどの果物を手渡す。

家の中を通り過ぎ、再び路地裏に出て更に道を進むと袋小路の突き当たりに扉があった。扉に手を当てて魔力を通すと一部が光り、カチリという音と共に扉がひとりでに開いた。

「こんな魔法陣もあるんだな」

「特定の人間の魔力にだけ反応する魔法陣だな。使うには契約しねえとダメだが」

「契約……、隷属の魔法陣みたいなものか？」

シェイドの背中を思い出しながら扉を見つめる大河に、ウィルバーは眉を上げた。

「隷属の魔法陣がどうかしたのか？」

その問いに大河は失言だったと気付く。シェイドの秘密はウィルバーといえど言う訳にいかない。

「……契約するって所は同じだが、隷属の魔法陣と鍵系じゃ全くの別物だな」

大河の気持ちを知ってか知らずか、扉を通りながら返事を待たずにウィルバーは会話を続けた。その後を追いかけ中に入ると、扉はバタンと音を立てて自動的に閉まる。

中は家具も何も無い小さい部屋で、灯りが少ないせいか薄暗く、奥には下に続く階段だけが見えた。

「ここは？」

「基本は酒場……だが、冒険者ギルドじゃ受けられねえような依頼が行き着く場所でもある。道中で察してるとは思うが、外でここの話はするなよ」

階段を降りながら大河を振り返り、悪戯っ子のように口の端を上げると人差し指を唇に当てる仕草をした。

ウィルバーはよくこうやって真剣味が薄れるような事をするが、実際はその表情にそぐわない重要な場合もある。

大河が眉を寄せて分かったと了承すると、地下に到着したらしく狭い階段から急に広い部屋に出た。

ウィルバーが言った通りそこは酒場のようだった。

だが、普通の酒場とは雰囲気が異なる。会話で多少ガヤガヤとはしているがギルドのように騒がしくなく、光魔法で明るく保たれているにも拘わらず、雰囲気は明るくない。理由はテーブルについた人の多くがフードを被って顔を隠しているからだ。

「おぉ、ウィルバー！　ここに来るのは久しぶりじゃないか？」

フードを被っていない一人の男がウィルバーに気安い挨拶をしている。知り合いらしい男は、大きな体躯、短い茶髪に、髪から繋がる髭を蓄えていて熊みたいだというのが大河の第一印象だ。男は腰から下にエプロンを着けているので従業員なのかもしれない。

熊みたいな男は一通りウィルバーと挨拶を交わすと、大河に視線を向けた。検分するような鋭い視線が大河の頭から足までをゆっくり移動する。

「ウィルバー、お前の事は信用してるが、突然知らねえ奴を連れて来るのは感心しねえなあ」

「ああ、悪いな。こいつの事でちょっと頼みがあってよ」

訝しげな男を気にするでもなく、ウィルバーは軽快に笑うと土産だと言ってさっき買った果物の残りを渡していた。

「あいついるだろ、あいつ。万年眠そうなゆるふわ頭」

「あ？　ああ、あそこにいるぜ」

熊男が親指をくいっと指すと、奥のテーブルについていた男の肩がビクリと震えた。そして嫌そうにこちらに顔を向ける。離れた場所でも聞こえるくらいの溜息を吐くと、立ち上がって歩いてきた。

テーブルには連れがいたようだがこちらを見る事はなく、一瞬金髪が見えたような気がしたが、更に深くフードを被ったのでよくは分からなかった。

「はあー、なんなんですか、ゆっくり飲ませてくださいよ」

「そんなつもりで来てねえだろ」

のろのろとした歩調でフード越しに首の後ろを掻く男の顔に見覚えがあった。緩くウェーブのかかった髪に怠そうな表情の男は、いつかの魔物討伐で会った騎士団長だ。

不思議に思った大河が二人の顔を交互に見る。

彼は大河を見ると、眠そうな目を見開いて、生きてたのかと呟いた。

「とりあえず、座ってゆっくり話そうぜ」

ウィルバーがそう促すと、熊男は三人を別室に案内してくれた。それほど大きくない別室はテーブルがひとつと、椅子が六つあるだけだ。

「なんで？　あ、ウィルバーも騎士団長だったから知り合いなのか？」

「ん？　俺が騎士団にいた事もだが、こいつが騎士団長だって言ったっけか？」

「ああ、この子とは魔物討伐で王女に付き添った時に会ったんですよ。シェイド様と一緒だった……、俺はなんで団長と一緒にこんな所に来てるのかが気になりますがね」

部屋の扉が閉まった途端疑問を口にした大河に、それぞれが訝しげな表情を浮かべた。

適当な場所に座ると、騎士団長は気怠げにテーブルに肘をつき、ウィルバーも肘をついて片足だけ胡座をかくような感じで膝に足を乗せた。雰囲気は違うが似た者同士という言葉が大河の頭に浮かぶ。

「騎士団にいたからっていうのもあるが、こいつとは従兄弟なんだよ」

「ギルバート・オルドリッジだ。ギルって呼んでくれて構わない」

「……蓮見大河だ。俺も、大河でいい」

先程大河が思った事もあながち間違いでもなかったらしい。親しげな理由も分かり、大河がちょっと似てるもんな、と声に出すと二人は嫌そうに顔を顰めた。似てると言われるのは嫌らしい。

「え、っと、シェイドのとこは追い出されて、今はししょ……ウィルバーのとこにいるんだ」

「……追い出された？」

先程のギルの疑問に答えたつもりだったが、その言葉に納得がいかないらしく、不思議そうに大河を見る。

「あの様子で追い出されたってのが、俄かに信じられないがな」

「あの様子ってなんだよ」

過去を思い起こしながらの呟きに、ウィルバーが割って入った。

「的確な言葉が見つからない、ですが、あえて言うなら執着してる風でしたね」

ウィルバーは、執着ねえ、と肘をついた方の手で顎を摩り目を眇める。

確かにあの時シェイドに助けてもらいはしたが、執着という言葉に大河はピンとこなかった。

「それで、そのシェイドに会いたいっつーから、俺とこいつをお前のとこの兵に紛れさせてくれ」

「冗談でしょ？」

「いんや」

「うわぁ、また面倒くさい事を……。ほんと団長はなんでも俺に押し付けんだから、勘弁してくださいよ」

大袈裟に顔を覆って嫌そうにするギルを気にした様子もなく、ウィルバーは、今の団長はお前だろ、と笑っている。そんなウィルバーとは違い、大河は段々と申し訳なくなってきた。

「その、悪い。俺の我儘なんだ……」

しどろもどろに謝罪する大河の言葉が聞こえたからか、ギルは両手で覆っていた顔を上げて大河に視線を合わせた。そしてバツが悪そうな顔で首の後ろを掻くと、仕方ないなと呟いた。

「タイガには魔物討伐の時に助けられたからなあ、それを返すと思って頼まれてやるよ」

そう言って笑った顔は、やはりウィルバーに似ていると大河は思った。


「頼まれるとは言ったものの、大丈夫ですかねえ？　今度のベリクレス戦にはおそらく勇者達も来ますよ。彼等に見つかれば王女まで報告が行くと思いますがね」

魔物討伐での王女と大河の一件を真近で見ていたギルは、溜息混じりにウィルバーに視線をやる。頼まれると言っても、大河のやろうとしている事に賛成ではないらしい。

「実を言うと、タイガの事は死んだと聞かされていたんですよ。あの後王女の怒りが激発しましてね、シェイド様が呼び出しに応じて怒りを逸らしてたようでしたが。シェイド様が元勇者候補を囲っている事が王や宰相の耳にまで届いたらしく」

ギルが淡々と話す内容に、ウィルバーは盛大に顔を顰めていた。

「王は興味すら無い様子だったんですが、その後、宰相が処分したと王に報告してましたんで」

胸糞が悪い。

だが、今更王族の印象が変わる訳でもなく、死んだ事になっているなら好都合だ。

「このまま大陸辺りまで離れるのが、得策だと俺は思いますがねえ」

「それに関しては俺も同感だがな。タイガの意思を尊重してやる事にした」

ウィルバーは考えながら顎を撫でると、それにちょっと確かめてえ事がある、と言葉を足した。

諦めたように息を吐いたギルは、肘をついた腕に体重を乗せ過ぎて頬が潰れている。

「ギルは騎士団長だけど、俺の事報告しないのか?」

ふと、思わず口をついた大河の純粋な疑問に、ギルは眠そうな目を見開いてから喉の奥で笑った。

「団長が好きそうな子ですねえ。子供みたいに真っ直ぐで」

「気に入っちゃいるが、変な言い方すんな」

「はいはい。ここに連れて来るならちゃんと子供の教育してくださいよ。危なっかしくてしょうがない」

大河の疑問には答えずウィルバーと言い合っているギルを、子供扱いされた大河は不貞腐れた表情で見つめる。

「俺は面倒事が嫌いなんだ。あと、団長……ウィルバーの事は信頼してる」

視線に気付いたギルが大河の問いかけに答えたが、その言い分は遠回しで分かりにくい。

「見つかったらって話だが、変装させようと思ってな」

「変装ですか、下手な変装じゃ余計バレそうですがね」

「それもあって、ここに連れて来たんだよ」

ウィルバーはそう言って立ち上がると、扉を開けて大声で誰かを呼んだ。

暫くしてやって来たのは、さっきの熊みたいな男だ。

「雑に呼びつけやがって。俺も暇じゃないんだぞ」

「タイガ、こいつに変装させてもらえ」

「あぁ!?」

勝手な事を言うウィルバーに熊男は眉尻を吊り上げる。あまりの剣幕にギルは、怖い怖いと戯けたように言って部屋を出て行った。

「ここの変装道具といや巷に流れないような一級品だ。この坊主の事はまだ信用してないぞ俺は」

「そう堅え事言うなよ、バイロ」

「お前が柔軟過ぎるとは思わないのか?」

初対面の人間を信用出来ないのは当然の事だ。相手の言い分が正しいとしか思えない。

「師匠、やっぱり無理に頼めねぇよ。変装なら自分でなんとか出来ねぇか考えてみる」

「またお前は……、それが賢い選択だと思ってる訳じゃねえだろ。自分で何でも解決出来ると思うな」

叱責の意味合いの込められた言葉に、大河は息を呑んで押し黙った。頼るという事に慣れない大河は、すぐに『自分で』という思考回路に戻ってしまう。

「お前が弟子取ったとは聞いてたが、こいつがそうだったのか」

なるほどなあ、とバイロと呼ばれた男が再度検分するように大河を見つめた。

シェイドに会いたいと言ったのは自分だ、と考えて大河はぐっと奥歯を噛みしめる。それなのに任せてばかりで、その上ウィルバーの行動を否定するなんて、と先程の自分に嫌気が差した。

大河は姿勢を正すと、バイロに向かって深々と頭を下げる。

「お、俺に出来る事なら、何でもやるんで、たの、お、ねがいします……！」

慣れない言葉はすんなりとは出て来なかった。

暫く頭を下げたままだったが、反応が無い事に若干の不安を感じてゆっくり頭を上げると、ウィルバーは呆気にとられた表情をしていた。

大河の性格を知っているウィルバーには殊更意外に感じられたのだろう。バイロはそんなウィルバーと大河を髭を撫でながら交互に見ていた。

「バイロ、こいつは王に噛み付いた事もあるくらい、実直つうか嘘の吐けない奴だ。信用してやってくれ」

先程までとは違うウィルバーの真摯な態度に、バイロは改めて大河に視線をやる。

「何でもって言ったが、お前に何が出来る？」

真っ直ぐに見据えるバイロの視線を受け止めつつ、大河は自分に出来る事を考えた。

「店の用心棒、とか……」

「いらねえな。ここはお前より強い奴ばかりだぞ」

腕に覚えはあったが、ウィルバーが否定しない事を考えるとバイロの言葉は真実なのだろう。

他に大河の得意なものというと、限られている。

「りょ、料理が出来る」

「素人の料理なんざ間に合ってる」

どちらも否定されて、大河は黙り込んだ。他に自信のあるものなど無い、と奥歯を噛みしめる。

「ぜってぇ美味いって言わせるから、試してみてくれ！」

バイロはふーんと面白そうに鼻を鳴らし腕を組む。何か考えている様子で大河を見ていたが、

「タイガの料理はここの飯より美味いぞ」

ウィルバーがニヤニヤと笑いながら言った言葉に、ピクリとこめかみを引き攣らせた。

余程癇に障ったのか腕を組んで顎を上げたバイロに、見下すように大河は睨みつけられる。

「ここより美味いとは、言うじゃねえか。その言葉

が本当なら、変装でも何でも手伝ってやるよ」

　そこまで言ってねぇ！　と大河は心の中で叫んだが、ニヤニヤしたウィルバーに見送られつつ、酷い剣幕のバイロに厨房まで引き摺られて行く事になった。


　厨房はシェイドのお邸ほどではないものの、店というだけあってきちんとした設備が整えられている。

　ピカピカに磨かれた御影石のような調理台を見れば、大事に使われている事が分かって、ここの店主に好感が持てた。

「あるものは好きに使って良いが、無駄にするなよ」

　大河は首を縦に振ると食材の確認をしていく。

　店というのはこれほど食材が揃っているものなのか、と疑問に思うほどに揃っている。砂糖どころか、シェイドのお邸でも見た事がなかったスパイスの類まで数多く並べられていた。

「これも使っていいのか？」

「あ？　いいが、使い道が分かるのか？　その辺は客が持ってきたもんだ。他国で買い付けたと言っていたが」

　この国に入ってきていないだけの食材はまだまだあるようだと思うと、ワクワクする。

　スパイスがあれば出来る事は広がる。カレーだって出来るかもしれない。この厨房が宝箱のように思えて、大河は嬉々として食材を物色した。

　冷蔵庫、と大河が勝手に呼んでいる冷却の魔法陣の付いた鉄の箱の中には、肉や魚、ミルクやバターもあった。卵も先程見つけた。更に冷蔵庫の中を探っていると、丸く平たい円柱状の物体が出てきた。

「これ……チーズ!?」

「あ？　それチーズっていうのか？　それも同じ客が持って来やがったが食べ方が分からなくてな。そのまま食べても悪くはねぇんだが、乳臭いって評判が悪くて店には出してねえんだよ」

耳に入っていない様子で目を輝かせる大河を、バイロは面白そうに眺め、まあ好きに使えと先程の怒りも忘れて苦笑した。

許可をもらってチーズを少しだけ加熱、未加熱で味見すると、大河は早速作業に取り掛かった。

小麦粉を取り出して水と塩とオイルを一緒に混ぜて練る。力を込めて練り終わった生地は濡れた布を掛けて置いておくと、今度は玉ねぎもどきをみじん切りにしていく。

バイロは大河の後ろに立ち、手際よく進められる調理工程を興味深げに観察していた。

「どうせなら、今いる客の分作れ」

そんな事は先に言ってくれと思ったが、大河は分かったと素直に頷き、扉から覗いて人数を確かめた。それほど大きくない店内には十一人、あとバイロとウィルバーを入れ多めに見積もって十五人前といったところだ。

途端に忙しくなったと大河は急いで続きに取り掛かる。店で働いた経験はあるが、一気に十五人前というのは経験した事がない。

「切るくらい手伝ってやるよ、ニアルを細かく刻めばいいのか？」

「いいのか？　俺の腕前を確かめるんだろ？」

「切るくらいで変わらないだろ」

そう言ってバイロは片刃のナイフを持って手伝い始めた。

最近気付いた事だが、勝手に変換される異世界の言葉は全く同じものであれば同じ言葉に、日本に存在しなかったものは異世界の言葉そのままに聞こえるらしい。

簡単に言うと、塩、砂糖は全く同じものが存在するのでそのまま変換されているが、りんごとか玉ねぎと言っても、形を含めて全く同じではないので、こちらの名前でないと通じない。

そのため、手伝ってもらうとなると説明の難易度が高いのだ。

「玉ねぎ……じゃなくて、これ、が終わったら、この、赤いのを切ってくれ」

「お前、野菜の名前も覚えてないのに料理が得意なのか？」

「……俺の国では別の呼び方だったんだよ」

「ふーん？」

野菜を切ってもらっている間に、大河はナイフを二本使って肉を細切れにする。牛みたいなのと豚みたいなのを合わせて合挽きだ。

肉をぐちゃぐちゃにしているように見えたのか、大河の手元を見てバイロは顔を顰めた。

「ヤケ起こしてないだろうな。食材無駄にしたらぶっ殺すぞ」

「これでいいんだよ！　手伝うなら黙ってろよ」

殊勝だった大河の態度も長くは続かなく、言われっぱなしでいられる性格でもなかった。グルルとかガルルとか効果音が付きそうなほど睨み合いながら、それでも二人とも手元はしっかり動かしている。

大量の肉をミンチにすると一旦冷蔵庫に入れ、刻まれた玉ねぎを炒めた。店というだけあって調理器具が大きめで助かる。飴色になるまで炒めて、粗熱を取るために横に置いておいた。そしてパンもどきを細かくしたパン粉を作って、それを少量のミルクに浸しておく。

バイロはトマトもどきを切りながら、大河の行動に眉を寄せて不思議そうな表情をしていた。

ミンチにした肉と粗熱を取った玉ねぎや調味料など材料を混ぜて、練っていく。肉の脂が溶けないよう冷やした方がいいので冷却の魔法を使いながら、粘り気が出るまでしっかりと練った。

適度な量を手にとって丸める前に、先程見つけたチーズを真ん中に入れ、空気を抜きながら楕円形にする。

「妙なもん作りながら、何ニヤニヤしてやがんだ」

「う……せーな。チーズインってなんかちょっと嬉しくなんだよ！」

　指摘された事で急に恥ずかしくなり、大河は真顔を作って残りの作業を黙々と終わらせていった。全部成形し終わると、平たい鍋に並べて強火で両面を焼き、木蓋をして弱火で蒸し焼きにする。

　その間に、以前市場で見つけたニンニクもどきを微塵切りにすると、オイルと一緒に炒めて、切ってもらったトマトのような野菜を入れ、それを水分が少なくなるまで煮詰めてトマトソースにする。

　スパイスも使ってみたかったが、匂いだけで探りあて試食もしないのは心許ない。

　煮詰めている間に別の鍋で、小麦粉、ミルク、バター、チーズを使ってホワイトソースを作った。

　ソースが出来ると置いておいた生地を平たく伸ばし、トマトソースとチーズを載せるとピザの形にした。後はオーブンに入れて焼くだけだ。オーブンの使い方はバイロの方が詳しいので見張りは頼む事にする。

　弱火にかけておいた鍋の蓋をあけるとフワッと美味しそうな香りが立った。こちらの世界に来て初めてのハンバーグだ。付け合わせはバターで焼いた根菜系の野菜にした。

　流石にこの短時間でデミグラスソースは作れなかったから、ハンバーグに少し濃いめに仕上げたホワイトソースをかける。

　味見用に小さめに作ったハンバーグとピザを一切れ口に入れたが、想像通り美味く出来た。どちらもとろりと溶けるチーズが堪らない。

「どっちも見た事ねえ料理だな。お前の国の郷土料理か？」

「……いや、違うけど、家庭料理かな？」

　ハンバーグは家庭でよく食べられる料理ではあるが、郷土料理と言われるとやはり和食だと思い否定する。バイロは一瞬胡乱な目をしたが、とりあえず食うかと食事をテーブルに運びだした。

「なんだこれは……」

「肉、なのか？　妙に丸いが」

大河の料理を出された客は、一様に手をつけようとしなかった。チーズがとろける熱いうちに食べて欲しいと大河は思うが、知らない人間の作った見た事の無いものに警戒心が働くのも仕方がない。

「なんだ、揚げ物じゃねえのか」

揚げ物好きのウィルバーは少々がっかりした様子だったが、それでも躊躇いなく、まずはハンバーグをフォークで大きく切って口に入れた。

「……くっそ美味えなコレ」

真剣な表情で言うウィルバーに、大河は苦笑する。

ウィルバーの反応には段階があり、破顔して美味いの次が、大声になって、最終段階がこれだ。子供舌のウィルバーはきっと好きだと思っていたが、やはりハンバーグは口に合ったらしい。

ウィルバーの横で同じくハンバーグを口に入れたバイロが目を見開いてフォークを握りしめたまま震えていた。

「お前、明日からここで働け」

突然、大河の腕を強い力で掴んだバイロの意外な反応に大河が目を瞬いていると、ウィルバーが無理矢理引き剥がし馬鹿言うなと怒鳴りつけた。

二人の様子を見ていた周りも少しずつ料理に手をつけ始める。フードで顔は見えないが、所々で賛辞の声が上がり、自然と大河の表情が綻んだ。

そのうちウィルバーとバイロでピザの奪い合いを始め、それが徐々に激しくなり最終的に大河はまた厨房に戻って料理をする羽目になった。


変装と聞いて思い浮かべていたのは髪型を変えるとか髭をつけるとか、それくらいのものだ。

だが、渡された変装道具は予想していたカツラではあったが、裏側に魔法陣が縫い付けられており、発動すれば簡単には外れない上に、全身の色が変わる仕様だった。

今の大河の姿は、栗色の肩下まである長い髪に紫がかった青色の瞳で、肌はいつもより随分白く、顔つきが変わらないのに別人に見えるらしい。

「もっと男らしくなるのが良かった……」

「お前の若さでフサフサの髭があっても違和感があるだろ」

ぼそりと呟いた声に反応したのは隣にいたウィルバーだ。赤味がかった髪は肩までの金髪になり、口元と顎には髭を蓄えている。瞳の色は緑で、肌の色はいつもより日焼けしたような茶褐色なので若干ライオンぽい。

雄々しいウィルバーとは違い、髪が長く色素の薄くなった大河は女兵士にも見えると聞いてげんなりした。こちらの女兵士は、当然男性よりは華奢でも、日本人に比べると体格が良いので仕方がないとも言えるが、やはり受け入れ難い。

軍に紛れ込んだ二人は他の兵に倣って鎧を着け、騎士団長の率いる一兵卒として行軍の後方の隊列にいた。騎士団長直々に紹介されたので、怪しまれる事なく新入りとして扱われている。

騎士が隊長として大隊を率いて、総軍の将として今回は王子が参加しており、副将として勇者達が配属されているらしい。補佐として騎士団長がいるが、実質兵の指揮を執るのは騎士団長だ。

前方に三隊、間に勇者と王子の乗る獣車と直属の護衛兵を挟み後方に二隊あり、獣車の後ろに騎士団長が配置されているので、大河達は勇者からそう遠くない位置にいる。

「暑い中行軍なんて地獄だよなあ」

「鎧の中で冷却の魔法使えばいいだろ、どうせ魔法なんて大して使わないんだからよ」

近くの兵が軽い調子で話すのが聞こえてきた。大河達の周りの兵だけでなく、全体的に士気が高くない。まるで遠足にでも行くかのように笑顔で雑談している兵すらいる。

「昔とは随分変わったな」

そんな兵達を見ていたウィルバーがボソリと呟いた。そういった声は憤慨している訳でも、後悔している風でもなく、只々現実を受け入れているようだった。

「添え物って聞いたけど、結構な人数を出すんだな」

「そら、国民には王の力で勝ったと見せなきゃならねえだろ」

他に聞こえないよう小さい声で話しているが、気にするまでもなく周りは楽しげに談笑している。


当然この人数では歩いての行軍のため、目的地に着くまでは数日かかる。

只管歩いて、野営地ではテントを張っての雑魚寝だ。

食事は糧食が配られるが、あまり美味くないためアイテムボックスを持つものはそれぞれで用意したりするらしい。大河とウィルバーは目立たないよう配られたものを食べたが、ウィルバーはそういやこんな味だったと顔を顰めていた。

それも二日経てば、慣れてくる。

ウィルバーは騎士団での経験があり、冒険者としても長い行程には慣れている。そして大河にとってはウィルバーとの訓練より行軍の方が数十倍楽だった。

あまり他の兵と関わらないよう殆どの時間をウィルバーと二人でいるせいか、同じ隊の人間も無理に関わろうとはして来ないのも助かっている。

野営の為に張られたテントから少し離れて、大河は水魔法で汗を流していた。

今回の野営地は森に程近い場所で、所々に死角がある。大掛かりな結界が張られているので魔物や夜襲の心配は少ないらしい。

死角になった場所で上半身だけ装備を解いて、変装は解けないので水魔法で長い髪を洗い流し、濡れた布で肌を拭いていく。

沢山あった鬱血の跡はすっかり消えてしまっていた。消えればきっと忘れられると思っていた記憶は、未だに色濃く残っている。会って話したいとウィルバーに伝えてから、それまで以上にシェイドの事を考えてしまっていたせいかもしれない。

シェイドに会って、自分は何を話すのだろう、そう考えて汗を拭っていた手が止まる。

「お姉ちゃん〜何してんのこんなとこでぇ〜」

突然下卑た声が響いて、大河は後ろから羽交い締めにされた。体を拭っていた布が指の隙間から地面に落ちる。

ガタイの良い男に拘束され、耳元に頬をこすりつけられ、シェイドに触れられた時には感じた事のない怖気が走った。

「っ！　んだてめぇ！　放せ！」

「気がつえぇなあ〜」

息が酒臭い、完全な酔っ払いだ。絡んできた事にもだが、行軍に酒まで持ってきた者がいるのかと、大河はその事にも呆れた。

耳にかかる息がぬるくて、ぞわぞわと這い回る悪心に鳥肌が立つ。

「お前あの金髪野郎の嫁だろお。行軍に嫁なんか連れて来やがって……俺の相手もしてくれよ〜」

ビキリ、と大河のこめかみに青筋が走る。

事を荒立てたくなかったのだが、一発ぶん殴らないと気が済まない、と脇から抱えるように拘束していた男の指を後ろに曲げ、少し緩んだ隙に腕を上げてしゃがみ、するりと抜け出した。

だが殴ってやろうと振り返ると、男は何故か大河が抜け出したと同時に地面に倒れていた。

ドシャリと音を立てて仰向けに転がされた男は、胸を片足で強く押さえつけられ呻いている。いつの間にか現れ、酔っ払いを踏みつけていた男は、倒れている兵よりは細身で強そうには見えなかった。

「見苦しい。この行軍をなんだと思っているのだ」

鎧を着けていない上に身綺麗な格好の男も、酔っ払いとは違う意味で行軍には似つかわしくない、と大河は関係ない事を考えてしまう。

金色の髪に金色がかった目の男は、シェイドとは違ったタイプの美形だ。

「え、と悪ぃな」

「いや、自分で抜け出せたようだし、助けは必要無かったな……ああ、男性だったか」

「男以外の何に見えんだよ……」

咄嗟に顔を顰めると、目の前の男は、すまないと苦笑した。

確かに今は長い髪のカツラを被っているが、体は完全に男だ。毎日きちんと鍛えているので、筋肉だってついてる。こっちの世界の男がゴツいだけなのだ。目の前の男も細身とはいえ大河より身長も体格も良い。そんな事を考えて大河は不貞腐れた。

「この男の処遇については、私に任せてもらえるだろうか」

「別に良いけど、上に報告するくらい自分で行くぜ？」

「それなら間に合っている。私がこの軍の責任者だからね」

騎士団長に報告するくらいなら目立たずに出来るだろうと考えていた大河だったが、にこりと微笑んでそう言われ、ん？　と言葉に詰まる。軍の責任者、とはどういう事だろうか。

「私の事を知らないとは、君はどこの配属かな？」

揶揄うような声と共に、男は目を細めて大河を見た。

この男の事を知らないというのは疑われる要因になるのか、と狼狽えつつ言い訳を考える。

「騎士、団長の隊だ……です。新人なので」

「ふふ、冗談だ、一兵卒には私の顔を知らぬ者もいるだろう。……君とはもう少し話をしたいが、コレをなんとかしなくてはな」

男は笑顔のままそう言うと、泥酔状態で寝こけている兵の襟首を掴んで軽々と引き摺っていく。

　大河は唖然としたまま、その後ろ姿を見送った。


「またお前は一人で行動しやがって」

　テントの近くに戻った瞬間、顰めっ面のウィルバーに捕まった。どうやら大河を探していたらしい。

「この格好だし大丈夫だろ？　汗流したかったんだよ」

「俺と一緒に流しゃいいだろが」

「え……」

　別に裸になるの自体は気にもならないが、さっき酔っ払いにウィルバーの嫁扱いされていた事が引っかかった。他の兵に妙に勘ぐられるのは耐え難い。

　一瞬言葉に詰まった大河を、ウィルバーは違う意味に受け取ったらしい。

「お前……今、俺は娘に拒否られた父親みてえな心境になったぞ！」

　胸を押さえて悲しげに叫ぶウィルバーに、近くにいた兵士が吹き出し肩を震わせて顔を背ける。

「別に拒否ってねぇ！　つか変な事言うな！」

　大袈裟なウィルバーが周りの注目を集める前に、大河は人のいない場所まで引っ張って行く事にした。先程あった事を報告しようと思ったからでもある。

「さっき、酔っ払いに絡まれたんだけど、金髪の男が助けてくれて……そいつが軍の責任者って言ってたんだよ」

　人の視線が無くなった事を確認してから言うと、ウィルバーは、行軍に酔っ払いかよと呆れた表情をしてから顎鬚を撫でた。いつもは無い髭が気になるのか、事あるごとに触っている。

「……お前それ、王子だろ」

「はあ？」

　髭があると十歳は上に見えるな、とウィルバーの顔を見ていた大河は、思いも寄らなかった言葉に声が裏返った。

「なんで王子が一人でふらふら歩いてんだよ」

「さあな」

大河とは反対にウィルバーはさして気にした様子も無い。

「王女に報告するかな」

「その為に変装してんだろ。まあ、どのみち報告なんざしねえよ。王子と王女は敵対関係にあるからな」

「兄妹なのにか？」

「王座を競ってんだから、そんなもんだろ」

確信を持ったようなウィルバーの言葉にそんなものなのか、と納得する。先程の事を思い出すと、王子と言われればそうとしか見えない外見をしていた。

従者も付けずに一人で歩いていた事もだが、酔っ払いとはいえガタイの良い男を軽々と倒して引き摺っていった事を思うと、見た目の割に強いのかもしれない。

王子は話している間ずっと笑顔だったが、どこか検分するような視線だった。腹に一物抱えていそうだと、大河は勇者と同じく避けるべき人物として記憶に留めておく事にした。


夜の帳（とばり）が下りた中、なだらかな坂に座り込み大河は遠くに見える街の灯りをぼんやりと眺めていた。

行軍は予定通りに進行し、軍はベリクレス国までの道程にある元ヴェネル国、現エスカーナ属国の領土に野営を布（し）いていた。アイテムボックスがあるから物資補給などで街を経由する必要も無いのだな、と大河は草原の先の街を見つめる。ヴェネルは漁業の盛んな街なのだそうだ。行軍でもなければ寄ってみたいと思ったに違いない。

後ろでは野営の灯りの中でガヤガヤと兵達が支度をしたり夕食をとったりしている。

緊張感は無いが、このまま行けば明後日にはベリクレスの軍勢と当たるらしい。

大河はウィルバーの目を盗んで一人、騒めきの中から出てきた。勇者達の豪奢なテントは離れているのでそれほど警戒する必要もない。

一人で考える時間が欲しかったのだ。

シェイドに会いたいという一心だけでここまで来てしまったが、会ってどうするのか、何を話すのか、未だに判然としない。彼が大河を危険から遠ざけようとしてくれたのなら、今の行動はシェイドの憂心を台無しにする行為だ。そして自分の我儘で、ウィルバーにも、ギルにも、バイロにも、沢山の人に大河は迷惑を掛けてしまった。

人に会いたいなどという理由で、行軍に参加すべきでない事も分かっている。

それでも、どうしても会いたい。

「……くそっ」

大河はぐしゃりと前髪を掴むように目を覆い、無意識に小さく呟いていた。

ままならない感情に左右される事など、大河にとって初めての経験だ。意図的に感情を押し込めるのは得意だった筈なのに。

奥底に封じ込めて忘れる筈だった感情が、いつの間にか漏れ出して自分の中を占めていく。

「どうかした？」

誰に聞かせるつもりも無かった呟きを拾われ、大河は声のした方を勢いよく振り返った。

ウィルバーが王子と言っていた、数日前の野営で会った金髪の男だ。

「な、」

「また会ったね」

大河が何か言葉を発する前に、王子は許可なく肩が触れるほど近い場所に座ると、柔らかい笑みを浮かべたまま大河の顔を覗き込んだ。

甘さを含んだ綺麗な顔が視界を占める。あまりの近さに顔を逸らすと、大河は警戒心を働かせて座ったままお尻をずらして王子と少し距離を取った。

「そう警戒しないで欲しいな。君ともう少し話がしたいと言っておいただろう？」

「俺は別に、話す事なんてねぇ」

人間にはパーソナルスペースというものがあると聞いた事がある。目の前の男はそれが極端に狭いのだろうか。妙に親しげにしてくる相手に、王族に良い印象を抱いていない大河は警戒心を剥き出しにしてしまう。

「そう？　何か悩んでいるようだったし、私でよければ相談に乗るよ」

「……いらねぇ」

相手の顔を見る事もなく、大河は素っ気なく言い放った。横目で王子の方をちらりと見ると、髪の隙間から見える顔はニコニコと笑顔で、腹の底が読めない。

長い偽物の髪が少し俯き加減の大河の顔を隠していて、あからさまな拒絶が伝わっていないのかもしれないと思ったが。

「私は何か嫌われるような事をしたかな？」

「……そうじゃ、ねぇけど」

伝わっていなかったのではなく、分かっていて距離を詰めていたらしい。

王族だから、というのは流石に自分でも理不尽な気がして、大河はあからさまな警戒心を少し抑えた。

考えてみれば酔っ払いから助けられた経緯もある。大河の纏う空気が和らいだ事を察してか王子は、よかった、と一層柔らかく微笑む。そしてゆっくり片手を上げて、大河の顔を疎らに隠していた長い髪を指先で掬って耳にかけた。

「一人で街の方を見ていたようだけど、何か気になるの？」

「あ？　ああ。街に寄ったりしないんだなって」

視界が広がったせいで、しっかりと視線が合う。王子の金色がかった目を見ても、笑顔だというのに感情が読めないような気がした。

思わず素直に答えた大河に、王子は笑顔のまま更に目を細めた。

「ヴェネルはエスカーナの支配に反発した国民の暴動が激しい場所でね、軍など入れれば余計な刺激を与えるだけだから」

「暴動……って」

「突如支配され、搾取され貧困に喘げば、国民が反発するのは当然だろう」

初めて聞く情報に驚いている大河は、王子が自分の髪に触れたままだという事すら気付かない。王子は大河の髪の根元から指を通してスルスルと撫でていた。

「平和と言えるのはエスカーナの城壁内だけだよ。大陸の方まで行けば別だけどね」

「……止められないのか？」

王子の目を真っ直ぐに見つめて話を聞いていた大河の口から、純粋な疑問が零れ落ちる。

「何をだい？」

「この軍だって、同じ事を繰り返すんだろ」

ふと、王子の目から笑みが消えた。口元だけは笑っているのが不似合いだ。

「あんた、責任者だって言ってただろ」

大河は物怖じする事もなく、そのまま続ける。ここで行軍が止まるなら、シェイドは戦わなくて済むという甘い考えに至ったからだ。

「この戦争は止まらないよ。たとえ、軍が戦場に到達しなかったとしてもね」

一度目を伏せ再度視線を合わせた王子は、元の笑みに戻っていた。

「戦争を止めたい？」

「……止められるもんなら」

「そう、それだけ聞ければ十分だよ」

髪を撫でていた手を引き、毛先に恭しく口付ける。女性ならばトキメキのひとつも覚えたかもしれない流麗な仕草だが、大河はキョトンと首を傾げた。

「何やってんだ？」

自分の髪ではないので不快感も無いが、理解が出来ない。

「ふふ、こちらの方面で君を落とすのは難しそうだ」

「はぁ？」

「その方が手っ取り早いかと思ったのだけど、まあいい。利害は一致しそうだから」

　言っている意味が分からず大河が首を傾げていると、王子は立ち上がり先程までとは違う悪戯っぽい笑みを浮かべた。

「綺麗な髪だけど、私は元の色の方が似合っていると思うよ」

　そう言い残すと、王子は絶句する大河を置いて優雅に立ち去った。


　だだっ広い草原の先に、相手側の布陣が見える。

　山側から下るように進んでいる自軍からは相手の軍の規模がよく分かり、横に広がった布陣の其処此処にベリクレスの国旗らしい赤い色の旗がなびいていた。城壁に籠り内から攻撃する事も可能だが、恐らくエスカーナの軍が小規模である事から、大軍で迎え撃つ事を選んだのだろう。

　圧倒的にベリクレスの軍が多いと見受けられる。遠征の為、自国を守る兵を多く残してきているにしても、エスカーナの軍は随分と少ない。相手は数の多さを味方につけ、両翼から回り込む為の布陣を構えているようだ。

　その上、自軍を見た限りとても精鋭とは言えなかった。ウィルバーが言うには一部突出して強い者もいるらしいが、それだけでこの大差を覆せるとは思えない。

　それなのに、兵達は慌てた様子も、悲壮感も全く無い。その事に強烈な違和感を覚えると共に、添え物だと言っていた件の元兵士の言葉を思い出した。

　シェイドが強いとはいえ頼り過ぎではないのかと

思えば、味方である筈の兵達にすら怒りが湧く。

そのシェイドは、まだ姿を現してはいない。

「お前、人を殺せるか？」

「……戦場に来ると決めた時点で覚悟は決めてる。武器を持った相手に遠慮するほど馬鹿じゃねぇ」

低く聞かれた問いには、出来ないのではないかという懸念が含まれていた。

大河自身全く迷わなかった訳ではないが、この状況で人を殺さず言葉で解決出来ると思うほど、能天気な人間ではない。それでも、やはり腹の底がひやりと冷えるような心地がして、剣を持つ手に力が入った。

目立たぬようにしている為、ウィルバーも大河も普段の装備とは防具も武器も全く違う。他の兵と変わらない鉄の防具と剣を装備している。

主に剣が得意な者は前衛に、魔法の得意な者は後衛にという配置だ。

剣、魔法において精鋭が揃っている騎士団長の隊は、王子や勇者の前に配置されている。彼等の直属の兵が周りをしっかりと固めてはいるが、それでも彼等の声が聞こえるほど、近い位置にいた。

「私、やっぱり戦争なんてイヤ、帰りたい……」

「ここまで来たら、覚悟を決めるしかないだろ……繭ちゃん」

震える二人の声は、とても勇者とは思えない弱々しさだ。

一瞬声の方を振り返ってしまいそうになったが、バレてはいけないのだと思い止まった。無理矢理連れて来られたのであれば、彼等が哀れだと思ってしまう。

「君達には勇者の武器がついているだろう。心配いらないよ」

勇者達に優しく掛けている声が、以前話した男と同じで、彼が本当に王子だったのだと確信する。

だが、今はこれから起こる戦いに集中しなければ、と彼等に向けていた意識を前に戻した。

合図も何もなく、それは唐突に始まった。

切っ掛けは相手方が一斉に放った炎の魔法攻撃だ。前衛が魔法防御壁を出し攻撃を抑えたが、連続した攻撃に一部の味方兵が防御壁を破られ倒れた。それを見た敵軍は勢い付き怒号を上げて迫り来る。

その間にも自軍、敵軍の魔法攻撃は息つくヒマもなく飛び交い、遠距離魔法の威力はそれほど高くないとはいえ、攻撃の量の多さに、自軍は劣勢だった。

だが、それも一瞬の事で、突然大きな防御壁が自軍を覆い一切の攻撃が通らなくなった。

勢いのまま百メートルほどの距離まで迫っていた敵軍との間に、白い魔獣が降り立つ。

「自軍全部を覆う防御壁かよ……」

愕然と零したウィルバーの声すら届かず、大河は軍の前に降り立った存在に目を奪われた。少し前まで触れられる距離にあった背中が、酷く遠く感じられる。

魔獣から降りたシェイドが撫でるように毛に覆われた首筋を叩くと、白い魔獣は再び飛び立つ。魔獣を攻撃の届かない場所まで遠ざけたのだろう。

命令され、その強い強制力の中でさえ滲む優しさに、大河の心は締め付けられた。尊大な態度や冷淡な声に隠されているが、シェイドの心根は呆れるほどに優しい。

それに自分は気付いていた筈だ。それなのに、拒絶の言葉に呆然自失して、考える事を放棄してしまった。

自軍の兵達は喜びの声で騒めいていた。

止めなければ、という思いに支配され大河は無意識に足を前に出す。

だが、兵を掻き分けて前に出ようとした大河は、動き出す前に腕を掴まれ、強い力で止められた。振り返らずとも、それがウィルバーだと分かる。ウィルバーは防御壁の外に出すまいとしているのだろう。

シェイドを見つめた視線を外す事が出来ないまま振り払おうとしたが、強い力に掴まれそれは叶わなかった。

唐突に現れた魔獣とシェイドに敵軍は困惑したようだったが、その勢いは止まらず数十メートルというところまで迫っている。

怒号と魔法の飛び交う中、静謐な佇まいのシェイドだけがその場の雰囲気からかけ離れていた。

シェイドがゆるりと腕をあげると、敵軍の頭上に以前ウィルバー達と対峙した時に見た氷刃が現れる。

ただし、圧倒的に規模が違う。

あの時も十分凄まじい量だったが、それすら及びもつかない。

雲が空を覆うような、想像を超える凄絶な氷刃の多さに誰しもが息を呑んだ。

怒号が止み、戦場とは思えないような静寂が落ちた。

突然空を覆うように現れた数千を超える氷の刃を見上げ、敵兵は驚愕しそれと同時に絶望した。

大河の腕を掴むウィルバーの手が吃驚に緩み、それと同時に手を振り払った大河は兵を掻き分けて前に出ようとした。止められるかどうかなど考えられず、止めなくてはという強迫観念だけが大河を突き動かしていた。

過去に見た、血に濡れて憔悴しきったシェイドの姿が脳裏から離れない。

だが既に遅く、数歩も出ないうちに勝敗は決してしまった。

空を覆う刃が地上に向かい雨のように降り注ぐと、戦場は阿鼻叫喚と化した。

一瞬のうちに敵軍は総崩れとなり、攻撃の範囲から外れた部隊は為す術もなく撤退していく。

兵を掻き分け前に出た事で敵軍の様子がはっきりと視認出来る。血に染まる大地を見て、あまりの惨状に大河は青ざめ息が止まるような心地がした。散り散りになり逃げ惑う敵軍を見て、自軍からは勝利を喜ぶ勝鬨が上がる。

周りにいた兵達も雄叫びのように声を出し、腕を上げて喜んでいた。

味方である筈の人々が喜ぶ声を聞いて、ギシリと心が軋む音がする。

戦争であるにも拘わらず、大河は敵軍とはいえこの惨状を見て、何故喜べるのだろうと疑問すら感じていた。そう考える大河は、人を殺す事など出来なかったのかもしれない。

同時にシェイドの苦しみが手に取るように分かった。

敵軍だから仕方がないと粛々とその状況を受け入れる事が出来たなら、あれほど憔悴する事は無かっただろう。


「シェイド様すごい！　かっこいい〜！」

背後からは少女の嬉しそうに跳ねた声が響いた。

彼女の位置からは敵の惨状は見えず、シェイドの攻撃で敵軍が敗走した事しか分からないのかもしれない。

——あれのどこが格好いいって言うんだ。

それでも、大河は苦々しい思いが湧いて唇を噛み締めた。

「また俺ら出番無かったな」

「はは、あの人がいる限り出番なんて来ないだろ。楽が出来ていいじゃねーか」

「なんだあれ……人間じゃねえ……」

「……ぜったい敵になりたくねえな」

其処此処で聞こえる会話に、息苦しさを感じるほど体に力が入る。

——何言ってんだお前ら、ちゃんと見ろ。

——あいつはあんたらと同じ人間で、心のない兵器じゃねぇ……！

嵐みたいに吹き荒れる感情に、大河は歯を食いしばったまま立ち竦んだ。

自軍の喜ぶ姿に怒りを感じる。だがそれ以上に、自分の無力さに憤りを感じた。

「敗走した兵は追うな！　使者を待つ。軍営に戻れ！」

将の軍令が辺りに響き、自軍の兵達は振り返りもせず、離れた陣営に向かって談笑しながらぞろぞろと帰っていく。そこに戦争の悲壮感は全く無かった。

当然だ。あいつが全てを一人で負担しているのだから。

静かに佇み死屍累々と化した敵軍を見ているシェイドに、戻ってきた魔獣が心配するようにするりとすり寄っていた。

大河は近づく事も出来ず、呆然と立ち竦んだ。

心の中は激しい感情が渦巻いているのに、喉奥で堰止められたかのように声が出ない。

様子がおかしいと気付いたウィルバーが大河の傍に立ち肩に手を置いたが、大河は一点を見つめたまま微動だにしなかった。

動かない二人に気付いた兵士が声を掛けると、ウィルバーは、気分が悪いようだからと軽い調子を装って誤魔化していた。戦いが終わり力の抜けている兵士は、それ以上気にした様子もなく陣営に戻っていく。

「タイガ、話をするなら今しかねえぞ」

遠くなった兵達の後ろ姿を見ていたウィルバーが、大河に声を掛けた。

だが、大河の足は地面に張り付いたように少しも動かなった。

辺りから自軍の兵士達の気配がすっかり消えた頃、それまで微動だにしなかったシェイドがゆっくりと動き始める。血溜まりの中を歩き、地面に倒れ臥した敵兵を確認しているらしかった。

「……回復してやってんのか」

どういう事だ、とウィルバーが横で小さく呟く。

屈んだシェイドが抱え上げた兵士が、突然立ち上がり走り去った事で、回復魔法をかけたのだと知れたからだ。

そうやって何十人、何百人と確認し、回復していくうちに、返り血すら浴びていなかったシェイドの体は血に染まっていく。

当然回復された者が感謝する筈もなく、怯えて走り去り、化け物と罵り、時には回復した瞬間に攻撃する者すらいる。それでもシェイドの動きも表情も淡々としていて淀みなく、そこからはどんな感情も読み取れなかった。

シェイドが確認し終わるまで、大河は指一本すら動かさずにその姿を見ていた。


自分でも制御出来ないほどの激しい怒りが湧き出し、脳内が黒く染まるような錯覚さえ覚える。

シェイドを兵器のように操る王達に対して。

恩恵だけを享受する兵達に。

何も出来ずに立ち竦むだけの自分に。

耳鳴りがした。ザワザワ、バリバリ、というような不快音が響く。

「タイガ……？」

妙な気配を感じてウィルバーが訝しげに声を掛けたが、大河は聞こえていない様子でゆっくり歩き出した。

大河の視界が徐々に色を失っていく。

体が熱い。痛い。イタイ。アツイ。

回復を終え、魔獣のもとへ戻ってきたシェイドが大河の姿を見つけ、動きを止めた。

ゆっくりと向かってくる大河を、見張った目に映し込む。

「……何故、こんな所にいる」

大河の姿はシェイドの知っているものではなかった筈だが、第一声はそれだった。

触れる事が出来る距離まで来て、漸く大河は歩みを止めた。耳鳴りが止まず、シェイドの声が聞き取り難い。

「その姿は、なんだ」

雑音の中に聞こえた声で、ああ、変装していたな、と大河はカツラへの魔力を止めて髪を毟り取る。長い髪が音を立てずに地面に落ちた。一瞬何かに引っかかり、無理矢理に剥がしたのでカツラの髪が少し千切れてしまったようだ。

「……そうではない」

そう言ってシェイドは大河に触れようと腕を上げたが、自分の手のひらを見て動きを止めた。

血に濡れた手で触れる事を躊躇っているらしかった。

広げた手を握りしめる仕草に、大河は泣きそうに顔を歪める。その手が優しいのも、温かいのも大河は知っている。

「ぉ、……お、レ……」

声を掛けようとしたが獣が唸るような音が出た。喉が張り付いたように、上手く声が出ない。その上、硬い何かが唇に当たる感触まである。

声が出ないまま、なんとかその手が汚れていないと伝えようとシェイドの手を掴んだが、鎧を着込んでいるせいで体温を感じられないのが悲しい。

一度手を放してもたもたと鉄のグローブを外し、それを足元に捨てて再びシェイドの手を握った。血で濡れた手はぬるりとすべったが気に留めずに、両手で強く握りしめる。

「お前は……」

何か言いかけたがそれ以上何も言う事なく、シェイドは目を細めて少しだけ微笑んだ。

それだけの事に大河の心は激しく揺さぶられ、怒りに染まっていた思考がシェイドへの気持ちに塗り替えられていく。

「はっ、ぁ…、けほっ、おれ」

唐突に声が出て、少し咳き込んだ。不快な耳鳴りが収まり、大河の視界に色が戻っていく。

色の戻った世界で、灰青の目が大河を見つめていた。

「俺、決めた」

声が出るようになると、自分でも意識していなかった言葉が溢れる。

緊張なのか、泣きたい気持ちからか、その声は少し震えていた。

「……お前の味方するって決めた」

シェイドは何も言葉を発する事なく、ただ、手を掴む力が強くなった。

「お前がどんなに人殺したって、悪事に手を染めたって、俺は絶対にお前を嫌いにならねぇ」

息継ぎもなしに言った後、深く深呼吸する。

大河にとってこれは、シェイドを慰めている訳でもなければ、相手を思いやっている訳でもない。

自分自身の覚悟を言葉にしているだけだ。

「お前が俺を嫌っても。どんなに拒絶したって、嫌いになってやらねぇから」

だから、自分を突き放そうとしても無駄だと。

たとえ、シェイドに殺されたとしても覆る事がないと言い切れる。

「俺の言う絶対は、絶対だからな」

自覚無しに愛の告白に似た言葉を全て言い切ると、大河はくしゃりと顔を歪め泣き笑いのように歯を見せた。

シェイドは見た事も無いほど大きく目を見開いてから、大河の体を骨が折れそうなほど強く抱きしめる。実際、鎧を纏っていなかったら危なかったかもしれない。

突然シェイドの体に視界を奪われ、予想していなかった行動に大河は目を瞬かせる。

「……お前は本当に、馬鹿だな」

髪に顔を埋めているシェイドがくぐもった声で罵声を呟いたが、その声が頼りなげに掠れていて大河は何も言い返せなかった。

シェイドの首元に大河の顔が埋められぎゅうぎゅうと抱きしめられていると、背後からグッと後ろに引かれる。髪にキスをするように鼻先を埋めていたシェイドが、引き剥がされて眉を寄せた。

「おいおいおいおい。何やってんだてめえ」

「……貴様か、邪魔をするな」

「会って話をつける為に連れて来たが、何する気だ。それ以上は許さねえ」

不機嫌そうに大河の鎧の首元を引っ張るウィルバーと、それでも抱きしめようとするシェイドに挟まれて、大河は息が出来ない。

「貴様に許してもらう謂れはない」

「こいつは俺の弟子だ。俺は保護者みてえなもんなんだよ」

バチバチと二人の視線が火花を散らす様子を見ながら、大河は息苦しさに気が遠くなった。

「ぐ、るし……」

絞り出した声に気付いた二人が同時に離した瞬間、呼吸が戻って咳き込んだ。

自分達の馬鹿力を自覚しろ、とバツが悪そうな二人を睨みつけ、引っ張られ後ろにずれた鎧を戻そうと襟元に手を掛けたが、その手を見つめたまま大河は静止した。

自分の手は爪が黒く鋭くなり、手の甲には歪な形の黒い鱗のようなものが纏わり付いていた。反対の手で触れると、その部分だけが硬い。

「気付いていなかったのか？」

心底意外な様子でシェイドが問いかける。

その姿はなんだという言葉はカツラではなくコレに対してだったらしい。それを思い出して、大河はカツラとグローブを拾い上げる。

「それは俺も気になるが、……とりあえず場所を移すぞ」

シェイドが回復に要した時間も合わせると数時間は同じ場所にいる。

街の方角に視線を送ったウィルバーが、二人に移動を促した。

騎士団長の手前、ウィルバーと大河は完全に姿を消す訳にもいかない。

こっそりと戻る為にもあまり離れ過ぎず、そして見つからない場所を探し、山を背後にして陣営を張っている軍から少し離れた森の中に移動した。

到着した頃には日も暮れていたので、シェイドと大河は装備を外して水魔法で血を洗い流し、服を着替えた。その間にウィルバーが適当に焚き火を組む。白い獅子の魔獣は焚き火から少し離れた場所に伏せて毛づくろいをしていた。

そうこうしていると、木の枝を掻き分けて騎士団長が顔を出した。ウィルバーといつの間にか示し合わせていたらしい。

「陣営の方は勝利の祝杯でお祭り騒ぎですよ。ちょっとやそっとじゃ此処がバレたりしないでしょ」

そう言うと、ギルは焚き火を囲むように毛皮の敷物を敷いてクッションのようなものまで用意した。

こういうところはウィルバーと全く違う、と思ったが、本人曰くどこでも寝れるようにアイテムボックスに常備しているらしい。感心していいのか迷うところだが、硬い地面でなくふかふかの場所にゆっくり座れるのは有難い。

「で、それは何なんです？」

焚き火を囲むように三角に敷いた敷物に、各々が腰を下ろして一息ついた頃、思い出したようにギルが大河を指差した。

胡座をかいた大河の横には当然のようにシェイドが陣取っている。

問われてそういえばと自分の手の甲を見たが、ギルがそれよりも頭だろと呆れた声を出した。

「ああ、その話の途中だったな」

斜向かいに座ったウィルバーが能天気に言って大

河を見る。移動した事で忘れていたらしい。

シェイドは大河の耳の上辺りを凝視していた。

「……角、か？」

「え？」

シェイドの見ている場所に触れてみると、何か硬いものに手が当たる。手のひらに握り込めるサイズのそれは、耳の上辺りにくっ付いているようだった。

「何だこれ!?」

「気付いてなかったのかよ」

ギルはその方がビックリだわ、と呆れた表情をする。シェイドは興味津々といった感じで角らしき物体をツンツンと突いたあと、根元から撫でるように触れていた。

「牙もあるな」

「んぁ？」

一頻り角を触ると、シェイドは無遠慮に大河の口に指を入れて開かせる。シェイドの研究者気質を知っている大河は、止めても無駄だと好きなようにさせていた。

「魔物、みたいですねえ」

ギルが思案するように腕を組んで、眠そうな目を鋭く細める。

『魔物になってしまう事も考えられるから、気をつけるのだよ』

魔物という単語で思い出した黒い存在の言葉に、大河の体は硬直した。

あまりに突拍子もない出来事だったので夢だとばかり思っていたが、あれが本当にあった事だとすると現状にも説明がつく。

兵器のように扱われるシェイドの姿を見た時、激しい怒りに体中が支配された。バリバリとか妙な耳鳴りが聞こえたが、それが体を作り変えられる音だったのかと考えるとゾッとする。

「ギル以外は、俺が闇属性って知ってると思うけど。前に依頼の途中で闇の神殿を見つけた時、神様？かな、黒い奴に、怒りとか闇に囚われると魔物になるかもって言われたんだよ……夢かと思ってたけど」

誤魔化すでもなく正直にありのままを伝えると、ウィルバーとギルは驚愕の表情を浮かべた。特にギルは口まで開いている。

黒い存在に言われた言葉を一語一句覚えている訳ではないが、確かそんな事を言われた筈だ。

「……団長、知ってたんですか」

「まあなあ。しかし、怒りでそうなるのか。お前、怒りが一番抑えられなそうだよな」

ギルの声には何故言わなかったんだという非難が含まれていた。

それを受け流しつつ言ったウィルバーの的確な指摘に大河は言葉に詰まる。確かにその通りだと自覚しているからだ。

シェイドだけは何故か驚きもせず、面白そうに大河に生えた角を触っていた。根元を触られると擽ったく、大河は軽く肩を竦める。

「俺はどんな姿でもいいが」

零すように言ったシェイドの言葉が耳に届いた瞬間、大河は驚きの表情のまま淡く頬を染めた。

流石に、この状態を受け入れる言葉を聞けるとは思わなかったからだ。シェイドが研究にしか興味のない変人だという事を差し引いたとしても、誰からも。

「……完全に魔物になったら、どんな形になるか分からないぜ？」

「ああ、そうか。出来れば人型がいいが」

なった時に考えればいいだろうと事も無げに言うシェイドに、魔物になるかもしれないと張り詰めていた気が抜けた。

へへ、と大河は照れたように笑う。

それと同時に、シェイドと同じでいたいという気持ちが、心の底から溢れる。

「……あ」

「取れたな」

ギルが驚きに声を上げ、シェイドは平然と自分の手の中のものを見つめた。

大河に生えていた角がポロリと取れたからだ。反対側の角も地面に落ちていて、手も元どおりになっている。

「おい、生えてたとこ大丈夫か？」

ウィルバーに聞かれ、シェイドが耳の上を確認したが生えていた痕跡すらなかった。

大河も自分で触れてみるが角のあった場所がハゲている訳でもなく、幻覚だったようにすら思える。

どういう仕組みだ？　と首を傾げるウィルバーと、唖然としたまま動かないギルを余所に、シェイドは嬉々として角をアイテムボックスにしまっていた。


炎がパチパチと音を立てる。

火花が当たらない程度の空間を空けているが、それでも熱は空気を伝って大河の肌に触れる。同じ炎でも、自分の魔法で出した炎は多少熱くても怪我をしないのだから魔法は不思議だ、と大河は焚き火を見ながら現実逃避していた。

色々と一気に起こり過ぎて脳が疲弊しているのかもしれない。

「体は完全に元通りだな」

近距離から聞こえる声に視線を向ければ、身長差の為シェイドが少し上の位置から大河を見下ろしていた。先程の言葉を発するまで大河の体を隈なく検分していたのだ。

魔物化の他にも何かあの黒い存在から聞いた事を思い出しそうだったが、あちこち触られる擽ったさで大河はすっかりその事を忘れてしまった。

「属性を考えれば、魔物化は想定内か。だが、何故戻ったのだろうな」

「……さあ」

何故戻ったかは分からないが、先程シェイドと同じでいたいと考えた事を思い出し大河は視線を彷徨わせた。そんな事を思った自分が無性に恥ずかしくなる。

シェイドはほんのりと頬を染めて視線を逸らす大河に首を傾げて、思い当たる事があるのか？　と距離を詰めて問いただしてきた。根っから研究者気質のシェイドは疑問を疑問として放置出来ない性分らしい。

「……ずっと気になってんだが、距離感おかしかねえか」

じりじり追い詰められて、髪が触れるほど近くまで迫るシェイドの顔を、しつけぇ、と押し返していた大河に、ドスの利いた声が届く。

我に返ったように大河が視線を向けると、ウィルバーがジト目でシェイドを見ていた。

「テメェ……俺の弟子に手出すんじゃねえぞ」

「貴様に命令される謂れは無い」

「あぁ？」

突如ひりついた空気と険悪な様子に、大河は会話の内容を深く考える前にウィルバーが殺気を放つのではないかと慌てた。

「手なんか出されてねぇ！　実験体とか言ってたけど大した事されてねぇし！」

手を出す＝暴力、の図式が脳内に出来上がってしまっている大河はフォローしたつもりだ。だがシェイドはなんとも言い難い表情で大河を見つめた。

「お前の、手を出すの定義は何だ」

「えっ、あ、模擬戦はやってたか」

素っ頓狂な事を真面目に答える大河に、シェイドは眉を寄せて深めの溜息を吐いている。

「いや、まあいい」

「……ぶはっ！　くく、はははっ」

突然、それまで静観していたギルが盛大に吹き出し、大笑いし始めた。

「俺、シェイド様のそんな人間らしいとこ初めて見ましたよ」

一頻り笑ったギルは、はあ、と息を吐いて笑いを抑えると、噛みつきそうな目でシェイドを見ているウィルバーに視線を向けた。

「団長、目的を忘れんでくださいよ。弟子が可愛いのは分かりますが」

　ウィルバーはガシガシと頭を乱暴に掻くと、気持ちを切り替えるように後ろ手をついたダラけた姿勢から居住いを変える。胡座をかいた体を少しシェイドの方へ向けていた。

「王の騎士と呼ばれるお前に、確かめたい事があってな」

　全てを見透かそうとするように鋭く見据えるウィルバーの視線を受けて、シェイドは目を眇める。先程とは違う緊張感が漂い、大河は息を呑んで二人の様子を見ていた。

「王の命令に従順で忠誠を尽くしているお前が、王女に逆らってまでタイガを守る理由はなんだ」

「……実験体として必要だったからだ」

「んなもんが理由になるかよ」

　ウィルバーはシェイドの答えに納得出来なかった様子だが、シェイドはそれ以上返事をする事もなく、ふん、と鼻先であしらった。その様子は、それ以上の答えが無いようにも、ただ答える気がないだけのようにも見受けられる。

　自分の名前を出された事でシェイドの反応を見ていた大河にも、その心中は分からなかった。

「質問を変えるか。今日、戦場で敵兵を回復していたのは何故だ」

「敵兵を回復……ですか」

　先程の返事を諦めたウィルバーが質問を変えると、その内容にギルが訝しげな顔をした。

　シェイドは二人のどちらにも視線を向けず、黙したまま微動だにしない。表情からは質問に興味が無いという事が窺い知れた。

「王を守る筆頭騎士という認識だったが、タイガが関わるようになってからどうにも矛盾を感じてな」

　シェイドの態度に苛立ったように一瞬だけ片眉を

上げたが、今更話を止める気もないらしい。言葉を続けるウィルバーの口調はいつものような軽いものとは違い、低く真剣味を帯びている。

王の騎士だとか忠誠だとか、その方が違和感を抱くのは大河が事情を知っているからだ。知っていても口を出す権利はないと、大河はただ黙って成行きを見守っていた。

「さっきのである程度確信したんだが。望んで戦場に立ってる訳じゃねえのか……、いや、立たざるを得ない理由でもあんのか」

「答える義理はない」

真剣な口調で問いただすウィルバーに対して、あくまでもシェイドは答える気がないらしい。素っ気無い態度は取りつく島もない様子だ。

「悪いが、俺にとっちゃあ重要な事だ。もし、何か弱味でも握られてるってんなら協力する心算（つもり）がある。こちらにも利点があるんでな」

ウィルバーの言葉に、大河は思わず目を輝かせてシェイドを見る。

大河とて簡単に解決出来るとは到底思っていないが、協力者は多い方が可能性が広がると思ったからだ。

シェイドは大河の表情を見ると、目元を覆って盛大に溜息を吐（つ）いた。

「ははは、お前が言わなくても、ダダ漏れなのを横に置いてたら意味ねえな」

腹を抱えて笑うウィルバーに、大河は自分の反応が質問の答えになったのだと気付いて蒼白（そうはく）になった。

「わ、悪い……」

「別に、隠している訳ではない」

言っても意味が無いと思っているだけだ、と零（こぼ）しながらシェイドは大河の髪を混ぜるように撫でた。

「お前……、タイガにだけ態度違わねえか……？」

「団長、そういうのは後にしてください」

胡乱（うろん）な目でシェイドを見るウィルバーをギルが脱線しないように窘（たしな）める。

「王の命令を聞かざるを得ない状況という事か。なら王に忠誠を誓ってる訳じゃねえのか」

「王に忠誠を誓った事など一度もない」

「朗報だな。聞かせてくれ、協力は惜しまねえ」

「……協力などいらん。俺に関わるな」

　先程までの不機嫌が回復したように、今のウィルバーからは気分の高揚が見て取れる。口の片端を上げて笑うウィルバーにシェイドは横目で視線を送った。

「俺には隷属の魔法陣が刻まれている。それだけだ」

　先程まで黙していたにも拘わらず、なんでもない事のようにさらりと言い切ったシェイドとは違い、それを聞いた二人は驚きに硬直した。

「は……あ？」

　漸く吐き出した言葉ともつかない声には凄まじい怒気が乗っていた。据わった目には炎が見えるかのような怒りを感じる。

「隷属の魔法陣って事は、ガキの頃からか……王にやられたのか」

「それと父だ。大司教も知ってはいるようだが」

「ゲス野郎共が……」

「団長、気持ちは分かりますが抑えてください」

　唸るように低い声を出したウィルバーは、魔法陣を刻んだ者に対して怒り心頭に発しているようだった。燃えだしそうな怒りを露わにしていたが、ギルに声を掛けられそれを呑み込む。そのギルも心底不快そうに顔を顰めていた。

「悪い……いや、悪かったな」

「何故謝る」

「戦場でお前を見たのは今回が初めてじゃねえが、望んで従っているのだと、お前の事を誤解してた」

　いつも通り口数は少ないが、シェイドは純粋に驚いているようだ。たいして合わせる事さえしなかった視線をウィルバーに向けて、怒りから情けない表情になるまでを探るように見ていた。

　そして大河の方に視線をやると、その顔をじっと見つめる。シェイドが何かに戸惑っているようにも見え、大河は視線を受け止めると、どうしたんだ？と首を傾げた。

「師匠と弟子というのは、多少似るものなのだと思ってな」

戸惑いを隠すように呟いたシェイドの気持ちが、大河には少し分かるような気がした。

「似てるとは思わねぇけど、師匠は信用出来る人間だって断言するぜ」

「おい、買い被るな。俺にも利点があるって言っただろうが」

「利点とは何だ」

少し照れたらしいウィルバーが鼻の頭を人差し指で掻く。大河にとってこの世界で信用が置ける順番はシェイドを抜いてウィルバーが上だ。

それまで様子を窺っていたギルが、漸く本題かと軽く息を吐き焚き火に燃料の枝を投げ入れていた。

「俺は、王位の簒奪を目指して行動している」

「王に成り代わるつもりか」

「いや、俺が王位に就く訳じゃねえ」

「……なるほどな」

急展開な話に目を白黒させている大河を置いてけぼりにして、深刻な話は進んでいく。シェイドは少しの会話で大凡の見当がついたらしい反応をしていた。

「騎士団長を退任した後、十年を掛けて貴族連中を取り込み仲間を集めてきたが……」

「シェイド様の存在がネックだったという訳です」

「お前が王側にいる限り、こちらに勝機はねえと考えていた。他にも事を起こさなかった理由はあるが」

「……、頃合いが見えて俺に接触を図ったか」

「いや、今回の接触はタイガがいなきゃ考えもしなかった。最悪の場合、俺がお前を足止めするつもりだったからな。死ぬ気になりゃ数時間は足止め出来る」

口元に手をあてて考える仕草をするシェイドは、

どこか気に入らないといった空気を出している。その感情がどこから出るものか分かりかねたが、大河は静かに物騒になっていく会話を聞いていた。

「内乱を起こすつもりか」

「……それは避けたい。俺としては王とそれに準じる者達が代わる事だけが望みだ」

「だが、そう望まない国民もいる。現状エスカーナだけは平和だからな」

「膿が見えてねえだけだ、このまま行けば必ず国は滅びる。この戦争が終われば半島は制圧されたも同然だ……次は大陸だろう。帝国に戦争を仕掛けて無事に終わると思うか。お前だって分かってるだろ」

シェイドは目を伏せる事でその言葉を肯定した。

それほど多く学ぶ事が出来なかった大河は、まだあまりこの世界の情勢を分かっていない。だが、大陸にある国のいくつかが大きな武力を持っている事は聞いている。

「お前なら、帝国相手でも勝てるかもしれんが……相手も馬鹿じゃない。お前一人だけの力だと知れば、お前が国を空けた所を狙うだろう、俺ならそうする。それに大陸の国々が連合国として手を組めば勝ち目はない」

「国が滅びるか……」

小さく呟かれた言葉にはあまり感情が乗っておらず、そうなっても構わないような意味合いすら感じられた。

国が滅びて王が死ねばシェイドは解放される。ウィルバーが王を討ったとしても解放される。シェイドにとってはどちらも同じような事なのかもしれない。

「……俺には国に守りたい奴らがたくさんいる。お前にはいねえか」

呟きから何かを感じ取ったのか、ウィルバーは膝に置いた拳を、強く握りしめた。その言葉には怒りというよりは、哀しみが含まれていた。

シェイドはふと、ウィルバーに向けていた視線を大河へ落とす。

「いない訳ではない。少ないがな……」

「そうか」

どこか安堵したように洩らしたウィルバーを余所に、シェイドは何かを考えるように大河から視線を外さない。

「俺には、誰も及びのつかない力がある」

静寂の中響く声は静かで、焚き火の中爆ぜる枝の音が大きく感じられる。

話す内容は自信過剰にも思えるが、その声は只そこにある事実だけを伝えていた。

「……だが、守りたいものが守れない。命令されれば、誰であろうと殺してしまう」

常に明確な自信を持って行動している様子のシェイドが、そんな風に考えているとは思いもしなかった。大河は唇を噛み締めて、シェイドの烟るように青い瞳を見つめる。

そんな考えから人と距離を置いているのであれば、あまりにも悲しい。

「お前が、俺達の邪魔をしないというのであれば、お前の守りたいという者達の事は俺が責任を持つ」

シェイドは珍しく視線を彷徨わせた。ウィルバーを信用するべきか迷っているようだ。

「聞きたい事がある」

「……なんだ」

「初めから、これを巻き込むつもりだったのか」

これ、というのが大河を指すらしい事は、一瞬だけ向けられた視線で判ぜられた。突然話題に自分が挙げられた事で、大河は驚きに目を瞬かせる。

ウィルバーは目を見開いた後、表情を歪めてきまりが悪い様子を見せた。

「いや、……そうだな。初めはこちらの味方に付けたいと考えていた。……けど今は思ってねえ」

「タイガの戦力があれば頼もしいですよ」

それまで黙っていたギルが不思議そうに口を出した。黙っていられなくなったというのが正しいのかもしれない。ギルは端（はな）から大河を引き入れる腹づもりがあったのだろう。

「この国の問題は、タイガには関係の無い話だ。俺ら自身で片を付けるべきだろ」

「そんな事言ってる場合でも無いでしょうが」

「俺、もうこの世界の人間だぜ」

言い合う二人の会話を遮り突然声を発した大河に、ウィルバーは驚いて視線を上げた。

「俺の力が助けになるなら、何だってする」

「騙（だま）されていたとは思わないのか？」

「え？　なんで？」

横で聞いていたシェイドが眉（まゆ）を寄せたが、大河は意味が分からずキョトンとした顔で首を傾げる。

「お前を利用する為（ため）に、弟子にして鍛えたのと同義だろう」

「あぁ、けどウィルバーが助けてくれなかったら、俺はのたれ死んでたっておかしくなかったし。助かった事に変わりねぇよ」

「……相変わらずというか」

「なんだよ」

「いや、言っても詮無い事だ」

諦めた様子のシェイドに大河は益々首を傾げた。シェイドは時折こうやって自分の中だけで完結して良しとする所がある。

「さっきも言ったが、タイガを巻き込むつもりはねえ。シェイドとの条件にも反するだろ」

「俺の事なんて言ってたか？」

「守りたい奴らに、タイガも入ってんだろ」

大河はパチパチと音がしそうなほど瞬きすると、シェイドを振り返った。シェイドはいつも通りの偉そうな様子で悠然と座っている。

「当然だ」

その表情は欠片（かけら）も羞恥心（しゅうちしん）などなく平然としていたため、大河が意味を理解するのに数秒かかった。理解と同時にぶわわっと顔に血が上り、大河の頬だけでなく耳まで赤く染まる。

守られたいなど考えた事も無いが、それに伴うであろう気持ちが大河を動揺させた。嫌いな人間を守りたいと思う者などいないだろう。

以前ウィルバーとの会話でシェイドが危険から遠ざける為に大河と距離を置いた可能性が出たが、それが確信に変わった瞬間だった。

「おい、タイガ?」

ウィルバーが訝しげに声を掛けるが、硬直してしまった大河の耳には届かない。

ブルーグレーの目に見つめられて、淡い色で視界がいっぱいになる。暗闇(くらやみ)の落ちた夜だというのに、青空の中にいるような気さえした。

「ん? なんだ?」

「……? 今、何か……あれ?」

ウィルバーとギルが訝しげな表情をしたが、大河の視界には入っていない。

シェイドはそんな大河の様子を一頻り堪能すると、ふと柔らかく笑みを浮かべた。そのまま大河の腰を引き寄せ、鼻先が触れるほど近づくと唇に――、

「! おいコラ、何しやがるつもりだテメエ!!」

「ちょっ、シェイド様、何始める気ですか……!」

シェイドの取ろうとした行動に、怒鳴り声と共に割って入ったウィルバーが大河を引き離し、ギルが情けない声で慌てふためく。

思わず殺気を漏らしたウィルバーにシェイドが反応し、大河がそれを止めて殺気を出さないよう説明をするまでその場は軽く混乱状態となった。

八

乱立する氷柱の中を風が渡って、ひやりとした空気が肌に触れた。

王女が怒りに声を上げていたが、聞こえてさえいない様子で銀髪を靡かせた背は去っていく。

藺はその背を見送りながら、抱え上げられた男の子に目をやった。

抱き上げられる彼に対して羨ましいという気持ちと共に、むくむくと嫉妬心も湧いてくる。男だし、実験体と言われていた、と考えれば少しは心も落ち着くが、シェイドが守ったくらいには仲が良いと思うと顔を顰めたくなった。

現に王女は取り乱すほどに嫉妬心を露わにしている。

大河に視線を向けていた藺は、最近人に会うと癖のようにしている［鑑定］を、思い出したかのように行なった。

少し遠いが宝石などの小物と違い、生き物は姿形が判別出来れば問題ない。

そして、脳裏に浮かんだ言葉に身震いした。

藺の鑑定のスキルはギルが言ったように全てが分かる訳ではなく、情報のうち数個だけを知れる。宝飾品であれば、それぞれの素材、技巧名、作者名、流通価格などの内からランダムに知る事が出来る。元々の藺の知識を合わせるととても使えるスキルだ。

彼等が去り、侍女が王女を宥めて獣車へと促した頃になって、藺は漸く我に返る。

そして嫉妬心と恐怖で綯い交ぜになった気持ちを抑えて、獣車へ戻ろうとする陽斗の腕を掴んで引き止めた。

「陽斗先輩……」

「どうしたの？　こんなとこ嫌だろ、早く戻ろう」

呼び止められた陽斗が周りを見渡した後、藺を獣車へ促す。特別な地位にある繭と陽斗は、王女と同じ獣車に乗る事を許されていた。

「あいつ、人間じゃない」

「シェイド様？　確かに人間離れした強さだけど……」

「そんな訳ないでしょ！　あいつ、私達と一緒に召喚された男の子！」

嫉妬に恐怖、それに怒りが乗っかって、繭は敬語も忘れて陽斗に噛み付いた。様子のおかしい繭とその話の内容に陽斗は目を瞠る。

「いや、どう見たって人間だって」

「私、鑑定スキルがあるって知ってるでしょ。あいつの属性、闇属性って出てた……」

「……は？」

繭も陽斗も属性や魔法について学んでいて、それが持つ意味が分かる程度には知識がある。闇属性というのはこの世界に於いて魔物と同じ意味だ。

「魔物がシェイド様を騙して取り入ってるのかも……！」

「一緒に召喚されたんだから、そんな筈ないって。見間違いじゃない？」

「でも、でも……」

「次会った時にもう一度確かめてみなよ。そんな事言って、王様とかに彼が殺されたりしたら流石に嫌だろ？　一応同郷なんだしさ」

そう取り鎮められて繭は口をへの字に曲げた。命に関わる事を言われると、黙らざるを得ない。この世界に来て暫く経ったとしても、感覚はまだ一般的な女子高生だ。

それでも、もやもやとした感覚は晴れず、嫉妬心は澱のように心に溜まった。

「最近、シェイド様がよく王女に呼び出されてるみたいだね」

「知ってる。この間の一件からシェイド様が断らないのをいい事にね」

　昼食の後、暇を持て余した繭は陽斗の部屋でお菓子を食べながらティータイムを過ごしていた。同郷とはいえ、性別も性格も違うからか二人で話す事は滅多になかったが、魔獣討伐以来時折二人で過ごす事がある。

　とはいえ、話す事は専らシェイドや王女の事だ。

　あれ以来繭は陽斗の前で敬語を使わなくなり、それと同時に無意識だが可愛く振る舞う事も無くなった。陽斗が完全に恋愛対象から外れたという事でもある。

「ずーるーいー」

　テーブルに顔を伏せてじたじたと足をバタつかせる繭に、陽斗は苦笑した。二人であれば行儀が悪いなど言う必要もなく、華美な装飾の部屋を除けば学校の教室のようにさえ錯覚させる。

「陽斗先輩って王女が好きなんだよね」

「う……分かる？」

「バレバレ。でも勇者と王女ってテンプレだしあり得るのかな」

「繭ちゃんゲームとかすんの？」

「お兄ちゃんが持ってたから、ちょっとは知ってるよ」

　他愛ない話をしながら、繭はテーブルに置かれたお菓子を口に入れる。干した果物が入った焼き菓子は少し硬めだが、悪くない。けど、生クリームいっぱいのパンケーキとか、アイスたっぷりのパフェを思い出すと切なくなる。

「私はシェイド様が好きなんだー」

「知ってる」

「え、なんで？」

「それこそ隠してないだろ、追っかけみたいな事までしてるし」

「あ、あれね、使用人の子達とシェイド様が来る時間を予測して、廊下とか見える場所で張り込むの。

時々声を掛けてみたりするんだけど、シェイド様ってば素っ気無いんだよね。そこもカッコイイんだけど！」

　両手を頬にあて、目を閉じて思い出しながら話す繭は楽しそうだ。

「それってストーカー……」

「何か言いまして？」

「いえ、なんでも」

　王女の真似(まね)をして笑いかけると、陽斗は青くなって首を振る。実際にこのようなやり取りを見た事のある繭としては、何故(なぜ)陽斗が王女を好きなのか理解出来ない。

「でもさ、シェイド様はあいつが好きなんじゃない？」

「……は？」

「俺ら以外の、もう一人の転生者」

「何言ってんのよ、あいつ男でしょ」

「いや、まあそうなんだけど。男だからこそ、あんな執着すんの変っていうか」

　恋バナで上がっていた気分が急降下するのを感じながら、繭は眉間(みけん)にシワを寄せた。確かにあの時は男相手に嫉妬したが、後で考え過ぎだったと思い直したのだ。

　闇属性だった事を思えば、実験体と言っていた事も納得出来るし、貴重な実験体なら守る事だってするに違いない。

「俺の気のせいかもだけど、魔獣に乗せてあそこまで来るっていうのもなあ」

「……そういえば、魔獣に乗せてた」

「だろ？　だから王女様もあれだけ取り乱してたんだろうな。シェイド様が男好きってなったら王女様諦(あきら)めてくんないかな」

「……私、帰る」

　消えかけた嫉妬心が再び膨れ上がるのを感じて、繭は席を立った。陽斗は失言に気付いたらしく、慌てて片手で口を覆う。

「あ、ごめん」

「いいの。そんな訳絶対にないし」

「う、うん。だよね」

ヒステリックに叫び出したい気分もあるが、繭は冷静を装って陽斗の部屋を退室した。大袈裟に反論すると、それを肯定するような気がしたからだ。

苛々とした気分のまま何も考えず廊下を歩いていたせいで、繭は見覚えの無い場所に出てしまっていた。

自分の部屋とは違う方向に歩いていていたらしい。

城内は気が遠くなるほど広い。正面入り口のホールから続く大広間と玉座の間を中心に東西に分かれた構造で、繭達の部屋は西側にある。西側には側室を含めた王族達の私室やサロン、食堂などがあり、場所によって階数が違う複雑なつくりをしていた。

繭はここで何度迷ったか分からない。

適当に使用人を捕まえて部屋を聞けばいいかと周りを見渡していると、近くの部屋から話し声が聞こえた。

「安心いたしましたわ」

道を聞こうと近付いた足を、繭は直前で止める。部屋の中から聞こえた声が王女のものだと分かったからだ。

同じ人を好きだという事を差し引いても、王女とはそりが合わない。どこか常に人を見下している様子が繭は純粋に嫌いだった。

「流石はクロフォード公爵。仕事がお早い事」

「時間の無駄を省いたまでです」

「お父様にも見習っていただきたいわ。王位に就くまでシェイド様との結婚を許してくださらないなど」

「王子が就いた場合の事をお考えなのでしょう」

「王になれなかった者には力が与えられないのが国の掟ですもの。分かっておりますわ」

繭が来た時点で殆ど用件は終わっていたらしく、少しの会話の後別れの挨拶と共に扉に向かう足音がして、慌てて部屋から離れた。

部屋から少し距離を置いた廊下で、窓の方を向きながら気持ちを落ち着ける。王女が王になればシェイドは彼女と結婚してしまうのだろうか、と考えると絶望に似た感情が込み上げた。

「勇者……の女の方か」

後ろから掛かった声にビクリと肩を震わせ振り返ると、厳しい顔つきの男性が立っていた。耳にかかるほどの銀髪を後ろに流した男性は、宰相だと紹介された事がある。そしてシェイドの父親だ。

「あ、あの、道に迷って……」

「此処は王族の領域だ。あまり動き回らぬように」

低く冷たい声は、腹の底から冷やされるような恐ろしさがある。それでも、シェイドの父親だという事の方が繭には重要だった。

「シェイド様の、お父様、ですよね」

「……それがどうかしたか」

「私、シェイド様のお力になりたくてっ」

「ほう？」

目を眇める仕草は少し似ているかも、と考えているうちに先程まで多少あった警戒心が解けた。

陽斗の部屋で湧き上がった嫉妬心が、王女の話で膨れ上がり、心の中は繭自身では制御出来ないほどになっている。それと同じく肥大したシェイドの父親に対しての承認欲求に、心の内にあった言葉が押し出された。

「シェイド様と一緒にいた男の子、人間じゃないの」

「どういう意味だ？」

「私、鑑定スキルが使えるんです。彼を鑑定したら、闇属性って……だからシェイド様、騙されてるんじゃないかって思って」

「闇属性、それは本当か」

「私、鑑定を間違った事ないです」

「そうか、闇属性……それは惜しい事をしたな」

「え？」

目の前の男は口の端を上げて冷酷に笑う。

その表情があまりにもシェイドの印象と違い、藺の脳が今更ながら警鐘を鳴らした。

「あの男はもう処分した、気にする事はない」

「……！」

ざぁっと青ざめる藺を捨て置いたまま、宰相はゆったりとその場を立ち去っていく。

へたり込むように廊下に膝（ひざ）をついた後、混乱した脳で呆然（ぼうぜん）と何も無い場所を眺めた。

処分、殺された、自分と同じ転生者が。

ぐるぐると考えるうちに湧いた罪悪感を、私が言う前に殺されたのなら私のせいじゃない、と抑え込む。

通りかかる使用人に声を掛けられるまで、藺は微動だに出来ず崩れ落ちたままだった。

九

暑い季節特有の強い日差しが、窓から差し込んでいる。

にも拘わらず快適な気温に保たれた部屋には、感情を乗せたように語る壮年の男性と勇者と呼ばれる二人がいた。

煌びやかな部屋の重厚で大きな机に向かって、陽斗は講師をしている男性の話を右から左に聞き流している。

昼食を食べた後の座学は眠くて仕方がない。

高校で授業を受けていた時と同じ事を思い、急に込み上げた若干の懐かしさに視線を藺に向けた。

彼女は同じ感覚を共有出来る唯一の存在だったからだ。

視線を向けられた藺はそうと気付かずに、支給された本を見つめている。一見真剣に座学を受けているようだが、よく見れば心ここに在らずというのが分かった。本の文字を追っている筈の視線が全く動いていない。

「神歴九百六十年に王は即位されました。それ以降歴代の王が及びもつかないほどの躍進を遂げられ……」

淀みなく延々と語る講師は、神託が下った時を世界の始まりとして、今日に至るまでの歴史を説明してくれている。漸く今の王の話になり、陽斗は小さく安堵の息を吐いた。

藺は相変わらず一点を見つめたまま、ぼうっとしていた。

最近、藺は様子がおかしい。

ずっと心ここに在らずといった感じで、誰が声を掛けても驚いたり、怯えたような反応をする。

「藺ちゃん、何かあった？」

座学の授業が終わり、部屋に帰ろうとした藺を呼び止めると、陽斗は出来るだけ優しく声を掛けた。

授業を受けていた場所は、陽斗の部屋だ。同時に受けるのが効率的だが、女性の部屋に男を入れるのはどうかという、講師の配慮らしい。

「最近なんか、おかしい感じするし」

呼び止められ振り返ったにも拘わらず、視線を合わせないまま下を向いて口を噤んでいた藺は、意を決したように顔を上げる。

「こ、殺されたの……」

「へ？」

「一緒に召喚された、男の子……宰相、さんが処分したって……」

震える唇が伝える言葉に、陽斗は耳を疑う。

それほど衝撃的な事だった。同じ国から、同じように召喚された者が殺されたという事は、一歩間違えば自分もそうなっていた可能性があるからだ。

「藺ちゃん……」

「違う！　私のせいじゃない！　確かに、あの事言っちゃったけど……言った時にはもう殺されてたの！」

　だから自分のせいじゃない、と言い募る繭は、そう言いながらも罪悪感に押し潰されそうになっているように見えた。

　責めるつもりは無かったが、多少疑いの気持ちを持っていた陽斗に過敏に反応した繭は、可哀想なほど取り乱していた。

「王女が、宰相さんに頼んだんだと思う……」

「え？」

「王女がお礼言ってるの聞いたの。……きっとその事だったんだ」

「いや、まさか」

　嫉妬を露わにしていた時など多少気の強さを見せる事のある王女だが、ふわふわと綿菓子のような甘い雰囲気を纏った彼女が人殺しの指示を出す筈がない。そう思い陽斗は繭の言葉に苦笑した。

　それに、相手が女性ならまだしも、彼等の間に恋愛感情があるのかさえ不確実な状態で殺しまで指示するなど、人の行う所業じゃない。精神的に不安定なせいで繭は疑心暗鬼になっているのだろう。

「はっきり聞いた訳じゃないんだろ？　王女様がそんな事する筈ないよ」

「私達、ここにいて大丈夫なのかな……王様も王女も簡単に人を殺しちゃうような国にいて」

「……だからって、どこに行けるの？」

　否定の言葉を掛けても繭は聞く耳を持たず、陽斗は説得を諦めた。

　行き過ぎた猜疑心で少しでも肩を押せば逃げ出しそうな様子の彼女に、呆れたような声が出てしまう。自分もだが、彼女がこの国から出て生きていけるとは思えない。

「そう、だよね……」

　繭はそう呟くと、陽斗の存在を忘れたかのように、声を掛ける事もなく呆然と部屋から出て行った。

　それ以降も繭の様子が気になっていたが、少しすると元通りの様子に戻っていた。

座学と同じく剣術の講義にも出ているし、話した感じも変わりない。シェイドの追っかけのような事も変わりなくしているようだ。変化といえば、一度断った攻撃魔法をギルに頼んで教えてもらっているらしい事だけだった。


「勇者様、次の戦争には参加なさるとか」

「はい、そう聞いています」

豪勢な食事が並べられた大きなテーブルについているのは、今は王女と陽斗の二人だけだ。

幾度となく行われた王女主催の晩餐(ばんさん)はいつも参加者が違ったが、最近繭は誘いを断っているらしく、いつ頃からかシェイドもあまり顔を出さなくなっていた。繭から転生者の一人が殺されたと聞いた頃からだという事はあまり考えないようにしている。

「お気をつけて行ってきてくださいませ」

何か不穏な事を考えそうになっても、愛らしい王女がふわりと柔らかく微笑(ほほえ)むだけで溶かされるようだった。

「俺で役に立てるか分かりませんが、頑張ります」

「あまり気を張らずに、勇者様は参加なさるだけで良いのです」

「そういう訳には……」

「シェイド様がいらっしゃれば、負ける事はありませんから」

頑張ると言った言葉は、正直に言えば強がりだ。自分が役に立つとは思えないし、戦争なんて考えただけで足が震える。それでも、好きな女の子の前では強がりたいと思うのは仕方がない。ただ、それに対して彼女は陽斗に期待するどころか、あからさまに他の男を頼っているのが分かる。

「王女は強い人がお好きですよね」

少し不貞腐(ふてくさ)れたように言ってしまい、子供っぽい自分に嫌気が差した。

王女は、まあ、と小さく驚いたような仕草をしてから、ふふっと可愛らしく笑った。

「わたくしは、わたくしを守ってくださる方が好きですわ」

小首を傾げて微笑まれ、陽斗は脳内で可愛いを連呼しながら頬を赤くした。

守る！　守ります！　と心の中で連呼したが、体に力が入り過ぎて何も言えなかった。


火の季節が中盤に差し掛かり、外にいると日の光がじりじりと肌を焼く。

快晴の中で国軍は隊をととのえ出発した。延々と続く隊列を見ながら、本当に戦争に行くのだと陽斗は再認識する。

暑いとは言え、陽斗の乗っている獣車の中は適温まで冷却されていて快適だ。

車内には王子であるルーファスと繭が乗っている。御者側の窓から隊列を見て、外を鎧で歩くなんてめちゃくちゃしんどそう、と想像だけでげんなりしながらクッション性のある椅子に深く腰掛けた。

走り出した獣車は、兵の歩く速度に合わせてゆっくり進んでいるので振動も少ない。

「結構時間かかるんだよな」

「ああ、恐らく順調に行って七日から十日くらいかな」

「この人数なら仕方ないか」

「私と長時間同じ空間にいる事になるから、気安くしてもらえると嬉しいな。君も」

そう言って、ルーファスは繭に視線を向ける。陽斗の隣に座った繭はぐっと唇を噛み締めてから、俯いた。

「……私、戦争なんて行きたくない」

顔を顰めて呟く繭は、王から参戦を命令されてからここに来るまで、何度も同じ言葉を繰り返している。陽斗は何度目かになる溜息を吐いて、仕方ないだろと声を掛けた。

「繭ちゃんだって、今は攻撃魔法を訓練してるんだろ？　まだ覚えてないにしても、戦う意思があるから訓練してるんじゃないのか？」

「……訓練は、自分を守る為にやってるの」

ムッとしたような表情の繭に、陽斗は片眉を上げた。

最近の彼女は以前と少し違う。シェイド様シェイド様と言っている姿は変わりないが、時折こうやって真剣な目をする。

「女性を戦場に連れて行くのは私も憚られるのだけど、父の命令だからね」

ルーファスに口を出され、流石の繭もぐっと押し黙った。それでも、納得出来ないという表情は隠していない。

「それに、君は勇者としての恩恵を受けているだろう？」

そう言ってルーファスは一度言葉を切ると、ニコリと微笑んだ。

「恩恵には礼が必要なのじゃないかな」

優しく微笑んで辛辣な事を言うルーファスに、陽斗はひやりとした。繭だけに宛てた言葉だと思えなかったからだ。

友人のように接してきたルーファスの心中が一瞬読めなくて、その笑顔を見つめる。

「勝手に呼び出して、恩恵とか勝手よ」

「うん、そうだね」

言い返す繭を気にした様子もなく、ルーファスは笑顔を崩さないまま背もたれに体を預けた。

「でも私は、そう、例えば、自分を生んだ両親に対して勝手に生んだのだからと言うものが好きではない」

「恵まれた王子様が何言ってるの」

「ふふ、そうだねぇ……」

あからさまに失礼な態度をとる繭を気にも留めず、ルーファスは深く笑みを刻んだ。目を細める表情が少し恐ろしいと思ってしまう。

「自由に出来る意思も、体もあるのだ。好きにするといい、と言っているんだよ」

「だって、逆らえば殺されるかもしれないのに……」

「それすら、君の自由だ。君は楽な方を選んでいるに過ぎない」

グサリ、と言葉が自分の胸に刺さった気がした。繭も同じような表情で声を失っている。

「ああ、すまない。これから時間を共にするのに、これでは気まずいね。私は寝るから、気を楽に過ごすといいよ」

そう言って、王子らしからぬ様子でごろりと座面に横になると、ルーファスはクッションに頭を埋めて本当に寝てしまった。

「まっっっずい！」

顔を顰めて叫ぶように言う繭に、陽斗は確かに……と思いながら手に持った食事を見つめる。

今まで食べていた豪勢な食事とは違い、野営のテントで出されたのは硬いパンみたいなものと干し肉と味の薄い野菜のスープだけだ。

繭が言った言葉に、従者達はオロオロとした様子で焦っている。

「私が兵と同じでいいと言ったのだ。好きなものが食べたいのなら自分で狩ってきたらどうかな？」

平然と干し肉を齧る王子は森を指差して、どこか楽しそうだ。

「王女と魔物討伐に行った時は普通のご飯だったのに」

「君の言う普通、とはこの世界の普通ではないと知っておくといい。街ではこちらの方が普通だよ」

ぶつくさ文句を言う繭を余所に、ルーファスは早々に食事を終えていた。

　朝からずっと移動で昼を食べていないのでお腹は空いているが、硬くて味もイマイチの食事はあまり喉を通らない。

　少し離れた場所にいる兵達の方を見ると、楽しげに会話をしているがやはり疲れている様子が見える。一日中歩き通しだったのだから当然だろう。

「兵と共に歩いても良かったが、流石に国民の手前そういう訳にもいかない」

「ちょっとやめてよね、冗談じゃないわ」

「ははっ、君だけ歩かせるのも楽しそうだ」

　陽斗の視線を追って同じように兵を眺め呟いた言葉に、過敏に反応した繭が立ち上がって異議を唱えた。

　ルーファスは基本的に自分勝手な事ばかり言う繭に対して、こうやって揶揄うのが楽しくなっているらしい。最初のうち感じられた距離感は一日経った頃には消えていた。

「前から思ってたけど、ルーファスって王子っぽくないよな」

「褒め言葉と受け取っておくよ」

　にっこり笑みを浮かべる表情と姿は王子にしか見えない。

　漸く食べ終えた陽斗が一息ついて水を飲んでいると、兵達の方からギルが歩いてきた。

「また、そんなもの食べてるんですか。王子なんだから良いもの食べればよろしいのに」

　テーブルに置かれた繭の食べ残しを見てギルは苦笑している。

　そのまま行軍の進行具合などを話し始めたので、陽斗は繭の方に視線を向ける。

「食べないの？」

「食べるわよ……！」

　繭は意地になったように干し肉に噛り付いていた。

獣車に乗っているとはいえこれほど長い時間移動した事のない陽斗は、流石に疲れが出て野営テントの中でぐったりと横たわっている。

明後日にはベリクレスの国境を越えるらしい。それは開戦するという意味だった。

考えるだけで体が強張るが、今はそれよりも疲労をなんとかしたい、陽斗は勢いよく寝具に倒れ、うつ伏せのまま睡魔に身を任せようとしている。

「もう寝ているのか？」

声を掛けられて、眠い頭を無理矢理そちらに向けた。

声の主は見なくてもルーファスだと分かる。王子なら一人でテントを使えば良いのに、陽斗と同じテントを使っていた。

「！　何!?　それ、血か!?」

ルーファスの姿を視界に捉えた瞬間、驚愕に眠かった頭が覚醒した。

いつも着ている仕立ての良い白い服が赤い色で汚れている。怪我をしたのかと思い陽斗は起き上がって、誰か呼んでくる、とテントを出ようとした。だがその手を掴まれて止められる。

「怪我はしていないよ。返り血を浴びてしまっただけだから」

ルーファスがいつものように微笑み事もなげに言うが、言葉のせいでその笑顔まで恐ろしいものに感じた。ざっと青ざめて、返り血……？　と呟くように同じ言葉を返してしまう。

「妹からの刺客だ。来ると予想していたが思ったより遅かったな」

そう言いつつ、ルーファスは汚れた服を脱いでいく。上半身裸になってから、テント内の桶を使い水魔法で手に付いた血を洗い流していた。

「妹……って、王女様……？」

「ああ、いつもの事だ。気にする必要はないよ」

濡れた手を布で拭き新しい服に袖を通すルーファ

スは、衝撃に声を失った陽斗を余所に平然としている。

「全く、先程まで面白い者と話をしていたのに、楽しかった気分が台無しだ」

少し憤慨したように言っているが、刺客に襲われた恐怖など微塵（みじん）もないように見える。まるで、子犬にじゃれつかれ汚れた服を着替えているかのようだ。

「王女様が、そんな事する筈ない……だろ」

「ハルトは、アリーヤの何を知ってるつもりなんだ？」

呆れた様子のルーファスは溜息混じりに陽斗に問いかける。そう言われると、陽斗は返事に困った。

彼女の容姿や声はすぐに思い起こせるほど脳裏に焼き付いているが、彼女の事はあまり知らない。

「妹とは王位継承を競っている、私が死ねば彼女が王だ。そして、妹が王位に就けばシェイドと成婚する事が王と妹の間で確約されている」

彼女が私を殺そうとする理由は十分だろう？　と笑いながら言うルーファスは、内心では笑っていないように感じた。

王女を好きだと思っていた気持ちに対して、もう一人の自分が本当に？　と問いかけている。綿菓子みたいに甘く可愛（かわい）らしい姿に惹（ひ）かれていたが、自分は彼女の内面を何も知らないのだと今更ながら気付く。

そんな事する筈ない、と繭に言った時の事を思い出した。

疑心暗鬼になって突拍子も無い事を言っていると思っていたが、あり得る事なのだろうか。

陽斗の顔が青ざめるのと同時に、心がスゥッと冷えていくように感じた。


空を覆う氷刃を見上げて、誰（だれ）しもが言葉を失う。

あまりの衝撃に、これが一人の人間が行なった魔法だと気付くのに時間がかかった。

降り立つ前に見えた姿で、シェイドが軍の前に立っている事は分かっている。シェイドの使う魔法が優れているとも聞いていたが、これは、本当に神か化け物だ。

氷刃が降り注ぎ、自軍から勝鬨が上がるまで、陽斗は微動だに出来なかった。

「シェイド様すごい！　かっこいい〜！」

繭が上げた声で、漸く我に返る。

その繭は、黄色い声を上げているにも拘わらず手が震えているようだった。その事で、彼女が自我を保つ為にそう装っているのだと気付く。

シェイドに憧れている気持ちは確かだろうが、それ以上に使用人達と女子高生のような行動を取る事が彼女の精神を安定させていたのかもしれない。

「繭ちゃん」

「すごいよね！　あんな、あんなに」

「……繭ちゃん」

表情で陽斗が何を言おうとしているのか気付いたのか、繭は唇を噛み締めて俯いた。

人が死ぬのは怖い。

他人であっても。知り合いであったらもっと。こちらの世界で死が身近にあるとしても、陽斗や繭の精神は以前いた世界のままだ。でなければ、殆ど言葉を交わした事の無いもう一人の転生者が死んだと聞いただけで、あれほど動揺しない。

敵国であろうと、人の死を喜べる筈がなかった。訓練を受けたって、戦争に参加する覚悟など出来ていなかったのだ。

普段であれば、きっと繭はシェイドに駆け寄っていた。

そんな様子もなく、促され陣営に戻った繭はどこか憔悴している様子だった。繭を送り届けてそのまま様子を見ている陽斗とルーファスは、祝宴を始める兵達を余所にテント内で毛皮の敷物の上に腰を下ろしている。

「大丈夫？」

珍しく繭に優しい言葉を掛けるルーファスは本当に心配しているようだ。繭は俯いたまま、返事をしなかった。

「参加しなくていいのか？」

「勝ったとはいえ戦場で祝宴など呆れる。……だが水を差すのもな」

ルーファスやギルが始めたのではなく、食事が盛り上がり自然発生的に宴会へと発展したそれを、止めなかったというだけらしい。心底呆れた様子のルーファスは、胡座をかいた状態で前屈みになって膝に肘をついている。

姿勢のせいかいつもと雰囲気が違う。

「この後、私はベリクレスとの交渉で忙しくなる。元よりその為に来たようなものだが」

「えっと、お疲れさま？」

「その前に、言っておきたい事がある」

雰囲気が違うと思ったのは、姿勢だけでなく笑顔がないからだ。

その事に気付いていつもより精悍に感じる顔つきをまじまじと見ていた陽斗は、言われた事があまり耳に入っていなかった。

「私側につくか、妹側につくか、国に帰るまでに決めてもらいたい」

「……え？」

唐突に言われた言葉に、陽斗は惚けた顔で気の抜けた返事をしてしまった。

ルーファスはそれに苦笑すると、いつものように笑みを浮かべる。

「私、争いに巻き込まれたくない……」

呟いた声の方を見ると、繭が俯いたまま眉間を顰めていた。

「どちらにもつかないという選択でも構わないよ。以前、恩恵には礼が必要だと言ったが、差し出すのであれば当然恩恵は授けよう」

「それって、生活の保障をしてくれるって事？　それとも味方にならないなら自分が王になった時、見捨てるっていう意味？」

「私についても、今までのように豪奢な生活は出来ないよ。生きるのに必要な協力はしようという意味だ」

「……だったら今のままの方が良いじゃない」

「勇者が必要とされているうちはね」

話に入れないまま、会話を聞いていた陽斗はビクリと背を震わせた。今までに一度もその可能性を考えなかった訳ではない。繭も同じらしく、喉を詰まらせたように黙り込んだ。

「勇者というのは国にとって広告塔だ。勇者信仰というものもあるくらいで、神聖化している国もある。王はそれを利用する為に召喚したが、半島を制圧すれば必要がなくなるんだよ」

「必要なくなる、って……」

「大陸の方にはそういった文化が無いからね。君達が戦力として使えるなら大陸への侵攻時に駆り出されるだろうけど」

戦えないよね、と笑って言うルーファスは、先程の戦いでの事を言っているのだろう。二人とも、怯えていただけだった。

「強制するつもりは無いよ」

「そんな事聞かせて、よく言うわよ」

「困ったな。本当に強制するつもりは無いんだ。元々誘うつもりも無かったし」

本当に困った様子で、それでも笑いながらルーファスは肘をついてない方の手で頭を掻いた。

「じゃあ、なんでどっち側につくなんて言うんだ？」

「君達なら、私の陣営に誘っても良いかと思ったからだよ」

目を細めて言うルーファスの声はその笑顔とは裏腹に真剣味を帯びている。

陽斗も繭も、どう答えて良いか迷ったまま何も言えずにルーファスを見ていた。

「まあ、好きにすると良い」

欠伸（あくび）の後そう言ってごろりと横になったルーファスは、眠そうにしている。

「ちょ、ちょっとここ私のテントなんだけど！」

「良いじゃないか、君に女性としての魅力など微塵も感じていないのだし」

失礼な事を言い放って繭を激昂（げきこう）させたルーファスは、怒声も聞こえていない様子で本当に寝てしまった。

本当に王子らしくない、と呆れたように思う陽斗だが、どこか満ち足りた気持ちを感じていた。

この世界に来て、ずっとグラグラとしていた地面がとうとう崩れて、別の大地に足をつけたような気分だった。

十

焚（た）き火を囲んだ密談から両手で数えられるほどの日数が経（た）った頃（ころ）、再び同じ面子（メンツ）が集まった。

あの場所では決められなかった細かな事を相談する為だ。今度は焚き火でなく、石造りの狭い部屋でテーブルを囲んでいる。以前にも訪れた事がある、地下の酒場だった。

ギルドでも受けられない依頼が行き着く場所という説明をされた隠された酒場は、実際は反乱組織の拠点として利用されていた。

妙な道程を踏まないと辿（たど）り着（つ）けない場所にも、顔を隠す客にも今更ながら大河は納得した。

「つー訳なんだが、どれくらいで用意出来る？」

ウィルバーがギルと共に、机に乱雑に置いた書面を前にしてバイロに指示を出していた。

その三人や大河は顔を隠してはいないが、貴族や商人にはお互い素性を知らない方が都合が良い場合があるらしい。大河の隣に足を組んで座っているシェイドも、今は黒いフードを被っている。

地下酒場で多くの人間が被っていたこの装束には、相手に顔を認識させ難くする魔法陣が織り込まれているのだそうだ。念には念を、なのかシェイドは髪色も変えている。黒髪のシェイドが妙に新鮮で、いつものキラキラした感じとは違い魔王様と呼びたくなるような風格があった。

「このクラスの結界の魔法陣を集めるには、最短でも二十日はかかる」

「出来ればもう少し早く、更に数も欲しいがな……」

バイロが腕を組みテーブルに置かれた紙を見下ろしていた。顔は普段より数段厳めしい。

ウィルバーとギルが現在進行形で無理難題を押し付けているからだ。

反乱軍が王位の奪取を決行する間、シェイドは結界に拘束される事になった。

シェイドの協力なくして成し得ない計画だ。

様々な案が出たがシェイドの膨大な魔力と知識がそれを実行不可能にしていき、最終的に残った方法がそれしかなかった。結界ですら高い攻撃力を持つシェイドが破れない訳が無いが、幾重にも重ねる事で時間を稼ぐ算段らしい。

「自分では結界の魔法陣描けないのか？」

「……馬鹿者。俺が描いた結界を自分で消すなど一瞬だろうが」

「あ、そっか」

置いてけぼり状態の大河が、話の中心だが入る気の無いシェイド相手にコッソリと疑問を口にして呆れ顔を返される。

珍しい黒髪にばかり気を取られていたが、話の途中でその顔色があまり良くない事に気付いた。

「なんか、調子悪そうだな」

よく見ないと分からないが、出会ったばかりの頃のように目元が少し暗いように感じる。

「……睡眠不足だからな」

「そうなのか？」

「この作戦が無事に終われば、眠れるようになる予定だ」

　そう言って溜息を吐くシェイドは、随分と疲れているらしい。

「お前は、今どうしている？」

「前は師匠んとこに厄介になってたけど、依頼も受けて稼げるようになったから、今は自分で宿取ってるぜ！」

　自分で稼げるようになった事が誇らしくて大河が少し自慢げに言うと、シェイドが眉を顰めた。

「以前は家まで一緒だったのか……？」

「家っつーか、師匠が取ってる部屋だったな」

「何……？」

「師匠が寝る時は裸じゃなきゃ寝れねぇとか言って、同じベッドで寝てんのにすぐ全裸になんだよ」

　あれが無きゃ別に同じ部屋でも気になんねぇんだけど、と思い出し苦笑しながら言っていると、急激に部屋の温度が下がった。

　部屋の壁がパキパキと白く凍りついていく。

「さ、寒っ……！」

「なんだ!?」

「シェイドか！　何してやがんだ冷気止めろ！」

　寒さに身をすくませる大河とシェイドの方を向いて、ウィルバーが怒声を上げる。あまりの寒さに怒鳴る息が白くなっていた。

「……ああ、無意識だ」

「この規模の魔法を無意識……」

　悪びれもせずに言い放つシェイドに、ギルは寒さと違う意味でも体を震わせる。

「ったく、真面目な話してるってのに」

「貴様のせいだがな」

「なんでだよ!?」

　シェイドは腕を組んで苛立たしげに視線を逸らし、

突然罪を擦りつけられたウィルバーは理不尽に声を上げた。

訳も分からず成り行きを見守っていた大河は、そのうち別の事に思考が逸れていく。あまり考えを口にしないシェイドが唐突に理解出来ない行動や言動を取る事に、大河は慣れてしまっていた。

それを言えば、シェイドは俺の台詞だと反論するに違いないが。

「寒いとあったかい物が食べたくなるよな」

能天気に言った大河に、シェイドは先程より大きい溜息を吐いて、そうだな、と平坦な声を返事をした。

何よりも食い気が勝るのが大河なので仕方がない。

そうしているうちに、部屋の扉が叩かれる。

「タイガ引き取りに来ましたー」

「うぉ!?　寒!!　なんでこんな寒いんすか」

ノックの後、明るい声で勢いよく入ってきたテオとエドリクが、部屋の寒さにぶるりと身震いする。

シェイドは冷気と凍った壁を一瞬で元通りにしていたが、一度冷えた室温はすぐに戻らないらしい。

「おお、悪いな」

「引き取りにって、なんでだよ」

「お前は作戦に入れねえって言っておいただろ。バイロに礼が言いたいっつーから連れて来たが、もう帰れ」

「俺は協力するって言っただろ」

グルルと唸り声が聞こえそうな様子で反抗する大河に対して、あくまでもウィルバーは譲歩しないつもりらしい。

「ダメだ」

「だからっ」

「はいはい、タイガ。俺らは邪魔だから、飯でも食いに行こうぜ」

テオが肩を組んで大河を扉に促そうとする。

テオやエドリクはウィルバーの目的を知る仲間だったらしく、ギルドに戻った後に改めて説明された。

ギルドの高ランク組の多くがウィルバーの意思に賛同しているらしい。理由を聞けば、依頼で他国に行く事が多いからだと痛そうな表情で言っていた。

「っ、……わかった」

取りつく島もないウィルバーに黙り込まれ、テオに邪魔だと言われてしまうとそれ以上粘る事も出来ない。

眉を極限まで寄せて渋々返事をした大河にエドリクは苦笑して、宥めるように頭に手を置いた。

行こうぜ、と促され仏頂面のまま扉に体を向けようとした瞬間、大河は後ろに引っ張られる。

「……?」

「わ、シェイド様……?」

振り返ると、シェイドが不機嫌そうな顔で手首を掴んでいた。

驚いた表情をしているテオとエドリクは、フードを被り髪色を変えていたせいで、シェイドがいる事に気付いていなかったらしい。

怯えたように名前を呼ぶテオは、以前からシェイドに対して萎縮していたが、更に城門での一件でトラウマになっているようだ。

「……いや」

何か言いたそうにしていたにも拘わらず、シェイドは何を言うでもなく黙り込み、掴んでいた手を放した。

一瞬だけ触れた体温が離れる事に、なんとなく寂しい気がして、大河は妙な方向に行きそうになった思考を振り払う。

そして、シェイドには作戦が終了するまで会えないかもしれないと今更ながら気付いた。

ウィルバーが考え直して大河を作戦に入れてくれるなら別だが。大河一人ではここに来る事さえ出来ない。

「え、と……頑張れよ、ってのはおかしいか」

じっと見つめられ、居心地の悪さを感じながら頬を掻く。言葉を選ぶように言った大河に、何故かシエイドは眉間の皺を深めた。

「……あまり、触られるな」

「は？」

シェイドの考えていた事は大河の予想とは、少し違ったらしい。

キョトンと首を傾げる大河を余所に、シェイドは眉を寄せて冷ややかな目を大河の両サイドに送る。テオとエドリクは慌てたように頭と肩に触れている手を離した。

「いっ、行こうぜ！」

「？　おう、じゃあまたな」

屈託無く笑って言う大河に、シェイドは漸く不機嫌そうな顔を緩めて、ああ、と返事を返す。

「青いねえ……」

テーブルの向こうでバイロが腕を組んでニヤニヤと笑っていた。

「あ？　何がだ？」

「団長って結構こういうの鈍感ですよね」


あからさまな行動でも取らない限り気付かない様子のウィルバーにギルは苦笑している。

逃げるように部屋から出るテオとエドリクに引っ張られて部屋を後にする大河の耳に、扉が閉まる瞬間そんな会話が聞こえた。


王位の奪取というのは、所謂反乱だ。

革命と違うのは、社会構造まで変革する訳ではないという点である。

期日は十二日後、収穫を祝う風の祝祭の日。

当然王には近衛兵が付いている。

そうでなくとも、城で働く者は、従者を含め王に手を出せないよう魔法陣の契約が義務付けられている。王を手にかける事の出来る者は少ない。

王が民衆の前に姿を現す、その日でなければいけないのだそうだ。

ウィルバーが頑なに大河を作戦から遠ざけようとしているため、日程についてはテオから無理矢理聞き出した。

祝祭の間シェイドは結界に拘束される算段だという事は、以前地下の酒場で聞いた為知っているが、彼とはあれ以来会っていない。酒場で最後に会ってから、既に八日は経っていた。

「風の祝祭は、とにかく飲んで食べる日だな」

「それはお前の過ごし方だろ」

軽い調子で言うテオに、エドリクが呆れた声を返している。

大河を含めた三人は、町の東側の道を歩いていた。神殿の近くの店の依頼で魔獣を狩ってきたからだ。ギルドを通して渡す事もあるが、肉など鮮度の必要なものは直接持って行く方が喜ばれる。証明書とサインをギルドに提出すれば依頼達成となり、ギルドで報酬を受け取る仕組みだ。

「城前の大広場で、王が神への捧げ物をして、皆でその年の収穫に感謝する。その後は毎年剣舞とか見世物が披露されてるな」

「鳴り物もあって賑やかだよな。まあ大抵の人間は飲んで食ってるだけだぜ」

「屋台とかも出るのか？」

「屋台なんていつでも出てるだろ？」

祭りといえば屋台のイメージがあるが、考えてみればこちらでは屋台は日常だ。

そんな話をしていると、路地裏の道に物売りが見えた。屋台とまでいかないような形態で、野菜や果物を道で売る者達が街には多くいる。

こんな路地裏で売れるのか？　と見ていると、余計な世話だったらしく客が物売りと何か話していた。道を進み必然的に近くなると、客の方に見覚えがあった。

「おっちゃん、何してんだ？」

「おー、お前か。何って買い出しだよ」

無造作な茶色の短髪に短い髭の客は、大河がこの世界に来て初めて声を掛けた串焼き屋台の店主だ。買い出しなどで時折広場に行っていたため、すっかり顔馴染みになっている。

男は果物を買っていた。先程何か受け取っていたように見えたが気のせいだったようだ。その間、視線も合わせない物売りの男は、濃紺の髪で目が隠れている上に愛想がない。

「そんなに買うのか？」

「ここのが美味いんだ。奢ってやるよ」

「え、いいのか？」

渡されたのは見た目は葡萄に似た果実だ。苺くらいの大きさの実で、丸く房を形作っている。

「これ見ると祝祭って感じがするよな」

しみじみと言うテオの言葉に、季節のものなのだろうかと思いながらその果物をひとつ口に入れる。果実は桃のようなまったりとした甘さがあった。

テオはひとつ取って何故か丸い果実を光魔法で光らせてから口に入れる。口の中が光って面白い感じになっていた。

大河が首を傾げて見ていると、エドリクが苦笑を零す。

「俺も子供の頃よくそうやって食べてたな。意味は無いんだけど」

子供でも光魔法が使える世界ならではの遊びなのだろう、子供が考えそうな事だとテオの光る頬を見て大河も笑う。こういった考えもつかない文化に触れる度、異世界にいる事を再確認させられるようだ。

「大河は光魔法使えなかったよな」

そう言ってテオは大河の分も光らせてくれた。

テオはエドリクにも渡そうとしていたが、子供っぽくて恥ずかしいと押し返している。その感覚が分からない大河が素直に口に入れると、丸く膨らんで光る頬をテオに突かれた。

る。

果物をくれた屋台の男は、ガキだなぁと笑ってい
その様子を、物売りの男が目を細めて見ていた事

には誰（だれ）も気がつかなかった。

散々思案した挙句、大河は一番最初に目に入った張り紙を手に取った。

日課のようにギルドに来ると、壁に貼られた張り紙を確認して依頼を選ぶ。討伐だけでなく、ギルドには日々様々な依頼が舞い込んでいる。ウィルバー達の事は勿論（もちろん）気になるが、何を言った所で聞き入れてはもらえず、そして生活の為には仕事をしなくてはいけない。

「この依頼、行ってみてぇんだけど……」

大河の手元を覗（のぞ）き込んだ二人は一様に口の端を下げた。どうにも気が乗らないらしい。

「こういう依頼は面倒な事が多いんだよな」

「普通に、討伐の方が良いんじゃないか？」

大河が選んだ依頼は商店の清掃だ。書くのは苦手だが、多少読めるようになった文字の中から気になる言葉を見つけてその依頼を選んだ。

テオとエドリクの二人が乗り気でないのに気付いて、手元の張り紙に再び視線を落とす。無理強いするつもりはないが、どうしても気になってしまう。

「……タイガ、お前清掃のスキル持ってたんじゃないか？」

後ろから声を掛けられ、振り返るとウィルバーがいた。出かけるところだったらしいウィルバーは装備を整えている。

「どっか行くのか？」

「ああ、ちょっとイラルドの方にな」

決行日が決まり忙しく奔走しているウィルバーと会うのも、実は久しぶりだ。

ウィルバーが行くというイラルドは、エスカーナからそう遠くないとはいえ元は他国である。また当分会う事は無いのだろう。

「気をつけてな」

　そう声を掛ける大河の頭をいつものようにくしゃくしゃと撫でる。

「気をつけるのはお前の方だ、あっちの出方が分からない以上油断するなよ。お前らも、頼んだぞ」

「大丈夫だろ。死んだって思われてんだし」

　呑気に笑う大河にウィルバーは、そうだがな、と言いながら顔を顰めた。

　ウィルバーの心配性は大河がシェイドに拉致されてからのものだが、徐々に悪化しているような気がしている。

「清掃スキル持ってるなら、その依頼行ってみるか」

「偶には討伐以外の依頼もいいかもな」

　ウィルバーを見送った後、二人が気を取り直したように言った。すっかり意識が別に行ってしまったが、依頼を相談していたのだ。

「スキルって補助程度だし、役に立つかな」

　そう大河は二人の期待に少しだけ不安を漏らした。


「おお！　これはこれは！　なんと素晴らしい！」

　店主が目尻の皺を深め目を煌めかせて店内を見渡している。

　店の主人は魔法使い、もしくは仙人というイメージがピッタリの長い白髪を後ろで三つ編みにした髭の長い老人だ。

　大河を含む三人は流石にぐったりとしている。店内をここまでにするのに丸一日以上かかったのだ。

　スキルのお陰か多少早かったようにも思えるが、正直スキルが役に立ったのかよく分からなかった。

　清掃を依頼した店は足を踏み入れた途端唖然とするほど、絶望的に散らかっていた。

　よく分からない器具、本、石版、紙類が雑然と置かれ、それなりに広い店舗がゴミ屋敷にさえ見えた。

　商店は、本と魔法陣を扱う店だ。

　店内に入った瞬間、テオとエドリクは顔を手で覆って天を仰いだが、大河は店主に挨拶だけすると即刻清掃に取り掛かった。

大まかに商品を収納してから半日以上かかって商品の埃を払い、木の床を水拭きし終わった時点でやれやれと、テオとエドリクは仕事を終えようとしたが、それを余所に大河は商品の分類を始めた。

眠気に船を漕いでいる店主を時折起こして聞きながら、細かく商品を仕分けて並べていく。

全ての商品がごちゃ混ぜに置かれていたのだ。これでは客もだが、店主も商品を探すのに一苦労する。恐らくそれが原因で探す度に散らかっていき、埃を払うのも億劫になっていたのだろう。そう思った大河は、依頼内容には無いが、店主に断りを入れて整頓する事にした。

大河の行動に対して嘘だろ、と青ざめていた二人に手伝ってもらい、テーブルの上に腰ほどの高さの本棚をのせて本を仕舞うと、テーブルの上には表紙に絵のあるものを平置きする。同じ商品がいくつもあるものは、木箱に入れてテーブルの下に仕舞った。

石版は同一商品ごとに棚に縦に並べて、紙類は種類ごとに分けて重ねると、飛ばないよう水晶を重石にしておく。

そうやって全てを陳列し終えてから、木札を買ってきて、商品名と料金を記した。大河の字はテオに盛大に笑われ、不貞腐れた大河の代わりに二人が手分けして書いてくれた。

全て終えるのに二日かかったが、年老いた店主はまるでプレゼントをもらった子供のように喜んでくれた。

「ほうほう、魔法陣を消す方法か」

大いに喜んだ店主が、是非夕食にと誘ってくれた為、大河達は店の奥にある住居に招かれて食事をいただいている。店とは違い掃除の行き届いた住居はとても居心地が良い。

編んだ白髪をお団子のように緩く結った、背の低い奥さんは朗らかに笑って三人を受け入れた。

店主の奥さんが作る手料理は野菜を煮込んだものや、焼いた肉などだが、長年の経験で旨味の出る食材や相性の良い組み合わせを熟知しているのか、正直ギルドの食堂よりも美味しい。

「紙や布であれば破って、石版なら割ればいいのじゃないか？」

「えっと、相手が生き物の場合なんだけど」

「ふむ、隷属魔獣か。殺さずにというのは……難しいの」

店主は長い髭を撫でつつ考えている。

大河は真剣な表情のまま固唾を飲んで返答を待った。横で夕食を食べているテオとエドリクは話には入ってこず、テオは明るい調子で奥さんにお代わりをお願いしている。

「やはり、魔法陣を描いた者に頼むより他に無いかの」

「それが出来ない場合は？」

「無理に外す事は考えん方が良い。隷属魔法は他とは質が違う。魂を鎖で縛り、契約者とは常に鎖で繋がっているようなものだ。だからこそ離れていても命令が届く」

唇を噛み締める大河に気付かず、店主は目を閉じて自分の知識を掘り起こしている。

「無理に外せば魂が壊れるぞ」

泣きそうに顔を歪めた大河の表情に気付いたのか、奥さんは優しい仕草で旦那の肩に手を置いて冷めますよと食事を促した。

大河も止めてしまっていた手を動かして食事の続きを口にする。

「まあ、命令する者がいなくなれば消すのと同じ事だが。……昔は奴隷に使われていてな。隷属魔法を掛けられた者が契約者を殺す事や、自ら命を絶つ事がよくあった。その為にそれらを禁止する魔法を織り交ぜるようになってえらく複雑だった。今は魔物にしか使わんからその時分のものよりは簡易だが」

　不穏な事を語る旦那に、奥さんは食事中に話す事ではないでしょう、と窘めている。店主はバツが悪い表情をして、悪い悪い、と彼女に謝った。

「じゃあ、魔法陣を描ける人ってこの国にどれくらいいるか知ってる？」

　話を変えたい奥さんには悪いが、大河にはどうしても聞きたい理由がある。

　真剣な表情の大河に、奥さんは諦めたような顔つきをすると、エドリクにお代わりがいらないか聞いていた。

「そうだのう、魔法陣を描ける者自体少ないが、隷属魔法は特にな。わしが描いたものであれば消してやれるが」

　その言葉に、大河は思わず勢いよく立ち上がる。

「じいちゃん、人に隷属の魔法陣描いた事あるのか？」

「タイガ」

　エドリクが立ち上がったタイガの袖を引いて窘めた。

　当然大河に店主を責めるような気持ちは一切無く、期待からの言葉と行動だったが、そうは受け取られなかったらしい。

「わしがそんな人間に見えるのか？」

「あっ、ご、ごめん……」

　露骨に不快な表情を作った店主を見て、大河は眉尻を下げて力が抜けたように座り込んだ。

「百年ほど前に奴隷制が無くなって以降、この国で人に隷属魔法を描く事は禁止されている。それ以降は魔物に描くもの以外は廃れていった筈だ」

「廃れたっていっても可能だろ？」

　大河の様子に何か只ならぬものを察したのか、店主は不快げに寄せられていた眉を緩めて顎髭を撫でながら思案していた。

　黙り込んでしまった大河の代わりに、テオが店主に問いかける。

「魔法陣というのは、そう簡単に描けるものじゃない」

「俺も勉強してみた事あったけど、あの緻密な柄がまず描けなかったんだよな」

「俺は最初から無理だと思って挑戦した事もねえ！」

何故かドヤ顔で言うテオに、店主とエドリクは呆れた顔をしていた。奥さんは口に手を当てて笑っている。空気が和んだ事に安堵して、大河は心の中でテオに感謝した。

「あの複雑な模様を見て分かるように、ひとつの魔法陣を会得するまで大変な労力と時間を要するのだ。少し模様の間隔が空くだけでも発動しない。融通がきかん。だからより複雑なものほど高額になるんだよ」

「転移とか欲しいけど高いもんなー」

「王宮になら高度な魔法陣を扱う宮廷魔法師がいるが……確か街の結界と転移に特化している筈だ。隷属の魔法陣自体、随分高度な魔法陣になるから、専門にしているのでもなければそうそう描ける者がいるとは思えんがなぁ……」

そう言いながら、店主は大河に視線を向けた。

「滅多に無いが他国からも客が来る事がある。隷属魔法について何か分かったら知らせてやろう」

失礼な言動をした大河に対して優しく声を掛けてくれる店主を、大河は唇を噛み締めて見つめ返す。

大河のしょんぼりした様子を見て、店主は目元の皺を深くして苦笑した。

「店の事、本当に嬉しかった。力になれるなら、それくらい構わないよ」

大河は仕事をしただけで、それほど感謝される事をしたとは思っていない。それでも有難い申し出に、お願いします、と頭を下げた。

真摯に頭を下げる姿を見て、夫婦は礼を言うのはこちらだと笑っている。

朗らかに笑う店主と奥さんの作る空気が、この家の居心地の良さを作っているのだと、大河は二人を見て思う。

こんな家を持っている二人が羨ましい、そんな思いと共に眩しそうに夫婦を見つめた。

家というのは、住む人も含めて家なのだ。


火の季節が終わり、広場も風の季節に装いが変わっている。

祝祭が近い事もあるのだろう、其処彼処に季節の花が飾られ、先日もらって食べた丸い葡萄のような果物もたくさん見かけた。そしていつも以上に水晶が置かれている。こちらの世界では光とは神が齎す神聖なものなのだそうだ。

夕暮れ時の広場では人々が光魔法を使い始めている。各所に置かれた水晶が光る風景は幻想的だ。

「おっちゃん、これ二本」

「まだ食うのか？」

達成した依頼をギルドに報告に行き食事も済ませた帰り、広場の屋台で串焼きを買うテオにエドリクが呆れた声を向けた。

ウィルバーから街に出る時には一人になるなと言い付けられてから、最近は三人で行動する事が多い。巻き込まれたテオとエドリクには悪いが、常に一緒なのが気心が知れた人間というのは助かっていた。

友人と言ってくれる二人と一緒に過ごすのが、単純に楽しいというのもある。

「おっ、兄ちゃん、また買いに来たのか」

「あぁ、今日は俺じゃなくてこっちだけど」

テオが買っていたのは、すっかり顔馴染みになっている男の串焼き屋台だ。祝祭だからと装飾を増やす気が無いのか、店はいつもと変わりない。

「冒険者だったよな。そんな細腕で戦えてんのか？」

「細くねぇ！」

テオに串焼きを渡しながら失礼な事を宣う男に、

大河は目くじらを立てた。大河が一番言われたくない言葉だ。

「タイガはこう見えて強いぜおっちゃん」

「へえ、そうなのか！　今度ギルドに依頼してみるかな」

　思案しながらそう零（こぼ）す男に、大河は怒っていた事も忘れて、任せとけ！　と大見得を切る。指名依頼にはちょっとした憧（あこが）れがあった。

　賑（にぎ）やかに雑談をしていると、近くから悲鳴のような声が上がった。俄（にわ）かに騒がしくなると共に、「スリだとよ」と動じない声が聞こえる。彼等にとってスリは別段珍しい事でもないらしい。

「俺、ちょっと行ってくる！」

「は？　ちょっ、待てタイガ！」

「俺まだ食ってる！」

　何かを隠すように走る男が、見える位置を通り過ぎて行くのを目に留め、大河は思わず駆け出した。捕まえる義理はないが、このまま放置するのも気が咎（とが）める。

　足裏に魔力を集めて炎で勢いをつけると、走るだけでも普段の倍近くのスピードが出る。人混みで差をつけられたが、すぐに追いつけるだろう。

　人並み外れた速さで駆け出した大河に、置き去りにされた面々は唖然としていた。


「うわっ！　なんだ⁉」

　ジャンプで男の頭の上を飛び越え、前に回り込んだ大河に男は大げさに驚き尻餅（しりもち）をついた。

「スリってあんただろ？」

　大河はしゃがんで男の顔を覗（のぞ）き込むと、小首を傾（かし）げて問いかける。叫び声の上がった方向と、男が走ってきた方向で確信があったが、念の為疑問形だ。

「証拠でもあんのか」

「証拠はねぇけど、あの場であんたしか逃げてなかったし」

常套句のような文言を投げつける相手に、大河が冷静に状況を説明すると、男は苦虫を噛み潰したように顔を顰めた。

男の服装は街の人のそれとは違い、擦り切れて汚れも目立っていた。

「……お前には分からねぇだろ。こんな豊かな国で、食っていくのもやっとな状況なんざ」

「それでも、人のもんスったらダメだろ」

人気の無い路地裏でへたり込み、男は顔を伏せる。

情に訴えかけるつもりだったのか突然語り出した男だったが、大河の反応の薄さに押し黙ってしまった。

「今回は俺に捕まっちまったんだし、観念しとけよ」

状況とは似つかわしくないほど明るく言い放つ大河に、男は拍子抜けしたように肩を落とす。

少し迷ったように黙っていたが結局諦めたらしく、懐にしまっていた布袋を取り出した。

「飢えてる時の気持ちは分からなくねぇが、敵を作るようなやり方じゃ先は見えてる」

大河とて飢えていた頃には誘惑にかられた事がある。両親に顔向け出来ないという気持ちが無ければ手を染めていたかもしれないと、今でも思っている。

「俺は偉そうな事言えた義理じゃねぇけど……あ、そうだ。これやるよ」

そう言って大河はアイテムボックスから以前倒したロックウルフの牙と革を取り出す。何かに使えるかと全ては換金しなかったそれは、それなりに価値がある筈だ。

なんとなく、男の服装を見てそうすべきかと思ったのだ。

「多少の金に換えられるぜ。それで飯を食うのも、身綺麗にして職探すのもあんたに任せる。次捕まえた時は兵に突き出すから、もう俺に捕まんなよ」

「あ、ああ……」

呆気にとられた男が、受け取ったものを抱きしめて小さくすまないと零した。その目にうっすらと涙が滲んでいた。

男の服装はこの国の人達のそれとは違って、明らかに他国のものだ。高い市民権を買えば、壁の中には入れると以前セストが言っていた。その後、市民権を得た者達がどう暮らすのかまでは聞いていないが、想像に難くない。

「……すまない」

もう一度、今度は視線を合わせて謝罪する男を疑問に思った瞬間、視界に入ったものを避けるように大河は頭を低くして体を伏せた。

「なんだぁ?」

伏せたまま振り向いて音を立てた壁を見れば、湾曲した刃物が壁に突き立っている。

「危ねえから、大通りに向かって走れ」

「でも、あんたは……」

躊躇う男を、いいから行け、と怒鳴りつけて大河はその手に雷を纏わせる。

立ち上がり、構えた瞬間第二撃が飛んで来たのをギリギリで躱すと、同時に死角から人が襲いかかってきた。頭まで覆う真っ黒い服を着ていて、男とも女とも判別が出来ない。二撃目の刀は地面に刺さった。

両手に持った短剣で切りかかる敵を避けつつ、打撃を繰り出すが相手も素早く、拳は服を掠っただけだった。装備を着けていない大河は、剣撃を受け止める事は出来ず、只管避けるしかない。

それでもシェイドやウィルバーよりは遅い。一通り相手の動きを見た大河は、剣撃に勢いづいた腕を動きに合わせて流れるように掴むと、膝蹴りで剣を落とさせる。腕を持ったまま後ろに回り捻りあげると、反対の腕も拘束した。今まで国で一、二を争う二人と模擬戦を繰り返してきた大河の体術は伊達じゃない。

そのまま足払いをかけて前に倒れさせ、上に乗り上げるようにして押さえつける。これで身動きが取れなくなると安心したのも束の間（つかのま）、別方向からまたしても剣が飛んできた。

「え？」

　全く見当違いの場所に刺さった剣を見て、意味が分からず唖然（あぜん）としていると大河の周りが円状に光り出す。先程から幾度にも亘（わた）って飛ばされていた剣の柄（つか）には円状の陣が描かれていた。

　しまった、と思った時には遅く、大河は身動きが取れなくなる。魔法陣の形状には見覚えがあった。以前シェイドのお邸で、部屋以外の場所を歩く際に付けられていた拘束の魔法陣だ。

「お前ら、何者だよ……」

　威嚇するように睨（にら）みつけるが、相手からは何の反応も無い。淡々と首に魔法具を付け、剣の方の魔法を解除すると、大河をもう一人の体から降ろしている。

「おーい！　タイガー!?　どこ行った！」

「どこまで走ってったんだ、あいつ」

　大通りの方から、覚えのある声が聞こえた。テオとエドリクが大河を追いかけてきたらしい。だが、呼ぶ為（ため）に上げようとした声は、喉（のど）の奥で詰まったように出なくなる。魔法で抑え込まれたせいだ。

「俺は店があるってのに、仕方ねえ奴（やつ）だな」

　何故か屋台の店主の声まで聞こえる。大河を気にしてか、店を放ってまで追いかけてきたらしかった。

「俺はこっち見てくるから、お前ら向こう見てきてくれ。あっちはちょっと物騒だからよ」

「分かった、見つかったら屋台に行くから、先戻っててくれな」

　騒々しい足音と共にテオ達の声が遠ざかり、大河は焦った。戦闘に適さない屋台のおっちゃんが此処（ここ）に来てしまうのは危険だと思ったからだ。

　来るな、と出せない声を必死に振り絞ろうとしたが徒労に終わる。

「何やってんだ」

　裏路地に入ってきた男は、大河と黒一色の人間を見て開口一番に疑問の声を上げた。

大河の横に立っていた二人は、男の方に顔を向けると少しだけ後ろに下がる。体も声も自由にならない大河は視線だけを向けて、ここから離れろと訴えかけていた。

「随分と時間が掛かったな。お陰で見つかるところだっただろうが」

一瞬、男の発した言葉の意味が分からなかった。

理解出来ないまま目を見開く大河に近づき、男はしゃがんで視線を合わせる。

「……お前はこういうの、放っておけねえと思ったよ」

魔法具で抑え込まれていなかったとしても、大河は声を出せなかったに違いない。それほど、驚愕で頭が真っ白になっていた。

「悪いな……俺は気のいい屋台の親父じゃなくて、本職は情報屋なんだよ」

男はポンポンと大河の頭を叩くと、二人に大河を運ぶよう命令する。黒い装束の者達の手で、大河は用意していたらしい木箱に詰められた。

「普段はこんな手荒な真似しないんだがな。やんごとなきお方からの命令じゃ仕方ないだろ？」

もう一度、仕方ないよなあ、と溜息のように呟きながら、男は大河を入れた木箱の蓋を閉める。

閉まる瞬間見えた男の目は、痛そうに眇められているように見えた。


季節や気候と関係の無い、ひやりとした重い空気が辺りを漂っている。

白い荘厳な部屋の中心で拘束され膝をつかされた大河は、目の前に立つ銀髪の男を渾身の力で睨みつけていた。どうせ歯牙にも掛けないと分かっているが、それでも大河にとっては唯一の反抗の手立てだ。

現状大河は魔法具で拘束され、視線くらいしか動かせない。木箱から出された時に確認した場所に見覚えは無いが、白い壁に大理石のような床はシェイドのお邸や、神殿の様相に似ていた。

部屋にはシェイドの父親である銀髪の男の他に数人の兵士と従者、そして大河を捕まえた黒い装束の二人が大河を囲んでいた。

「あら、まだ殺していなかったのですか？」

従者が恭しく開けた扉から入ってきたのはウェーブのかかった淡い金髪の愛らしい少女だ。その甘い雰囲気と残忍な言葉の差異があまりに激しく、見る者の背筋を凍らせる。

「これがまだ生きていると聞いた時には、心底驚きましたわ。クロフォード公爵」

「シェイドが生かしたようです。詰めが甘かったのは認めましょう」

シェイド様が、と目を細めて眉を引き攣らせる王女からは既に先程の柔らかい雰囲気は消えている。公爵と呼ばれた方は、あくまでも無表情のまま感情の籠らない謝罪をしていた。

「面倒ですが今回は見届けますわ。早々に済ませていただけません？　あまり汚れるような方法はお控えくださいまし」

「いえ、王が、戦力になるようなら生かすようにと」

「っ、なぜお父様が？」

命令に対して淡々と否定する公爵の言葉に、王女は気色ばんだ。

魔法具で拘束された体では何も出来ず、大河はただ成り行きを見守るより他にない。

「これが魔物と同じ闇属性、という情報がありましてね」

体が動く状態であれば、びくりと震えただろうほどに大河は驚愕した。知られている筈がないと思っていた事を公爵が口にしたからだ。ウィルバーに口止めされたその事実を知るものは少ない。

「とはいえ、この歳では隷属の魔法陣も使えません、本人の意思次第ですよ」

室内には兵の他に、大河を捕まえた黒い装束の人間もいる。

改めて二人を見ると、戦闘時には分からなかったが、体格から一人は男でもう一人は女だと分かった。前が見えるのか疑問に思うくらい、フードの中の顔までも布に覆われている。

公爵がそちらに視線を寄越すと黒い男が頷き、同時に大河の喉を堰止めていた魔法が解かれた。

「っ、ぁ」

声は出るようになったが、大河は言葉に詰まった。珍しくどうすべきか迷ったからだ。

当然彼等の手先になるつもりなど毛頭無いが、自分が拘束されている状態はどう見積もっても仲間達に迷惑がかかる。演技に自信は皆無とはいえ、自由に動けるようになるなら従うふりをするのも選択肢のひとつかと、無い頭で考えた。

「戦力になるなら、コレを外すってのか」

「それを外す事は無い。死なずに済むと言っているのだ」

拘束の魔法具を指して言った言葉に、公爵は冷ややかに答える。戦力として使っても信用する事は無いのだろう。

ならば生かされたとしても人質として利用される可能性に変わりは無い。

「……死んでも、てめぇらの言いなりになる気はねぇ」

結局は嫌悪感に押し出されるような形で、吐き捨てた。大河は視線で殺せそうなほど、二人を鋭く睨みつけている。

「と、いう事ですわよ？」

ふふっ、と堪え切れない笑みを零す王女は嬉しそうだ。どうあっても大河を殺してしまいたいらしい。彼女は笑顔のまま大河の刺すような視線を受け止めていた。

公爵は少しも表情を動かさないまま、何事か考えるように顎に手を当てる。

「仕方あるまい。だが殺すにも王の許可がいる、牢へ入れておけ」

公爵がそう言い放つと、兵は命令どおり、動けない大河を抱え上げて部屋を後にした。

部屋を出る瞬間視界に入った王女は思い通りにならない苛立ちに顔を顰めていた。


随分と長い階段を降りた先にある牢は、地下にあるらしい。

窓すら無い黴臭いにおいの籠った部屋で、鉄格子の中に乱暴に放り込まれる。

「ってぇ！」

痛みに声を上げた事で、声が出るよう解除されたままだと知る事が出来た。しこたま額と肩を石の床に打ち付け呻いていると、背後からガシャンと扉を閉める重い音が響く。

痛みが引いた辺りで、拘束された状態のままごろりと横になった。自分で動かせた訳ではないので、体勢のバランスが悪かったのだろう。

鉄格子の向こうに兵が一人と、黒い装束の男が立っているのが見えた。

「魔法具の魔力、解除する。油断するな」

黒い装束の男が首を指でトントンと叩くように示し、籠った声で兵に話をしている。戦闘時なども一言も発していなかった男は、片言にも聞こえるほど言葉数が少ない。

その姿を見ていて、大河はずっと疑問だった事を口にした。

「あんた、それって前見えてんの？」

心底不思議そうに男の顔を見る大河の声は、現状に似つかわしくないほど緊張感がない。

黒い衣装は日本で言えば忍者のようだが、頭の辺りはフードになっていて、中の顔まで全面が布に覆われている。

所々を黒いベルトで留めているらしかった。

「お前……自分の現状分かってるのか？」

黒い装束の男ではなく、横にいた兵士が呆れた様子で眼を瞠った。大河に問われた男は返事をする気もないらしく少しの間大河に顔を向けていたが、興味を失ったように部屋を出て行ってしまう。

「お前は肝が据わってんのか、馬鹿なのかどっちなんだ。余計な事口にすりゃ寿命が縮まるだけだぞ」

そう忠告して、兵士は壁際に置いてある木の椅子に腰掛けた。

魔力を解除すると言っていた通り、体が動かせる事に気付いた大河は寝ている状態から腹筋を使って起き上がる。肘から下を革のベルトのようなもので拘束されているので、腕は一切動かせない。

「ありがとな」

「……なんで礼を言うんだ」

「？　忠告してくれたんじゃねぇの？」

キョトンとした表情を返す大河に、兵士は毒気を抜かれたような顔になる。調子を狂わされると感じたのか、それ以上何も話さなくなった。

大河にとっては二度目の拉致監禁だ。一度目はシエイドだった訳だが。

以前セスト達と接した時もそうだったが、大河にとって主犯となる王女と公爵以外に対する敵意はない。とはいえ仲良くしたい訳でもないので、話さなくなった兵士から視線を外すと大河は状況を確認する事にした。

脚は自由とはいえ、腕は拘束されている。

鉄格子は見ただけで堅牢と分かるほどズッシリとした質量の鉄で出来ていた。腕の拘束は革製なので炎の魔法を纏えば解除出来る可能性がある。基本的に手のひらから放たれる魔法を警戒して、手を握り込ませるような形で拘束されているが、大河の魔法は通常とは異なり腕からも発せられる。

だが、この牢を破れるのか。

壁を破っても恐らく地下である事から逃げるのは

不可能だ。そうすると、牢を兵士が開けた時に兵士を倒す以外ない。

　そのチャンスが巡ってくればいいが、そう考えながら今は壁に凭れて目を閉じた。


「交代に来ました」

　何時間経ったのか随分と長い時間が過ぎた頃、別の兵士がやってきた。

「どうです？」

「大人しいもんだ」

　短い会話だけを交わすと、先程まで牢の前に座っていた男は牢のある部屋を出て行く。数時間で兵士が代わるらしい。大河は一瞬だけそちらに視線を向けたが、それだけだ。無駄に暴れたり叫んだりしないのは、体力を温存する為でもあった。

　交代後暫く経って、大河は再び兵士の方に視線を向ける。交代した兵士は先程までいた兵士より若く無骨そうな男だ。

「なぁ」

「……」

「なぁって、便所行きたい」

「……そこにあるだろ」

　腕を組んで座っていた兵士が声を掛けられ、視線だけを上げて大河を見る。用件が分かると顎をしゃくって牢の中を示した。

　牢の壁際には石畳の地面に穴を空けて膝の高さくらいまで石を積み上げ、蓋を被せたようなものがある。一見何か分からないがこれがトイレだったらしい。

「腕縛られてたら出来ねぇだろ」

　大河の言葉に、兵士は溜息を吐いて立ち上がった。交代の時に預かった鍵を手に持って牢に近付く。以前ウィルバーが使っていたような魔法陣で出来た鍵も存在するが、一般的に鍵は鉄で出来た錠前が使われている。

「仕方ない。脱がしてやるから後は自分でやれよ」

ガチャガチャと音を立てて鍵を開けながら言う兵士の言葉に、大河は目を見開いた。

「はぁ!? トイレの時くらい腕の拘束解いてくれりゃいいだろ！」

羞恥心からほんのり目元を染めて顔を顰め、噛み付くように怒鳴った大河に、兵士は片眉を上げる。

「拘束なんて解いたら俺が殺される」

嗜虐心を擽られたらしい兵士は笑いを含みながらそう言うと、大河を立ち上がらせた。

兵士は後ろから抱きかかえるようにして、大河を石が積まれた簡易のトイレの前に立たせ、腰紐を解こうとしたが、

「が……っ!?」

腕が相手に接触したのを確認した瞬間、大河は電気を走らせて兵士を感電させた。バリッと音を立てて電気が走ったと思うと、兵士は白目を剝いて倒れる。

「ごめんな？」

気絶している兵士に謝ると、大河は腕に炎を纏わせて拘束を解いた。長い間拘束されていた腕を動かしつつ牢の外へ出て、そのまま部屋の扉を音を立てないよう、そうっと開けた。

鍵の掛かっていない扉はすんなりと開いたが、出ようとした瞬間見えない壁に阻まれた。

「くそっ、結界かよ」

一度出るのを諦め兵士の所へ戻ると、兵士の鎧の中を探っていく。結界を通る魔法陣はアイテムボックスに入れない筈だ。セストのように肌に刻んでいたらどうしようもないが、そうでない事を祈るしかない。

気絶して動かない兵士の胸当てを外し、肩当てを外し、手甲の中を見ると中に貼り付けられた魔法陣を発見した。

「っし！」

思わず歓喜を漏らすと、

「……拘束を、どうした」

突然背後から声が降ってきた。低く静かな声に、大河の肩がびくりと震える。

声のした方を振り返ると、黒い装束の男が立っていた。身構えようと相手に体を向けた瞬間、魔法具で自由を奪われ、勢いを殺された大河は為す術もなく膝をついてしまう。

「……っ！」

悔しさに顔を顰めて相手を睨むが、黒い布で覆われた顔からは表情を読む事が出来ない。

男は倒れた兵士を牢の外に引き摺って行くと、雑に放置してから再び戻り、焼き切れ落ちていた拘束具を拾った。無言のままそれをアイテムボックスに突っ込むと、腕を組んで牢内の壁に凭れ掛かる。そのまま微動だにしなくなった。

「噓だろ、このままずっとここにいる気かよ。つか動けねぇんだけど……」

話し掛けても全く無反応な男に諦めて、大河は体の力を抜いた。


交代の者が来るより先に、気絶していた兵士が起き上がったらしい。

怒鳴り声で起こされた大河が声のする方を見ると、すぐ近くで大河に殴りかかろうとしている兵士を黒い装束の男が片手で止めている。寝こけやがって、などと叫んでいる内容から、兵士を気絶させた大河が能天気に寝ていた事にも腹が立っているらしい。

寝るくらいしかする事がなかっただけだが、電撃を食らわせた事には多少罪悪感がある。

「悪かった」

大河が神妙に謝ると、兵士は意表を突かれてぐっと押し黙る。

「あ、やまって済む事じゃ……」

そう言いつつも、声の怒気が多少薄れていた。

「殴って気が済むなら、構わねぇ。俺が先に手を出してんだしな」

兵士を止めている黒い装束の男に対してそう伝えると、男は素直に手を放す。兵士は若干躊躇ったようだったが、握った拳に力を入れた。

「そこまで言うなら、遠慮しねえからな！」

言い終えるのと同時に思い切り殴りつけると、魔法具で拘束され動けない大河の体は横に吹っ飛んだ。鈍い音の後、石畳に体が擦れる音が牢内に響く。

「ってぇ……」

「はっ、殴らねえと思ったのか」

大河は一瞬痛みに顔を顰めたが、倒れた姿勢のまま兵士の方に視線を向けた。その表情は怒りも何もなく、むしろスッキリと清々しい。

「っし。これでおあいこだな！」

頬を赤く腫らして口端から血が滲んでいるにも拘わらず、一点の曇りなく言う大河に、兵士はなんとも言い難い表情をする。未知の生物にでも遭遇したような様子だ。

「お前なあ……」

呆れたように言った兵士の声は、完全に毒気が抜かれていた。

気がついた兵士が新しい拘束具を取りに行き、大河は再び腕を後ろ手に拘束される。

当然と言えば当然だが、炎で焼き切った事に気付かれたらしく今度の物は十センチくらい幅のある鉄の手錠だ。

その上、黒い装束の男が兵士と共に見張りについている。男がいない時には何があっても牢を開けないようにと厳重に注意されていた。

更に逃げる事が困難になった状況に大河は苦々しい思いを噛み締める。

拘束を解いた後に再び捕らえられるまでは、逃げ出せる算段があったからまだ平静を装っていられたのだ。

拉致された事が、仲間達に伝わっていないといい。

計画の邪魔にしかならないこの状況が悔しくて仕方がなかった。

「なあ、頼みがあんだけど」

「ダメに決まってるだろ」

「良いじゃねぇか、殴りあった仲だろ」

「お前なあ……」

正確には大河は電撃で気絶させているので殴るより酷い気もするが、呆れた表情を浮かべる兵士はすっかり大河にペースを乱されている。

「言うだけ言ってみろ」

「冒険者ギルドに行って、俺は……そうだな、急な依頼を頼み込まれて断れなかったから、少しの間帰れないって伝えてくれねぇか?」

「お前、そんな事言や助けも来ねえんじゃねえか? いや、来ても困るけどな」

「だからだろ。来て欲しくねぇんだ」

真剣に見つめる大河の視線に、兵士は盛大に溜息を吐く。

今のままだと、仲間達が大河を探す可能性が高い。シェイドに捕らわれた時だって探してくれていたのだから。重大な計画を前にそれは避けたかった。冒険者ギルドにいた事自体は、今更隠そうにも既に知られているだろう。

「あんたでも良いんだけど」

部屋の隅で壁に背を預けている黒装束の男に視線を向けるが、返答はない。

「あんた、すげぇ無口だな」

「いや、罪人とこんな話してる方がおかしいんだよ」

再び拘束された後、暇を持て余した大河が兵士になんども声を掛けて、渋々返しているうちに兵士は普通に会話をするようになってしまっていた。

大河が見た兵士は五十代くらいと、二十代後半くらいの二人だ。今は電撃を食らわせてしまった、若い方の兵士が牢前にいた。

「俺って、罪人なのか」

「そら、そうだろ。捕まってんだし」

「なんか悪い事したのか？」

「……陛下や宰相閣下に逆らったんじゃないのか」

本当に分からないといった大河に、兵士は少し返答に困ったように間を開けたが、結局は当然の事だという口振りで答えた。

「変な国だよな」

「変じゃねえよ、普通だろ」

話にならないと、兵士は呆れた様子だ。

「上の奴らが言うなら、何だってするのか。そんなの、俺にとっては普通じゃねぇ」

「……」

吐き捨てた大河に、兵士が難しい顔で黙り込んでいると、扉が開いて交代の兵士が入ってきた。先程の中年兵士だという所からみて、二人交代らしい。入ってきた兵士は眉を寄せて苦い表情をしている。

「もう交代ですか……どうかしました？」

「水も食事も与えるなと、王女の命令だ」

その言葉を聞いた方の兵士も、顔を顰めた。

「平気だ。俺食わないのは慣れてっから」

交代で入ってきた五十代くらいの兵士が思わず、悪いな、と大河に声を掛ける。二人の兵士の大河に対する態度は徐々に罪人に対するそれとは違い軟化していた。

飢餓軽減のスキルがどこまで作用するか分からないが、通常よりは飲まず食わずでも生きられる筈だ。大河はそう思いつつ眉を顰めて溜息を吐いた。王女の殺意が鬱陶しかったからだ。


牢に入れられてから三日ほど経って、流石に食べないのはともかく喉の渇きは限界にきていた。

凭れていた壁から座った状態でずりずりと力なく横に倒れる。頭が石畳に落ちると視界が霞んだ。

黒い装束の男に牢前で張り付かれ、逃げる算段は全くもって付いていない。

目を閉じて、作戦まで残り七日だと数えた。日にちは兵士が教えてくれたので確かだ。それまで自分が邪魔にならない事だけを祈るしかない。

「これだけ大人しければ逃げられねえし、牢を開ける用がある時だけ呼ぶから、あんたも休憩取ったらどうだ？」

見張りをしていた中年の兵士が、置物のように部屋の隅にいる黒い装束の男に声を掛ける。

男は兵士と違い交代制ではないので、殆ど(ほとん)の時間を牢前で待機していた。大河の姿に一度顔を向けた男は兵士の言葉に納得したのか、素直に部屋を出て行く。

扉が閉まって暫く(しばら)様子を見た後、兵士は鉄格子の傍に来てしゃがんだ。

「大丈夫か、おいっ、こっち来れるか」

小さい声で呼びかける兵士に、大河は力の入らない体をなんとか動かして近くまで行くと、鉄格子に凭れ掛かる。

腰に下げていた革製の水筒を持つと、兵士は大河の口にそれをあてた。

「水だけしかねえが、飲め。俺がアイテムボックス持ってればバレないで食い物も持って来れるんだが……」

「……おっちゃんが殺されたりしねぇ？」

「いいから飲め」

掠れ(かす)た声で言う大河に兵士が小さい声で怒鳴る。

何気ない会話をしながらも、徐々に力を失っていく大河の姿に罪人に覚える筈のない焦りを感じていたらしかった。

ゆっくり飲めよ、と少しずつ水を含ませる兵士からは、親しみのようなものさえ感じる。一部の上の人間を除いて、この国の奴(やつ)らは気のいい奴が多いよな、と少量ずつ飲み下しながら皺(しわ)の寄った兵士の顔を見る。多少酷い目にあっても大河が根に持たないどころか忘れてしまっているだけでもあるが、それには気付かない。

「俺にも、お前くらいの歳の息子がいるんだ。こんなん、見てられねえよ……」

「……っ！　ゲホッ、ゲホッ」

苦しげに言う兵士の後ろに黒い影を認めて、大河は息を詰まらせた。

酒場で見たフードと同じ認識阻害の魔法を使っているのか、背後に来るまでその存在に気付かなかった。恐らく、兵士の意図に気付いていてわざと部屋を出たのだろう。

「こ、これは……っ、その」

大河の視線の方向を振り返った兵士は、顔面蒼白になって吃っている。

「……逃すな、しか命令されてない」

漸く咳が止まった大河は、溜息を吐いて黒い装束の男を見つめた。

兵士の行動については見逃すという事なのだろう。素直じゃない言い方にシェイドと似たものを感じて、大河は鉄格子に凭れ掛かりながら柔らかく笑う。

「ありがとな」

黒で覆われた男の表情は全く分からないが、少し肩を揺らしてその後静止した。暫くその場に静寂が落ちる。

「……王に従え」

それで命拾い出来る、と、それまで必要最低限しか言葉にしなかった男が声を発した。布に覆われている為その声は少し籠っている。

「そうだよなぁ。分かってんだけどさ」

大河は鉄格子に凭れ目を伏せて、普段とは違い力の無い声で呟く。体力が落ちているのもあるが、それ以上に自分の情けなさが多分に含まれていた。

当面の命を繋ぐ為だとしても拘束されたまま王に従えば、仲間達の目に触れる可能性が高い。そうなるくらいなら、捕まっている事が知られない方が得策だ。

「……俺のせいで仲間が死んだりしたら、生まれて来た事も後悔しちまいそうで」

怖いだけなんだ、顔を伏せてそう呟く大河は鋭い目が隠され、それまでと違い珍しく弱気になっていた。

「守りたいものを守れないって、こんなに辛いんだな……」

シェイドの事を思い出しながら、そんな事を呟く。大河とて安易に死を選びたい訳ではない。

元いた世界では簡単に諦められた人生だったが、今は大切に思うものがたくさん出来てしまった。それが嬉しく、彼等が悲しんでくれる事が分かるが故に自分の命も粗末にしたくないと、心の底からそう思う。

それと同じくらい、否それ以上に彼等を自分のせいで危うい目になどあわせたくない。その思考に挟まれ大河は身動きが取れなくなっていた。

唐突に自分のものではない力に顔を上げさせられる。伏せていた視線を上げると黒い布に覆われた顔が眼前にあった。

フードに隠れている上、暗くて分からなかったが男の髪は濃紺だ。

指の先まで真っ黒な革のグローブで少しも肌が見えない男の手が、鉄格子の隙間から大河の顎に添えられ顔を上げたらしい。

表情が見えない為、相手の意図が全く分からない。

「見えてんの？」

先程までの気持ちと会話を誤魔化すように、大河は小さく笑って言う。

「見なくても、動ける」

そう言いながらも、目元を覆うものを少し上げた為、髪と同じ濃紺の瞳が見えた。

以前同じ問いかけに無言だった事を覚えていた大河は、思わず目を見開く。自ら聞いたとはいえ、まさか返事が返ってくると思っていなかったからだ。

「すげぇな」

素直に感嘆を漏らす大河を見て、顔を持ち上げるように添えられた男の手に不自然な力が入る。

目の色しか分からない男の感情は分からないが、何か考えを巡らせているように見えた。

十一

「ウィルバーさん、その、悪い報告が……」

顔面を蒼白にしたテオの言葉に、腹の底が冷えるような感覚がした。

感情的に行動しそうになる体を、理性で押し込める。自分が暴走してしまっては間違いなく計策は失敗する。それは自分を信用してくれる者達を危険に曝す行為だ。

ここまで来るのに何年もの時間を要した。

大河一人のために頓挫させる訳にはいかない、理性はそう言っているのに感情がそれを拒絶する。

それほど、大切な存在になっているのだ。切っ掛けは些細なものだったにも拘わらず。

侯爵の位を持つガルブレイス家の次男として生まれたウィルバーは、幼い頃から身体能力にも魔力にも恵まれており将来は騎士にと嘱望されていた。

その事に特に疑問も持たず、只管に魔力と剣技を鍛え、成人する頃までには他に類を見ないほど強く成長する事になる。

必然のように十八歳になったと同時に騎士団へ入団し、身分の高さと突出した実力ですぐに隊を率いるようになった。

少し他と違ったのは、貴族の割に庶民の市井が好きだった事だ。ウィルバーは物心がついた頃からよく街に行っていた。

騎士になってからも、街で気性の荒い者と喧嘩しては仲良くなって一緒に飯を食うような男だ。着飾る事しか興味のない貴族の女と違う、街の女も良かった。時折ギルも引っ張って街に繰り出すのがウィルバーの楽しみのひとつだった。

数年前の戦争のせいで街は豊かではなかったが、鉱山を有していたお陰か困窮する事なく国民は暮らしている。

魔物を討伐すれば国は平和になり、国民が不安なく生活出来るのだと思えば、漠然と就いた騎士という職にやり甲斐も生まれていった。

「……召喚？」

「ああ、王からのお達しで召喚の儀があるんだが、その際の警護について欲しいんだよ」

「俺の隊は近々イラルド方面の魔物討伐で遠征があんだよ。警護くらい第四部隊か第五部隊に任せておけよ」

敗戦で押し付けられた不利な条約のお陰でイラルドとの国境の魔物討伐はこちらの国が負担しなければならない。

ウィルバー率いる第三部隊は実力者が揃っていたため討伐に駆り出される事が多く、部隊によって仕事量に差が出ている現状に思わず不満を漏らした。

それに対して話を持ってきたゼンは、悪いな、と苦笑する。ゼンは貴族出の神官だが、お人好(ひとよ)しなため司祭達から良いように使われる事が多い。今回も渋るだろうウィルバーを警護に駆り出す為に、付き合いのあるゼンが使いに出されたのだろう。

「頼むよ、成功の確率の方が低いんだ。何事も無ければいいけど……」

情けない調子でそう頼られるとウィルバーも断る事は出来ず、結局は引き受ける事になる。

百年以上も前に異世界から召喚された者が勇者となり凶悪な魔物を討伐したという話は、子供に聞かせる物語になるほどよく知られている。

だが、今の世の中にとって勇者召喚は、言わば他国への武力アピールだ。

今の王が、数年前に隣国へ攻め入って敗北したのは記憶に新しい。ウィルバーが騎士に就く前の事だったが、そのためにイラルド近辺の土地が随分奪われたそうだ。

王は諦(あきら)めていない、だからこその勇者召喚なのだろう。ウィルバーはそこまで考えて溜息を吐いた。

召喚の儀は城の北にある神殿で行われた。

数人の司祭達が床に魔法陣を描いており、それを大司教が鷹揚(おうよう)な態度で見下ろしている。

神官が扱うのは回復魔法と召喚魔法陣。貴族出の者も含めそれに特化した者だけが神官になる。王宮の魔法師は国に結界を張るのが仕事だが、召喚の儀を行うのは神官の仕事だ。

召喚は司祭以上の者が行うため、神殿にゼンは来ていない。

魔法陣が完成した頃、王と宰相が神殿に姿を現した。

ウィルバーが二人の方を見ると宰相の後ろに何故か子供がいる。宰相と同じ銀髪で五、六歳くらいだろう幼い子供だが、子供らしさの無い表情をしていた。

騎士や兵士も持ち場に着くと、王がまるで天啓を受けたかのような大袈裟な演説をぶち、儀式が始まる。

司祭達が魔法陣を囲み大量の魔力を込めると、模様が光を放ち始め形を作っていった。

だが、徐々に膨らむそれは人の大きさに止まらず、異変を察したウィルバーは剣に手を掛けた。

「陣から離れろ！」

光が消え魔物の姿が見えた瞬間叫んだウィルバーの言葉が届く前に、司祭達がなぎ倒される。大きな爪に引き裂かれた者達は即死だっただろう。召喚で呼び出されたのは鱗に覆われた大型の魔物だった。禍々しい威圧感に圧倒される。

「失敗か」

「陛下、早く外へ」

舌打ちせんばかりの大司教と、外に逃がそうとする宰相に促され王は神殿から出ようとしている。ウィルバーはその壁になるべく魔物の前に進み出た。

「おい、何してる逃げろ！」

視線の先には宰相といた筈の子供。恐怖に逃げ遅れたのか、立ち止まったまま魔物を見上げていた。

「は……？」

子供を助けるべく注意を引こうとしたウィルバーだったが、突如、魔物を串刺しにするように床から氷の柱が生えた。その瞬間に絶命したであろう魔物はピクリとも動かない。それでも止まらない氷柱は徐々に嵩を増して魔物どころか神殿をも呑み込もうとしている。

魔力の気配に子供の方を見ると、表情を変える事なく魔物に向かって手のひらを向けていた。

「っ、退避！」

訳が分からないまま、子供を抱えて兵士を神殿の外に下がらせる。神殿は魔物ごと氷漬けになり、城ほどの高さの大きな氷柱となった。

呆然とする一同の中に子供を降ろすと、宰相だけは心当たりがあったのか子供に視線を向けた。

「シェイド、お前がやったのか？」

「はい、父上」

子供は然も当然と言わんばかりの返事をする。

それを見ていた王は目を見開いた後、高揚した表情で口の端を吊り上げた。


それから数年、国民が突然現れた氷柱の存在にも慣れた頃、再び戦争が始まった。

王は以前敗戦したイラルドへ再び攻め入ろうとしている。既に騎士団長に昇格していたウィルバーが軍の指揮を委ねられた。

軍を率いて国を出たが、城壁都市の他にそれほど多くの土地を有していないエスカーナの兵の数は他国に劣る。地形と結界で守りには強いが、攻めには弱い国だ。それもあり、以前もイラルドに敗戦した兵士の士気は上がらなかった。

放った斥候からの情報では、このままいけば明日には敵の軍と当たる。

「……援軍が参りました」

「援軍？　まだ残っている部隊なんかあったか？」

「それが、俺にも良く……」

当然ながら国を守るためにも全ての兵を戦争に出す訳には行かない。国に残る兵の数を考えてこれ以上は出せない筈だとウィルバーは訝しく思った。

歯切れの悪いギルの視線の先を見れば、鎧は着ているが兵士というには幼い子供が魔獣から降りていた。十歳は超えているだろうが、どこから見ても親の庇護を受ける歳の貴族の子供だ。

ウィルバーも神殿での事を思い出さなければ追い返していただろう。

ウィルバーの軍にも騎獣出来る兵はいるが、羽のある白い大きな魔獣は非常に珍しい。大森林に出没するが、見た事のある者すら稀だ。

　これほどの魔獣の唯一の主として彼が選ばれたのは、それだけ大きな期待をかけられているからに相違ない。

「お前、戦う気か」

「王の命令だ」

　少年らしさの欠片もない冷淡な声に、ウィルバーはバリバリと頭を掻く。戦いはまだだというのに子供の目には既に正気が無く、殺気を放っているようだった。

「後援として魔法を撃ってくれりゃそれでいい」

　反応も返事もない少年に、扱いかねたウィルバーは溜息を吐いてその場を離れた。

　いくら強い魔法が使えるとはいえ、子供を戦場に出すのは気が引ける。本来ならば戦わず帰れと言いたいが、戦力は少しでも多い方がいい。その方が一人でも多くの仲間が死ななくて済むからだ。


　そうして始まった戦いは、ウィルバーの予想に反して凄惨なものになった。

　自軍にとって、ではなく敵軍にとって。

　斥候の齎した情報の通りの場所で敵軍と出会し、陣形を整えたと同時に開戦となった。山脈を背にした陣形は背後を取られる事がないが、目測で分かるほど敵軍の数が自軍を上回っていた。

　相手の陣形を見つつ指示を飛ばすウィルバーの横を、白い影が通り過ぎる。

「おいっ」

　ウィルバーが掛けた声にも気付かなかったのか、白銀の鎧を纏った少年は兵士の間をすり抜けて前に出ると、自軍が攻撃するよりも早く敵軍に向かって駆けた。

　幼い兵士が向かってきた事に敵軍の兵士は驚いたようだったが、鎧を纏い剣を構えているにも拘わらず子供だからと手を緩めるような甘い考えの者はそういない。

容赦無く放たれた火魔法を少年は防御壁で跳ね返し、迎え撃つ体勢で構えた兵士を剣で貫いた。鎧の隙間を突き刺したそれを片手で抜くと、そのままの勢いで横から降ってきた剣先を受け止める。

空いた手を反対に向けると、逆方向から向かってきていた兵士が足元から凍りついた。その後、その兵士を中心として尖った氷柱が足元から乱立していく。地面から突き立つ度に悲鳴が上がり、それが扇状に広がっていく為に、自軍の兵士は戸惑い、前に進めなくなった。自軍と敵軍の間に氷が隔たりを作ったのだ。

子供の魔力は壮絶なほどに強いが、まだ力を扱いきれていないのだろう。敵が死してなおも止まない攻撃に、制御が上手くいっていないのが分かる。瞳孔を開き殺気を放つ子供は、敵兵を殺す事に夢中になっているようにさえ見えた。

自軍の兵達は、驚愕のままその姿を見ている。氷が無かったとしても動く事は出来なかっただろう。

「ぁ……ば、化け物……」

誰かが呟いた恐怖に震える声が、ウィルバーの耳に届く。

子供に弄ばれ、全滅する敵軍の惨憺たる姿に食べたものを吐き出す者すらいる。

撤退していく者以外敵軍に動く者がいなくなった頃、放心したように血濡れて戻ってきた子供に対して、味方である筈の兵士達は怯えた表情で距離をとった。

「……兵を守ってくれて、感謝する」

ウィルバーにはそれしか言えなかった。

「命令だっただけだ」

彼は神殿の時と同じように冷ややかな口調で返事をしただけだった。

この国の王は最強の武力を手に入れたのだ。これからも侵略は止まる筈がない、ウィルバーはそう静かに思考を巡らせた。

先の戦いの後、王に苦言を呈した事で騎士団長を下ろされたウィルバーは、そのまま騎士を辞めて家を出た。そして騎士時代に関わりのあったフロイドと共に冒険者ギルドを作った。

家族からは反対されたが、家督は兄が継ぐと決まっていたため、結局は黙認される。家族からも貴族連中からも放蕩(ほうとう)息子というレッテルを貼られたが、そんな事はどうでもよかった。

制圧は一瞬でも平定には時間がかかるものだ。

何年もかけて王は周辺諸国を制圧し、それなりに市井も豊かになっていったが、ウィルバーがそれを喜ぶ事は出来なかった。

魔物討伐などで属国となった他国へ遠征に行く事のあるウィルバーは幾度も惨状を目にしていたからだ。暴動に貧困、搾取される国々は疲弊している。王はこの世界の全ての国を制圧する気なのかと思うと反吐(へど)が出た。

あの時の少年は、今や王直属の騎士となっているらしい。女は美麗な姿のみを見て氷の騎士様など浮かれているが、制圧の際の戦いぶりを見た兵からは天災魔法を使う冷酷な闘神と恐れられている。

今の王が王である限り、この国に先はない。

反乱を起こす為に騎士を辞めた訳ではなかった。あの時は漠然とこの王に忠誠を誓う事が出来ないと思っただけだった。

だが、いつの頃からか王位を奪取する事を考え、志を同じにする者を集めるようになった。地位でもなんでも利用して貴族を取り込み着実に力を付けて行ったが、どうしても決め手が足りない。

自分らしくもなく鬱々(うつうつ)としたものをずっと腹の底に抱えたまま、ギルドマスターとして変わらない生活を送っていた時に、市場で面白いものを拾った。

細身に見える体で巨体を投げ倒した鋭い目つきの青年は、喧嘩っ早く口が悪かった。

何故か無性に興味を掻き立てられギルドに連れ帰ると、タイガと名乗る青年は異世界から召喚され王と大司教に喧嘩を売って放り出されたと言う。

それを聞いたウィルバーは、盛大に吹き出して大笑いした。

一頻り腹の底から笑ったお陰か、久々に晴れやかな気分になっていた。十数年溜め込んだ鬱屈した澱のようなものが、消えたような心地だったのだ。

気持ちが落ち着いた頃には、この青年の面倒を見てやろうと腹に決めていた。

王に対しての事もそうだが、少しのやり取りでさえ嘘の吐けない不器用な青年が好ましかったからでもある。

依頼をどれにするか悩んでいたタイガとギルドで最後に言葉を交わした日、ウィルバーとブレイデンの二人だけでイラルドに向かった。

賛同する他国の仲間達を既に集めていた為だ。

暴動を起こし無駄に命を捨てる者達を、長い時間をかけて説得したウィルバー達の功績でもある。そして、王位奪取の後に一時的に不安定になるであろうエスカーナに攻め入られない為の計略でもあった。王位奪取の後に各国を解放する為の条約を既に結び終えているのである。

ウィルバーは彼等を秘密裏に国内に招き入れる為に向かったのだ。潜伏期間が長いほど問題も多くなる為、ギリギリになってしまったのは致し方無い。

どれだけ急いでも往復で五日かかった。

行きはともかく、腕の立つ者に絞ったとはいえ戻りはそれなりの隊になるため当然だ。

味方となっている門兵が夜間に招き入れ、彼等を街の至る所で潜伏させると、漸くウィルバーは報告の為に地下の酒場に顔を出した。

そうして、顔面蒼白のテオ達と再会したのだ。

「すみません!! 俺ら、任されていたのに……タイガを三日前に見失って……」

爪が食い込むほど握りしめた拳と、彼等の様子を見ればどれほど探していたか分かる。彼等は友人としてタイガを大切にしていた。殆ど寝ずに探し回っていたのだろう。

「状況だけ話してくれ。そんでお前らは、一度寝ろ。ちゃんと飯も食え」

駆け出したい衝動を抑えて静かに言うウィルバーに、テオとエドリクは泣きそうに顔を歪める。

「あいつになんかあったら……って、思うと」

二人にはタイガの状況を余さず伝えていた。王族に捕まれば殺される可能性も含めてだ。

責任を感じると同時に心配で眠れないのだろう事は、その一言で分かる。

「俺らには他にも為すべき事があるだろう。当日、そんな状態で戦いに挑むのか」

あくまでも静かに、そんな事を言うウィルバーは冷たく映るかもしれない。それでも、一人の為に全てを投げ出す訳にはいかなかった。

「この事は、シェイドには絶対に漏らすな。あいつに知られたら全てが終わる」

タイガを見失った日の状況を事細かく聞き、彼等に忠告すると、報告はブレイデンに任せて酒場を後にした。

当然タイガの居場所に見当がついている訳ではない。自分の足で、目で確認しなければ気が済まないだけだ。

シェイドに攫われていなくなった時も同じだった。あの時は、師匠と弟子という関係になってまだ季節も跨いでいない頃だったが。それでも、凄まじい喪失感を味わった事を覚えている。

タイガは喧嘩っ早く口が悪いが、基本的に素直で何事にも真摯だ。どんな訓練でも真っ直ぐに向かってくるタイガとの時間が心地よく、育てる楽しさに初めて目覚めて少しやり過ぎてしまったが。

いつの間にか、家族のように思っていたのかもしれない。

だからだろうか、危険な目に遭っていると知って、いても立ってもいられないのは。

どうしようもない焦燥に駆られてしまうのは。


「よう、景気が良さそうだな」

「ん？　おお、あんたか。大して景気なんざ良くねえよ」

仕事の後、酒を軽く引っ掛けてきたのだろう男が上機嫌で道を曲がってきた所に、ウィルバーが声を掛ける。

彼の家は奥まった場所にある為、この道を通らなければ帰れないのだ。少し狭い通路は、夕暮れを過ぎて暗い上に人気がない。家から漏れる光と、大通りからの灯り（あか）だけが頼りだ。

酒を飲んでいない素の状態であれば、この場所にウィルバーがいる違和感に気付いただろう。

「そうか？　臨時収入でもあったんじゃないのか」

「あー……、まぁなあ……」

苦虫（にがむし）を噛（か）み潰（つぶ）したような表情には、若干の後悔が見て取れる。だが、それを見てもウィルバーの怒りに燃える脳は寸分も冷えなかった。

「……っ、ぅぐっ！」

擦れ違う瞬間、ウィルバーは男の首を掴（つか）んで鈍い音が鳴るほど勢いよく石の壁に打ち付ける。

顎（あご）から首の辺りを鷲掴（わしづか）みにされ、壁に叩き付けられた男は地面に足がつかず吊り上げられたようになった。顎下に重心がかかり、首は絞まっていないが痛みと苦しさで男が呻（うめ）いている。

「タイガをどこにやった」

睨（にら）む目の剣呑（けんのん）さに震え上がりながらも、男は苦しさに相手の腕を外そうと踠いた。男はそれなりに体躯(たいく)がいい筈だが、片手で持ち上げるウィルバーの腕はピクリとも動かない。

「し、しら、ねえっ」

苦しげに叫ぶ男にも、ウィルバーは目を眇(すが)めるだけだ。

「ギルドマスターが、こんなっ、事していいのかよ」

「大丈夫だ。殺しはしねえよ」

その言葉とは対照的に、殺気は一向に収まっていない。

彼が情報屋のような事をしているのをウィルバーは知っていた。とはいえ、どこの販路が安くなってる、どこに魔物が多く出ているなど、町人相手の些細(ささい)なものだった筈だ。

「だが、確信があってな」

テオ達から話を聞いた時点で、男が関わっていると考えていた。

「……お前が吐かねえなら、死んだ方が良いと思わせてやるが、どうする？」

男を掬(すく)い上げるように睨むウィルバーの目は、暗い中でそこだけが光を反射する様が壮絶に恐ろしい。

低く静かなトーンで言われたその一言で、男の恐怖に満ちた心は決壊した。

男とて広場で商売をしている以上、ウィルバーを知らない訳ではない。どちらかといえば笑顔を見る方が多かった彼の据わった目と重くのしかかるような殺気は、無意識に体が震えるほど恐ろしい。

「っ、仕方ねえだろ、あんな身分の高い人に、命令、されりゃ……」

「あいつらは、タイガが死んだと思ってた筈(はず)だ」

「転生者が街に下ってから、宰相様があいつの情報を上げるように、街の情報屋に伝えてた……。俺はっ、死んだ事になってた事すら、知らなかったんだよっ」

泣き出しそうに叫ぶ男を、ウィルバーは冷めた目で見ている。

に、ウィルバーは音が鳴るほど奥歯を噛み締めた。

「ただ、あいつは、冒険者として真面目に働いているって、そう伝えただけだったんだ……」

男は顔を手で押さえてとうとう泣き出した。

「そしたら、協力しろって……断れる訳ねえだろ……」

ウィルバーが腕の力を抜いた事で、男の足が地面に着き、力が抜けたのかズリズリと背中を擦りながら座り込んだ。それを追うように、ウィルバーもしゃがんで男に視線を合わせた。

「あいつをどこに連れて行った」

「知らねえ……本当に知らねえんだ。全身が黒い服の二人が木箱に詰めて運んでった」

「お前に命令したのは、宰相か」

「ああ、宰相様の命令だと言ってた」

相手が宰相であるなら、場所の大凡の見当がつく。だが、それは警備と状況に於いて最悪の場所でもある。

そして、生きていれば、と前置きが必要になる事

十二

捕らえられて五日が経(た)った頃(ころ)、漸くと言うべきか牢(ろう)に見張り以外の人間が訪れた。

黒い装束の男は部屋におらず、牢には大河と見張りの中年兵士だけだ。

先日兵士が水をくれた時から、黒い装束の男は時折場を離れるようになった。仕事があるのかもしれないが、暗に見逃すといった事を体現しているようにも思える。

「まだ生きていたのか。しぶとい男だ」

ニヤニヤと下卑た笑いを表情にのせながらやって来た男は、聖職者というにはあまりにも奸譎(かんけつ)だ。久方ぶりに見た大司教は、相変わらず贅(ぜい)の限りを尽くしているのが見て取れる。

大司教に付き従うように、三人の兵士と驚愕し硬直した様子のゼンが立っていた。

「おい、どうした」

「っ、いえ。……罪人の、処遇が決定しました。五日後の祝祭にて民衆の前で処刑が決行されます」

大司教が尊大な立ち振る舞いで促し、ゼンは先程までの表情を殺して単調な声で処刑の期日を告げた。

その内容に大河は血を失(な)くしたように青ざめる。

「いい表情だな」

嘲(あざけ)るような大司教の言葉さえ耳に入ってこない。

処刑は想定済みだが、日にちが問題だ。その日は作戦の決行日なのだから。

そんな場所に引き摺(ず)り出されたら、確実に作戦の妨げになる。その事に大河は心の底から震えおののいた。

「頼む、やめてくれ……」

「死ぬのが怖いのは魔物も同じか」

嘲笑(あざわら)う大司教は、大河の命乞(いのちご)いを楽しんでさえいる。

自分の矜持を曲げても、その日に処刑される事だけは避けたい。大河は震える声で情けなくも大司教に縋った。

「王に従い、兵器として生きるのであれば一考の余地がある……と王は仰っていたがな。魔法具を付けるとはいえ、お前のような魔物を外に出すのは許容しがたい。王女も同意見だ」

「……っ」

「祝祭では農地の収穫物と共に狩られた魔物の肉も光の神へと捧げられるが、人型の珍しい魔物であれば神も喜ばれるであろう」

　仰々しい大司教は、どこか悦に入ったような表情をしている。

　以前、反抗的な態度を取った大河の情けない姿が嬉しくて仕方がないらしい。

「だ、大司教様……こっ、この者は本当に魔物なのでしょうか……」

　唐突に、今まで一言も声を発していなかった兵士が声を上げた。大河と数日を過ごした見張りの兵士だ。

「兵士風情が、宰相閣下の言葉を疑うというのか」

「いっ、いいえ、そういう訳では。只、人にしか見えませんもので」

　先程までの上機嫌が嘘のように、大司教の顔に不快感が宿る。

　兵士は息子が大河と同じ年頃だからか、大河に対して水を与えたりと情をかけてくれていた。その為に、思わず庇うような発言が出てしまったのだろう。だが、そんな事が情の欠片もない相手に伝わる筈もない。

「魔物に惑わされたか」

　大司教は目を眇めると大河を庇った兵士を冷ややかに見つめ、後ろに付き従う兵士に、目を覚まさせてやれ、と命令した。

　命令された兵士にも、若干の戸惑いの表情がのぼる。同じ兵士なのだから当然だ。

それでも、逆らう事は出来ずスルリと剣を抜いた。

「やめろ！」

「貴様が齎した結果だ」

「っそうだ！　俺が惑わした……！　だから俺を殺せばいいだろ!?」

　必死に言い募る大河をニヤつきながら見下ろし、大司教は躊躇う兵士に追い打ちをかけるよう手振りで命令する。

「ぐぅっ」

　呻き声と皮膚が裂ける嫌な音の後、兵士の足元に血溜まりが広がる。

　仲間に対して躊躇いがあったのか、その剣は腹を避けて太腿に当たったが、ざっくりと裂けた傷からは夥しい血が流れた。

　兵士が崩れ落ちるのを視界に捉え、大河の脳が暗い怒りに染まる。

「テメェ……!!」

　怒りで理性の飛んだ大河の視界からは色が消えて、バキバキと嫌な耳鳴りが響いた。

　一度経験したこの感覚には覚えがある。

　兵士が剣に甘さを見せた事に顔を顰めていた大司教だったが、吐き捨てるような声に大河を見、驚きに目を見開いた。そしてその表情に狂喜が上る。

「はっ、ははは！　これは！　宰相閣下の仰った事はやはり本当だったか！」

　少しだけ怯えを混じらせ、だが興奮のままに大司教は笑い声を上げた。

　角と牙が生え始め、大河の姿は人のそれとは違うものに徐々に変わっていく。その様子に大司教の傍にいた兵士は、ひっ、と引き攣った声を出した。驚愕の表情に染まったゼンも言葉を失っている。

「これは、王と宰相閣下に報告せねば！」

　その言葉通りか、それとも怯えからか、大司教はそう言い残すと逃げるように部屋を去って行った。

その後を二人の兵士が追いかける。

「ここは私が見張りますから、貴方はこの方を上に。

治療室のベッドを使ってください」

　剣を持ったまま放心していた兵士がゼンの指示を受け、切られた兵を担いで行く。

　それを見送ってから、ゼンは大河の傍で膝(ひざ)をついた。

「大丈夫ですよ。すぐに回復魔法を掛けましたので、血を失いましたが彼の命に別状はありません」

　そう優しく掛けられる声に気付いて、大河の意識が漸く自分の元に戻ってくる。

　視線をゼンの方に向けると、少しだけ息を呑(の)む気配があった。

「タイガ……その姿……、いえ、貴方に大司教の意識が行っていたお陰で気付かれず治療出来ました」

「……ゲホッ、……俺のせいだ」

「彼は大丈夫ですから。自分を責めないで」

「……全部、俺のせいだ」

　自分を庇った兵士が切られたのも、ウィルバー達の足手纏(あしでまと)いになるのも、自分が捕まってしまったからだ。

　自分がここに存在しているからだ。と、闇(やみ)に引き摺られる大河は暗い感情に支配されてしまっていた。

　普段であれば思い至らないような思考に染まっていく。

「このままじゃ、仲間にも迷惑をかけちまう……」

　暗く淀(よど)む瞳(ひとみ)を見つめていたゼンは何かに気付き、焦燥に駆られるまま大河の口に手を入れた。

「っ！」

　噛まれた痛みに息を詰めた音で、大河は自分の歯が何かに食い込んでいる事に気付く。無意識に舌を噛みきろうとしていたらしい。

　呆然(ぼうぜん)とした表情で強張っていた体の力を抜くと、口の中からじわりと血の味がした。

「……すみません」

　そう言って目を伏せると、ゼンは涙を零(こぼ)した。

　大河は流れ落ちる雫(しずく)を見て狼狽(うろた)える。傷つけたのは大河なのだから、ゼンが謝る道理がない。

「この国の腐敗に気付いてはいたのです。なのに、私は危険に身を置く事が恐ろしくて、一歩引いた場所に留まったまま、何もしてこなかった」

流れる涙は、後悔とは裏腹に清廉で綺麗だった。

「その代償を貴方が被っているのだと思うと……申し訳なくて」

顔を伏せて泣くゼンの指は大河の口からは離されているが、未だに血が出ている。自分に回復魔法があればと、大河は何度思ったか知れない。

「あんたが、さっき自分を責めるなって言ったのに……」

泣き濡れるゼンを見ていたせいか、苦笑を漏らす大河は徐々に冷静に現実を見つめる事が出来るようになっていた。

全てを自分のせいにして責める姿が、自分と重なったからだ。

責めるべきは他にいるのだと、正常に戻った思考であれば考えられる。

同じような事を感じたのか、地面についていたゼンの手が強く握りしめられ、俯けていた顔が上げられた。

その濡れた目は、先程までとは違い強い光を宿していた。

「仲間というのは、ウィルバー達の事でしょう。彼等のしようとしている事は知っています。情報を齎す程度にしか協力はしてきませんでしたが……」

協力すると言いながらこんな事になってしまった。こんな事なら、ウィルバーの言う通り国を出れば良かった。そう思い大河は歯を食いしばる。

「足手纏いになりたくねぇんだ」

「私達にも何か出来る事がある筈です」

思案しながら話すゼンは意欲に燃えているように見えた。何かがゼンの心に火をつけたのだろう。

「そうですね……例えば、処刑当日に貴方の拘束が解かれたら、貴方は王に一番近い刃となれるのではないですか？」

ゼンの言葉に、大河は大きく目を見開いた。

「あっ、いえ、すみません。貴方を危険に晒すべきではありませんね。それよりもここから出る事を考えましょう」

「いや、その案が良い」

協力出来るのであれば願ってもない事だと、ゼンの案に飛びついた。反対にゼンは自分の失言に眉を顰めている。

拘束さえ解く事が出来たら、大河は王に攻撃出来る一番近い駒になれる。ただ、その為には問題もあった。

「けど、腕の拘束はともかく首の魔法具は……これを使ってる黒い服の奴は相当強いぜ」

相当の手練れでないと、あの黒い装束の男を倒す事は難しい。そもそも、ゼンが戦闘出来るようには見えない。

「黒衣の者ですか……外させるのは難しいかもしれません」

彼等は騎士にさせられないような後ろ暗い仕事の為に雇われた者だとゼンは説明してくれる。

あのフードの魔法陣は正確には黒を認識し辛くするものらしい。黒い装束の彼等は魔法を確実に生かす為に全てを黒で覆い、見なくても音や匂い、気配などで動く訓練を受けているらしい。視線が合うと相手に人の存在を認識させてしまうからだ。

元々はこの国の者ではなく、他国の者だとゼンは苦々しげに言った。

「祝祭の間のみ、足止め程度なら可能だと思います……」

話しながら何事か思いついたらしいゼンは、少し不安を表情に残しつつもそう言った。

「ウィルバーとの連絡役は、私が務めます。心配しているでしょうし」

「頼む」

大河の返事にゼンが笑顔を返した後、分かりやすく無表情を作った。唇に指を当てて大河に喋るなと合図している。

　少ししてから扉が開き、二人の兵士が部屋に入ってきた。当然怪我をした兵士ではなく別の者達だ。

「代わりの見張りですか」

「はっ、これより私達が交代で見張ります」

　惑わされたと判断されたからか、二人とも別の兵士と入れ替えられたらしい。

「分かりました。この者は祝祭で神への貢物となります、手荒な真似はしないように」

　何も知らない兵士にゼンはそう忠告をする。

「貢物があまり見窄らしくては、神への冒涜です。これより食事等、身の回りの世話は私がいたしましょう」

　不自然の無いように話を進めると、大河に目配せをしてからゼンは部屋を去った。

　新しく来た兵士は大河の姿を見て息を呑んだが、上から惑わされぬよう言いつけられているのか黙り込んだままだ。大河も先程の後悔から、兵士に話しかけたりはしなかった。


　ただ壁に凭れ掛かって目を閉じていると、忘れていたものがジワジワと思い起こされる。

　精神的に追い詰められた為に忘れていたが、大河はゼンの指を噛んだ時に少しだが血を飲んでしまったのだ。

　体の奥底に燻る熱が徐々にせりあがってくるような感覚に、立てた膝に顔を埋めて歯を食いしばって耐える。

「……っ」

「どうした」

　聞き覚えのある声が、顔を伏せた大河の耳に届く。顔を上げるまでもなく黒い装束の男だ。いつの間にか戻っていたらしい。

　男は兵士と何事か会話した後、鉄の擦れる音と共に牢内に入ってくる気配がした。

「ぅっ……、ふ」

「おい」

どうにか気を逸らせようと試みるが、何も無い、碌に動く事も出来ない牢内でそれも難しい。

牢内に入ってきた男に肩を掴まれ、痙攣したようにビクリと体が震える。意図せずに息が荒くなっていた。

「……おい、外に出てろ」

「なんだ」

催したらしい、と大河を指差す男に、兵士は素直に出て行く。当然兵士はトイレだと思っている、出来れば見たくないし、男がいれば見張りには事足りるからだろう。

兵士が出て行った事を確認すると、男は大河の脚を少し開かせて腰紐を緩める。

「ぁ……っ、ぃやだ、やめろっ」

「発情してる」

嫌がる大河を意に介さず、男はズボンを少し下げて大河のものを取り出した。それは既に少し兆してしまっている。

この状態ではトイレだって手伝ってもらわなければ出来ないし、見られる事は今更といえば今更だが、今は意味合いが違う。

「こんな状況で」

「……っ、ちが、ち、血をっ飲んじまったからっ」

よく発情出来るな、とハッキリ言った訳ではないが、呆れからかいつもより少し饒舌な男には少し笑いを含んだような気配があった。

「魔物の特性か」

「ま、ものじゃねぇ!」

「こんな姿で?」

革で覆われた手で自身のものを擦られ、大河は嫌々をするように首を振る。シェイド以外に触られる事に対する生理的な拒絶感が湧くが、その思いに反して体は解放を求めていた。

「んっ……、っ、ぁっ、は」

緩々とした動きから、徐々に強く擦りあげられて思わず声が漏れる。慌てて口を噤んだが遅かった。

「……っ、……っ、ん、んん！」

やめろという言葉すらまともに出せず、開かれた脚は閉じる事も出来ない。大河はどうにかやり過ごそうと強く目を閉じた。

魔力を取り込んで熱くなってしまった大河の体は男の手に簡単に追い上げられ、なすがままに達してしまう。

「はっ、…………ぁ、わ、悪い」

息を吐いた後、白いもので濡れた黒い手袋を見て咄嗟に謝ってしまった大河は、強烈な羞恥心に駆られていた。眉を顰め、真っ赤になって唇を噛み締める姿を男は暫く見ていたが、布に覆われた顔を、キスするかのように大河に近づけた。

その事に気付かないまま大河が無意識に顔を逸らすと一瞬止まり、唇らしき部分を目尻に押し当てる。

「じゃ、なくてっ、何しやがんだ！」

「手伝った」

「頼んでねぇ!!」

思い出したように真っ赤になって怒る大河に、言葉少ないながらも男はどこか愉快そうだった。


鳴り物がゆるやかな風に乗って届いた。

処刑にはそぐわない賑やかな声と音だ。

建物から出された瞬間、あまりの眩しさに大河は目を瞑った。ずっと薄暗い牢にいたのだから当然だ。

徐々に目が慣れると、自分のいた場所が確認出来る。牢の上は整えられた庭と煌びやかな建物だった。

予想はしていたが、城の地下にいたらしい。

両側から兵士に腕を掴まれて歩く大河の足取りは重い。それは恐れではなくこれから起こる事に対しての、緊張からくるものだった。

ゼンは神の貢物であれば身綺麗にすべき、などと大司教を言いくるめ、食事や身の回りの世話を率先してしてくれた。今朝は湯浴みまでさせてもらい衣服を整えられている。その際手錠は装飾のあるものに変えられた。左右に強く引けば鎖が切れるようにゼンが仕込んだものだ。

石畳の通路を通り過ぎ城門を潜ると、城の前は大きい広場になっていた。

そこには城側に石造りの舞台のようなものがある。おそらく普段は別の事に使われているのだろう、処刑台というには広く立派な作りだ。

豪華な舞台の上に王と王妃、そしてそれを守る騎士や兵士達と、後ろには大司教や神官が控えている。そして両サイドに舞台よりは一段低く貴族席が設けられていた。手摺に囲われた場所に華美な装飾のテーブルと椅子が置かれており、その華やかな場所には王子や王女達、公爵、勇者達がいるらしかった。

「花の御息吹、火を賜りし風纏い天降りし玉塵、光明を齎す神の恩恵に感謝と神饌を……」

王は民衆に向けて祝詞のようなものを上げている。両脇には祭壇が作られ、片側には農作物が、反対には魔物の肉が積み上げられていた。人々は王の言葉に喝采を送り、自分達も同じような言葉を口にしている。こちらの世界の祈りの言葉なのかもしれない。

王を見ていた民衆が新たに現れた者達に視線を向けた。

大河が舞台上に上げられた瞬間、音楽はそのままに人々の騒めきが止まる。

驚愕の表情で見上げる街の人の目には、異形に成りかけている大河の姿が映っているのだろう。耳の上に角が生え、牙が伸びて腕の所々が黒く鱗のようなものに覆われた姿は見るものに恐怖を与える。

異変が伝わったのか、暫くして音楽が消えた。

舞台の真ん中で、大河は兵士に強い力で押さえつけられ膝をついた。

「これは人の姿をとる事の出来る珍しい魔物である」

静まり返った広場に、王の声だけが朗々と響く。

「罪人として処刑される予定であったが、祝祭の貢物としてこれ以上の物はない。神もお喜びになられるであろう」

掲げるように両手を上げ、芝居がかった王の言葉に躊躇いがちな拍手が起こっている。突如として祝祭に齎された異形の存在に、民衆の顔からは戸惑いと恐怖が見て取れた。

押さえつけられ跪いたまま、大河はその様子を眺める。思ったよりも心は落ち着いていた。

広場は大河がよく行く街の中央のものより大きく、ひしめきあうように大勢の民衆が舞台上を見上げている。遠くにいる者は顔すら見えないが、この中にウィルバー達が紛れている筈だ。

王の周りの警備は厳しく、騎士や兵士が舞台上以外にも舞台を囲むように数十人が立っている。貴族席にもそれぞれ多数の兵士が警備についていた。

王が上げていた両手を下げ、大河の両側に立っている兵士に視線をやる。

「では、首を」

その言葉と共に一人の兵士が大河の頭をより深く下げさせた。もう一人が鉄が擦れる音と共に剣を抜く。

その瞬間、左側の貴族席で小規模な爆発と共に悲鳴が上がった。

「なっ、何事だ！」

一瞬だけそちらに目を向けた大河は、自分を拘束している手錠の鎖を引きちぎる。

この爆発が事前にウィルバー達と決めた合図だ。

同時に雷魔法を腕に纏わせ、押さえていた兵士を感電させて腕を外させると、顎に掌底を喰らわせた。監禁されたせいで体力が落ちている筈だが、兵士は軽く吹っ飛ばされた。

「何をしている！　取り押さえろ!!」

叫ぶ王の向こう側では、民衆に紛れていた反乱軍が貴族席を制圧するために乗り上げていた。
爆発音に怯えた民衆は後ろに逃げている。ある程度民衆が下がれば、被害が出ないよう防御壁を張るらしい。

大河は自分の首を切るべく剣を構えていた兵士を足払いで転けさせ、上から電撃を叩き込む。大河の両側にいた二人の兵士は気絶したらしく痙攣したあと動かなくなった。

瞬く間に倒された二人の兵士を見て、王は驚愕に顔が引き攣っている。

「叛逆者共の奇襲です！　お下がりください陛下！」

王に向かった大河の前に、数人の兵士が割って入った。視界を遮られた事に大河は眉を寄せて、振り下ろされた剣を鉄の手錠で受け止めた。大河が倒したいのは王だけだ。

舞台上にいた残りの兵士は、王妃を囲むようにして後ろに下がらせている。

「魔法具を発動しろ……あ、あの男はどうした！」

大司教は兵士に守られながら、怒鳴り散らしていた。大河が動けるという事は、約束通りゼンが黒い装束の男を足止めしてくれているのだろう。

叫ぶ大司教を横目に、大河は押さえようとする兵士達を腕の魔法と体術で薙ぎ倒していく。魔物化のせいだろうか、体が軽い。背後から襲って来た剣を躱して腕を掴み、それを軸にして前にいた兵士を蹴り上げる。そのままの勢いでバク宙のように背後にいた兵士を飛び越え後ろに回ると、混乱する兵士の背中に電気を纏った脚で蹴りを入れた。

街中での戦闘は魔法を制限される。特に王を守りながらの兵士は万が一にも飛び火するのを避けている。その点で大河は有利だった。

「王を打ち倒せ!!」

叫ぶ声は誰のものだろうか。呼応するように雄叫びが上がり、其処此処で剣のぶつかり合う甲高い音が響いている。

「タイガ！」

後ろから掛けられた力強い声はウィルバーのものだ。

混戦の中から舞台上に上がって来たらしい。大河に襲いかかろうとしていた兵士の剣を軽々と弾き返し、剣の柄で昏倒させている。

「師匠！」

「お前は！　心配しただろうが……！　このばか弟子！」

喜色を浮かべた大河を見て、ウィルバーは憤慨したように怒鳴った。

「戦うのはいいが、人間でいたいならそれ以上怒るなよ」

大河の姿を見たウィルバーは、安堵の表情を浮かべながらも忠告すると、再び兵士との戦いに向かっていく。炎の魔法は使わずに剣のみで戦っているが、ウィルバーの剣技は目を見張るほど凄まじい。

それでも出来る限り死人を出さないよう加減をして戦っているらしいウィルバーは、多少手間取っているらしかった。今は敵とはいえ、国軍には彼にとって仲間であった者も多いのだ。


反乱軍と国軍の戦力は拮抗していた。

反乱軍の一人一人の能力が高いとはいえ、広場にいる国軍の数は倍以上になる。その上、他の場所を警備していた者達が広場に集まってきていた。

ウィルバーは舞台上の兵士の殆どを倒した後、ここは任せたと叫んで広場の戦闘に戻っていった。広場の方はまだ混戦している。自分に向けられた言葉だと受け取った大河は、再び王に向き直った。

「や、役立たずめ！」

目の前で倒れた兵士に向かって、王が吐き捨てた。

追われて広い舞台上を移動した王は、今は左側の前方、貴族席に近い場所にいる。

兵士の殆どが倒れ伏している中で、盾に出来る者がいなくなり戸惑う王の胸ぐらを大河の腕が掴んだ。

「人を使うんじゃねぇよ。俺はテメェと喧嘩しに来たんだ」

睨み据えて、大河は胸ぐらを掴んだまま渾身の力で拳を腹に突き入れる。王の体は軽々と飛ばされ地面に叩きつけられた。

「がっ……！　……っな、何をする！　魔物ごときが！」

「喧嘩だっつったろ。テメェもかかってくりゃいい」

既に、魔物扱いされる事すらどうでもよく、怒るなと忠告されたにも拘わらず、大河は静かに怒っている。

「……あいつの痛みはこんなもんじゃねぇよ」

兵士を盾にする王の姿が、シェイドの事を思い起こさせたせいだ。何の話だと、目の前の男は訝しげに顔を歪める。

「隷属魔法で好き勝手操りやがって……」

鋭く睨みつけ、怒鳴る訳でもなく低く凄む大河に王は少し息を呑む。誰を指しているのか気付いたらしい。

それでも、彼にも彼なりの歪んだ矜持があるのだろう。怯む事もなく、殴られてなお口の端を上げた。

「この国の、私の兵器だ。国の為に使って何が悪い」

王の胸ぐらを再び掴んで引き上げる。反吐が出るような持論に、唾を吐きかけてやりたくなる。

大河の角や牙が音を立ててひと回り大きくなり、鱗がじわりと広がった。

「あいつの人生はあいつのもんだ。この国の人達だって、お前に蹂躙された国の人達だって、お前のものなんてひとつもねぇ……！」

血を吐くように言った大河の言葉も、恐らくこの男に届きはしない。薄く笑う王を目の前にして、大河は諦めに似た感情を抱いていた。

「俺だって前世じゃ喧嘩ばっかしてたクソ野郎だ。だからテメェに人の道理なんざ説く気はねぇよ」

胸ぐらを掴んだ腕を引き寄せ、王に顔を寄せて至近で見下すように睨みつける。

「俺はただ、人使って喧嘩しやがる奴が反吐がでるほど嫌えなんだよ」

低く唸るように啖呵をきった大河に、王は漸く押し黙った。

胸ぐらを掴む大河の手を渾身の力で振り払い退けると、尻餅をつきながら後ろに逃げる。

その王の背中に何かが当たった。後ろには数人の騎士達と、兵士の姿があった。

「何をしている、私を守れっ」

背後にいた騎士に縋りつき命令するが、眠そうな目の騎士は冷ややかに王を見下ろした。

「私の命令権は今、貴方にはありませんので」

スルリと剣を抜く騎士を見て、王は今度こそ血の気のひいた顔になった。

ある意味哀れだと、大河は複雑な思いで見下ろしていた。こんな時に心から信用出来る人間が一人もいないのだから。

「う、裏切るのか！」

「元より、私が忠誠を誓っているのは貴方ではないんですよ」

軽いウェーブの髪を揺らしながら溜息を吐くように言った男は、騎士団長のギルだ。

「契約を忘れたか。貴様ら家臣は私に手を出す事は出来ん」

王の言う通り、裏切ると言ってもギルは魔法契約で王に手を出す事は出来ない。それもあっての溜息だったのかもしれない。

「ならば、私であればいいかがでしょう。父上」

「ルーファス……」

呆然と呟いた王の視線の先では、王子のルーファスがギルの剣を受け取って立っている。

ルーファスは王に向かってニコリと微笑んでから、一度視線を外した。

「国は王の戦争の道具ではない！　既に綻びは見えている。今までに属国と化した国々を見れば、知らぬ者ばかりでもないだろう」

　ルーファスが剣を振り上げ民衆に、兵士に向かって強い言葉を投げかける。

「王と共に滅びの道を行く者、このまま勝利の恩恵と共に滅びを受け容れる者があれば、私に剣を向けるがいい」

　毅然と言い放ったルーファスに、王は呆然としたまま言葉も出ないようだった。

「父上、私は今ここで貴方を打ち倒し、王座を手に入れます」

　ルーファスはそう静かに言葉にしながらも、なかなか振り下ろす事が出来ないようだった。実の父を手に掛けるなど容易に出来る事ではない。

「逆賊を、逆賊を捕らえろ……！」

　そう叫んだのは王ではなく、既に取り押さえられた大司教だ。

　広場で戦っていた兵士がその声を聞き、舞台に乗り上げようとする。だが、王と王子どちらの命令を聞くべきか迷っているらしい兵の動きは統率の取れたものではなく、動きの乱れた兵士は容易に反乱軍に押さえられていく。

　それでも舞台に乗り上げた兵士の中からルーファスに届きそうになった剣を、ギルが短剣で弾き返した。

　兵士を昏倒させたギルは、ルーファスの背に添えるように自分の手を置く。

「貴方の罪は私が背負いますよ」

　ギルの言葉に後押しされるように、ルーファスの剣を持つ手に力が入る。

「お前……実の父を……っ」

　王の言葉は、それ以上声になる事は無かった。

　剣を抜くと同時にずるりと倒れる体を、流れる血を金色がかった目が見下ろす。

　悲哀や絶望を含んでいるようにも見えるが、その目には覚悟があった。

「王は倒れた！　剣を下ろせ！　これ以上国民同士

で傷つけ合うのは許さん！」

血濡れた剣を振り上げて叫ぶルーファスを、兵士達が見上げる。舞台に近い者から、ゆっくりと剣を持つ手を下ろしていった。

大司教は取り押さえられたまま、魂が抜かれたように放心している。


決着が着いた、そう思われた瞬間、舞台上の地面がパキパキと音を立てて氷に覆われる。

驚く間もなく、大河を含め立っていた者達の足が凍りついた。

「な……っ」

「王は倒れたのに、何故……」

目を見開いたルーファスとギルの視線を追って大河が振り返ると、白い魔獣から飛び降りた男が舞台上に着地する所だった。

結った銀髪を揺らし、軽い音を立て降り立った姿を大河は呆然と見つめる。

鎧は着ておらず、白い軍服のような姿のシェイドは、射るように大河を見ていた。

シェイドは結界に閉じ込められている筈だ。

大河が捕まった事は、ゼンが知った後もシェイドには伝えていないと言っていた。結界を破ったとしても、王は既に命を絶たれ、命令出来ない。

だが、その目の瞳孔は完全に開き切っていた。

「シェイド様！」

「シェイド様……!!」

王側の家臣から歓喜の声が上がる。

王女がいる以上、王が倒れたとしても全てがルーファスに従うとは限らない。むしろルーファスは王を手にかけた逆賊だ。彼等にとって、王派の筆頭と思われるシェイドは救世主だった。

「お前……なんで」

王が倒れたら解放されると言っていた。

にも拘わらず、シェイドからはひりつくような殺気が感じられた。冷酷な表情で近づくシェイドから視線を外せず、脚が凍らされていなかったとしても大河は動けなかっただろう。

「シェイド！　その魔物を、逆賊共を殺せ！」

その声は既に制圧された貴族席からだ。

シェイドの父親、クロフォード公爵の声だった。

契約しているのは王ではなかったのか。

隷属魔法で契約出来るのは一人だと言っていなかったか。

シェイド自身も気付いていなかったのか。

脳内は壊れたかのように、同じ疑問ばかりが巡っている。

我が子を隷属魔法で縛るなど、あまりにも非人道的だ。

大河の前まで来たシェイドに向けて無意識に片手を上げると、シェイドは強い力でその腕を掴(つか)んだ。


殺せと命令されているのに、その行動には無駄が多い。

命令されても全ての意識を奪われる訳ではないと言っていた。行動の何もかもを支配される事は無いが、ただ命令に逆らう事が出来ないのだと。

「……っ」

「殺せと言っている！」

腕を掴む強過ぎる力に大河が息を呑んだ音は、公爵の怒鳴り声がかき消した。

命令に従うように殺気に染まっていたシェイドの表情は、徐々に苦痛に歪んでいく。

「……く」

辛そうに顰(しか)められた顔には珍しく汗が流れている。

隷属の魔法の強制力は抑えられるものではないと言っていた。抑えきれない強制力にシェイドが苦しげに歯を食いしばり、歯の間から苦痛の声が漏れる。

間に合う筈(はず)だった。

間に合った筈だったのに、彼を苦しませる結果になってしまった。

　こんな状況になって、せめて意識が奪われ記憶に残らなければ良かったのにと大河は思う。

「何をしている！　殺せ……、ッ！」

　追い討ちをかけるように叫んでいた声が不自然に途切れる。どこからか飛んできた鉄製の兜が公爵の顔を直撃したらしい。

「うわっ、当たった！」

「陽斗先輩ナイス！」

　能天気にも聞こえる声が響いた後、公爵がどさりと倒れる。

　だが、シェイドの顔は変わらず苦痛に歪んでいた。気絶程度では魔法の発動が解けないのだ、希望が絶たれた事に大河は少しの間目を閉じた。

　掴む力が強くなる。

　これ以上は無理だ、そう思った大河は再び目を開けた時には目を細めて笑った。これが最後なら、苦しむ顔は見せたくない。

　必死に抵抗するシェイドの綺麗な目が赤く充血して、噛み締め過ぎた口の端から血が流れている。

「好きだぜ、シェイド」

　思わず溢れた想いが言葉になってしまい、大河は慌てて口を噤む。

「……ごめんな」

　自分を殺せば、多分シェイドは今までと同じくまた傷ついてしまう。

　分かっているのにどうにもしてやれない自分が悔しく、情けない。大河は自分の腕を掴む手に、反対の手で触れた。せめてシェイドに罪は無いと伝わればいい。

　そう思い視線を合わせると、シェイドの背後に甲高い音を立てて氷の刃が現れた。

　見覚えがあるそれは、シェイドの魔法だ。

　大河ではなくシェイドの背中に向けて作られた魔法、その意味を悟って蒼白になった。

　シェイドが自分自身の胸を貫く気なのだと最悪の

事態を想像し、大河の頭は恐怖で支配される。

「やめろ……！」

叫んだ瞬間、最悪の想像は目の前の現実として映った。

視界の端でウィルバーが駆けてくるのが見えるが、間に合わなかった。

刃物のように尖った氷が、シェイドの胸から突き出している。

大河の腕を掴んでいた手が放れ、倒れ込む姿がスローモーションのように見える。

音も色も消えていく世界の中で、大河は呆然とそれを見ていた。

「きゃぁあああッ！」

「シェイド様!!」

女性の悲鳴が、兵士の叫ぶ声が遠くに聞こえる。

その音が、徐々に耳鳴りへと変わった。

「あぁ……、あぁあああああアア!!」

叫び声が途中から咆哮へと変わり、割れるような音を響かせて大河は姿を変えていく。

近くで呆然としていたルーファスやギルが事態に気付き、氷で拘束された脚の鎧を外して近寄ろうとしていたが、異変に気付き動きを止めた。

大河の腕や首筋に浮き上がる血管のような赤い光から、噴き出るように黒い鱗が皮膚を覆っていく。

首の魔法具が割れ、バキバキと氷を割って脚が変形していく。

角が大きくなり、咆哮を上げる口からより鋭い牙が、指から鋭い爪が、尾骨からは尻尾が飛び出し。

背中を突き破り羽が生える頃には、大河は禍々しい姿になっていった。

「タイガ!!」

ウィルバーが叫んだが、異形に変わった大河の視界は暗く闇に染まり、もう誰の声も耳に届かなかった。

広場で戦闘していた者達は、あまりの事に呆然と舞台上を見上げている。貴族席も民衆も同様だった。最強と謳(うた)われる騎士が胸を貫かれて倒れ伏し、魔物と言われた青年が禍々しい姿に変貌(へんぼう)したのだ。誰しもが驚愕(きょうがく)に言葉を失くし、事態を呑み込める状態にない。

大河は完全に異形へと変わってしまった姿で、それでも膝(ひざ)をついたまま顔を覆い、悲しみと絶望に悲痛な咆哮を上げるだけだ。

「その魔物を討伐するのです！　早くシェイド様を治療しなくては……！」

逸早(いちはや)く正気を取り戻した王女が金切り声を上げる。

広場で呆然としていた兵士は戸惑った。王女派についていた騎士や兵士達が王を亡くした今、命令を聞くのは王女に他ならない。

それでも子供の腕ほどの氷刃がシェイドの心臓を貫いた現場を目の当たりにした者達には、彼が生きていると到底思えなかったからだ。王女とて生きていると確信している訳ではなく、願望を口にしているに過ぎない。

そのシェイドは、倒れ伏した後は魔物に抱えるように抱きしめられていて、今は銀の長い髪しか見えなかった。

戸惑いながらも、兵士は魔物と化した大河に剣を向けた。

「早く殺して、シェイド様を助けなさい！」

王女を含め、一部の人間以外には、大河がシェイドを殺したようにしか見えなかった。

反乱軍ですら、魔物となった大河を前にして恐怖と共に、剣を構えている。

「ま、魔物を討伐せよ！」

今や全ての者が魔物討伐に意識を向けていた。

現状に気付かない大河はその場に蹲(うずくま)るように座り込んだままだ。剥(む)き出(だ)しの牙(きば)も、目を覆う両手も既に人間のものではなく、存在するだけで相手の恐怖

を誘ってしまう。

「タイガ！」

「正気に戻れタイガ！　お前は人間だろうが!!」

ウィルバーの叫びも暗闇に落ちた大河に届かない。

「これ、マジでタイガなんですか……」

「ヤバイっすよ、このままじゃ討伐されちまう」

ウィルバーに追いついたテオとエドリクは、惨状を目の当たりにして狼狽えていた。

大河が変貌する所を見た今でも信じられないと目を見開く。それでも、大河をよく知る彼等は、恐怖していなかった。

「タイガを守るぞ」

「当然でしょ！　けどこの人数相手に……」

タイガを囲むように剣を構えたが、相手が多過ぎる。先程まで仲間だった者達までが恐怖に剣を向けているのだ。

「魔物の味方をするのか！　異端者が！」

「こいつを魔物にしたのは王と公爵だ！　こいつは被害者なんだよ！」

振り下ろされた剣を受け止め、ウィルバーが叫ぶ。彼にしてみればそういう認識なのだ。

ウィルバーは数人を相手に立ち回り、剣先が大河に届かないようにしていた。

「どういう事なんですか！　ウィルバーさん！」

「説明は後だ！　今はタイガを守りきれ！」

更にアラン達が辿り着き参戦するが、それでも手が足りない。

魔物が人を見れば襲うように、魔物を見ると攻撃する条件反射が多くの人間に染み付いている。

「こんな雄叫び上げてちゃ、反乱軍側も恐怖で襲ってきますよ！」

「馬鹿！　よく見なさい、泣いてるのよ！」

弱音を吐くブレイデンの頭を、ケイラは戦いながら器用に叩いた。

「タイガ！　正気に戻ってくれ！　……このままじゃ守りきれねえっ！」

ウィルバーに剣技が及ばないテオは苦戦していた。この人数相手に守りながら戦うなど無理がある。

眼前の兵士からの剣を弾き返し、横からの攻撃を受け止めたが、その状態で別の者に攻撃を仕掛けられる。

だが、無慈悲に襲ってきた剣は、テオに届く事無く弾き返された。

「私も参戦しよう」

にっこり笑いながら剣を構えるルーファスに、相手側も驚きを隠せない。

「ルーファス様！　貴方も魔物側につくというのですか！　まさか魔物に惑わされ……王を……」

「彼は魔物ではないよ。言葉を交わせば分かる」

静かに言うルーファスは、剣を受け止めるだけで反撃はしていない。

「王達に巣食っていたものの方が、余程魔物ではないか」

「勘弁してくださいよ。どう考えても今こっちについたらマズイでしょうが」

「ははっ、悪いな、私は感情的な男なんだ」

溜息（ためいき）を吐きつつ襲ってくる相手を軽々あしらうギルは、名ばかりの騎士団長というには腕が立ち過ぎる。

「もはや兄は魔物側に堕（お）ちた叛逆者（はんぎゃく）です！　魔物共々打ち倒しなさい！」

少し離れた場所で、ルーファスより余程感情的に王女は叫んでいる。

兵士達はどちらに付くべきか迷っているらしかったが、魔物化した大河を守るルーファスは劣勢だ。

それでもルーファスの忠臣達は彼に倣い大河の周りに集まった。当然ルーファスを守る為（ため）ではあったが、戦力に他ならない。

「お、俺も戦う！」

「ハルト……戦えるの？」

「俺だって、ギルに習ってちょっとは使えるんだ」

追うように駆けてきた二人に、ルーファスは目を丸くした。

勇者と呼ばれる二人が戦闘に特化していないのはルーファスもよく知っている。

「私は、戦わないけど！」

「じゃあなんで来たんだよ、繭ちゃん！」

「私、回復魔法が得意なの！」

一応身を守る為に剣を構えていた少女は、大河を円状に囲んで戦う者達の内側に入った。

「おい、嬢ちゃんどこの誰だ！」

勇者達の顔を知らないウィルバーがタイガに近付こうとする繭を引き止める。

ルーファス達が参戦し、ウィルバーを慕う者達も集まって来た事で、戦闘に多少余裕が生まれてきていた。

「シェイド様を回復させないと！」

「あー、その子が回復魔法が得意なのは確かですよ」

ギルが仕方なくといった調子でフォローを入れる。

ウィルバーは繭を横目に警戒しながら、襲い来る剣を弾き返した。

そうは言っても、と彼等の言葉にウィルバーの心中は複雑だ。あの傷を回復したところで、助かるとは到底思えない。完全に心臓を貫いたのを見たのだ。即死以外に考えられなかった。

「なんかおかしい……」

「なんだ！　回復させんならさっさとやれ！」

ウィルバーにしてみれば、彼女の行動よりも大河の方が気がかりだ。今もシェイドを抱きしめたまま、時折悲しげに咆哮を上げるだけで、元に戻る気配がない。

繭はその状態を目の前にしてシェイドに近づけずにいたが、何かに気付いて訝しげに眉を顰めた。

「あれ！　血、出てなくない？」

「はあ!?」

「だから！　刺さった時に血が見えた気がしたんだけど……どこにも血が流れてない」

「ッ！　ここは任せた！」

戦っていた相手を昏倒させ、ウィルバーは剣を納めて大河に近寄る。

「……タイガ！」

呼びかけると、意識はないまでも赤く光る目がウィルバーの方を向いた。

繭は息を呑んで一歩後ろに下がる。

「取ったりしねえから、腕の中を見せろ」

大河の腕に触れて、ウィルバーは出来るだけ優しく声を掛ける。

どれだけ変貌しようと、ウィルバーにとって大事な弟子に他ならない。

「タイガ、俺を信用出来ねえか？」

真摯に見つめるウィルバーに、大河はグルルと声を出すと少しだけ腕を緩めて見せた。その様子に大河の意識が無くとも、性質は変わりないのだとウィルバーは悟る。

そして腕の中を見た瞬間、驚愕に目を見開いた。

「これぁ、どういう事だ……」

抱えられ眠るように横たわったシェイドには、傷ひとつ無かった。確認するように胸を押さえて鼓動を確かめる。

「心臓も動いてる……気を失ってるだけだ」

呆然と呟くウィルバーに繭が駆け寄り、後ろから覗き込むと、目を瞠った。

「うそ……ほんとに、傷ひとつない」

喜びよりも驚愕が勝ったのか、繭が呆然と呟く。

「はああ!?　どういう事ですか！」

「俺に分かるかよ！」

「幻覚でも、見せられてたと言うのか」

近くで戦闘していたギルとルーファスが振り返らずに、声を上げる。

「原因究明は後だ！　タイガ、聞こえるか。もう泣くな」

ウィルバーは大河の顔を両手で掴んで目線を合わせると、強い言葉で叫ぶ。

無意識に口の端を上げ、笑ってしまっていた。

「泣かなくていいんだ」

大河はウィルバーを見つめる目を一度瞬きさせた。まるで状況を呑み込めずにキョトンとしているようにさえ見える。

ウィルバーは大河の腕を掴んでシェイドの心臓に当てた。

「分かるか、生きてんだよ」

良かったな、と呟いたウィルバーの声が、暗闇の中に沈んだ大河の意識に落ちた。


突然、光の中に生まれ落ちたような感覚と共に、大河は目を覚ました。

正確には意識を取り戻したのだが、大河自身の感覚としてはそちらの方が近い。

「人騒がせな！　シェイド、起きやがれ！」

「ちょっと団長！　無茶せんでくださいよ！」

ウィルバーがシェイドを起こそうと頬を叩くのを、ギルが窘めている。

目の前で繰り広げられる会話はまだどこか遠いが、腕の中に温もりを感じて視線を落とした。

シェイドが眠るようにそこにいる。

胸を貫いた筈の傷はどこにも無かった。

グルル。

シェイド、と声を掛けたつもりだったが、獣のような唸りになった。自分の手を見ると、人間の面影もない姿になってしまっている。

「意識が戻ったのか、タイガ」

大河が声を発した事に気付いたウィルバーは、唸り声だったにも拘わらず安堵を含んだ表情でそう聞いてくれる。

話せない大河はウィルバーに向かってコクコクと頷いた。

「元の姿に戻れるか？」

それには少し考えてから、首を横に振る。戻り方など分からない。牢で少し魔物化した時も、戻そうと頑張ってみたが無駄に終わったのだ。

「どうすっかな……」

困ったように視線を動かしたウィルバーを見て、大河は初めて周りを見渡した。

自分を囲むように仲間達、ギル達がいて、それ以外の兵士が襲ってきている。それを見て即座に状況を悟った。

こんな姿になってしまった自分を守る為に戦ってくれているのか。

周りを囲む者達は皆、相手の攻撃を受け止めるだけで反撃していない。いくら腕が立つ者が多いとはいえ、このままでは限界が見えている。

最善策は自分がこの場所から離れる事だ。

そう考えて無意識に背中の羽を羽ばたかせた。飛べそうだな、と考えて自分の腕にいるシェイドをウィルバーに託す。自分が連れて行くよりきっと安全だ。

「っおい、そんな姿でどこに行く気だ。人に見つかれば討伐されるぞ！」

引き止めるウィルバーの声を振り切るように羽ばたいて、高くジャンプする感覚でその場を飛び立った。

だが、初めて飛ぶ感覚が上手く掴めずに体が揺れてふらふらと地面に落ちそうになる。敵側に落ちそうになった大河を、どこからともなく現れた白い魔獣が素早く首根っこを咥えて捕まえ、空高く飛び上った。


飛び去った一人と一匹を、残された人々が呆然と見送る。

状況を理解出来ている人間は少なかった。戦闘していた者達も、目的を失って剣を下ろしている。

「魔物を、魔物を、追うのです……」

それでもなお、命令する王女をルーファスが冷ややかに見つめる。あれが大河でなく本物の魔物であっても、逃げ去ったものをただ追わせるのは上に立つ者として愚行だ。

彼女の判断基準は、国民の為でも国の為でもない。

「彼は自ら去った。追う必要はない」

「お兄様はもはや逆賊です。この国の王はわたくしよ」

王を打ち倒すと決めた時より予想出来うる展開ではあった。

当初の予定では、ルーファスが王を打ち倒す姿を見せ、解放されたシェイドがルーファスの横に並ぶ事で国民に、兵士達に王はどちらかを印象付ける筈(はず)だったのだ。変則的な事が重なり、目算が崩れてしまった。

「いけませんね、このままじゃ国を二分しての争いになる」

苦虫(にがむし)を噛(か)み潰(つぶ)したような表情でギルは小さく呟く。

再びひりつき始めた空気が、ルーファスを守る者と王女を守る者とでじりじりと敵味方を分けていた。

ルーファスはそんな中冷静に、どうしたものかと考えながら、敵対する者達の顔を記憶している。

「う……、なんだ……近い」

緊張感を溶かすようにルーファスの近くで場違いな声が聞こえた。

周りを囲んでいた者達の視線がその声に集まる。

視線の先では、シェイドがウィルバーの顔を掴んで逸(そ)らすように押していた。それほど近かった訳ではないが、抱えられていた事が不快だったらしい。

「俺だって、好きで支えてた訳じゃねえよ！」

「……タイガはどこだ」

ウィルバーは大河に託され素直に抱えていた事を後悔して顔を顰(しか)めていたが、シェイドは反論を聞いてもいなかった。

「大丈夫だ。お前の魔獣が連れて行った」

「……そうか」

安心したように息をついて、シェイドは立ち上がる。

自分の体を見下ろすシェイドは自分が生きている事が不思議で仕方が無いようだが、ウィルバーが大河に関して嘘を吐くとは考えないらしい。

「シェイド様！」

「シェイド様が生きておられた！　奇跡だ‼」

どちらの軍勢とも分からない声が周りに響く。喜色に染まったお陰か、問題が解決した訳でもないのに先程までの一触即発の空気が霧散していた。

王女がシェイドに気付いて、数歩前に出る。ルーファス達が近くにいてそれ以上近寄れないのだろう。

「あぁ！　生きておられたのですね！　わたくしは信じておりました！」

「……王は？」

「ルーファス様が打ち倒されました。公爵も魔法具にて拘束、意識はありません」

喜色満面で喜びを表す王女の言葉を聞き流して、シェイドは状況を確認する。

答えるギルには安堵の表情が浮かんでいた。この少しのやり取りでも、周りの兵にはシェイドがどちらの陣営側についているかが分かる筈だからだ。

「もう、お前に命令する奴はいねぇ。好きに動きゃいいさ」

「……そうか」

快活に笑うウィルバーの言葉を聞いても解放された実感がまだ湧かないのか、シェイドは気の抜けた表情で自分の手を見ている。

「タイガを追うんだろ？」

「ああ」

そう言うと視線を上げて、シェイドはルーファスの前に悠然と美しい所作で跪いた。

死んだ王の前でも見る事の無かった光景に、王女や、王女側についている者達だけでなく、周りの全ての人間が言葉を失う。

辺りには静寂が落ち、絵画のようにさえ見える美麗な二人の姿に視線が集中した。

「私を解放してくれた陛下に感謝を。貴方の危機には駆けつけよう」

シェイドが決め手となる言葉を放った。

恐らく少しの会話で現状を把握したのだろう。

ギルを筆頭に元よりルーファス側にいた兵士達が倣うように跪き、迷っていた兵士達が次々に頭を垂れる。恭しく姿勢を屈める兵士達で視界が開け、民衆までもが舞台の上の状況をその目に映した。

「なぜ……、何故ですの!? シェイド様っ、わたくしの方が主君としても伴侶としても貴方に相応しいのに！」

髪を振り乱し恐慌状態の王女は、もう現状が見えていない。

「お兄様を、倒して。わたくしを王に……」

未だに王女の下で戸惑っている騎士と兵士に、王女は無慈悲な命令をする。この状況でルーファスに楯突くなど命を捨てるようなものだ。

その王女の足元から、パキパキと甲高い音を立てて細い氷の柱が生えた。氷は一瞬のうちに牢へと変わる。

「逆賊はどちらか、身を以て知られるが良い」

冷ややかな視線を一瞬だけ向けて、シェイドはそれ以上王女を見る事なく立ち去った。

王女は放心したまま力が抜けたように膝をつく。

全ての決着がついた瞬間だった。

白い魔獣に首根っこを咥えられたまま連れて来られたのは、シェイドのお邸だ。

魔獣にとっては此処が巣のようなものなのだろう。庭には魔獣専用の小屋、というには立派な建物がある。三方を壁に囲まれていて一面のみ開放されている造りだ。床には清潔な干し草が敷き詰められていた。

そこに大河を降ろすと、白い魔獣は囲うようにくるりと丸くなって寝る。

　寝てしまった魔獣にどうしたものかと思ったが、羽が邪魔なので大河はうつ伏せに魔獣のお腹(なか)に埋もれた。

　遠くで悲鳴が聞こえた後、遠巻きに見つめる視線がある。

　当然だ。突然魔獣が魔物を連れ帰ったのだから。近寄る事も出来ず、どうしていいかも分からないのだろう。

　大河とてそうだ。手を見るとまるでドラゴンのように鋭い爪に、黒い鱗(うろこ)が覆っている。顔を触ると、どう考えても人間のものに思えない形に変わり果てている。羽に尻尾(しっぽ)まであって、ギリギリ人型ではあるがどこからどう見ても魔物だ。

　大河の戸惑いを感じ取ったのか、眠った筈の白い魔獣が大河の頬を数回舐(な)めて、寝ろとでも言うように顔を伏せる。

　このまま戻らなかったらという不安もあるが、色々考える事を放棄して、まあいいかと白い毛の中に顔を埋めた。

　シェイドが無事なら、それ以上何も望まない。

　大河は安堵の溜息(ためいき)を吐いて、眠りについた。


「……ぃが、タイガ」

　優しく呼ばれる声に、意識が覚醒(かくせい)する。

　柔らかい毛の中から顔を上げ、ゆっくり振り返ると淡い灰青の目を細めた愛(いと)しい顔があった。

　白い魔獣に深く凭(もた)れる大河の顔に触れている相手は、視線を合わせるようにしゃがんで片膝(かたひざ)をついている。

　頬を撫(な)でる手が気持ち良くて、大河は緩く目を細めた。眠気に溶けた頭のせいか、大河は現状を把握しきれていない。

シェイド、と名前を呼ぼうとしたが、ウルルと喉が鳴るだけで声にならなかった。そこで漸く自分が魔物化してしまっていた事を思い出す。

「シェイド様、本当にこれがタイガ様なのですか……？」

セストが半信半疑といった表情でシェイドの後ろから覗き込んでいる。

「何を言っている。見れば分かるだろう」

然も当然のように答えているが、シェイドは気を失っていて大河が完全に魔物化する様子は見ていない筈だ。白い魔獣と一緒にいるとはいえ、驚きもしないシェイドの態度に感心するより笑えてしまう。

「そうですか……確かに、見知らぬ者にティガが懐くなどあり得ませんが……」

言い切る前にシェイドが片眉を上げて視線を向けたため、セストは慌てた様子で口を噤む。

「……失礼いたしました」

まだ覚醒しきらない頭に内容は入ってこなかったが、咳払いをして謝るセストとシェイドのやり取りが、どうにも懐かしい感覚を齎して、大河は嬉しげにクルルと喉を鳴らした。

「タイガ様は、人に戻らないのでしょうか」

「さあな……俺はどちらでも構わないが、戻りたいなら戻してやりたい」

そう言いながら、大河の頬を撫でる。その手が気持ちよくて、擂るように顔を寄せた。

自分の姿を自分で見る事は出来ないが、腕などの見える部分でさえ恐ろしいものだと分かる。人々が討伐しようというくらいだ。

にも拘わらず、大河を見る目も、触れる手も、シェイドは何も変わらない。

「俺が気を失う前に、お前が言った事を覚えているか？」

大河は首を傾げる。混乱状態が続いた為に、あまり記憶がはっきりしない。何を言っただろうかと記憶を辿っていると、再現するように腕を掴まれた。

「俺が、今まで言えなかった事だ。隷属から解放されるまでは言えないと思っていた……」

シェイドは言葉を切ると、大河を見つめた。

未だに自分の言った事が思い出せない大河は、訝しげにシェイドの灰青の目を覗き込む。

「お前の事が、好きだ……いや、違うな。……愛している、の方が近いか」

自分の気持ちを確認するようにゆっくりと告げるシェイドを、大河は呆然と見ていた。魔物化で赤くなってしまった目を極限まで見開いている。

その言葉を理解すると同時に、激しい熱と歓喜が全身に込み上げた。大河が魔物化していなければ、体中が真っ赤に染まっていたかもしれない。

溢れる想いと共に、何かが外れるような音がする。

シェイドは言ってから、少し視線を逸らした。

表情はいつもと変わらず冷静に見えるが、耳が少し赤くなっている所を見ると珍しく照れているのかもしれない。

「……自分の思いを言葉にするのは、妙な感覚だな」

今まで強固な殻で自分を覆っていたシェイドは誰に心を許す事もなく、気持ちを相手に伝えた事も無かったのだろう。

ウィルバー達の前でも平然とキスしようとしたシェイドに対して、羞恥心が死んでいると失礼な事を思っていた大河だったが、予想外のシェイドの姿を見て驚きと同時に狼狽してしまう。

それ以上に、男同士だとかそんな事すらどうでも良くなるほど、目の前の男が愛しいという気持ちでいっぱいになった。

声を出そうとして、クルル、と喉が鳴り、話せないのは嫌だな、と強く思う。

腕に触れる肌の感覚も人のそれと違い、何かを間に挟んでいるように、どこか遠くて寂しい。

視線を合わせたシェイドが大河の両頬に触れて顔を寄せると、このままではキス出来ない、と思う。

そうしていると、喉から何か剥がれ落ちるような感覚がした。

「グル……ぅ……ぁ、あ、あー」

唸り声だったものが徐々に人のそれに変わっていく。

「声が戻ったのか」

「あー。……戻ったっぽい」

大河が照れたように笑うと、先程中断した事を再開しようとシェイドが唇を寄せた。

「ちょっ、ちょっと待て！」

「なんだ」

口を押さえて中断させた大河に、シェイドは不満そうだ。

「俺、今こんななんだぜ⁉　気持ち悪いだろ？」

「……？　どこがだ？」

「え⁉　マジで……」

驚きに固まった大河の口に、シェイドは唇を落とした。牙が生えて到底人には見えない口は、キスがし難いらしく、口の端などあちこちに唇を触れさせていた。

大河がもどかしくて仕方がなくなっていると、触れる感覚が徐々に変わっていく。

「キスをすると戻るのか？」

そう不思議そうにシェイドが言ったように、口元に触れるとその部分が人に戻っている事が分かる。

「そんな、どこぞのお伽噺みたいな……」

はは、と乾いた笑いを漏らす大河を余所に、シェイドは悪い笑みを浮かべた。

「これは、全身にキスをすれば良いという事だな」

「いや、ぜってぇ違う……んぅっ」

任せておけ、と口の端を上げているシェイドは非常に楽しそうだ。口を塞がれてそれ以上反論出来なかった大河だが、声が出る前にも、以前戻った時にもキスはしていないのだから絶対違うという確信がある。

「ん……っ、だ、ダメだって、俺こんなだし、汚ねぇし……」

「別に構わん」

俺が構う！　と心の中で叫んでも、シェイドには届かない。

聞く耳を持たないシェイドに本当に全身隈なくキスをされそうになったが、幸い途中で人間の姿に戻っていた。

以前戻った時の事も重ねて考えれば自ずと戻るための条件は見えてくるが、放心状態の大河にその余裕は無かった。

「戻り方は分かったから、いつでも魔物化するといい」

「……もう、勘弁してくれ」

大河は力尽きたように言いながら、セストの持ってきてくれた服に手を通している。魔物化が解けたら全裸だったからだ。セストがいつまでここにいて、いつ戻ってきたのかは考えたくない。

シェイドは干し草の上で魔獣の後ろ足の方に凭れている。

その姿を見て、体に傷ひとつない事に改めて安堵の息を吐く。

「何が起こったんだ？」

大河の言葉の意味を察して、シェイドは自分の体を見下ろした。

「俺にも分からん。自分に向けて氷の刃を出した所までは覚えているが……」

その時の事を思い出し表情を強張らせた大河を引き寄せて、シェイドは膝に座らせる。なすがままにされていたが、セストの存在を思い出して大河は腕を突っぱねた。

「ばっ、セストさんいるだろ!?」

「それがどうかしたか？」

「ああ、お構いなく」

平然と返す二人に、自分の方がおかしいのかと思ってしまう。ニコニコと微笑ましいものを見るようなセストの表情が余計居た堪れない。

「それより、ステータスを見せてみろ」

「ステータス？　そういや随分見てないな」

「何か要因があるとするなら、お前の可能性が高い」

大河は言われるがまま、ステータスのパネルを目の前に表示した。

「……これか」

向かい合わせでは見難いだろうと、膝の上で動いた大河をシェイドは反転させ、後ろから抱きかかえる。

その間もパネルに視線を落としていたシェイドが、画面に触れるように指をさした。

「幻惑？」

「人に幻を見せる魔法だ。以前には持っていなかった筈だが、心当たりはあるか？」

「うーん？　…………………あっ」

魔法が増えるような事をした覚えが無いと、目を閉じて過去に考えを巡らせていた大河の脳裏に、

『なら少し使える魔法を増やしてやろう』

そんな言葉が蘇った。

「前に、闇の神殿で神様みたいな奴に会ったって話したの覚えてるか？」

「魔物になる可能性を伝えられた話だろう」

「そん時に、魔法を増やしてやるって言われた気がする」

思い出してスッキリした表情をする大河に対して、シェイドは呆れた顔をしている。

シェイドは忘れていた事が信じられないらしいが、大河にしてみれば夢だと思っていたのだから仕方がない。

使ってみろと言われて色々試してみたが、幻惑の魔法は使える気配もなかった。

「……なるほどな」

「なんで使えないんだ？」

「タイガ様は、嘘が下手でいらっしゃいますから」

黙って成り行きを見守っていたセストが、思わずといった感じで零した。

シェイドも同意見なのか、勝手に納得したような表情をしている。そのままステータスパネルを見ていたシェイドが何かに気付いたように一瞬止まったが、今はいい、と大河にステータスを仕舞わせた。

「あっちは、どうなったんだ？」

落ち着いた所で大河はそう口にする。当然のように、後ろから抱えられたままだ。

大河の去った後の広場の事だと、皆まで言わずともシェイドには伝わったのだろう。ああ、と溜息を吐く。

「王はルーファスに決まった。王女は反逆罪で投獄、父も同じだ」

「大丈夫なのか？」

勿論、投獄された彼等を心配しての言葉ではない。流石に大河もそこまでお人好しではないのだ。

「問題ない。無防備な状態であれば魔力を奪う方法はある。魔力さえ奪えば命令する事は出来ないからな」

シェイドには言葉の意図が正確に伝わったらしい。

「向こうが、反逆者になるんだな……」

「どんな戦いでも勝った方が正義となる。ただ王を暗殺しただけでは、得られなかった成果だ」

変則的な事が起こりはしたが、どうにかウィルバー達にとって当初の予定通りの結末は得られたのだろう。王女に王座を奪われない為に、民衆や兵士の前で大義名分を掲げて王を打ち取る必要があったのだ。

簡単に事は収まらないだろうが、後は王となるルーファスの手腕次第となる。

「俺としても最良の結果だ」

最良と言いつつも、シェイドはどこか疲れた様子だ。今まで起こった全てを吹っ切る事は難しいのだろう。

記憶は消える事はない。父親に対しての遣り切れない思いもあるのかもしれない。

　後ろを振り返るような体勢で話しながら、大河はシェイドの様子を窺った。

「シェイドは、これからどうするんだ？」

「……さあな」

　遠くに視線をやりながら呟くシェイドは、本当に何も考えていないらしい。

　シェイドの持つ力は、強大過ぎる。どの国にいても、誰の臣下となっても軋轢を生むだろう。

　疲れたような顔を見ていた大河は、あっ、と何事か思いついたように声を上げた。

「じゃあさ、俺の嫁になればいいんじゃねぇ？」

　大河の突拍子もない発言に、シェイドどころか近くにいたセストも軽く一分は静止した。

「……お前が嫁じゃないのか？」

「タイガ様、それは流石にどうかと……」

　漸く我に返った二人の呆れた様子に、妙案だと思っていた大河は不貞腐れる。

「クロフォードなんて家の名前捨てちまえって言ってんだよ。貴族じゃなくたって良いじゃねぇか」

　眉を寄せて言う大河に、シェイドは虚を突かれたような表情をした。セストも目を丸くしている。

　貴族なんて制度自体、馬鹿馬鹿しいと考えている大河は本気で言っていた。せっかく自由になったのだから、貴族だ騎士だと縛られる必要が無いと思うからだ。

　それに、貴族だと男同士の場合側室にしか出来ないらしいが、庶民同士なら正妻にする事も可能だと以前セストが言っていた。それを踏まえての嫁発言だった。

　ただ良い案だと思い立っただけの大河に、プロポーズしたという自覚はない。そうでなければ盛大に恥じらっていただろう。

　シェイドは大河の首元に顔を埋めて、肩を揺らした。

「ふ、ははっ、そうだな。……そうするか」

「……シェイド様」

「なんだ、反対か？」

突然笑い出したシェイドに、セストは限界まで目を見開いていた。だが笑顔のシェイドにそう問われて、表情を綻(ほころ)ばせる。

「いえ、シェイド様のお心のままに」

そう言ったセストは、これ以上ないほど嬉しそうだ。

見ている大河まで笑顔になってしまうような、そんな幸せそうな顔だった。


翌日、王となったルーファスに呼ばれて大河とシェイドが登城すると、顔を合わせた瞬間ウィルバーにしこたま怒られた。

余程体力を奪われていたのか大河は昨日(きのう)、シェイドと話している途中で眠ってしまった。

ウィルバーがシェイドとの約束を果たすべくシェイドのお邸にも仲間を派遣していた為、報告は行っていたようだが、昨日あの状態で別れたままだったのだから当然だ。

報告が無かった事ではなく、一言で纏(まと)めると心配したと言っているウィルバーに、大河は素直に謝った。


「妙な現象の原因はタイガにあったって事か？」

王宮の卓を囲んでいるのは、ルーファス王を筆頭に今回の作戦に関わった者達だ。

王位に就いたばかりのルーファスは息つく間も無かったのか、王様らしくなく卓に肘(ひじ)をついて疲れた様子を見せている。無作法ではあるが、気心知れた人間が多い事もあるのだろう。

会議室のような場所でルーファスを上座に、右側にはシェイドに大河とウィルバーにテオ達、反対側には勇者達と大河が知らない貴族達、そしてゼンがいた。ギルはルーファスの斜め後ろに立っている。

他にも呼ばれた者はいたが、現状を収める為にどこも手が回らない状況らしく、バイロなどは登城を断ったらしい。王となったルーファスが今後について合議の場を設けたいと言ったにも拘わらず自由な男だ。

「後で確認したところ、幻惑の魔法を手に入れていた」

「闇属性特有の魔法か。あれだけの人数に幻を見せるなんて、無敵じゃねえか」

「自分の意思で使えればな」

ウィルバーが驚いた反応を見せたが、シェイドは相変わらずの無表情だ。

「知っての通り、これは致命的に嘘が下手だ。魔法とは感覚的なものが大いに関わる。その為、自分の意思では人を騙すような魔法が使えないようだな。どうも感情が高ぶった時にだけ、自分も含めて周りに幻覚を見せるようだ」

シェイドの説明に、ウィルバーを含め周りがなんとも言い難い表情をしていた。

「自分もって……これ以上ない持ち腐れですね」

「つー事は、あの時シェイドが死んだように見えたのは、タイガの恐怖心からか」

「自分に向けて氷刃を出した所までは覚えている。幻覚がなければ死んでいたかもな」

大河は眉を寄せてぐっと奥歯を噛み締めた。あの時の恐怖を思い出しそうだったからだ。

それに気付いたのか、シェイドは机の下で大河の手に慰めるように触れる。謝っているようでもあった。

「なんにせよタイガは功労者だ。爵位を授けたいのだが、どうだ？」

「……俺は、捕まったりして迷惑しかかけてねぇよ」

大河の言葉遣いに出席していた貴族が若干眉を寄せたが、ルーファスが、良いのだ、と窘める。

反対側ではシェイドが、捕まったとは何だ？　と大河に詰め寄っていた。

「どっちにしろ、爵位は辞退する。俺が貴族なんて似合わねぇにもほどがある」

「……そうか、残念だ」

　ルーファスは心底残念そうに言っているが、大河にとって貴族になる事は行動を縛られる足枷のように感じてしまう。

「他の者の、陞爵等については順次伝える。では罪人の件だが……」

　話題が変わり、大河の表情が曇った。


　此処に来るまでに、シェイドの父親であるクロフォード公爵には会ったのだ。正確には拘束された状態の公爵と顔を合わせただけだが。

　見張りの兵士が公爵を牢から引き摺り出すと、シェイドの前に跪かせた。ギルは公爵の横に立ち、ルーファスとウィルバーは見守るように立っている。

　以前はピシリと後ろに撫で付けられていた銀髪が乱れて、兜が当たった頬が赤黒い痣になっていたが、公爵の目は依然かわらず冷酷な色を宿していた。それだけで何にも屈していないのだと分かる。

　大河が公爵に受けたものと同じ魔法具で魔力を奪われ、跪かされていたが、そうでなくとも自分の力では立てないようだった。

　大河と違い光属性の人間には、触れるだけで魔力を供給する事が可能だ。魔力を使えないギリギリのところで生かされているらしい。あの時の苦しみを思い出して、大河は身震いした。

　以前とは完全に逆の立場である。

「この背の魔法陣を描いた者を教えろ」

　シェイドが父の姿を見下し、平坦な声で問いただす。

「く、ふっ、さあな……」

「魔法陣を消す事が出来れば、温情として死罪を免れる措置も陛下はお考えです」

苦しそうにしながらも嘲るように笑う公爵に顔を顰めながらも、ギルがそう告げる。

「私に、とっての陛下はあれではない。今更、生き長らえて、どうなる。平和ボケした、者達を眺めていろ、とでも言うのか」

「貴方がたのせいで、平和ボケ出来るまでにはどれだけの時間がかかるとお思いか」

あからさまに不快感を表情に上らせるギルは、ルーファスが馬鹿にされたのが許せないのだろう。

「さあ、私には、どうでもいい事だ……」

「せめて、父親として最後に解放してやろうとは思わないのか」

堪りかねたギルは敬語すらやめて公爵に言い募った。

「父親……？　ああ、そうだったな」

本当に忘れていたような口調だった。公爵からは何の感情も感じられない。それほどにシェイドを道具としか思っていなかったのだろう。

「魔法陣を描いた者は、この国の者ではない。私は、それしか知らん」

どうでも良さそうにそう伝えると、公爵は力が抜けたように少し体勢を崩した。

「……違う」

「タイガ？」

「この人は、シェイドの父親じゃねぇよ」

唐突に否定した大河に、周りから訝しげな視線が集まる。

全く理解は出来ないが、彼は亡き王と歪んだ信頼関係と望みを共有していたのだ。その為に家族を、子供を、自分達以外の全てを犠牲にして。折れない矜持は時に美徳だが、他者にとっては残酷で悪逆だ。

自分さえ良ければいいという考えは、全ての世界共通で悪の根源だと言える。

そこまで考えて、シェイドとこの男との違いが明確に分かったのだ。

「……今のシェイドを作ったのは、お前じゃねぇ」

人の心を作るのは、血や遺伝なんかではない。環境であり、取り囲む人、そして自分自身だ。

シェイドの心根が優しいのは、セスト達が心を尽くして接していたからだ。シェイド自身が傷付きながらも人道に反さなかったからだ。

泣きそうに顔を歪めて言う大河を公爵は眩しそうな目で少し見た後、とうとう限界が来たのか前に向かって倒れ込んだ。

「クロフォード公爵と大司教は……元だな、刑は尋問の後となるが、他国に対する体裁もある。彼等は死罪となる可能性が高い。アリーヤも処刑は免れまい……」

気を失った公爵は厳重に拘束されて、再び牢に入れられた。

公爵と話している間も、今も、シェイドは何の感情も無いように装っているが、それが本心なのか大河にも判別出来ない。シェイド自身にも分かりかねているのかもしれなかった。

「それ以外の者の罪状については、このユリスに聞いてくれ。今後宰相の任に就く事になっている」

そこまで言ってからルーファスは深い溜息を吐いた。

ルーファスとて気が重いのだろう。王族がどういった家族関係を築いていたかは分からないが、肉親を二人も殺す結果になり、気に病まない筈が無い。

王妃や他の王族の話は出なかった。

「暗い話はここまでにしよう。集まってもらったのは他でもない、今はとにかく人手が足りなくてな。……ウィルバー、お前には騎士団長の任に戻ってもらいたいのだが」

「騎士団長はそこに適任がいるでしょう」

「私は貴方がいない間の臨時のつもりでしたが」

「ルーファス王にお前以上に忠誠を誓ってる者はいねえよ。俺はギルドマスターの方が向いてる。依頼さえ出してもらえりゃ国の仕事だってやるしな」

あっけらかんと言うウィルバーに、ルーファスもそれ以上無理強いするつもりはないらしい。自分の後ろに立つギルに視線をやって、それもそうだな、と苦笑している。

そして続けてゼンには大司教の任に就いて欲しいと伝えた。ルーファスはあくまで命令でなく自分の意思に任せているらしい。ゼンは迷いながらも、身に余る光栄です、と言って受け入れていた。

テオ達には騎士になりたいものがあれば召し上げるという。貴族しかなれない騎士になるという事は当然爵位が与えられるという事だ。

皆恐縮して言葉を失っていたが、最終的にテオとエドリク、ケイラは辞退した。テオとエドリクは冒険者の方が性に合っているらしい。貴族とはいえ給料制なので、日本で言えば公務員か自由業のような違いだ。アランとブレイデンだけが受けると返事をした。

人手が足りない中、腕の立つ二人を手に入れられてルーファスは喜んでいるが、ギルドの一員を奪われてウィルバーは苦々しい表情をしていた。

「そして、君らだが。勇者という地位は廃止とする。必要が無いものだからな。だが、これからの職については世話しよう。さて、どうしたい？」

無慈悲にも聞こえる言葉だが、働いて糧を得るのは国民にとって当然の事だ。王自ら職を世話しようというのだから、それ自体が慈悲に他ならない。

「俺は、騎士になりたい」

男の転生者は最初から決めていたらしい。キュッと眉を寄せて意志の堅い表情をしていた。

「……今の腕では難しいな。訓練を受ける覚悟はあるのか？」

「うん……じゃなかった、はい！」

「良い返事だハルト。期待しているよ」

ルーファスの問いに即座に返事をして、未来に向いた目はキラキラとしている。受け止めるルーファスもどこか嬉しそうだ。

「マユは、どうだ」

「私……、私は、どうしたら」

「自分で決めるんだ。他人に委ねるのではなく」

「……っ、まだ、決められない」

女の転生者の返事にルーファスは仕方がないかという表情をする。近日中に決めるように、とだけ忠告して後は彼女の判断に任せるらしい。

「さて、シェイドだが、今や公爵の爵位はシェイドのものだ。陞爵したくてもそれ以上の爵位は無い。出来る事なら王直属の騎士として残ってもらいたいが……」

「ああ、爵位は返上しようと思っている」

ルーファスを含め、その場にいた殆どの人間が聞き間違えかとシェイドの顔を見て静止した。

「返上、と言ったか。貴族でなくなるのだぞ？」

「別に構わん。タイガの嫁になるのでな」

無表情で淡々と言うシェイドに、本気か冗談かも分からず混乱した人達で部屋は静まり返る。

「……シェイド様が嫁なんですか？」

「肉体的には嫁はタイガだが、家名を捨てるという意味では俺が嫁だな」

「わー！　何！　何言ってんだお前は!!」

先程から皆と一緒に放心していた大河だったが、シェイドの爆弾発言に慌てて大声を出した。やはりシェイドの羞恥心は死んでいると改めて思う。

質問をしたギルは大河の様子に色々察した表情をしていた。

「返上するからには、理由を伝えるのが礼儀だろう」

「そうかもしれねぇけど、なんか他に言い方あるだろ!?」

「……あるか？」

本当に分からないといった調子で首を傾げるシェ

イドに、大河は真っ赤に染まった顔を片手で覆った。

二人の様子に男の転生者と貴族達は驚きで呆然と口を開けている。女の転生者はなんとも言えない複雑怪奇な表情をしていた。

「あー……おめでとう？」

ルーファスが投げやりに祝いの言葉を掛けたが、内心大パニックの大河の耳には聞こえておらず、シェイドだけがルーファスの言葉を満足そうに受け入れていた。

「……ちょっと、待て。何を俺に断りも無く決めてやがんだ！」

時間が経って漸く我に返ったらしいウィルバーが烈火の如く怒り出す。低い唸り声のような怒声に、反対側に座っていた貴族陣と転生者二人は怯えて椅子ごと後ろに下がった。

「貴様への断りなど必要あるまい」

「前にも言ったがな、俺はそいつの保護者みてえなもんなんだよ！　断りが必要だろうが！」

「ちょっと団長！」

「やめろって、シェイド」

今にも戦闘を始めそうな二人に慌ててギルがウィルバーを押さえ、大河がシェイドの腕を引いて止める。

「戦闘なら訓練場……いや、城壁の外でやってくれ。君らが本気で戦闘したら冗談でなく国が消える」

額に手を当てて疲れたように言うルーファスは、この二人を扱いかねているらしい。

「嫁どうこうは別にして、爵位を返上してどうするつもりだ」

「どうもしない。邸は丁度爵位を与える者がいるのだから、それらにやればいい」

ブレイデンとアランに視線を向けるシェイドに、二人は両手のひらをこちらに向けて顔を蒼白にしたまま勢いよく首を振っている。いきなり公爵の邸を与えられるなど恐れ多くて受けられないのだろう。

「住む処はどうするんだ。旅にでも出るつもりか」

「実際に邸を出るのは少し先の予定だが。そうだな、旅もいいか」

「旅かぁ、それもいいな！」

　考えながら大河を見て言ったシェイドに、先程までの事が頭から吹っ飛んだ大河は満面の笑みを返す。シェイドが気がかりで遠出を拒否した事があるが、大陸の方にも行ってみたいと思っていた。

「いや、ちょっと待ってくれ。すまないが、国が安定するまでは連絡の取れる距離にいてもらいたい」

　失言に気付いたルーファスは、慌てて二人を引き止める。シェイドがいないと何かあった時、国を守る為に現状の兵力では心許無い。只でさえ半島は不安定だ。

「そういえば、危機には駆けつけると約束していたな」

「そうなのか？　残念だけど、約束は守らねぇとな」

　簡単に納得してくれた二人に、ルーファスは安堵の溜息を吐く。今後もこの二人、ウィルバーを入れると三人には振り回されそうな現状にルーファスはこめかみを押さえて別の意味でも溜息を吐いていた。


「よし、表出ろ。城門の外でならやり合っても良いんだろ？」

「……死にたいらしいな」

　話が終わったと同時に立ち上がりシェイドを挑発するウィルバーに、シェイドは鼻で笑って返した。バチバチと視線だけで火花が飛びそうなほど威嚇し合う二人のバックに、獰猛な魔獣が見える気がした。

「街に被害が出ないなら構わない。私も見物に行くか。そうそう見れる戦闘ではないぞ」

「このくそ忙しい時に何言ってるんですか」

　ルーファスはどこか楽しげな様子で、部屋を出て行く二人を追っていく。ギルや他の貴族達が慌てて引き止めるのも耳に入っていない様子だった。

「いいのかよ、タイガ」

「ずりぃ。俺も模擬戦したい」

「そういう事言ってねえよ……つか、模擬戦で済むのかあれ」

的外れな回答に呆れつつ、テオは皆が出て行った扉を見ながら冷や汗を流した。以前シェイドと対峙した時の事でも思い出しているのだろう。

「タイガ、少しいいですか？」

結局は怖いもの見たさが勝ったらしいテオに、行こうぜと誘われたが、扉を出るより先にゼンに声を掛けられた。

先行ってる、とテオが部屋を出て行く。既に部屋には誰も残っていないところを見ると、皆本気で見物に行くようだ。

「黒衣の男の事ですが……」

そう言った彼に、足止めに協力してくれた事を思い出す。彼の助力がなければ、どうなっていたか分からない。

「あの時はありがとな。ゼンのお陰で助かったぜ！」

「いえ、お礼は私ではなく彼に。結界の魔法陣で足止めを考えていたのですが、……どうも彼は元々私達の計画通りに動くつもりだったようです」

意表を突かれた内容に、大河はきょとんと目を丸くした。

「なんで？」

「さあ……、ですが簡単に捕まり、抵抗すらしませんでした。全てが終わった後には、いつの間にか姿を消してしまいましたので理由は分かりませんが」

思い出しながら訝しげな表情をしていたゼンが、大河に視線を向けた。

「陛下はあの者達をそのまま雇う事にしたそうです」

「……あいつ、悪い奴じゃねぇ気がする」

なんとなくだけど、そう付け足す大河は自分の判断に自信がある訳ではないが。だが、わざわざ忠告したり兵士が水を施すのを見逃した彼を思い出して笑みを零した。

そんな大河を見ていたゼンが目元を緩める。

「来たばかりの頃は刺々しい青年だと思っていましたが、随分柔らかい空気を纏うようになりましたね」

黒装束の男の話をしていた筈なのに、唐突に自分の事を言われて大河は首を傾げた。

「彼も、そんな無防備な貴方に絆されたのかもしれません」

笑いながら言うゼンの絆されたという言葉の意味は理解出来ない。

だが、変わったと言われた事で以前の自分を思い起こす。

この世界に来るまでは鬱屈とした日々を過ごしていた。喧嘩を売られる毎日に対して鬱陶しさはあったが、怒りも悲しみも嬉しいと思う事もあまりなかった気がする。

言われるまで気付かなかったが、確かに変わったのかもしれない。

ここに来てからの日々は、多くの感情に溢れていたように思う。

「……まあ、会う事があったら礼言っとくよ」

ゼンに対して肯定も否定もせず、大河はそう返した。

それにしても無防備ってダメじゃないのか？　と怪訝な顔で聞くと、成長と言ってもいいと思いますよ、とゼンは笑いつつ冗談めかして言っていた。


夕方頃にシェイドのお邸に戻ると、セストが夕食の準備をしてくれた。

合議が終わりいつもの宿に戻ろうとした大河を夕食に誘ったシェイドは、少し不貞腐れているように見える。

結局のところ、ウィルバーとシェイドの模擬戦は実現しなかった。

昨日の今日で、大掛かりな戦闘を見られでもしたら国民が混乱する、と宰相となるユリスがあの二人と陛下相手に根気強く説得したらしい。次の宰相は出来る人だ。

「俺は使用人達の受け入れ先を見つけるまではこの邸にいる。お前もそうしろ」

「あー……いいってんなら、甘える、けど」

　シェイドの命令口調の提案に対して、俺の家じゃねぇのにいいのかな、と大河は困ったように呟（つぶや）いている。

　大河は恋愛という分野において極めて経験値が低い。

　両親を失った頃は幼く、女の子よりも体を動かす方が好きな子供だった大河はまともに初恋すら経験していなかった。両親を失ってからはそれどころではなくなり、必要に迫られた時でもない限り女の子と話す事も無いまま成長した。

　親戚（しんせき）の家に世話になり、転校してからは友人と呼べる存在もいなかった為、恋愛の話や思春期にありがちな猥談（わいだん）を経験した事もない。この世界に来るまで、ことそちらの方面においては小学生の頃から何も成長していない。

　そんな大河には好きなら一緒にいたい、イチャイチャしたいみたいな思考回路が存在しない。

　晴れてお互いの想（おも）いを確認したにも拘わらず、当然の如く元いた宿屋に戻ろうとした理由もそこにある。

「凪の三月の頃には決まるだろう。優秀な者が多いからな」

　大河の様子に軽く溜息を吐きつつ、シェイドは言葉を続けた。

　ふと、食べ終えた夕食の片付けをしてくれているセストに視線を向ける。このままシェイドはセストとも別れる事になるのかと不安に駆られたからだ。

　軽い気持ちで言った訳ではないが、大河の提案が彼等の失職に繋（つな）がったのだと思うと責任も感じてしまう。

「セストさん、は……」

思っていた事をそのまま言いかけて口籠(くちごも)った。原因を作った自分がこの先の事を聞くなど、どうにも無責任な気がしたからだ。

それに気付いたように、シェイドもセストを見る。

「セストは有能だ。条件の良い所を自ら選ぶ事も出来るだろう」

「私は、シェイド様のお傍にいるつもりです」

間髪入れずに言ったセストに、シェイドは驚いたようだ。セストは然も当然といった表情をしている。

「……俺は、庶民になるのだぞ?」

「それが何か問題でしょうか」

「住む場所さえ決めていない。他の貴族に雇われた方が良い暮らしが出来るだろう」

「良い暮らしなど求めておりません」

職務に忠実なセストが、主人に逆らうなど今までに無い事だ。その声に、曲げられない決意のようなものを感じた。

「母君より、頼むと貴方を託されてから、私の忠誠心はシェイド様の為(ため)だけにあります。どうか奪わないで頂きたい」

強い語気で真摯(しんし)に訴えるセストに、シェイドは呆然と言葉を失くしていた。

いつかシェイドが言っていた。セストは自分が今の立場でなければ尽くしたりしないと。大河が否定したところで伝わらないと思ったそれが、本人の言葉で今伝わったようだ。大河は込み上げる嬉しさに、目元をゆるめて二人の様子を見つめる。

「そう、か。お前が良いと言うなら好きにするといい」

「俺もセストさん一緒の方が嬉しいぜ! 俺が頑張って稼ぐから安心しろって」

戸惑った様子のシェイドを後押しするように、大河は明るい笑顔を向ける。

騎士を辞めるシェイドもまとめて大河は養っていくつもりでいる。旅に出るならともかく、この国にいるなら冒険者を続けるつもりだ。きっちりウィルバーに防具代を返して、ゼンにも金を返したが、それでも大河だって少しは蓄えがある。

「何か勘違いしているようだが、お前が無理をする必要はない……」

シェイドが不満そうな表情で何か言いかけたところで、控え目なノックが聞こえた。

入室を許可されて入ってきたのは、普段とは違い真剣な表情をした少女だ。

「あ、あのっ、私も連れて行っていただけませんか」

「マイリー、聞き耳を立てていましたね」

セストが窘めると、彼女は申し訳ありませんと頭を下げる。それでも、顔を上げた時には意志の固まったような強い目をしていた。

「私、タイガ様の侍女なのに……何のお力にもなれなくて。……お役に、立ちたいんです」

連れて行って欲しいと言うマイリーに即答出来なかったのは、男三人に女の子一人なんて良いのか？という疑問が大河の頭に浮かんだからだ。

シェイドは無表情で読めないが、セストは気持ちが分かるのか、タイガ様が倒れて以降ずっと思い悩んでいたようです、とフォローするように言葉を足した。

「俺は、いいけど……、男三人と一緒でいいのか？」

「シェイド様とタイガ様は相思相愛！　セストさんは枯れてらっしゃるので問題ありません！」

力強く宣言したマイリーに大河は赤くなり、シェイドは満足げに頷いた。枯れているつもりは無いのですが……と言うセストの小さい声は誰にも聞こえなかった。

「侍女か。俺を避けているのではなかったのか？」

「さっ、避けてなどおりません！　邪魔にならないようにとは思っておりましたが」

確かに、シェイドがいる時はマイリーを見た事がなかった。疑問に思った事が無かったが、二人が話す姿は新鮮だ。

シェイドはセストの時と同じく、好きにしろ、とだけ言った。気の無い返事だったにも拘わらず、彼女は満面の笑みを大河に向ける。

「よろしくな、マイリー」

「っはい！」

お菓子を食べた時のように嬉しそうな表情に、思わず笑ってしまった。

「あっ、でも当分安宿とかだぜ。男三人なら別に良いかと思ってたけど、マイリーは一応女の子だしなぁ」

「構いません、安宿上等です！」

拳を握りしめて力強く言う彼女は良い意味でも悪い意味でも女の子らしさが欠けていて、これなら大丈夫かと大河に思わせた。

大河と話す時間が長かったせいかマイリーの言葉が若干ヤンキー色に侵されている。言葉の選択がおかしい事にセストだけが気付いていて、どうしたものかと眉間を押さえていた。

「……宿屋か」

「庶民の宿屋は嫌か？」

「そういう意味ではない」

宿屋という言葉で何事か思い出したシェイドは苦々しい表情になった。

「家を借りるでもいいけど、あんま良いとこは借りられねぇぜ？　まあ、頑張って稼ぐから期待してろよ」

騎士でなくなればシェイドは無職なのだから、大河は自分が養ってやらなくては、と自然と思っていた。だが、それを聞いたシェイドは面白くなさそうだ。

「養われる気は無いが……」

「でも職が無くなるんだから収入も無くなるだろ？」

当然の如く言った大河に、シェイドは腕を組んで、不機嫌そうに眉根を寄せた。

「俺は魔法、及び魔法陣の研究をしていると知っているな」

「おう」

「魔法陣を描ける存在というのはそれだけで稀少だ。複雑なものになればより一層な」

魔法陣というのは、元いた世界で言えば機械製品のようなものだ。複雑で素人には作れないそれと同じように、こちらの魔法陣も膨大な知識と技術がなくては扱えない。

新しい魔法陣を生み出したともなれば、それだけで一生遊んで暮らせるだけのお金が稼げるらしい。

「食いっぱぐれないって事か。俺にも描けるかな」

「お前の頭で描ける訳がなかろう」

「ははっ、言うと思った」

貶されたというのに楽しそうに笑っている大河に、シェイドも釣られたように笑みを浮かべる。

ほんのりと甘くなった空気に、食器を持った二人がすすす、と音を立てずに扉に向かうと、では失礼しますと礼をして出て行った。

「えっ、まだ話の途中……」

「よく出来た二人だ」

シェイドはどこか嬉しげに二人を褒めながら席を立つ。

そのまま意味が分からず首を傾げている大河の傍に立つと、片手で大河の顔を上げさせて身を屈めた。

ちゅっという音が聞こえて、漸くキスをされた事に気付いた大河は自分の唇を押さえて頬を赤くした。

「いつでも初めてのような反応をするな。これくらい、もう何度もしただろう」

「そ、だけど……慣れねぇんだよっ」

眉を寄せて口を押さえる大河の手の甲や目元に、顔を寄せたままのシェイドは唇を落としている。暫く揶揄うようにそうしていたが、シェイドが屈めていた身を離した。

「宿に戻ると言ったのは、こういう事をしたくなかったからか？」

「へ？　なんで？」

大河は頬を赤く染めながらも、予想外の言葉に目を見開いた。

「あの時は治療行為としてだった。お前にとっては嫌な思い出だろう」

撫でるように優しく髪に触れながら、シェイドは辛そうに眉を寄せた。

直接的ではなかったが、治療という言葉で何を指しているのか気付く。あの時は熱に翻弄された記憶しか残っていないが、最後までした事があるのだ。目の前の男と。そこまで考えて大河の肌はどんどんと赤くなっていく。

普段あまりにも性的な思考に至らない大河は、慣れないせいか自覚する度に混乱する。

「お前を見ていると、我慢が利かなくなる。嫌ならそう言え」

思い返してみれば、再会した後のシェイドは、親愛の証のような触れるだけのキスしかしていない。嫌な事はしないと言った約束を律儀に守っているのだろうかと思うと、擽ったいような優しさに笑みが零れた。

正直に言えば、未だに男同士という事に抵抗感はある。何よりも自分が女性側をする事に対しての拒絶感だ。

それでも、シェイドに触れたいという気持ちは確かにあった。

ならシェイドを抱く？　と考えて絶対に無理だなと、その考えを瞬時に打ち消した。気持ちがどうこうではなく、色んな面でハードルが高過ぎる。

なら、まあいいかと大河は思った。女性側をする事への抵抗感やプライドなど、些細な問題だ。

「嫌、じゃねぇよ。……シェイドとなら、いい」

したい、という言葉は流石に羞恥心が勝って出てこなかった。代わりに、立ち上がってシェイドの胸ぐらを掴み、自分の元に引き寄せる。

「って」

ガツッと歯が当たる音がして唇に痛みが走り、キスを失敗した事が分かった。背の高いシェイドの身を屈めさせたかっただけだが、頭突きのような状態になってしまったらしい。

　シェイドの唇も少し切れてしまっていたが、そんな事も気にしていない様子で惚けたように大河を見ている。

「今のなし！　失敗した、くっそ………ぅわっ!?」

　唐突にシェイドが大河を抱え上げたと思うと、ベッドに降ろした。

　仰向けに寝かされた大河に覆い被さるシェイドの目は明らかに情欲が宿っている。

　戸惑いながら見つめていた大河の背筋が、思わずゾクリと震えた。切れてしまった唇を舐めるシェイドの姿が男でも見惚れるほどに凄艶だったからだ。

「……タイガ」

　ばくばくと心臓が痛いくらい激しく脈打って、息が苦しい。

　大河はシェイドから視線を逸らせないままキュッと唇を閉ざして身を固くしていた。さながら肉食獣に睨まれた草食動物だ。

「口を開けろ」

　そんな大河に顔を寄せ、シェイドは唇が触れるほどの距離で甘く命令した。


　シェイドはもどかしいくらいにゆっくりと大河の体に触れていく。

　唇が切れたせいで、深く口付けられると口の中に甘い血の味が広がった。

　治療行為としてだったそれとは違い、ひどく焦らされる感覚に戸惑いながらも、血を含んだ唾液のせいで早くも熱を帯びた体に触れられ、大河はその度にひくりと震えるように反応してしまう。

　唇だけでなく頬やまぶた、耳に隈なくキスを落としながら体に触れる手は、なかなか触れて欲しい場所に辿り着かない。

触れて欲しい、そう考えてしまった思考に大河は狼狽えたようにシェイドを見上げた。

「なんか……前の時と違わねぇ？」

眉をハの字にした情けない顔に、シェイドは表情を緩めてキスを落とす。溶けそうな甘い空気に大河は余計に困惑した。

以前のそれは性急さが必要だった。怪我をしないための配慮はされていたが、命に関わる行為はそれほど余裕がなかったためだ。

「これは治療ではないだろう？」

「そ、だけど……なんかスッゲェ恥ずかしいんだよ……」

その言葉にこれからする事を自覚した大河は魔力のせいだけでなく真っ赤になった顔を腕で隠した。そんな姿を前にして、シェイドはどこか満足気だ。

その様子が自分とは違い余裕そうで、大河は無性に悔しくなってきた。

ふと、されるだけだからこんなにも余裕がなくなるのではと考え、仕返しとばかりに目の前の体に触れ始めた。

自分がされたように腰や胸に手を這わせてみるが、相手は驚いた表情はするものの特に感じているような反応は無い。

「擽ったいな」

喉の奥で笑うシェイドに、ムッと眉を寄せた大河は勢いで相手の下腹部にまで手をやった。

何度も擦りあった事はあるが、自分から手をやったのは初めてだ。

「なんだ、余裕ねぇじゃねーか」

余裕そうに見えた彼のものが実は硬く張り詰めていた事に気付き、揶揄うように言ってニッと笑う。そんな大河にシェイドは目を細めたが、その煽りに乗るような事はなかった。大河が自分から触れてくるのが珍しく、好きにさせる事にしたらしい。

「余裕そうに見えたか？」

「いつだって余裕だろ」

「そう見えるだけだ」

不貞腐れて尖らした唇を啄んで、シェイドは軽く息を吐く。

「布越しに触れるだけか？」

身を屈めて耳元で囁く声に、耳からじわりと熱が広がった。

一瞬の戸惑いの後、意を決したようにそれを取り出すと、いつもされていたように恐る恐る擦ってみた。両手で触っても体積を感じるものに、こんなものがよく入ったなと改めて思う。緩々と触れていると、それだけで更に硬くなっている気がした。

自分がされて気持ちよかった事を思い出しながら拙いながらも懸命に手を動かしていると、

「……、ふ」

耳元で溢れた艶の乗った息に、脳が痺れるほどの衝撃を受けて大河はより一層赤くなった。

顔を伏せているせいで表情が見えないが、少しは感じてくれているらしい事に嬉しくもなる。

調子に乗った大河がこのままイかせてやると手の動きを速くしたが、シェイドが身を起こして胸に手を這わせたためそれは叶わなかった。

「んっ……、や……、まだ……！」

「お前も好きに触るといい」

「っ、ふざ……んっ、……ん」

出来るならとでも言うようなその声は揶揄いを含んでいるが、反論しようにも意図しない声が漏れそうになり噤むしかない。

服の中に入り込んだ指が胸の突起を転がすように擦り押し潰すと、思わず甘い声が溢れる。

最初は触れられても恥ずかしいだけで何も感じなかった筈なのに、治療と称した行為の中で散々いじられたせいか少し触れられただけでも反応するようになってしまった。

その様子に気を良くしたシェイドに唇を深く合わせながら乳首を散々弄ばれて、大河の思考は溶かされる。

すっかり忘れさられた手を離させて、シェイドはさっきの続きとばかりに大河の体を開いていった。

先程までの焦れったい行為は少し性急になり、隙もなく齎(もたら)される快楽に為(な)す術もなく翻弄される。

いつの間にか服を剥(は)ぎ取り、高く抱え上げた腰にシェイドは顔を寄せると、躊躇(ためら)いもなく大河の勃ち上がったそれを舐めた。

「……!? あっ、ばっ、そ、……なっ!?」

「……なんだ?」

そのまま口に含もうとしていたシェイドが、大河のあまりの取り乱しように動きを止めた。

「そ、そんな、とこ、きたねぇだろっ」

恥ずかしさも含め色々パニックで泣きそうな顔をしている。

無意識にあられもない格好をした自分の股間(こかん)を隠そうとしたが、腕を掴まれてそれは叶わなかった。

「……そちらの世界ではしないのか?」

「……し、しないと思う」

「そうか」

嘘(うそ)を吐けない大河の性分を知っているシェイドは難しい顔で納得した。

大河に知識がないだけだが、多分この誤解が解ける事はないだろう。

「では、この世界に慣れるんだな」

シェイドは軽く笑ってそう言うと、今度こそ大河のそれを口に引き入れた。

「あっ、ば……か! そ、なとこ……っ! ん、……あっ!」

抵抗は経験した事のない快感にすぐに押し流された。

シェイドとて慣れている訳ではないが、大河の反応にすぐさま弱いところを突き止めて、そこを執拗(しつよう)に攻め立てる。

「ん………っ、んぅ……、は、あっ、んんっ……!」

抑えようとしても抑えきれない声と、淫靡(いんび)な水音が鼓膜を震わせた。

　シェイドは口淫で気を逸らしたまま、潤滑液で濡らした指を後ろに滑り込ませる。

　長い指が入り込む時の抵抗感は、立て続けに与えられる愉悦の前では些細な事だった。濡れた指は奥まで入り、そのままシェイドの指は滑らかな動きで内側を掻き回した。

　違和感を覚えるだけだったが、内壁にある一点に触れられると背中を突き抜けるような快感に腰がわななく。幾度となくそこを攻められ、齎される快楽がどこからなのかすらあやふやになっていった。

「んっ……んぅっ、あ……っ」

　硬く閉ざされていた筈のそこは、指が増やされて中を広げるように出し入れされる頃には熱く柔らかくなっていた。

「力を抜いていろ」

「ん……、っく」

　そうしてぐずぐずに解され、熱いものが宛てがわれた時には、予感に待ちわびて体の芯が震えた。

　狭いところを押し上げて火傷しそうな熱がゆっくりと押し入ってくる。狭い場所を征服される痛みもある筈なのに、それすら凌駕する甘い痺れが背筋を這い上がった。目眩がするような感覚に焦点すら合わなくなる。

「っ……、んっ、ぅ……ぁっ、は」

「……、声を抑えるな」

　必死に声を抑えようとする大河の頬をシェイドの指が優しく撫でる。

　体も心も、大河の全てが目の前の男を求めて、もっともっとと縋りたくなるような衝動に駆られた。

　シェイドは少しの間緩々とした動きを繰り返していたが、徐々に激しさを増していく。

「んっ、く、あっ、ぁ……、シェイド……っ」

　最奥を突かれる抽送に翻弄されながら思わず呼んだ声は、自分でも驚くほど甘えるような響きを含んでいて。

熱に冒された脳であっても恥ずかしさを齎してしまう。

だが、呼ばれた相手がとろけるように優しく微笑(ほほえ)んだのを見て、甘えてもいいのか、と素直に思った。

誰(だれ)でもない、この男にだけは甘えてもいい。

そう気付くと、泣きたいくらいの幸福感で満たされる気がした。


高く薄青い空に、透ける鱗雲(うろこぐも)。

風の季節も随分と過ぎ、空気が冷たさを含み始めた。

風の空は高く鱗を纏(まと)い、ドラゴンのようだとこちらの人は言う。その感覚が大河にはまだ分からない。

さあ、と山間を吹き抜けるやわらかい風が草原を揺らしていく。白い魔獣が草に埋もれて気持ち良げに寝息を立てていた。


「シェイドが言ってた通りだな」

何度も訪れた草原に立ち並んだ二人は、大河の出したパネルに視線を落としていた。ステータスのパネルだ。見つめる先には、「ギフト」の文字がある。だが以前見た時のそれとは違い、ロックは外れていた。

シェイドは幻惑魔法を確認した際に気付いたらしい。

「ここなら何が起きても対処出来る」

シェイドの声は少し楽しそうだ。研究者気質の彼にとって未知のものはそれだけで興味が惹(ひ)かれるらしい。

そんな様子が柄にもなく可愛(かわい)い気がして、大河は表情を緩めた。大の男を可愛いと思うなんて、自分は既に相当毒されてしまっているのだろう。

勿体(もったい)ぶる事もなく、促されるまま大河はステータス画面のその部分を触ってみる。

受け取りますか？　というポップアップが表示さ

れ、考える事もなく「はい」をタップした。すると、目の前の地面に大きな黒い枠が表示され場所を指定してくださいと指示される。

訳も分からず決定ボタンを押すと、みるみるうちに地面の黒い塊が巨大に膨れ上がり、驚きのあまりそれを見上げたまま硬直してしまった。シェイドが庇うように半歩前に出て、片手で大河の体を押さえた。周りは既にシェイドの出した防御壁で囲まれているらしかった。

目の前をもやもやとした黒い塊が蠢いていたが、暫くすると霧が晴れるように霧散する。

その場に残ったものを見て、大河はひゅっと息を呑む。

「……どうした？」

眼前に現れたものに驚いたシェイドだったが、それよりも突然硬直したように動かなくなった大河の様子が気になったらしい。

振り返り、覗き込むように視線を向けたが、大河は微動だにせず前を見つめている。

目の前に現れたのは、見覚えのある建物だった。

「これが何か分かるのか？」

「……あ、あぁ」

詰めていた息を吐くように、漸くといった感じで大河が声を洩らした。

「すげぇ、懐かしい……」

慈愛と郷愁の籠る掠れた声に、シェイドは大河の気持ちを悟ったらしい。そうか、とだけ声を掛けると、気持ちが落ち着くまで何も言わずに傍にいた。

暫くして落ち着いた大河は、忘れていたパネルに新しい文字が出ている事に気付いた。

メッセージを確認しますか？　と書かれた文字に、あの時の黒い神様を思い出す。彼からのメッセージかもしれない、そう思い何の気なしに了承する。

そこにはこの家が魔法で出来ている事、収納して場所を移動させられる事など取説のような事が書かれていた。

魔法でこんなものを作り出すなんて、無茶苦茶だと思う。

以前、黒い神様が言っていた「彼等の生前持っていたものであればひとつだけ、魔法で再現してやろうと言ったのだ」という言葉を思い出す。

ひとつだけと言われて両親は家丸ごとをお願いしたのか、と考えて大河はふ、と吹き出すように笑った。

家を興味津々に見ていたシェイドが、大河の声に気付いて視線を向ける。

最後の一文だけは、説明ではなかった。

多分、神様の言葉でもない。

好きな人と結ばれてくれて嬉しい、と。

次こそはどうか、幸せになって欲しいと書かれている。

いつか聞いた言葉と重なって、あれが夢ではなかったのだと知った。

「どうかしたか？」

寄り添う彼の肩にぽすっと頭を乗せて、なんでもねぇよと笑った。好きな人と、という文で解除の条件に気付き照れ臭かったのだ。よくよく思い出せば解除の瞬間も分かりそうだが、余計に照れそうだったのでそれ以上考えるのはやめておいた。

「入らないのか？」

興味深げにあちこち見渡しながら先に玄関に足を踏み入れたシェイドが、戸の前で微動だにしない大河を不審に思って振り返った。

全ての感情が混ざり合って、言葉も、声すら出す事なく、ただ目の前を見つめる。

ヒュッと喉が鳴った事で、息すら忘れていた事に気付いた。

シェイドは大河の目の前に来ると、ゆっくりと手をあげて落ち着かせるように大河の頬を撫でる。彼の指が触れた事で、自分の頬が濡れている事に気付いた。

震えるような息を吐く、こんな風に泣いたのはいつ以来だろうか。泣いてしまうと一人で生きていく強さを失うような気がしていたのだ。

「た、だいま……」

漸く出た声は引き攣って上手く言葉にならなかった。シェイドは驚いたように微かに目を瞠ると、優しい表情で綺麗に微笑んだ。

「おかえり」

異世界では幸せな家を 上

2023年3月1日　初版発行

著者　われもの。

発行者　山下直久

発行　株式会社KADOKAWA
〒102-8177
東京都千代田区富士見2-13-3
電話：0570-002-301（ナビダイヤル）
https://www.kadokawa.co.jp/

印刷所　株式会社暁印刷

製本所　本間製本株式会社

デザインフォーマット　内川たくや（UCHIKAWADESIGN Inc.）

イラスト　金 ひかる

初出：本作品は「ムーンライトノベルズ」（https://mnlt.syosetu.com/）掲載の作品を加筆修正したものです。

ISBN：978-4-04-113460-3　C0093　　Printed in Japan

おっさんだけど聖女です

著／桃瀬わさび　著／にやま

美形騎士 × おっさん聖女。
おっさんの愛が世界を救う！

辺境の貧しい村で生まれ育ったゼフの村に、ある日立派な服を着た神殿騎士がやってきた。彼は長年見つからない聖女を探しに来たといい、ゼフも鑑定を受けることになるのだが、その結果は予想もしないもので――!?